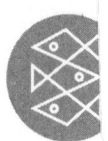

Kommissar Hubertus Jennerwein will sich eine Auszeit gönnen. Aber schon vor der geplanten Abreise trifft er auf dem Bahnhof einen Kommissar-Kollegen aus dem Allgäu und wird aufgehalten. Gerade als die beiden so richtig ins ermittlerische Fachsimpeln kommen, erreicht Jennerwein ein Hilferuf aus dem Kurort: Ursel Grasegger hat eine blutige Morddrohung gegen ihren Mann erhalten. Ignaz ist seit Tagen unauffindbar. Ist er in den Händen von Entführern? Oder hat er heimlich etwas Illegales geplant, was nun schiefgegangen ist? Jennerwein weiß nur zu gut, dass die Graseggers als einstige Bestatter beste Mafiaverbindungen haben. Aber in dieser Ausnahmesituation verspricht er Ursel, Ignaz' Spur außerdienstlich zu verfolgen. Er ahnt nicht, in was für üble Gefahren er sich damit bringen wird. Sein Team geht derweil tödlichen Umtrieben in einem Krankenhaus nach, eine frühere Freundin von Ignaz kündigt ihre bevorstehende Ermordung an, und auf einmal steht Jennerwein nicht vor einer Auszeit, sondern vor dem Abgrund seiner Polizeikarriere …

Weitere Titel von Jörg Maurer:
›Föhnlage‹, ›Hochsaison‹, ›Niedertracht‹, ›Oberwasser‹, ›Unterholz‹, ›Felsenfest‹, ›Der Tod greift nicht daneben‹, ›Schwindelfrei ist nur der Tod‹, ›Im Grab schaust du nach oben‹, ›Stille Nacht allerseits‹, ›Im Schnee wird nur dem Tod nicht kalt‹, ›Am Tatort bleibt man ungern liegen‹ sowie ›Bayern für die Hosentasche: Was Reiseführer verschweigen‹

Bestseller-Autor *Jörg Maurer* stammt aus Garmisch-Partenkirchen. Er studierte Germanistik, Anglistik, Theaterwissenschaften und Philosophie und wurde als Autor und Kabarettist mehrfach ausgezeichnet, u. a. mit dem Kabarettpreis der Stadt München, dem Agatha-Christie-Krimipreis, dem Ernst-Hoferichter-Preis, dem Publikumskrimipreis MIMI und dem Radio-Bremen-Krimipreis.

Die Webseite des Autors: *www.joergmaurer.de*
Weitere Informationen finden Sie auf *www.fischerverlage.de*

Jörg Maurer

Am Abgrund
lässt man gern
den Vortritt

ALPENKRIMI

FISCHER Taschenbuch

3. Auflage: August 2019

Erschienen bei FISCHER Taschenbuch
Frankfurt am Main, August 2019

© 2018 S. Fischer Verlag GmbH, Hedderichstr. 114,
D-60596 Frankfurt am Main

Satz: Dörlemann Satz, Lemförde
Druck und Bindung: CPI books GmbH, Leck
Printed in Germany
ISBN 978-3-596-03637-0

Vorwort

Geschätzte Liebhaber der Grausamkeit, des Sadismus, der Abgeschmacktheit und der Qual, werte Anhänger der ungezügelten Mordlust, des Deckensturzes und des langsamen Versinkens im Sumpf!

Der Vorhang hebt sich zum nächsten Bravour-, Husaren- und Bubenstück von Kommissar Jennerwein, der nun schon zum zehnten Mal unbeirrt das Böse, das Nachtseitige und Dunkle im Alpenland bekämpft, der den Riss, der durch die Welt geht, unermüdlich zu kitten versucht. In diesen zehn Jahren der Jennerwein'schen Odyssee wurde so emsig gegen die zehn biblischen Gebote verstoßen, dass es im zehnten Roman angebracht scheint, diese symbolisch hoch aufgeladene Zahl entsprechend zu würdigen. Aus diesem Grunde soll es a u s s c h l i e ß l i c h z e h n t e K a p i t e l geben.

Denn gerade das zehnte Kapitel – dem einen oder anderen mag es beim Lesen von Kriminalromanen schon aufgefallen sein – ist in der Spannungsliteratur immer von zentraler Bedeutung. In Kapitel zehn werden die ersten Spuren zur Auflösung des Falles gelegt, dort passiert stets Außergewöhnliches, Überraschendes, Fragwürdiges und Bedenkliches. Schon in einer der ersten Erzählungen des Genres, in Theodor Fontanes raffinierter Kriminalnovelle *Unterm Birnbaum*, beginnt das zehnte Kapitel mit der Verhaftung des Raubmörders Hradscheck. Die Technik hat sich gehalten bis zu einem der

Höhepunkte der Gattung: In Patricia Highsmiths *Der talentierte Mr Ripley* fährt Tom Ripley mit seinem Freund Dickie in Kapitel 10 hinaus aufs Meer und – Vorsicht, Spoilerwarnung! – erschlägt ihn dort mit dem Ruder.

Die Beispiele ließen sich beliebig fortsetzen. Eines ist jedenfalls sicher: Wenn in Kapitel 10 immer noch kein Verbrechen geschehen ist, dann ist der Schmöker, den Sie gerade in Händen halten, kein Kriminalroman. Gleichwohl: In Franz Kafkas Roman *Das Schloß* beginnt Kapitel 10 mit dem Satz: »Auf die wild umwehte Freitreppe trat K. hinaus und blickte in die Finsternis.« Mehr Spannung geht eigentlich nicht.

Doch nun sind alle Klappstühle aufgestellt, die Sitzkissen verteilt, das Licht im Zuschauerraum verlischt, der Vorhang hat sich inzwischen vollständig gehoben. Von Ferne erklingt alpenländische Musik, in der Kulisse lauert schon der verschlagen dreinblickende Mann mit dem spitzen Dolch. Wenden Sie Ihren Blick vorsichtig zur nächsten Seite und seien Sie willkommen zur dekalogischen Festaufführung des Jennerwein-Universums!

10

Seit Anbeginn zählte der Mensch mit den Fingern.
Die Zehn stand wohl auch deshalb für Anfang und
Ende aller Zahlen und erschien so als magische
Grenze.

»Irgendwann kommen wir beide in das Alter, wo wir nicht
mehr klettern können wie die jungen Steinböcke. Und was
dann?«

»Noch kraxle ich überallhin, das kannst du mir glauben!«

»Auch auf die Geiffelspitze?«

»Auch da komme ich locker rauf, aber ganz locker. Du
wirst es morgen sehen. Aber wie ist es mit dir? Wenn du
willst, dann ziehe ich dich das letzte steile Stück.«

»Ich nehme dich beim Wort.«

»Abgemacht.«

»Vielleicht sollten wir uns wirklich leichter zugänglichere
Verstecke suchen.«

»Wie jetzt? Etwa mit Hacke und Schaufel nachts im Garten –«

Ignaz Grasegger unterbrach mitten im Satz, denn es kam ein
Fußgänger die kleine Straße herauf, die am Grundstück der
Familie Grasegger vorbeiführte. Sie erkannten ihn schon von
weitem, es war der Rohrstangl Markus, der seit neuestem
einen Atemschlauch auf der Oberlippe trug – »beheizbar«,
wie er sofort ausführte, kaum dass er stehen geblieben war.

»Das ist sicher praktisch im Winter«, sagte
Ignaz Grasegger lächelnd, »zum Beispiel beim
Skispringen.«

Ursel versetzte ihm einen kleinen Rippen-
stoß.

Der Rohrstangl Markus hatte es an der Lunge, obwohl er nie geraucht hatte und darüber hinaus so gut wie nie aus diesem heilklimatischen Luft- und Schnupperkurort herausgekommen war. Man erzählte sich, dass die Rohrstangls ein vererbliches Lungenleiden plagte, ein pneumologischer Familienfluch, denn bei vielen seiner Onkel und Tanten hatte es in irgendeiner Weise an der Lunge gefehlt. Einer war trotzdem Sänger geworden, aber der Markus war der Erste mit Atemschlauch.

»Das hat mir die Krankenkasse bis auf den letzten Nickel gezahlt«, sagte er jetzt stolz und deutete auf das Plastikteil. »Zuerst wollte sie zwar nicht blechen, die Hundskrankenkasse, aber dann habe ich damit gedroht, dass ich die Sache ins Fernsehen bringe, in so ein kritisches Verbrauchermagazin. Die suchen ja heutzutage geradezu nach einem Missstand. Da ist die Kasse in die Knie gegangen und hat zähneknirschend gelöhnt.«

Die Sonne senkte sich auf das gegenüberliegende Karwendelmassiv und zauberte neue, fast mediterrane Farben in die wogenden Bergwälder.

»Zähneknirschend!«, wiederholte der Rohrstangl und deutete abermals auf den Plastikschlauch, der um seine Brust herum in den Rucksack führte. »Sauteuer. Und stufenlos regelbar.«

Ursel und Ignaz bewunderten die rasselnde Atemhilfe mit der gebotenen Höflichkeit und warteten geduldig, bis der Rohrstangl endlich fertig erzählt hatte und schließlich weiterzog.

»Der redet ja mit dem Schlauch noch mehr als ohne«, sagte Ignaz, als er außer Hörweite war.

»So viel Sauerstoff macht wahrscheinlich gesprächig.«

Die beiden Graseggers standen an den Gartenzaun gelehnt und blickten hoch zur Alpspitzwand, die sich in diesen Nachmittagsstunden begierig in der Sonne zu aalen schien wie ein Pauschaltourist auf der Südterrasse. Stumm und bedeutungsvoll zeigte Ignaz auf einen bestimmten Punkt des Berges, an dem der dunkelgrüne Hochwald in den hellen Kalkfels überging. Ursel lächelte wissend. Beide betrachteten die Stelle lange und versonnen. Ein Radler strampelte auf einem uralten Vehikel vorbei und grüßte ehrerbietig. Es war der Wasserableser Nuss, aussichtsreicher Kandidat auf den Posten des ersten Vorsitzenden des Skiclubs, fast wäre er ins Schleudern gekommen vor lauter Ehrfurcht. Die Graseggers nahmen hier am Gartenzaun die Parade ab. Auch Generalleutnant Witzel, der auf dem Klapprad vorbeifuhr, grüßte schneidig. Trotz ihrer legeren Gartenkleidung stellten Ursel und Ignaz respektable bürgerliche Erscheinungen dar, die Jahre und die reichlichen Schicksalsschläge hatten äußerlich keine besonderen Spuren hinterlassen. Ursel war immer noch eine herbe, üppige Schönheit mit vollen Lippen und vor Intelligenz blitzenden, blauen Augen, Ignaz hingegen war ein stattlicher, gütig und hilfsbereit dreinschauender Biedermann, dem man seine sämtlichen Wertsachen anvertraut hätte, wenn man an einem belebten Badestrand ins Wasser ging.

»Ja, es ist schon besser, wenn wir unsere Dependancen nach und nach auflösen«, sagte Ignaz leise und wandte sich dabei Ursel zu. »Und morgen –«

Wieder brach er mitten im Satz ab, denn der nächste Spaziergänger war im Anmarsch, diesmal von der anderen Seite. Heute war einfach keine ruhige Unterhaltung möglich. Sie erkannten schnell den Wieslinger Johann, den pensionierten Postler und passionierten Schafkopfspieler. Er kam ohne Atemhilfe aus, dafür zog er einen Dackel an der Leine.

9

»Euer Garten ist dieses Jahr wirklich schön geraten«, sagte er. »Alles so akkurat gepflegt. Man sieht schon, dass ihr viel Zeit habt.«

»Man tut, was man kann, man hat, was man hat«, antwortete Ursel und ließ ihren Blick über die von ihr sorgfältig gestutzte Rosenhecke schweifen.

»Ich habe gehört, ihr arbeitet bald wieder in eurem alten Beruf?«, fragte der Wieslinger interessiert.

»So, hast du das gehört? Mag schon sein.«

»In der Zeitung ist es auch gestanden. Mit einem Bild von euch.«

»Es steht viel in der Zeitung.«

So gleichgültig Ignaz das sagte, so brennend hatte er die ganzen Jahre darauf gewartet, wieder als Bestatter arbeiten zu dürfen. In wenigen Wochen lief ihre Bewährungsfrist ab, die ihnen wegen ihrer kriminellen Doppelbestattungsidee damals aufgebrummt worden war. Das Berufsverbot wurde damit ebenfalls aufgehoben. Sie waren auf dem besten Weg, in die bürgerliche Kurve einzubiegen. Reingewaschen von allen Sünden, dem Bösen entkommen, praktisch engelsgleich und quasi mitten in der Himmelfahrt.

»Habt ihr denn schon Voranmeldungen?«, fragte der Wieslinger.

»Voranmeldungen für was?«

»Für euer altes und neues Geschäft natürlich. Ich könnte mir vorstellen, dass man von euch gerne eingegraben werden will.«

»Bist du interessiert, Wieslinger? Du siehst eigentlich noch ganz gesund aus.«

»Ich rede nicht von mir, sondern mehr so allgemein.«

»Das tun wir doch auch.«

Sie ratschten eine Weile über dies und das, dann trollte sich der Wieslinger mit seinem Dackel, und sie waren wieder allein. Sie lehnten sich an den Zaun und sahen den Föhnwölkchen am Himmel zu, wie sie sich langsam über dem ganzen Talkessel ausbreiteten wie Sahnespritzer im Kaffee. Es fehlte bloß noch, dass ein durstiger Nachmittagsgott kräftig umrührte und das ganze Werdenfelser Land ausschlürfte. Völlig ungetrübt war aber die Freude an diesem Tag nicht. Sorgenfalten erschienen auf Ursels Stirn. Die Graseggers standen zwar kurz vor ihrem Eintritt ins bürgerliche Leben, doch gerade deswegen mussten unbedingt noch einige Sachen, die aus der dunklen Vergangenheit in die Gegenwart herüberreichten, erledigt werden.

»Ich würde sagen, wir lösen das Versteck auf der Geiffelspitze auf und holen das ganze gelbe Zeugs da raus«, sagte sie. »Was meinst du dazu?«

Ignaz nickte bedächtig.

Das »gelbe Zeugs« war die familieninterne Bezeichnung für die Goldbarren und Goldmünzen, die sich im Lauf ihrer kriminellen Laufbahn angesammelt hatten. Verdächtige Spuren wie Seriennummern, Herkunftsangaben, Reinheitsgrade und Echtheitszertifikate waren aus den Stücken herausgefeilt worden, und die gesamten gelben Liegenschaften waren in luftigen Höhen über die Alpen verteilt. Kleine Bestände befanden sich in den umliegenden Bergen, in Tagesausflugsweite, für Ursel und Ignaz fußläufig leicht zu erreichen, aber hübsch abseits der touristischen Wander- und Kletterwege. In der Rüscherlsenke befand sich zum Beispiel eine Dependance, auf dem Isingergrat ebenfalls. Für andere Verstecke mussten sie ins Ausland fahren. Einer der Plätze lag mitten in den österreichischen Alpen, und einer, ganz klassisch, in der Schweiz. Das Versteck jedoch, das unterhalb der Geiffelspitze lag, konnte man von ihrer Terrasse aus fast sehen, und oft schauten Ursel und Ignaz in klaren Nächten hinüber zu dem steinigen Schließfach. Den Graseggers blieb allerdings auch gar nichts anderes übrig, als ihre Ersparnisse auf diese Weise anzulegen, eine herkömmliche Aufbewahrung verbot sich von selbst. Seit Jahren schon ging Ignaz mit dem Akku-Steinschneider ins Gebirge, suchte sich ein schönes Plätzchen aus, beobachtete die gegenüberliegenden Bergwände stundenlang mit dem Fernglas, schnitt dann, wenn er sicher war, dass ihm niemand zusah, ein passendes Loch in die Felswand, setzte eine kleine Stahlkassette ein und verdeckte sie wieder mit einem präparierten Stein. Mit einem unauffälligen Zugseil konnte er das Behältnis bequem öffnen und schließen. Seit einigen Jahren waren die Dependancen sogar mit Bewegungsmeldern bestückt. Sollte eines der Verstecke doch zufällig entdeckt und geöffnet werden, gab es Alarm im Hause Grasegger, der Standort wurde dann aufgegeben und sicherheitshalber nicht mehr angesteuert. Das war aber erst ein einziges Mal passiert.

»Hast du einen Vorschlag, wo wirs in Zukunft hintun könnten?«, fragte Ignaz. »Vielleicht doch in ein Schließfach? Dann sollten wir morgen gleich einen größeren Rucksack mitnehmen.«

Ursel schüttelte den Kopf.

»Keine gute Idee. Und selbst wenn wir einen noch so sicheren und bequemen Ort finden, es bleibt immer das Problem, das Zeugl in Bargeld umzuwandeln. Der Hehler –«

Da kam die Nachbarin, die Weibrechtsberger Gundi, die Straße herunter, eine der größten Ratschkathln des Kurorts. Heute war einfach kein guter Tag für solche Gedankenspiele. Noch zwanzig Meter entfernt, legte sie schon los. Ob sie denn schon wüssten. Nein, was. Das und das, von dem und jenem.

Doch die Weibrechtsberger Gundi spürte, dass man ihr nicht ganz so konzentriert zuhörte, und ging nach einigen versuchten Klatschgüssen beleidigt davon.

»Wenn die wüsste«, sagte Ursel. »Dann hätte sie wirklich was zu ratschen.«

Die Umwechslung des Goldes in Bargeld war in der Tat das größte Problem bei dieser Art des Vermögens. Der Hehler verlangte inzwischen fast die Hälfte. Er wusste, dass es für die Graseggers keine andere Möglichkeit der Verflüssigung gab.

Ursel und Ignaz lösten sich vom Gartenzaun und gingen ins Haus.

»Hast du deinen Rucksack schon gepackt?«

Ignaz wies nickend auf das braune Unikum, das schon sein Großvater im Gebirge benutzt hatte. Morgen war Wandertag. So nannten sie es, wenn sie zu einer ihrer Niederlassungen gingen. Sie gaben die fröhlich singenden Ausflügler, grüßten nach allen Seiten, fotografierten, nahmen Umwege, holten dann ihr Gold aus dem Felsen. Ignaz überprüfte seinen antiken Rucksack, den »Affen«, noch einmal. Eine Regenhaut. Eine Windjacke. Ein paar Landjäger. Eine Glock 17C samt Munition. Ein Präzisionsfernglas. Ein Smartphone mit einsatzbereiter Ortungs-App. Zwei Flaschen Bier samt Kühlmanschetten. Etwas Werkzeug. Morgen war die Geiffelspitze dran. Sie würden zunächst auf die gegenüberliegende Seite gehen und das Versteck intensiv beobachten. Dann erst würden sie zuschlagen. Ignaz schnürte den Rucksack zu und stellte ihn zu Boden.

»Wann gibts denn Abendessen?«

»Na, die Ochsenbackerl brauchen schon noch vier Stunden.«

Ignaz murrte, aber er wusste, dass Ochsenbackerl unter vier Stunden nichts anderes als eine Katastrophe waren.

»Was gibt es dazu, zu den Backerln?«

»Das weiß ich noch nicht. Vielleicht Süßkartoffeln mit Wirsing.«

Ignaz schüttelte den Kopf.

»Süßkartoffeln mit Wirsing?«

»Warum nicht?«

»Das passt nicht zu Ochsenbackerl.«

»Was willst dann du für eine Beilage?«

»Kohlrabi.«

»Kohlrabi hat zurzeit keine Saison.«

»Haben wir keinen eingefrorenen?

»Kohlrabi einfrieren? Spinnst du?«

Ignaz wandte sich missmutig an Ursel.

»Ich geh noch ein Stück an die frische Luft.«

»Wann bist du wieder da?«

»Um acht.«

»Sei pünktlich.«

So schnell, wie der kleine eheliche Streit aufgeflammt war, so schnell war er auch wieder verpufft.

In der Bibel gibt es zehn Gebote, zehn ägyptische Plagen, zehn geheilte Aussätzige, zehn wartende Jungfrauen, zehn Tage, in denen Daniel geprüft wurde, zehn Gerechte, die man in Sodom nie und nimmer findet, zehn Generationen von Adam bis Noah, zehn Rebellionen der Kinder Israels gegen Gott …

Ignaz Grasegger war ein gutherziger Mensch, er strahlte Großzügigkeit und Edelmut aus, und er wusste um seine Wirkung. Seine bürgerliche Erscheinung war sein Kapital und hatte ihn schon oft aus misslichen Situationen gerettet. Ignaz hatte von seinen Vorfahren zwar viel Rebellisches und Krawotisches geerbt, aber er wusste sich zu mäßigen und Zurückhaltung zu wahren. Er hatte bei all seinen Gesetzesübertretungen immer darauf geachtet, dass niemand zu Schaden kam. Oder zumindest schmerzfrei blieb. Seine Goldvorräte waren auf saubere Weise zusammengekommen. Denn Delikte wie Schmuggel, Steuerbetrug, Umtausch von Schwarzgeld und Markenfälschungen fand Ignaz nicht verachtenswert. Wem schadete schon die Schattenwirtschaft? Oder genauer gesagt: Wem schadete sie mehr als die ganz reguläre Wirtschaft das tat? Ignaz hielt den Staat jedweder Couleur für einen unersättlichen und ungerechten Moloch, dem ein paar Nadelstiche nicht weh taten. Er bedauerte nur, nicht in den Graubereichen der Cyberkriminalität mitmischen zu können, dafür fühlte er sich usermäßig einfach nicht mehr fit genug. Da hätte man Geschäfte machen können! Ein paar Ideen hätte er schon in diese Richtung gehabt, aber ihm fehlten die Grundlagen eines Nerds.

Ignaz warf seine Allwetterjacke über und trat auf die Straße. Er blickte noch einmal zurück und betrachtete wohlgefällig das schmucke Haus, das sie jetzt schon einige Jahre bewohnten. Das alte war allerdings noch schöner gewesen. Es war damals bis auf die Grundmauern niedergebrannt, und sie konnten von Glück sagen, dass sie nicht darin umgekommen waren. Sie hätten genug Geld gehabt, um auf diesem Grundstück ein neues zu bauen, aber wenn man ausschließlich Schwarzgold und demzufolge nur Schwarzgeld zur Verfügung hat, ist das nicht so einfach. Ignaz lenkte seine Schritte zur Bushaltestelle. Er hatte vor, Elli zu besuchen. Vielleicht war das nicht mehr lange möglich, es stand schlecht um sie. Elli Müther war eine alte Freundin von ihm, ihr geistiger Zustand hatte sich in den letzten Monaten rapide verschlechtert, das bereitete ihm große Sorgen. Jetzt stand ihr auch noch eine komplizierte Operation bevor. Vielleicht war sie ja ansprechbar, und er konnte ihr Trost spenden.

Ignaz bog in die Fußgängerzone des Kurorts ein. Viele grüßten ihn oder lüpften ganz altmodisch den Hut. Er grüßte freundlich zurück. Aber selbst wenn Ignaz zornig zurückgegrüßt hätte, hätte es bei ihm nobel und honorig ausgesehen. Er war so ein Typ. Er betrachtete die Geschäfte. Schon wieder hatte ein Nagelstudio eröffnet. Es war zwar ein Tattooladen, aber Ignaz fasste alle Dienstleistungen, die sich mit körperlichen Äußerlichkeiten beschäftigten, unter dem Oberbegriff Nagelstudio zusammen. Er blickte auf die Uhr. Kurz entschlossen betrat er die Gemäuer der alteingesessenen Metzgerei Moll. In die war schon sein Großvater gegangen. Und wie schon der Opa hielt es auch Ignaz zwei volle Stunden ganz ohne Essen einfach nicht aus.

»So, Grasegger, wie gehts?«

»Geht schon.«

»Drei Leberkäsesemmeln, wie immer?«

»Nein, nur zwei. Bei uns gibts bald Abendessen.«

»Und was wird bei euch Feines gekocht?«

Ignaz antwortete unkonzentriert und leichthin:

»Ochsenbackerl.«

Das war ein Fehler. Hätte er nur Krautsalat gesagt. Oder Apfelkücherl. Die Metzgerin verzog ihren Mund zu einer spitzen Schnute.

»So, Ochsenbackerl, aha. Die habt ihr aber nicht bei uns gekauft, oder?«

»Ich weiß nicht –«

»Stimmt mit unserem Fleisch was nicht? Schon wochenlang wart ihr nicht mehr da!«

»Nächstes Mal kaufen wir wieder bei euch. Ganz bestimmt. Versprochen.«

Die Metzgerin blieb bei ihrem pikierten Ton.

»So, ja, das werden wir dann sehen.«

»Servus, Mollin.«

»Vergiss deine Leberkäsesemmeln nicht, Grasegger.«

Er verließ die Metzgerei, ging ein paar Schritte und betrachtete sich im nächsten Schaufenster. Ursel hatte schon recht. Lange ging das nicht mehr gut mit den Wandertagen zu den alpinen Dependancen. Er war kein junger Steinbock mehr, der überall hinaufkletterte. Jemand anders musste das für sie besorgen. Die Kinder? Ihr Sohn Philipp lebte in Amerika, er hatte an der Yale Wirtschaftswissenschaft studiert, dann noch ein Maschinenbaustudium draufgesetzt, in dem er gerade seinen Abschluss zum Master of Science oder Doktor machte, Ignaz wusste das gar nicht so genau. Er kam ein- oder zweimal im Jahr zu Besuch. Aber er war solch ein verdammter Schisser. Er schien überhaupt nichts von ihm oder Ursel geerbt zu haben. Wie der sich schon bei den Ortungsgeräten angestellt hatte!

»Wofür braucht ihr die denn? Und wieso wollt ihr eine eigene Frequenz haben? Und warum müssen es unbedingt die extrateuren Modelle mit dem Tarnkappen-Modus sein?«

Vielleicht sollte sich Ignaz vertrauensvoll an seine Tochter Lisa wenden. Sie arbeitete in der Tourismusbranche, war viel unterwegs. Den beiden Kindern waren vor Jahren natürlich eigene Alpendependancen eingerichtet worden. An ihren achtzehnten Geburtstagen hatten sie den genauen Ort erfahren. Philipp, der bürgerliche Spießer, war aus allen Wolken gefallen. Hatte etwas davon gefaselt, dass er sein Geld selbst verdienen wolle. Und ehrlich verdienen. Ehrlich! Als ob da viel zusammenkäme außer am Ende ein durchschnittlicher Zirbelholzsarg. Lisa jedoch war ein kleines bisschen mutiger als Philipp. Immer schon. Lisa hatte einen der 20-Unzen-Batzen genauso verzückt und gierig in der Hand gewogen, wie das Ursel immer tat, wenn sie einen gelben Spaziergang machten. Ignaz war sich sicher. Die zierliche Lisa sollte das mit dem gelben Zeugs in Zukunft erledigen. Er musste die Sache mit Ursel besprechen.

Ignaz ging zum Loisachuferweg hinunter. Er packte seine Leberkäsesemmeln aus und ließ sich auf einer Bank nieder. Schon setzten sich zwei Dutzend schnatternde Enten vom anderen Ufer in Bewegung. Ignaz klappte die dick belegten Semmeln auf, nahm eine warme Scheibe in die Hand und verschlang sie gierig. Aus ihm würde nie ein Feinschmecker werden. Er hielt es mit allerlei großen Philosophen, die die Fresserei der Feinschmeckerei vorzogen. Heißhungrig biss er in die zweite Scheibe. Die Semmeln selbst waren für die Enten, das war seine Art der Trennkost. Und noch einmal dachte er an Lisa. Sie trug das Krawotische der Familie Grasegger in sich, sie musste er ansprechen. Immerhin hatte auch sie die Idee mit der Funküberwachung gehabt, Philipp hatte lediglich die Technik geliefert. Und prompt hatten sie dann auch eine Warnmeldung erhalten. Die Niederlassung am Brucksteingrat war wohl aufgebrochen worden, sie hatten aber nichts darüber in der Zeitung gelesen und machten seitdem einen großen Bogen um die Stelle. Manchmal sinnierte Ignaz darüber, was dort wohl geschehen sein mochte.

Seine Lieblingsphantasie war das *junge, blasse Gelsenkirchener Paar auf Urlaubsreise*, das sich etwas vom Alpenwanderweg entfernt und genau unter das Versteck gesetzt hatte. Ignaz sah sie vor sich, wie sie sich ausstreckten, den wolkenlosen Himmel betrachteten, die würzige Luft einatmeten, die es in Gelsenkirchen so nicht gab, wie sie Zukunftspläne schmiedeten, wie ihr Blick auf eine kleine, unnatürliche Rille im Fels fiel.

»Schau mal. Da hat jemand was reingeritzt.«

»Wo? Lass sehen.«

Sie schafften es, den Stein herauszuziehen. Sie entdeckten die Kassette. Den kleinen Nanosender bemerkten sie nicht. Als sie den Inhalt sahen, wurde ihnen schlecht. Hastig machten sie sich auf den Heimweg, wogen die Barren mit der Küchenwaage, studierten danach die aktuellen Goldpreise. Sie mussten sich augenblicklich setzen, sie atmeten schwer durch. So viel Gold auf einem Haufen schlägt einem erst mal auf den Magen, wenn man es nicht gewohnt ist, dachte Ignaz.

»Eigentlich müssten wir das Zeug ja –«

»Meinst du?«

»Das ist sicherlich nichts Legales.«

Sie schwiegen. Zitternd saßen sie da. Sie malten sich in schrecklichen Farben alle möglichen Verbrechen aus.

»Nazigold«, sagte der junge Mann schließlich.

»Ganz bestimmt«, erwiderte sie.

Ignaz hatte die uralten Stahlkassetten von seinem Vater verwendet. Im Berg waren sie noch einmal kräftig nachgerostet. Die Kassetten sahen tatsächlich aus wie alte Schatullen vom Reichswehramt für Volksgesundheit. Ignaz stellte sich das gedachte junge Paar aus dem Ruhrgebiet dünn, blass und mit vor Angst getrübten Augen vor.

»Na ja, wenn es Nazigold ist, dann wird das ja wohl niemandem mehr fehlen«, sagte sie schwach.

Die beiden hatten natürlich kein Schließfach. Sie wollten auch keines aufmachen. Sie suchten nach todsicheren Verstecken. Doch die waren äußerst lächerlich. Sie schichteten die Klumpen jeden Tag um, nicht ohne die Vorhänge vorher zu verschließen. Sie ließen an der Wohnungstür neue Schlösser anbringen. Sie wechselten sich bei den Nachtwachen ab. Sie verließen das Haus nicht mehr. Sie konnten ihre Berufe nicht mehr ausüben. Genüsslich stellte sich Ignaz vor, wie sie nach und nach verwahrlosten. Sie stritten, die Beziehung litt, es ging auch sonst steil bergab. Sie saßen auf dem Schatz und konnten sich nichts dafür kaufen. Dann eines Tages kam ihnen der rettende Gedanke. Kurz entschlossen reisten sie nach Rom, in die Stadt, die alle Probleme löst. Die Goldstücke in ihren Koffern brannten wie Feuer. Sie schlichen sich nachts zum Trevi-Brunnen und ließen die zweieinhalb Kilo Barren und Münzen ins Wasser gleiten. Mit dem großen Platsch schloss sich der Vorhang über ein dunkles und schreckliches Kapitel in ihrem Leben. Fortan lebten sie glücklich und zufrieden.

Ignaz Grasegger stieg in den Bus und setzte sich auf einen freien Platz. Bis zum Krankenhaus waren es fünf Stationen. Er würde nicht länger als eine Stunde bleiben und auf jeden Fall wieder pünktlich zum Essen zurück sein. Ochsenbackerl! Ein herrliches Abendessen. Draußen schob sich die bunte, herbstliche Landschaft vorbei. Die leicht geschwungenen Kramphügel, das breite, unbegradigte Loisachbett. Die Bäume am Uferrand trugen ihr farbenfrohes Blätterkleid in Gelb-, Orange- und Rottönen. Ignaz entspannte sich und döste ein wenig. Wenn er allerdings etwas aufmerksamer gewesen wäre, hätte er im Bus eine Person bemerkt, die ganz und gar nicht hier hereinpasste.

10 ³

Odysseus wanderte neun Jahre und kehrte im zehnten heim, Troja war neun Jahre belagert und fiel im zehnten. Zehn Jahre währte auch der Kampf der Olympier unter Zeus gegen die Titanen unter Kronos.

Ursel kniff die Augen kurzsichtig zusammen und warf einen Blick durch die Sichtscheibe des Ofens: Die Ochsenbackerl bewegten sich leicht zitternd in der Reine mit der blauen Emailleschicht, die Sauce warf Sprechblasen, sie murmelte und maulte leichthin, als würde sie dort drinnen alte Küchengeheimnisse ausplaudern. Ursel nickte zufrieden. Das würde heute Abend das rechte Festmahl werden, eine passende Einstimmung zum morgigen Wandertag. Die gute Laune wurde nur durch die Tatsache getrübt, dass sie gleich den Ruach anrufen musste.

Im Bayrischen nennt man einen »Ruach« einerseits einen habgierigen Menschen, andererseits wird als Ruach auch die Habgier selbst bezeichnet. Der Sünder ist mit seiner Sünde sozusagen im selben Begriff eingesperrt. Im alpenländischen Raum versteht man in der Ganovensprache unter einem Ruach aber auch einen Schieber, speziell einen Hehler. Die Verbindung zum hebräischen Rûaḥ (Geist, Atem, Wind, Beseelung) liegt nahe, ein schöner lautmalerischer Ausdruck, der das Geräusch des Windes oder des Atmens nachahmt. Aber was hat die Rûaḥ zum Ruach gemacht? Letzterer haucht dem wertlosen und toten Diebesgut sozusagen Leben ein, indem er es zu quicklebendigem Geld macht. An diesen Haaren könnte man den gierigen und trotzdem notwendigen Ruach herbeiziehen. Der Haus-Ruach der Graseggers forderte einen Haufen Geld für seine Dienste. Er verlangte jedes Mal mehr. Das musste aufhören. Sie waren jetzt schon beim Spitzenhehlersatz von 49 Prozent.

Ursel schnipselte an den Beilagen für das Abendmahl herum, warf das Messer auf den Tisch und rief den Ruach an. Sie bat um ein Treffen, erfuhr – warum war sie nicht überrascht? –, dass die Geschäfte schlecht liefen, dass alles in letzter Zeit wegen der unberechenbaren Weltpolitik ziemlich mühsam geworden sei, dass der Goldpreis sinke und sinke und immer weiter sinke, dass die Russen und die Araber sowieso wieder mehr auf Diamanten setzten, kurz: dass unter 51 Prozent nichts zu machen sei. Ursel legte wütend auf. Sie schnaubte. Sie blubberte wie die Ochsenbackerlsauce im Backofen. Ihr Trachtendutt, der das einzig richtig Altmodische an ihr darstellte, zitterte. Der schwarze, festgebundene Haarknoten schien sie immer ein wenig nach hinten zu ziehen. Sie richtete sich auf. Herb, massig, funkensprühend, drohend tatendurstig schien sie. Sie blies sich ein paar heruntergefallene Schläfenlöckchen aus dem Gesicht und überlegte, wie es auf dem steinigen Weg zum ehrsamen Leben weitergehen sollte.

Da bog ein übel aussehender Typ um die Ecke, lief auf sie zu, holte mit der entsicherten Handgranate aus, um sie in ihre Richtung zu werfen. Ohne mit der Wimper zu zucken, hob sie ihre doppelläufige Flinte und schoss ihn über den Haufen. Der übel aussehende Typ mit der Narbe quer durchs ganze Gesicht kippte nach hinten um, die Granate explodierte in seiner Hand. Ursel schaltete den Computer wieder aus. Wenn sie sich so ärgerte wie eben über den unverschämten Ruach, ging sie immer in den Keller und streifte den Virtual-Reality-Anzug über. Sie rief dann das Programm mit dem virtuellen Schießstand auf und begann zu zielen. Auf bewegliche Scheiben. Auf davonstiebende Hirsche. Auf übel aussehende Typen, die mit Handgranaten auf sie zuliefen. In ihrem VR-Anzug spürte sie Hitze, Kälte und Regen. Jeden Schuss und Schlag am Körper. Philipp hatte ihr zusätzlich noch einen Helm, der einen Panoramablick ermöglichte, und haptische Sensoren besorgt. Das war alles schön und gut, sie sollte allerdings mit Ignaz wieder einmal in den Wald gehen und ganz analog und altmodisch auf Blechbüchsen schießen. Ursel wusste, dass sie gierig nach Nervenkitzel und Gefahr war. Das war auch der Grund, warum sie momentan ein leises, erregtes Zittern in sich spürte. Sie freute sich auf morgen, auf den Moment, in dem sie das Gold wieder in der bloßen Hand wiegen konnte. Das verbotene Gold. Das Mafiagold. Der Schatz von Sméagol, dem abtrünnigen Hobbit.

Ursel betrachtete den Zeitungsartikel, den sie an die Wand gepinnt hatte. Von einem ehemaligen Bestattungsunternehmerehepaar war da die Rede, das wieder auf den rechten Weg gekommen sei, weil sich »Verbrechen einfach nicht lohne«. Die Familie Grasegger wäre ein leuchtendes Vorbild für die sonst so orientierungslose Jugend. Und auch die passende Bibelstelle, das Gleichnis vom verlorenen Sohn, fehlte nicht. Der Zeitungsartikel über die beiden reuigen Graseggers hing direkt neben einem Ausriss, der einen unauffälligen Typen zeigte, der sich augenscheinlich in dem dunklen Anzug mit der dezent gepunkteten Krawatte nicht recht wohl fühlte. Er blickte zu Boden, hatte die eine Hand hinter dem Rücken wie ein Kellner, der gerade mittelmäßigen Rotwein ausgeschenkt hat, mit der anderen Hand nahm er eine große Urkunde entgegen.

Zur gleichen Zeit stieg Ignaz aus dem Bus. Er schüttelte den Kopf und grummelte. Er hätte Elli doch eine der Leberkäsesemmeln übrig lassen sollen. So kam er bei seinem Krankenbesuch mit leeren Händen zu ihr. Ignaz blickte auf. Da vorne lag sie schon, die vermaledeite Klinik mit ihren grauen, abweisenden Außenmauern, die Elli ganz und gar verschlungen hatte. Ignaz wusste zu diesem Zeitpunkt noch nicht, dass auch ihm dort Übles bevorstand.

10

4

»Jede Lüge will zehn andre zum Futter haben,
wenn sie nicht sterben soll.«
(Sprichwort)

Der Mann auf dem Foto, das Ursel gerade eben auf dem Zeitungsausriss betrachtet hatte, stand jetzt leibhaftig am Bahnsteig des kleinen Bahnhofs. Er war ein gutaussehender Mann in mittlerem Alter, dessen Miene etwas Spitzbübisches hatte. Er blickte genauso aufmerksam und interessiert über die Gleise hinweg in die Ferne, wie die Graseggers vorhin über den Gartenzaun auf die Alpenkulisse geschaut hatten. Der unauffällige Mann zeigte ein wenig Ähnlichkeit mit dem Schauspieler Hugh Grant, gerade erst vor ein paar Tagen bei einem Restaurantbesuch hatten ihn zwei reifere Damen am Nebentisch daraufhin angesprochen.

»Sind Sie es wirklich?«

»Wer?«

»Na, der Schauspieler! Vier Hochzeiten und ein Todesfall?«

»Sie meinen Hugh Grant?«

Er hatte mysteriös gelächelt und die Frage einfach im Raum stehenlassen.

»Kaum zu glauben«, sagte die eine Dame. »Woher können Sie so gut Deutsch?«

»Ich habe deutsche Vorfahren«, antwortete er wahrheitsgemäß.

»Ach, erzählen Sie!«

»Mein Urgroßvater lebte um die 19. Jahrhundertwende hier in der Gegend. Er übte den schönen, aber gefährlichen Beruf des Holzknechts aus. Überdies war er Ensemblemitglied im

Bauerntheater. In unserer Familie wurde schon immer gerne geschauspielert. Eines Tages ...«

Die beiden Damen hörten das ganze Abendessen über staunend zu. Erst beim Dessert kamen ihnen leichte Zweifel.

Kriminalhauptkommissar Hubertus Jennerwein war außer Dienst, er konnte sich den kleinen Spaß erlauben. Es heißt ja oft, dass man Polizisten, Ganoven und Lehrer zweihundert Meter gegen den Wind riechen kann, doch Jennerwein war solch eine unaufdringliche, dezente Erscheinung, dass noch nie jemand auf den Gedanken gekommen war, hinter dieser Fassade stecke der emsige und unermüdliche Ermittler, der knallharte Befragungsspezialist und messerscharfe Analytiker. Was man Jennerwein allerdings momentan durchaus ansah, war die Tatsache, dass er sich im entspannten Urlaubsmodus befand. Er war auf dem Weg in den Norden. Er hatte vor, mit dem Zug nach Kiel zu reisen und von dort aus das Fährschiff nach Göteborg zu nehmen. Stockholm ... Helsinki ... Polarkreis ... Vielleicht landete er zu guter Letzt noch am Nordpol. Er wollte sich treiben lassen, so wie er das damals als junger Mensch getan hatte, als er mit zwanzig Mark in der Tasche per Anhalter in den Süden gefahren war. Jennerwein legte den Kopf in den Nacken und dehnte seinen Rücken, als wollte er seinem Körper beweisen, dass sie beide Ferien hatten. Er schlenderte ein paar Schritte sommerfrischlerisch dahin, doch plötzlich blieb er stehen. Sein Blick war auf eine Stelle des zerkratzten und ausgetretenen Bahnsteigrands gefallen. In der Nähe der Steinkante bemerkte er einen kleinen, rötlichen Fleck. Er ging in die Hocke und betrachtete die winzigen Glassplitter, die sich um den Fleck verteilt hatten. Es war zweifellos ein Brillenglas. Und es deutete alles auf Blutspritzer hin. Unwillkürlich griff er in die Tasche, holte einen Bleistift heraus und bewegte einen der Splitter vorsichtig zu sich her.

»Hey, passen Sie auf, das ist doch gefährlich, so nah an der Bahnsteigkante!«, brüllten zwei bahnblaue Uniformhosenteile neben ihm.

Jennerwein sah hoch und erkannte im Besitzer der zerknitterten Beinkleider einen besorgten Schaffner, der sich um den vermeintlich Lebensmüden kümmern wollte. Schnell stand Jennerwein auf und ging weiter. Man musste nicht hinter alle Geheimnisse kommen.

Jennerwein war alles andere als lebensmüde. Er fühlte sich jetzt schon, nach wenigen Tagen Urlaub, lebendiger als je zuvor. Keiner seiner Kollegen hatte es für möglich gehalten, dass Jennerwein es wahrgemacht und ein Sabbatical genommen hatte. Eigentlich hatte ihn sein Chef darauf gebracht.

»Jennerwein, wenn überhaupt einer so eine Auszeit braucht, dann Sie«, hatte Dr. Rosenberger mit seiner dröhnenden Stimme verkündet. »Sie haben eine Aufklärungsquote von hundert Prozent, von wem kann man das schon sagen! Die Ehrung war vollkommen verdient.«

Die »Ehrung« war der Bayrische Verdienstorden, den ihm der Ministerpräsident persönlich angesteckt hatte. Er hatte Jennerwein allerdings verwechselt und ihn für einen Sportfunktionär gehalten. Alle Zeitungen hatten davon berichtet. Einer spontanen Eingebung folgend, hatte der Kommissar eine Reise nach Schweden gebucht. Jennerwein hatte keine besondere Beziehung zu diesem Land, aber er stellte es sich als locker und unangestrengt vor. Er wollte dort ausspannen, sich erholen, zur Ruhe kommen. Einen einzigen festen Termin gab es allerdings, in drei Tagen, bei einem Arzt, einem Spezialisten für Akinetopsie.

Der Zug in die Landeshauptstadt musste in wenigen Minuten einfahren. Jennerwein blickte wieder auf die Gleise, diesmal selbstverständlich in gebührendem Abstand zur Bahnsteigkante. Es war für Jennerwein ungewohnt, keinen dienstlichen Termin vor sich zu haben, keine Akten im Zug wälzen zu müssen, nicht dauernd darüber zu grübeln, was denn der Pistoleneinschuss im Winkel von dreißig Grad im Körper des verstorbenen Bäckermeisters nun bedeutete. Vorher am Fahrkartenschalter hatte der Urlaub begonnen. Ein herrlicher Augenblick, trotz Warteschlange. Das Einzige, was ihn genervt hatte, war das neugierige norddeutsche Ehepaar hinter ihm in der Reihe gewesen. Wer und was er denn wäre, wo er denn herkäme, dem Dialekt nach doch wohl aus dem Süden. Wo er denn hinfahre, wie lange er dort bliebe, wo er unterkäme, warum er so schweigsam sei. Er war zu höflich, um die beiden brüsk abzuweisen. Nach einer Viertelstunde wusste er alles von ihnen, er wiederum hatte überhaupt keine Lust, sich als Kriminalbeamter der bayrischen Polizei zu outen.

»Sagen Sie schon!«

»Ich wollte jetzt eigentlich nicht an meinen Beruf denken.«

»Ist er so schlimm, der Beruf?«

»Ganz im Gegenteil. Ich liebe ihn über alles.«

Jennerwein war unbegabt für Lügen aller Art. Er hasste es zu lügen. Nicht aus moralischen Gründen, sondern weil es sich auf die Dauer als viel zu kompliziert herausstellte. Das hatte er als neunjähriges Kind schon erkennen müssen. Damals wollte er einmal testen, wie es denn wäre zu schwindeln, und er hatte den Eltern von einem Treffen mit Tante Agnes auf der Straße erzählt. Das war moralisch gesehen keine Lüge, sondern eher eine – ja, was? –, vielleicht eine Geschichte. Zur moralisch verwerflichen Lüge gehört immer ein Vorteil, der sich für den Lügner aus dieser Lüge ergibt. Er hatte also die

Begegnung mit Tante Agnes erfunden, um sich trainingshalber durch die Widersprüche des Treffens zu quälen.

»Aber die ist doch gar nicht hier.«

»Das dachte ich auch. Aber dann ist sie plötzlich aufgetaucht.«

»Was hat sie gesagt?«

Schließlich stand Tante Agnes, die dieses Treffen natürlich abstritt, als Lügnerin da, und Hubertus schämte sich sehr. Das war seines Wissens nach das letzte Mal, dass er gelogen hatte. Und hier, gegenüber dem nervigen Ehepaar? Wiederholt hatte er versucht, sich möglichst unfreundlich von ihnen abzuwenden, doch ohne Erfolg, sie hatten nicht lockergelassen. Dann war er an der Reihe gewesen. Endlich.

»So, Herr Kriminalkommissar, wo fahren wir denn hin?«, röhrte die Schalterbeamtin lautstark. »Aha, nach Schweden. Auch schön. Haben Sie die richtige Creme für die Mitternachtssonne dabei?«

Jetzt wussten es alle dreißig Leute in der Halle.

Jennerwein betrachtete die blanken Gleise, die in ihm immer schon ein Gefühl des Fernwehs erzeugt hatten. Dann hob er den Blick. Große Teile des Himmels waren inzwischen grau und schmutzig. So schnell ging das hier im Alpenvorland. Dichte Wolkenpakete schoben sich vor die Sonne, die Menschen drängten sich an ihm vorbei zur überdachten Mitte des Bahnsteigs, um dort Schutz zu suchen vor dem zu erwartenden Regenguss.

Und dann spürte er plötzlich eine schwere Männerhand auf der Schulter.

»Kommissar Jennerwein?«

Die Stimme war ihm unbekannt. Oder hatte er sie doch

schon gehört? Er drehte sich nicht um, warf lediglich einen kurzen Blick auf die breiten Finger des Fremden. Der Mann konnte anpacken. War das ein Krimineller, den er überführt hatte? Der sich an ihm rächen wollte? Gonzales war vor drei Monaten aus der JVA entlassen worden, aber würde der ihm die Hand so derb und vertraulich auf die Schultern legen? War es einer der Fessler-Brüder, die ihm damals beim Marder-Fall entwischt waren? War er in Gefahr? Dieser nicht überdachte Bereich des Bahnsteigs war inzwischen vollkommen menschenleer, er selbst war natürlich unbewaffnet, und die Selbstverständlichkeit, mit der der Fremde ihm die Hand auf die Schulter gedrückt hatte, verhieß nichts Gutes. Sollte er einen Überraschungsangriff starten, sich schnell bücken, den Arm dabei packen und versuchen, den Mann mit einem Judogriff zu Boden zu werfen? Er stand jedoch so, dass der andere unweigerlich auf den Gleisen landen würde, wenn der Wurf gelang. Und das bei dem bald einfahrenden Zug.

»Jennerwein stimmt doch, oder?«

Der Mann hinter ihm sprach Dialekt, schweren süddeutschen Dialekt, den er momentan nicht einordnen konnte. Jennerwein hatte keine Ahnung, wer das war. Er drehte sich langsam und vorsichtig um. Er begriff nicht gleich. Dann der Schock. Diesen Mann, der ihm jetzt breit grinsend ins Gesicht blickte, hätte er im Leben nicht erwartet.

Vor ihm stand der Allgäuer Kriminalhauptkommissar Kluftinger aus Kempten.

10

5

*Auch im Computerzeitalter spielt die Zehn eine
große Rolle: Mit der 1 und der 0 ist es möglich, jede
beliebige Zahl darzustellen. Dazu der Informatiker-
»witz«: Es gibt genau zehn Arten von Menschen. Die,
die binäre Zahlen verstehen, und die, die es nicht tun.*

Man hätte nicht auf Anhieb sagen können, um welches Geräusch es sich bei dem saftig klatschenden Fllapff! handelte. In gleichförmigem Abstand von ein oder zwei Sekunden ertönte so etwas wie ein tropfender Wasserhahn, der immer näher kam. Es hätten auch mehrere nicht ganz ernstgemeinte Ohrfeigen sein können. Oder die genüsslichen Hiebe eines französischen Sternekochs beim Plattieren eines Kalbsmedaillons. Es waren jedoch nur die Plastikschlapfen von Hilfspfleger Benni Winternik, der den Krankenhausgang herunterkam. Winternik war ein bartloses, zaundürres Jüngelchen um die zwanzig, er hatte sich für das soziale Jahr verpflichtet und arbeitete schon seit zwei Monaten auf der Station. Er war allerdings ziemlich enttäuscht darüber, dass sie ihm bei all seinen Interessen und Fähigkeiten, die er sich zugutehielt, so wenig verantwortungsvolle Arbeiten übertragen hatten. Er war hier eigentlich nur der Laufbursche für alle. Seine dunkelblaue Arbeitskluft, in die sie ihn gesteckt hatten, verstärkte den unmedizinischen, subalternen Eindruck, er sah eher aus wie ein Monteur oder vielmehr wie der Hiwi eines Monteurs. Viele Patienten erfasste deshalb eine leichte Irritation, wenn er ins Zimmer kam, um Mineralwasser nachzuschenken oder die Betten aufzuschütteln. Heute hatte man ihm eine besonders entwürdigende Aufgabe zugeteilt, nämlich die, mit einer Tippliste für die Wahl zur »Miss World« herumzugehen und sie von möglichst vielen Klinikmitarbeitern ausfüllen zu lassen.

Das Fllapff! verstummte. Winternik war an einer offenen Tür stehen geblieben, im Krankenzimmer beugte sich Schwester Zilly gerade über einen Patienten, um ihm eine Injektion zu verabreichen. Der Patient lag entspannt auf der Seite, hatte die Hose heruntergezogen und blickte fröhlich drein. Er pfiff sogar den bayrischen Defiliermarsch. Die Schwester war bekannt für ihre schnellen und schmerzlosen Injektionen. Patienten schwärmten von ihr, und ihre Ablenkungsmanöver bei Kindern waren legendär. Winternik wedelte aus der Ferne mit der Liste, deutete darauf, nahm eine sexy Model-Pose ein, rieb dann Daumen und Mittelfinger aneinander. Schwester Zilly nickte beiläufig. Sie interessierte sich wie Winternik nicht die Bohne für solche unterirdischen Wettbewerbe, aber das waren oft die erfolgreichsten Zocker. Sie setzten hoch und machten auf diese Weise die Wetten spannender. Schwester Zilly (die auf dieser Berufsbezeichnung bestand und nicht als »Pflegefachkraft« oder gar »Fachgesundheits- und Krankenpfleger/-in« bezeichnet werden wollte) wandte sich wieder dem Patienten zu.

»Sie werden jetzt einen klitzekleinen Stich spüren. Platz eins für Miss Vatikanstadt.«

»Wie bitte?«, fragte der Patient.

In diesem Moment fuhr sie mit der spitzen Nadel in den Gesäßmuskel. Doch der Gepiekste war viel zu abgelenkt, um irgendetwas zu spüren.

»Aha, interessant. Vatikanstadt auf Platz eins«, sagte Winternik lächelnd und trug den Tipp in seine Liste ein.

»In meiner Kitteltasche sind Münzen«, sagte Schwester Zilly. »Nehmen Sie sich fünf Euro raus.«

Während sie weiter an ihrem Patienten arbeitete, griff Winternik vorsichtig in ihre Kitteltasche, wühlte ein wenig und fingerte schließlich die Euromünzen heraus. Er stand schräg hinter ihr, und er war ihr jetzt so nahe gekommen, dass er den Duft ihrer Haare riechen konnte. Er hatte einen guten Blick auf ihre Schläfe und den äußeren Augenwinkel. Ihr Lidstrich war zerlaufen, der Bindehautsack, der das Schläfengewebe abschloss, war geschwollen. Hatte sie geweint?

»Danke«, sagte er leise zu ihr, warf eine der Münzen in die Luft und fing sie wieder auf.

Fllapff! Fllapff! Fllapff! Winternik noppte sich weiter. Dragica, die gründlichste, fleißigste und zuverlässigste Mitarbeiterin des Reinigungsdienstes, kniete am Boden und wischte. Gerade war sie dabei, die Eckleiste mit einer Bürste zu säubern.

»Willst du auch mitwetten?«, fragte Winternik.

»Um was gehts diesmal?«

»Die Wahl zur Miss World.«

»Wenn Serbien mitmacht, dann ja. Euro kriegst du später.«

Es wurde permanent gewettet in diesem Flügel des Krankenhauses. Fußballweltmeisterschaft, Bundestagswahlen, Eurovision Song Contest, jetzt eben das. Früher hatten sie auch Patienten mitwetten lassen, bis die dumme Sache passiert war. Einer hatte bei einer Fußball-WM die richtige Endspielpaarung und das genaue Endspielergebnis vorhergesagt, war aber dann in der Halbzeit vor Aufregung gestorben. Was sollte man tun? Den trauernden Verwandten den Gewinn vorenthalten? Oder ihnen die 89 Euro geben? Beides wäre irgendwie nicht pietätvoll gewesen.

»Serbien als Miss World, guter Tipp«, sagte Winternik zu Dragica.

Im Stationszimmer der Station 8 war Schichtwechsel, und er reichte die Liste unter den Anwesenden herum. Niemand konnte sich eine ironische Bemerkung bezüglich Schwester Zillys laienhaftem Tipp verkneifen.

»Vatikanstadt – gibt es da überhaupt Frauen?«, fragte ein Krankenpfleger. »Und wenn, dürfen die dann an Misswahlen teilnehmen?«

Auf dem Namensschild des Pflegers stand D. Buck. Viele kurzsichtige Patienten misslasen den abgekürzten Vornamen als Doktortitel und hielten ihn für einen Arzt. Buck ließ es sich gern gefallen.

»Und wenn da Vatikanstädterinnen teilnehmen«, sinnierte Buck weiter, »wie werden die wohl aussehen?«

Während Benni Winternik das Wettgeld kassierte, trudelte die Belegschaft der heutigen Nachtschicht langsam ein. Die der Nachmittagsschicht war noch teilweise anwesend, doch das Personalzimmer der Station 8 wurde auch gerne von anderen medizinischen Kräften besucht. Der Grund war der, dass Selda Gençuc, die türkische MTA, den besten Kaffee im ganzen Krankenhaus brühte, mit genau abgemessenen Zugaben von geheimnisvollen Kaffeegewürzen. Winternik war froh, dass er heute seine Earphones dabeihatte, denn Kreysel packte im Nachtdienst immer seinen unerschöpflichen Vorrat an unwitzigen Anekdoten aus. Eine solche Labertasche ist immer dabei, dachte Winternik. Wahrscheinlich gab es schon bei den Höhlenmenschen Labertaschen.

»Dolle Geschichte gehört«, begann Kreysel und sog an seiner kalten Pfeife. »Müsst ihr euch vorstellen. Sein Arztkittel ist blitzsauber, er hat ein Stethoskop umgeworfen, das typische Arztlächeln, er geht von Zimmer zu Zimmer, hat die Spritze in der Hand, spritzt da, punktiert dort, die ganze Station 11 macht er durch, geht dann wieder auf Station 12 und legt sich gemütlich in sein Patientenbett. Diagnose: Wahnvorstellung. Oder die Geschichte von dem falschen Feuerwehrmann«, schloss er ohne Pause an. »Kennt jemand die?«

Natürlich kannten alle die Geschichte, aber als er beginnen wollte, leuchtete eine rote Lampe auf, ein Patient hatte geklingelt. Alle schossen von den Stühlen hoch, doch Schwester Zilly war zuerst an der Tür.

Die Frau, die geklingelt hatte, war schwach, sie hatte eine schwere OP hinter sich, und auch schon wieder vor sich. Sie nickte Zilly zu und deutete mit dem Kopf zum Nachtkästchen, auf dem ein Glas stand. Die Deckenlampe brannte, ein leerer Stuhl war an das Bett gerückt.

»Hatten Sie noch Besuch?«, fragte die Schwester während des Einschenkens.

»Ja, war ganz lustig«, antwortete die Patientin mit müder Stimme.

»Ein Verwandter?«

»Ein Clown.«

Ach so. Diese Patientin hatte Besuch von den Clowndoktors bekommen. Sie waren in letzter Zeit eine ziemliche Plage, diese Gericlowns. Lachen sei die beste Medizin, hieß es. Und so wurde die Verwaltung bombardiert mit Anfragen von freien Clowndoktortruppen, Straßenkünstlern und Pantomimelehrgangsabsolventen. Meistens taten sie nicht mehr, als sich grell zu schminken, in den Zimmern herumzutapsen und Blumenvasen umzustoßen.

»Wie viele waren es?«

»Nur einer.«

»Und was hat er gemacht?«

»Er hat mit mir geredet.«

Die Schwester verabschiedete sich, ging ins Stationszimmer und sah im Dienstplan nach. Heute waren keine Clowns angemeldet. Diese Typen kamen, wann sie wollten, dachte sie ärgerlich. Manche standen im Verdacht, bei den Patienten abzukassieren.

Kreysel, die Labertasche, war schon bei der nächsten Geschichte. Ein paar Nachtschichtler hörten höflich zu. Schwester Zilly schlug ihr Buch auf. Jemand strickte. Winternik hatte die Kopfhörer aufgesetzt und hörte Musik seiner Generation. In seiner Brusttasche steckte die Liste mit den Wetten. Er nahm sie beiläufig heraus und überflog sie, ob er schon mit allen durch war:

Benni Winternik	F
Kreysel	S
MTA Selda Gençuc	P
Schwester Zilly	V
D. Buck	A
Ingo, der Masseur	A
Dragica	SRB

Winternik faltete das Blatt zusammen und legte es auf den Tisch. Fllapff! machte es, als er aufstand, um nach dem nächsten Patienten zu sehen, der geklingelt hatte.

10 ₆

So zielsicher Ursel vorhin dem üblen Angreifer ins Herz geschossen hatte, so punktgenau stieß sie jetzt mit der Gabel in eines der Ochsenbackerl und hob es vorsichtig aus dem saucigen Gebrodel heraus. Sie legte es auf ein Holzbrett, schnitt es an und prüfte, ob es sich auch innen gut vollgesogen hatte. Es hatte. Die restlichen Ochsenbackerl blubberten leicht zitternd in der Röhre, die dunkelglänzende Flüssigkeit, in der sie schwammen, warf Blasen, und mit jedem Blubb stiegen jetzt, nach drei Stunden Kochzeit, herrliche Gerüche auf.

Ursel war mehr der Ofen-Typ, während Ignaz, der ebenfalls gerne und hervorragend kochte, mehr den klassischen Pfannen-Typ darstellte. Beiden gemeinsam jedoch war die beinahe ehrfürchtige Liebe zur Sauce, zur reinen Essenz des Geschmacks. Die Sauce schien ihnen der Höhepunkt jeglicher Kochkunst, das Nonplusultra der Gaumenfreuden. Sie hatten schon einmal ernsthaft erwogen, ein exklusives Saucen-Restaurant aufzumachen, auf der Speisekarte sollten nur Bratensäfte und Béchamels stehen, Mayonnaisen, Aiolis, Grüne Saucen, Rouilles und Cumberlands … Aber gehen die Leute in ein Restaurant, das von zwei ehemaligen Beerdigungsunternehmern geführt wird?

Ursel strich sich die Schürze glatt und drehte die Temperatur am Ofen herunter. Ein Löffelchen von der dickflüssigen Masse hatte sie herausgenommen, sie wartete kurz, bis die gröbste Hitze verflogen war, dann schlürfte sie ungeniert. Beide Graseggers gehörten nicht zu der Sorte von Feinschmeckern, wie man sie in den Spitzenrestaurants sitzen sah, lustlos das Teuerste aufspießend, es übellaunig betrachtend und im Mund hin und her schiebend wie eine angriffsschwache Fußballmannschaft den Ball. Die Graseggers waren, man muss es so deutlich sagen, verfressene Zeitgenossen. Das Erstaunliche war, dass sie nicht noch beleibter waren, bei den Mengen, die sie zu sich nahmen. Aber sie hatten Glück mit ihrem Stoffwechsel, sie setzten nicht allzu übermäßig an.

Wieder blies Ursel sich ein paar heruntergefallene Schläfenlöckchen aus dem Gesicht. Eine Stunde noch, dann waren die Ochsenbackerl fertig. Sie machte sich daran, die Beilagen vorzubereiten. Süßkartoffel-Wirsing-Püree. Böhmische Serviettenknödel. Als sie das Radio anschaltete, erfüllten sofort die kristallklaren Gesänge der Herbratzederdorfer Dirndln den Raum. Von den Kindern wurden Ursel und Ignaz wegen ihrer Liebe zur Volksmusik oft mit beißendem Spott überzogen. Warum es denn die allerneueste Surround-Sound-Hi-Fi-Schnick-Schnack-Anlage mit 500-Watt-Boxen sein musste, wenn sie ausschließlich solches Gejaule hörten? Die Kinder hatten ja keine Ahnung. Eine der Herbratzederdorfer Dirndln jodelte jetzt solo, ihre Stimme schepperte wie ein schartiges Messer auf dem Schleifstein. Ursel riss sich von dem Gesang los, sie dachte darüber nach, was noch an der Sauce fehlte. Ein altes Hausrezept verlangte nach einem Tannenzweig, der in der letzten Stunde mitgekocht wurde. Sie verließ das Haus, ohne die Tür abzuschließen, lief über die kleine Wiese zum angrenzenden Wäldchen, erntete einige saftig grüne Tannenzweige und warf sie in die Sauce wie Miraculix das bei einem Zaubertrank getan hätte. Es war auch ein Zaubertrank. Wenn es Ochsenbackerl gab, erfüllte ihr Ignaz immer jeden Wunsch.

Ursel leckte sich die Finger und schloss die Tür des Backofens wieder. Es war ein leistungsfähiger Backofen einer großen deutschen Haushaltsgeräte-Firma, der eine besondere Funktion der Selbstreinigung durch Pyrolyse hatte. Dabei wurden 600 Grad Celsius erreicht, das brannte den Schmutz vollständig weg. Gold schmolz jedoch erst bei 1064 Grad. Der Umbau des Backofens in einen Schmelzofen, in dem kleine, leicht verkäufliche Münzen hergestellt werden konnten, lag nahe.

»Ich frage nicht, wozu ihr das braucht«, hatte Philipp gesagt.

»Geht das jetzt, oder geht das nicht?«, hatte Ignaz gegengefragt.

»Also, bis 900 Grad kommen wir schon«, sagte Philipp, der Superingenieur, den die Aufgabe reizte, den Ofen hochzutunen. »Aber ich weiß nicht, ob wir noch viel mehr Temperatur rausholen können. Ich müsste verschiedene Module einbauen, zusätzliche Relais. Noch mehr Feuerschutzmaßnahmen. Und natürlich jede Menge Wandverdickungen. Elfhundert Grad wären dann zu erreichen. Aber sicher nur ein paar Sekunden lang.«

Philipp hatte ihnen den Ofen umgebaut. Die Explosionsgefahr war groß. Man musste das Haus verlassen. Aber sonst war alles gutgegangen. Sie hatten es ein paarmal probiert. Nach dem fünften Guss hatte allerdings der Hörl Sepp von den Gemeindewerken angerufen.

»Grüß dich, Graseggerin.«

»Grüß dich, Hörl. Was gibts?«

»Bei euch im Haus stimmt was nicht. In der letzten Woche haben wir einen irrsinnig hohen Stromverbrauch gemessen. Habt ihr einen Heizstrahler dauernd laufen lassen? Oder ist aus euch plötzlich eine zwanzigköpfige Familie geworden?«

Das war also zu auffällig. Es half nichts, um den Ruach kam man nicht herum.

Die Ochsenbackerl blubberten alleine vor sich hin. Ursel verließ die Küche, schlenderte durch den Garten und lehnte sich wieder an den Zaun. Als sie hinüber zur fernen Geiffelspitze sah und die Stelle suchte, an der der dichte Nadelwald in Schotter und Geröll überging, als sie das Gold quasi dort zwischen den Steinen hervorblitzen sah, nickte sie wieder versonnen. Und wie bei den Ochsenbackerl blubberte in ihr eine feine und prickelnde Kitzelspannung auf. Gefahr war Dressing für ihre Seele. Ein paar Leute gingen vorbei, grüßten. Sie grüßte flüchtig zurück.

Die Abenddämmerung legte sich über das Tal. Sie blickte hoch zum tiefblauen Himmel, die große fette Wolke war weitergezogen, und die Gemütlichkeit, die den ganzen Tag noch ein letztes herbstliches Mal glühend und unbarmherzig auf den Talkessel gebrannt hatte, ging langsam hinter dem Waxensteingebirge unter. Einige Mücken taumelten surrend durch die Luft und flogen geradewegs in den Tod. Sie landeten in den Schnäbeln der gierigen Haubenmeisen. Auch andere Vögel saßen in den Ästen und belferten sich an. Der heisere Schrei eines wütenden Fuchses ließ sie verstummen, die Nacht kam auf das Land zu wie ein schlingerndes Auto, das nicht mehr zu bremsen war. Die Alpspitze glich jetzt einem abgebrochenen Zahn, steil aufragend und blutig in allen denkbaren unappetitlichen Rottönen. Schnaken und Gelsen, die sich den ganzen Tag über mit Touristenblut vollgesogen hatten, schwirrten trunken herum und schleppten böse Krankheiten mit sich. An den Kanten der Waxensteine brannte das Abendrot wie loderndes Feuer. Der Wind strich durch die Wälder. Die Gemütlichkeit war endgültig untergegangen.

10 7

Jennerwein starrte Kommissar Kluftinger perplex ins Gesicht. Er konnte es immer noch nicht so recht glauben. Kluftinger hielt seinem Blick stand, auch er schwieg und lächelte freundlich zurück. Sekunden vergingen. Eine Bahnhofsdurchsage durchschnitt die Stille. Dann war es wieder ruhig. Es schien so, als ob keiner von beiden sich die Blöße geben wollte, etwas ganz und gar Naheliegendes zu sagen. So etwas wie: Klein ist die Welt! Oder: So sieht man sich wieder! Der Allgäuer nahm die Hand langsam von der Schulter Jennerweins.

»Was machen Sie denn hier, Kollege?«, sagten beide gleichzeitig und mussten lachen darüber.

»Ja, gibts denn so was«, sagte Jennerwein, »jetzt hätte ich um ein Haar einen bayrischen Beamten mit einem Judowurf auf die Gleise befördert. Das hätte eine Schlagzeile gegeben!«

»Vor allem hätte es eine Riesensauerei gegeben«, fügte Kluftinger trocken hinzu. »Es ist lange her. Ich meine: unsere letzte Begegnung. Es muss so um 98 oder 99 herum gewesen sein, das sind jetzt fast zwanzig Jahre.«

»Möglich, ja.«

»Seitdem schon mal wieder im Allgäu gewesen?«

»Nicht dass ich wüsste.«

Jennerwein musterte den anderen. Der

43

bodenständige Kriminalhauptkommissar, den er damals kennengelernt hatte, hatte sich eigentlich kaum verändert. Obwohl: Etwas fülliger war er schon geworden. Das ist bei mir aber sicherlich auch nicht anders, dachte Jennerwein. Hatten sie sich damals eigentlich geduzt?

»Dienstlich unterwegs?«, fragte Kluftinger.

»Nein, ich trete gerade meinen Urlaub an«, antwortete Jennerwein. »Stockholm. Ein paar Wochen. Und selber?«

Kluftinger deutete mit dem Daumen über die Schulter.

»Ich war drüben in Kochel am See. Im Museum.«

»Schön!«

»Franz Marc.«

»Franz Marc, soso. Blaue Pferde. Welche gesehen?«

»Ja, schon auch. Aber ich bin da einer Sache auf der Spur – vielleicht können wir ja mal –«

»Jederzeit, Kollege.«

Wieder röhrte die automatische Durchsage. Jennerwein konnte sich beim besten Willen nicht erinnern, ob sie sich damals geduzt hatten. Kluftinger vermutlich auch nicht. Es war auf Dauer ziemlich anstrengend, den entsprechenden Personalpronomen auszuweichen. Warum hatte sich Kluftinger eigentlich nie mehr bei ihm gemeldet? Ein Anruf hätte genügt, auch wenn es eine Absage gewesen wäre. Aber so wie er jetzt dastand, eher schüchtern als polternd, konnte man ihm eigentlich nicht böse sein.

»Ich habe einen Spezl hier abgeliefert«, sagte Kluftinger. »Ich selbst fahre dann mit dem Auto weiter.«

Der Zug rumpelte in den Bahnhof ein.

»Der Zug«, sagte Jennerwein. »Wie gesagt: Stockholm.«

»Ja, dann –«

»Ja, dann also –«

»Bis bald.«

»Wir sollten unser Gespräch von damals fortsetzen.«

Die Türen der Regionalbahn sprangen quietschend auf.

»Da bin ich auch dafür. Es ist ja viel geschehen inzwischen.«

Jennerwein preschte vor: »Haben wir uns jetzt damals ge-duzt?«

»Ich weiß es ehrlich gesagt auch nicht mehr.«

»Wir können es ja jetzt machen. Ich heiße Hubertus.«

»Ja, ich weiß«, sagte Kluftinger lächelnd. »Das ist ja auch in allen Zeitungen gestanden. Bundesverdienstkreuz und so.«

»Es war eigentlich nur der bayrische Verdienstorden.«

»Wird schon noch werden, das Bundesverdienstkreuz. Man kommt ihm auf die Dauer nicht aus. Also, Hubertus, ich heiße für Freunde –«

Ein gellender Pfiff des Schaffners ertönte und schnitt Kluftingers Satz grausam und unerbittlich ab. Es war der Schaffner von vorhin, der mit den bahnblauen Beinkleidern. Die so unterschiedlichen Kommissare, die in einer anderen Galaxie vielleicht in einem Team zusammengearbeitet hätten, gaben sich lächelnd und entschuldigend die Hand und gingen in verschiedene Richtungen davon. Dann drehten sie sich nochmals um und riefen gleichzeitig:

»Ich lass wieder von mir hören. Die Nummer habe ich ja.«

10

Decandria sind Pflanzen mit zehn freien Staub-
gefäßen. Sie haben so wohlklingende Namen wie
Spechtwurz, Fleischblume, Milzkraut, Steinbrech,
Seifenkraut, klebrige Lichtnelke, gemeiner Tauben-
kropf, nickende Silene, Meierich, quendelblättriges
Sandkraut, Mauerpfeffer, Fette Henne, Hornkraut ...

Der Ruach war ein Mann, dem man es auf der Straße nie und nimmer angesehen hätte, welch elenden, hinterhältigen und auch zweitklassigen Beruf er ausübte. Seine Tarnung war perfekt, denn nicht nur, dass er aussah wie ein Milchbubi, er betrieb ein kleines Geschäft für allerlei Tand und Plunder, den er in seinem Hof aufgebaut hatte: Kazmarec's Gartenbedarf. Blumenkübel, Steckfiguren, Hängeschnickschnack. Die Kunden konnten sich nehmen, was sie wollten, sie wurden mit einem handgeschriebenen Schild gebeten, das Geld in den Briefschlitz zu werfen. Ausgerechnet er, der Ruach, hielt biedere Gartenfreunde und Zwergenliebhaber zur Ehrlichkeit an. Die Hehlergeschäfte zwischen und hinter den Gestecken, Bilderrahmen und Vogelkäfigen liefen prächtig. Er war normalerweise ein lockerer, entspannter Mann, auch dann, wenn er bei einem Ganoven seinen Anteil von vierzig auf fünfzig Prozent hochschrauben musste. Die allgemeine schlechte Wirtschaftslage, man hört das ja täglich in den Nachrichten. Momentan jedoch war Kazmarec ganz und gar nicht entspannt, der Schweiß lief ihm in Strömen von der Stirn, die Haare hingen wirr ins Gesicht. Er saß auf einem Holzstuhl, die Hände straff auf den Rücken gefesselt, und eine Beretta 92 mit Schalldämpfer war auf ihn gerichtet. Er hatte genau solche Berettas schon massenweise besorgt und wieder vertickt, sie waren eine Zeitlang mal so etwas wie die Währung der Unterwelt gewesen. Jetzt aber blickte er abwechselnd in den Lauf der Pistole und hoch zu dem maskierten Mann, der sie hielt. Der Ruach leckte sich die Lippen. Er spürte Blut. Übelkeit stieg in ihm auf. Er musste diese Notlage schnellstmöglich beenden. Er hielt das körperlich nicht durch. Sein Asthma. Sein Bluthochdruck. Sein schwacher Kreislauf. Was wollte der Typ? Geld? Wahrscheinlich Geld. Das konnte er ihm geben. Himmel nochmal, warum hatte er sich bloß so übertölpeln lassen! Der Überfall musste mit den jüngsten Edelmetallgeschäften zu tun haben. Und mit der Schmelze.

Der Ruach schmolz das Gold nämlich nicht im auf 1064 Grad Celsius hochfrisierten Backofen wie die Graseggers. Der Ruach hatte vor Jahren einen Metallfacharbeiter in der Stahlgießerei kennengelernt. Sie verstanden sich auf Anhieb gut, sie beschlossen zusammenzuarbeiten. Bei Schichtwechsel mischte sich der Ruach unter die Belegschaft, proletarisch unrasiert und im Blaumann, unter dem Blaumann trug er die Barren in diversen Gürteltaschen. Dann warteten sie einen geeigneten Zeitpunkt ab, an dem sie beide allein am Schmelzofen waren. Es musste schnell gehen. Er und der Stahlarbeiter schmolzen die edlen Metalle und gossen sie dann in die bereitgelegten kleinen Münzformen. Die trug der Ruach, nachdem sie erkaltet waren, beim nächsten Schichtwechsel wieder nach draußen, um sie als Gedenkmünzen »Dreißig Jahre Mauerfall« oder »Deutsche Märchenmotive« wieder in die legalen Vertriebswege zu bringen. Der Arbeiter verlangte dreißig Prozent vom Erlös. Es war immer gut gelaufen, bis die Aktion vor ein paar Wochen überraschend gestört worden war. Eine Führung von irgendeiner japanischen Zuliefererfirma war unangekündigt um die Ecke gebogen. Die plappernden Störenfriede waren immer näher gekommen. Sie deuteten schon auf die bereitliegenden Gussförmchen, in denen die heißen Metalle schwammen. Es drohte, alles aufzufliegen.

»Was sollen wir tun«, fragte der Arbeiter hastig.

Der Ruach entschied sich rasch. Es gab keine andere Möglichkeit. Sie mussten wohl oder übel zwei Kilo reinstes Gold, Silber und Platin in den Schlund des Schmelzofens zurückwerfen, in dem ordinärer Stahl gehärtet wurde. Die Gold- und Silberstücke verzischten klagend. Das Platin hielt sich noch eine Weile wacker, versank dann jedoch ebenfalls in der Stahlbrühe. Entsetzt hatten sie sich angeblickt. Die Hehlerware war unwiederbringlich futsch, der Kunde war dementsprechend stinksauer. Das war jetzt vier oder fünf Wochen her. War das der Grund, warum er momentan schwitzend, röchelnd und gefesselt dem Tod ins Auge sah?

Der Ruach hatte natürlich vorgesorgt. Sein Heim war eigentlich eine Festung. Er hatte sich sicher gefühlt mit seinen Bewegungsmeldern und Warnsystemen. Auch als es vor ein paar Minuten klingelte, hatte er sich sicher gefühlt. Ein Blick aus dem Fenster – es war nur der Postbote. Das gelbe Postauto stand mit geöffneter Schiebetür vor seinem Haus, der Mann, den er persönlich kannte, war schon ausgestiegen, er hörte die Schritte auf der Treppe. Der Ruach hatte die Verriegelung gelöst und die Tür geöffnet. Der Schlag traf ihn mit solcher Wucht, dass er zurücktaumelte und zu Boden stürzte. Ein zweiter Schlag, Tritte mit dem Fuß, dann packte ihn jemand am Kragen und riss ihn hoch. Er war so erschrocken und verdattert, dass er kein Wort hervorbrachte. Dann hörte er draußen das Postauto wegfahren. Der Eindringling hatte das Kommen des Postboten genutzt, schlaues Kerlchen. War es doch ein ganz normaler Einbrecher? Das wäre ein viel zu großer Zufall gewesen.

»Was wollen Sie?«, stieß der Ruach atemlos hervor. Seine Bronchien brannten wie Feuer. Er griff sich an den Hals. Atemnot. Lange hielt er das nicht durch. Der andere trug eine transparente Plastikmaske, die er sich wohl draußen auf der Treppe übergezogen hatte. Er schleifte den Ruach aus dem Gang ins Wohnzimmer und stieß ihn auf einen Stuhl. Er fesselte ihn schweigend. Dem Ruach fiel auf, dass er alles mit einer Hand tat. Aus Lässigkeit?

»Ich habe keine Wertsachen und kein Geld im Haus«, stotterte der Ruach. »Sehen Sie sich um!«

»Das weiß ich, Blödmann«, sagte der Maskierte nach einiger Zeit.

Es war keine Stimme, die der Ruach kannte. Der Maskierte sprach akzentfrei Deutsch. Oder war da eine Spur von italienischem Akzent? Das hätte zu der Beretta gepasst.

»Was wollen Sie dann?«

»Auskünfte, Kazmarec.«

Der Maskierte kam näher. Der Ruach roch seinen Atem durch das Plastik hindurch.

»Was für Auskünfte? Ich weiß nichts.«

Der Maskierte packte sein Ohr und riss daran.

»Halt die Klappe, Blödmann«, schrie er. »Du gibst mir jetzt eine Liste mit deinen Kunden.«

Der Ruach stöhnte. Sein Atem ging röchelnd und stoßweise. Es war also ein ganz normaler Ganove, der mit der Goldschmelzsache in der Stahlgießerei gar nichts zu tun hatte. So ein Ganove ließ sich doch mit Geld abspeisen! Er hatte genug im Haus. Wenn nur nicht die höllischen Schmerzen wären. Er schluckte und hustete. Sein Atem ging pfeifend. Das Engegefühl in der Brust wurde langsam unerträglich.

»Ich weiß die Namen meiner Kunden nicht«, ächzte er. »Es wäre geradezu lebensgefährlich für mich, die Namen zu kennen.«

Das war blanker Unsinn, aber vielleicht konnte er den Maskierten überlisten.

»Wie viel Kohle willst du?«

»Ich pfeif auf deine Kohle«, versetzte die Plastikmaske.

Der Ruach fiel vornüber. Er bekam einen erneuten Hustenanfall. Er versuchte es auf die Mitleidstour.

»Ich bin kein Held, weißt du. Ich ertrage keine Schmerzen. Außerdem habe ich große gesundheitliche Probleme. Ich weiß die Namen wirklich nicht. Aber das Geld –«

Der Eindringling stieß einen Fluch aus, steckte die Beretta ein und ging im Zimmer umher. Jetzt fiel dem Ruach erst auf, dass sein rechter Ärmel leer war. Ein Einarmiger. Wenn er das nur gleich bemerkt hätte! Dann hätte er versucht, den Mann anzugreifen. Er hätte vielleicht eine kleine Chance gehabt. Die war nun vertan. Der Ruach überlegte fieberhaft. Plötzlich fiel ihm noch etwas ein. Etwas äußerst Unangenehmes. Verdammt. Auf dem Schreibtisch! Er hatte mit Ursel Grasegger telefoniert. Er hatte sich den Übergabeort aufgeschrieben, war jedoch noch nicht dazu gekommen, die Wegbeschreibung auswendig zu lernen. Und das Schlimmste: Er hatte den Zettel nicht vernichtet.

»Was ist das?«, fragte der Einarmige und hielt ebendiesen Zettel hoch. Er las laut, was sich der Ruach notiert hatte. »Bergtour zu den Gunggel-Höhen, am Schöberl-Eck auffällige Tanne in S-Form, Südseite, eine Handbreit graben, Täschchen blau.«

Der Maskierte wedelte mit dem Zettel. Die Schnelligkeit, mit der er die Bedeutung der Daten begriffen hatte, zeigte, dass er ein Profi war. Aber warum dann die körperliche Gewalt?, überlegte der Ruach. Der Einarmige musste wissen, dass er als Hehler genügend Kontakte zur Unterwelt hatte, um die schmerzhafte und entwürdigende Behandlung hundertfach zu rächen. Die Bedrohung mit der Beretta hätte genügt. Oder wollte er ihn doch umlegen? Und mit dieser Behinderung war er doch ganz leicht zu identifizieren! Plötzlich wusste der Ruach, was das für ein Mann war. Ganz klar, es konnte sich nur um einen …

»Was sind das für Leute?«, schrie der Mann. Wieder wedelte er mit dem Zettel. »Sag mir die Namen!«

»Ich weiß nicht, was –«, begann der Ruach.

Er konnte nicht mehr weitersprechen. Ein höllischer Schmerz breitete sich in seinem Körper aus. Er war so benommen und übermannt von diesem Schmerz, dass er nicht einmal wusste, wo ihn der Schuss getroffen hatte. Kochendes Öl brannte in seinem Inneren. Der Ruach fiel mit dem Stuhl um und schlug hart am Boden auf. Aber dieser Irre hatte doch gar nicht geschossen! Jetzt begriff der Ruach. Er hatte einen schweren Asthmaanfall. Und brauchte unbedingt sein Cortison. Alles verschwamm vor seinen Augen. Durch die dichten Nebelschlieren hörte er die Stimme des Einarmigen. Die Namen der Kunden! Wo?! Der Ruach rang nach Luft. Ein letztes Mal.

Der Maskierte fühlte den Puls. Da war keiner mehr. Aus dem brachte er nichts mehr heraus. Der Plan war vollkommen danebengegangen. Er fluchte. Hastig durchsuchte er die Zimmer. Nichts. Keine Adressen, keine Namen. Nur diese eine Ortsbeschreibung. Der Mistkerl hatte alles im Kopf gehabt. Er hätte es ganz anders anpacken müssen. Aber dazu war es jetzt zu spät. Immerhin hatte er den Zettel gefunden. Er lernte die Ortsbeschreibung auswendig und spülte den Zettel ins Klo. So ein Pfusch war ihm noch nie passiert. Aber das mit dem Asthma hatte er natürlich nicht wissen können. Er beseitigte die Spuren des Überfalls sorgfältig. Er brauchte mehrere Stunden dazu. Wenigstens da war er Profi. Bevor er das Haus verließ, betrachtete er nochmals die Leiche. Die unnatürlich aufgerissenen Augen schienen ihn anzustarren. Sie waren schon matt und gebrochen. Er wandte sich angeekelt ab.

10

9   Ein Dekanat ist ein Gebiet von zehn Pfarreien, der
Dekan ist der vorsitzende Professor über (wohl
früher) zehn Kollegen. Anrede: »Eure Spektabilität«.

Als Ignaz Grasegger das weitläufige Foyer des Klinikums betrat, in dem Elli Müther lag, blieb er kurz stehen und schnupperte. Wie schafften die das nur, immer denselben Geruch hinzubekommen? In jeder Klinik, auf jeder Station, weltweit, wahrscheinlich seit Jahrhunderten, strich die ewig gleiche Mischung aus Formaldehyd, Phenollösung und Angst durch die Gänge. Er war schon oft da gewesen, er wusste, wo seine Freundin lag, ging deshalb zügig am Empfang vorbei und begann, sich durch die Slalomstrecke der medizinischen Abteilungen zu schlängeln. Nach der Kardiologie scharf rechts, mit dem Lift in den zweiten Stock, vor der Radiologie links, immer weiter Richtung Innere, Psychiatrische und Kinder, dann am Raucherzimmer vorbei, in dem die Süchtigen eingesperrt waren wie arme Seelen in der Hölle. Die glühenden Zigarettenköpfchen zitterten vor den Oberkörpern, sie glichen den Laserpunkten eines nervösen Scharfschützen.

Niemand hielt Ignaz auf, niemand wollte wissen, was er hier trieb und zu wem er wollte. Er betrat Elli Müthers Zimmer, ohne anzuklopfen. Sie lag wach im Bett, hatte die Augen angestrengt nach oben gerichtet und bewegte den Kopf dabei leicht, als gäbe es an der Decke etwas zu lesen. Sie war allein im Zimmer, im Fernsehen lief eine Quizshow. Elli schien sein Eintreten nicht wahrgenommen zu haben, sie hatte nicht einmal den Kopf gedreht, doch schon an der

Gesichtsfarbe und an der halb aufgerichteten, eher entspannten Haltung bemerkte Ignaz, dass sie sich zumindest in keinem schlechteren Zustand befand als bei seinem letzten Besuch. Sicher konnte er sich jedoch nicht sein. Er nahm ihre Hand, flüsterte ihr einen Gruß ins Ohr, sie murmelte etwas Unverständliches zurück, was er als Antwort nahm. Vermutlich freute sie sich über seinen Besuch. Vielleicht auch nicht. Es war wohl heute nicht möglich, in ihre Welt einzudringen.

Früher hätte man Elli Müthers Geisteszustand als *zirkuläres Irresein* diagnostiziert, und wer weiß, ob diese unscharfe Bezeichnung es nicht besser getroffen hätte als die vielen modernen und sich exakt gebärdenden, aber ganz und gar widersprüchlichen Diagnosen auf F06.9 oder F29. Sie war bis vor kurzem gerade noch so fit gewesen, dass sie um die Unterbringung in einer geschlossenen psychiatrischen Anstalt herumgekommen war, doch dann war sie in ihrem Haus gestürzt, und jetzt lag sie mit einer inkompletten Querschnittslähmung hier. Die komplizierte Operation hatte sie noch vor sich.

»Ich bins, der Ignaz. Wie geht es dir heute, Elli?«

Sie nickte stumm. Aus ihrer Miene war nicht abzulesen, ob sie die Frage verstanden hatte und lediglich überlegte, was sie darauf antworten sollte.

»Hast du schon zu Abend gegessen? Kann ich was für dich tun?«

Langes Schweigen. Das kannte er schon. Manchmal hatte Ignaz das Gefühl, dass sie ihm durch das Schweigen etwas erzählte. Er betrachtete ihre Hände, die zerstochen waren von den Infusionsnadeln. Er war mal mit ihr zusammen gewesen, eine kurze Zeit, einen Sommer lang. Ursel wusste davon. Elli hatte keine direkten Verwandten mehr, es schien, dass sich niemand um sie kümmerte außer ihm, dem längst vergessenen Exfreund. Oder war gerade das eine Horrorvorstellung für sie? Zog sie sich deshalb, wenn er kam, in sich zurück? Eine Schwester erschien, maß wortlos den Blutdruck, fühlte den Puls, hängte eine Infusionsflasche auf, ohne sie anzuschließen, und klopfte mit dem Finger gegen das Glas. Dann stellte sie ein Schälchen mit zwei bunten Tabletten auf den Nachttisch.

»Was bekommt sie da?«, fragte Ignaz.

Die Frau zuckte die Schultern.

»Aushilfe. Nichts verstehen.«

Sie verließ das Zimmer wieder, Ignaz blieb schweigend sitzen. Die Quizshow nervte ihn tierisch. Er stand auf, um den Fernsehapparat abzustellen. Draußen raschelte der Himmel wie eine feine, weiße Spitzenbluse. Elli hatte die Augen jetzt geschlossen und atmete ruhig. Ignaz entschloss sich, noch ein wenig zu bleiben. Er konnte auch den nächsten Bus nehmen, um rechtzeitig zum Abendessen zu Hause zu sein. Gerade, als er sein Telefon aus der Tasche zog, um Ursel deswegen anzurufen, sagte Elli unvermittelt:

»Ich komme nach Klausen.«

Ihre Stimme war klar und deutlich. Ignaz wartete darauf, dass sie weitersprach und sich näher erklärte. Sie schwieg. Durch die Pause wuchs die Bedeutung des vermutlich belanglosen Satzes ins Unermessliche.

»Du kommst nach Klausen?«, fragte Ignaz schließlich. »Was meinst du damit?«

Wieder eine lange Pause. Fernes, gellendes Gelächter vom Krankenhausgang her. Die Rätselshow lief im nächsten oder übernächsten Zimmer weiter.

»Warum kommst du nach Klausen, Elli?«, sagte er sanft. »Das musst du mir erklären.«

Sie drehte sich zu ihm und blickte ihn mit ängstlichen Augen an. Ihre Mundwinkel zuckten. Sie winkte ihn zu sich her, ganz zu sich her, sie zog seinen Kopf näher und flüsterte ihm hastig ins Ohr:

»Hier drinnen stimmt etwas nicht … Die Totenscheine … Die Verwandten … Schau nach … Ich kann hier nicht raus … Du musst es nachprüfen, aber …«

Sie brach mitten im Satz ab, blickte sich jetzt misstrauisch um, wie um sich zu vergewissern, dass sie allein im Zimmer waren.

»Und da habe ich was für dich aufgeschrieben!«

Sie deutete nervös auf die Nachttischschublade. Ignaz öffnete sie, sie war vollkommen leer bis auf einen handgeschriebenen Zettel.

»Was sind das für Namen, Elli? Lass dir Zeit. Wir sind ganz allein im Zimmer. Warum hast du die Liste geschrieben?«

»Die Liste ist … wichtig.«

Die Angst in ihren Augen wurde größer. Ignaz war ratlos, wie er darauf reagieren sollte.

»Du musst dich … darum kümmern!«, flüsterte Elli weiter. »Gefahr … Kartei … Klausen …«

Ihre Stimme wurde jetzt nuschelig, sie verhaspelte sich, sie bildete keine zusammenhängenden Sätze mehr, sie war kaum noch zu verstehen. Ein paar medizinische Ausdrücke ragten aus dem Gemurmel heraus, die er sich notierte. Polymorphe Störung … Querulantenwahn … Er musste die Begriffe zu Hause nachschlagen. Asperger-Syndrom … selektives Vergessen … Elli hatte selbst in einem medizinischen Beruf gearbeitet, die Ausdrücke gingen ihr glatt von den Lippen. Schließlich verstummte sie. Ignaz überflog die Liste. Kein Name sagte ihm etwas, manche schmückten Doktortitel. Hatte sie eine Liste vom medizinischen Personal, das hier arbeitete, angefertigt? Ging auf dieser Station etwas nicht mit rechten Dingen zu?

»Ich werde mich umsehen, Elli«, sagte er.

Wieder schwieg sie dazu. Dann schlief sie ein. Ihre Atmung ging regelmäßig und kräftig. Er drückte ihre Hand.

»Was ist mit dir? Bist du in Not?«, fragte er flüsternd.

Dann steckte er die Liste ein und verließ das Zimmer.

Auf dem Gang war niemand zu sehen. Auch das Stationszimmer schien leer zu sein. Ignaz war unbehaglich zumute. Er nahm Ellis Klagen zwar nicht hundertprozentig ernst, trotzdem hatte er das Gefühl, etwas unternehmen zu müssen. Er wusste, dass neben dem Stationszimmer ein kleines Büro lag, in dem der aktuelle Verwaltungskram erledigt wurde, bevor er an die Zentrale weitergegeben wurde. Er drückte die Klinke, der Raum war nicht verschlossen. Ignaz trat in das Büro, das eher einer Rumpelkammer glich. Er schloss die Tür hinter sich und sah sich um. Und wenn sie ihn hier erwischten? Was solls, sie würden ihn deshalb wohl kaum wegen Hausfriedensbruch anzeigen. Er stellte sich die Unterhaltung vor:

»Was zum Teufel treiben Sie hier?«

»Ein Arzt war nicht auf Station, und da dachte ich –«

»Ich rufe den Sicherheitsdienst!«

»Machen Sie Witze? Sie haben doch im Leben keinen Sicherheitsdienst hier in diesem kleinen Krankenhaus!«

»Das geht Sie nichts an. Ich rufe die Polizei.«

»Seien Sie friedlich, ich wollte mich bloß umsehen.«

»Was bilden Sie sich ein! Wer sind Sie?«

»Ein Bekannter von Frau Müther. Sie hat mich gebeten –«

Trotz des Verhaus wusste Ignaz, wo er hingreifen musste. Schnell fand er Ellis Patientenakte. Einlieferungsgrund: Verdacht auf inkomplette Querschnittslähmung nach Lendenwirbelfraktur, Operation voraussichtlich in den nächsten Wochen. Kosten der Operation, Name des Sachbearbeiters der Krankenkasse, Liste der behandelnden Ärzte. Psychische Störung: ohne nähere Angaben. Ignaz entdeckte nichts Beunruhigendes, auch nichts, was er nicht schon wusste. Er steckte Ellis Akte wieder zurück. An der Wand hing eine Liste mit dem Stationspersonal. Er hob den Kopf und nahm die unverwechselbar verkrampfte Gleitsichtbrillen-Haltung ein. Keiner dieser Namen stimmte mit einem Namen auf Ellis Liste überein. Er sah sich weiter im Büro um. Ignaz wusste, dass es auf jeder Station eine eigene Kartei mit den Sterbefällen der letzten Zeit gab. Solch ein Dokumentationsbogen war vorgeschrieben, auf diese Weise hatten Polizei und Staatsanwaltschaft schnellen Zugriff auf die Daten. Diese Akten der Vergänglichkeit mussten, wie die Quittungen fürs Finanzamt, mehrere Jahre aufbewahrt werden. Dann waren die Toten erst tot. Schnell fand er einen Ordner mit Patientennamen, den dazugehörigen Sterbedaten, Krankheitsverläufen, Ärztemeinungen und Todesursachen. Ignaz hatte solche Listen beruflich schon oft in Händen gehalten. Er blätterte sie durch. Auch diese Namen stimmten nicht mit den Namen auf Ellis Liste überein. Aber dann fiel ihm etwas anderes auf, das ihn zunächst stutzig machte, das ihm aber nach nochmaliger Prüfung den kalten Schweiß auf die Stirn trieb. Hier war etwas faul. Hier war etwas oberfaul. Elli Müther war vielleicht auf einen großen Skandal gestoßen. Auf eine Riesensauerei. Jetzt wurde es ihm doch zu brenzlig in diesem chaotischen Büro. Er musste schnell von hier weg. Er zog drei Blätter aus der Akte und stellte den Ordner wieder an seinen Platz zurück.

Ignaz hörte Schritte im Gang. Sein erster Impuls war es, Ellis Liste und die drei Blätter einzustecken. Aber aus irgendeinem Instinkt heraus tat er das nicht. Er war hier in einem Büro. Es gab sicherlich einen Schrank mit beschrifteten Schubladen. Tatsächlich: »Briefumschläge«. »Briefmarken«. »Postausgang«. Er frankierte einen Umschlag, steckte die Blätter hinein, adressierte den Brief an sich selbst und versteckte ihn im Postausgang unter den anderen Briefen. Dann verließ er das Zimmer. Der Gang war wieder menschenleer. Ein bisschen stolz auf diese Finte, fing er an zu pfeifen. Ein feines Gefühl, einer großen Gefahr entkommen zu sein, durchströmte seinen Körper. Er war nach diesem Gefühl nicht ganz so süchtig wie Ursel, aber er genoss es doch. Er ging den Weg zurück, den er gekommen war, gelangte in eine Halle, durch deren Verglasung man draußen den Park der Klinik sehen konnte. Die Blätter der weit ausladenden Kastanienbäume standen in flammendem Gelb, kleine lauschige Bänkchen luden zum Verweilen ein. Ignaz fielen die saftigen Ochsenbackerl ein, die zu Hause auf ihn warteten. Er wollte den Weg durch den Park nehmen, dann nach Hause fahren. Als er die würzige Luft im Freien einsog, durchströmte ihn ein tiefes Gefühl der Zufriedenheit. Aus weiter Ferne kam ein Arzt auf ihn zu, als er nah genug war, bemerkte Ignaz, dass es ein gutgelaunter, ein freundlicher Arzt war. Keine Spur von Doppelschichtmüdigkeit und Arbeitsüberlastung, so etwas gab es also auch noch. Der Arzt blieb sogar kurz stehen und wies auf die geschwungenen Hügel, die den Park begrenzten. Oh, sehen Sie, die schöne Abendstimmung, sagte der Arzt. Doch da spürte Ignaz auch schon den Stich der Nadel. Wohlige Wärme breitete sich in seinem Körper aus, trotzdem wusste er, dass er in die Falle gegangen war. Der Boden kam auf ihn zu. Hände packten ihn unsanft und hoben ihn hoch. Das Gesicht des Arztes tauchte noch mal vor ihm auf, dann versank Ignaz Grasegger endgültig im Dunkel.

10

Pythagoras sah die besondere Vollkommenheit
der Zehn darin, dass sie aus der Summe der ersten
vier Zahlen gebildet wird, was in der graphischen
Darstellung ein magisches, gleichseitiges Dreieck
(»Tetraktys«) ergibt:

Das Gefühl der Besonderheit und Vollendung hat
sich bis heute erhalten. Die Zehn und ihr Vielfaches
sind für uns »runde« Jubiläumszahlen.

Jennerwein erwachte kurz vor Hamburg. Er hatte den Schlaf-
wagen nach Kiel genommen, jetzt graute schon der Morgen.
Er verspürte keinen Hauch von Müdigkeit, er war in bester
Urlaubsstimmung. Er musste sein Abteil mit niemandem
teilen (der Freistaat sorgte manchmal gut für seine Beamten), ihm fiel sofort das seltsame Zusammentreffen mit dem
knorrigen Kommissar Kluftinger ein. Er war ihm vor knapp
zwanzig Jahren schon einmal begegnet, damals war er selbst
noch einfacher Kommissar gewesen, ohne Haupt- und ohne
Kriminal-. Kluftinger hatte eine Stelle ausgeschrieben, und
Jennerwein hatte sich gemeldet. Jennerwein war nach Kempten gefahren, das sich rühmte, die älteste Stadt Deutschlands
zu sein. Er war ins Präsidium gegangen und hatte sich vorgestellt. Doch dann –

»Guten Morgen! Ihr Frühstück.«
Jennerwein öffnete dem Nachtschaffner, der
die abgepackten Plastikprodukte, die sich

zusammen tatsächlich »Frühstück« nannten, hereinbalancierte und auf einen ausklappbaren Tisch stellte. Der Schaffner musterte ihn.

»Sind Sie Kriminalhauptkommissar Jennerwein?«

»Ja«, antwortete Jennerwein einsilbig und so abweisend es ihm möglich war.

»Ich habe Ihr Bild in der Zeitung gesehen.«

Jennerwein blickte überrascht auf.

»Wie bitte?«

»Sie haben den Bayrischen Fernsehpreis verliehen bekommen. Von einem Minister.«

»Den bayrischen Verdienstorden, ja. Vom Ministerpräsidenten.«

»Und jetzt geht es in den wohlverdienten Urlaub, oder?«

Nein, ich ermittle in den bestialischen Schlafwagenschaffnermorden auf der Strecke von München nach Kiel, konnte Jennerwein gerade noch zurückhalten.

»Und wie ist es so, auf Du und Du mit den Großen dieser Welt?«

»Mit den Großen von Bayern, ja. Und jetzt würde ich ganz gerne –«

»Bitte noch ein Selfie. Nur eine Frage: Den Orden haben Sie wohl nicht dabei?«

Nachdem er den Nachtschaffner verabschiedet hatte, entschloss er sich, seinen Dienstausweis nicht mehr zu verwenden. Er hatte ihn beim Kauf des Tickets vorgezeigt, um das Solo-Schlafwagenabteil zu bekommen, aber er wollte die nächsten Wochen kein Kriminalhauptkommissar sein, sondern einzig und allein Hubertus Jennerwein, der Privatmann, Jennerwein, der Weltenbummler, Jennerwein, der blanke, unverbeamtete Mensch. Er freute sich wie ein Kind auf den Urlaub, auf Schweden, auf Stockholm. Er streckte sich auf der schmalen Liege aus und räkelte sich wohlig. Eine Stunde noch bis zur Endstation Kiel. Was sprach dagegen, noch ein wenig zu schlafen. Er schloss die Augen, sank bald auch schon weg, da klingelte sein Mobilfunkgerät.

Wer konnte das sein? Alle aus dem Polizeiteam wussten, dass er das Sabbatical genommen hatte, alle hatten ihm zugesichert, ihn nicht wegen dienstlicher Probleme anzurufen, es sei denn, es ging um Leben und Tod. War Maria Schmalfuß, die Polizeipsychologin, in einem gläsernen Außenaufzug im 31. Stock gefangen und verging vor Höhenangst? Hatte Polizeiobermeister Hölleisen mal wieder eine ganz dumme Frage? Hatte sich Nicole Schwattke in einem Fall zu weit vorgewagt und steckte jetzt in Schwierigkeiten? Jennerwein warf einen Blick auf die Nummer. Sie war ihm unbekannt. Er seufzte, doch die Neugier überwog. Er nahm ab und meldete sich.

»Jennerwein.«

»Herr Kommissar, entschuldigen Sie die frühe Störung, hier ist Ursel Grasegger.«

Jennerwein war sofort wieder hellwach. Soweit er sich erinnern konnte, hatte ihn die Bestattungsunternehmerin noch niemals angerufen.

»Ich weiß gar nicht, was ich sagen soll, Frau Grasegger. Das ist eine wirkliche Überraschung. Aber Sie wissen vielleicht, dass ich außer Dienst bin. Die nächsten Monate.«

»Ja, das weiß ich. Ich brauche trotzdem Ihre Hilfe.«

Ursel klang äußerst angespannt, außer Atem. Die Tatsache, dass sie ihn überhaupt anrief, deutete schon auf einen wichtigen Grund hin.

»Sind Sie allein, Herr Kommissar? Kann ich frei sprechen?«

»Ja, ich befinde mich ganz allein in einem Nachtzugabteil, in der Höhe von – etwa Hamburg.«

»Ach, in Hamburg!«

Sie klang enttäuscht.

»Ja, aber was gibt es denn? Lassen Sie hören.«

»Ignaz ist verschwunden.«

Jennerwein richtete sich von der Liege auf. Er spannte seine Muskeln.

»Seit wann?«

»Seit gestern Abend. Er ist die ganze Nacht nicht heimgekommen. Ich weiß, dass das für Sie viel zu früh ist, um etwas zu unternehmen, aber ich bin mir hundertprozentig sicher, dass da etwas nicht stimmt.«

»Haben Sie daran gedacht, die Polizei einzuschalten? Ich meine: die zuständige Polizei.«

»Die lachen mich doch bloß aus. Sie aber, Herr Jennerwein, bei Ihnen ist das anders –«

»Haben Sie versucht, ihn zu erreichen?«

»Natürlich. Er geht nicht ans Handy. Ich wusste natürlich nicht, dass Sie so weit entfernt sind, Herr Kommissar –«

Der Empfang wurde jetzt sehr schlecht. Jennerwein hörte so etwas wie:

»… bitte nicht … offiziell … nur Sie können mir helfen …«

»Ja, ich habe verstanden, ich helfe Ihnen, als Privatmann. Es ist mir bewusst, dass ich Ihnen noch einen Gefallen schulde.«

»Deswegen habe ich Sie aber nicht angerufen. Sondern deswegen, weil Sie – wie soll ich sagen – der Beste sind. Weil ich zu Ihnen Vertrauen habe.«

Jennerwein schluckte. Solch ein Kompliment von einer verurteilten, zwielichtigen Straftäterin, für deren Verurteilung er vor Jahren selbst gesorgt hatte! Er versuchte, sich auf den üblichen Fragenkatalog bei Vermissungen zu konzentrieren.

»Gab es eine Auseinandersetzung mit ihm?«

»Nein, ganz im Gegenteil, Herr Kommissar. Wir haben uns doch gestern so auf unsere Wanderung gefreut, die wir heute unternehmen wollten. Wir sind sozusagen auf gepackten Rucksäcken gesessen.«

Jennerwein nahm einen Schluck von dem Pappkaffee.

»Ist so etwas schon einmal vorgekommen?«, fragte er weiter.

Ursel lachte bitter.

»Wir sind jetzt über dreißig Jahre verheiratet. Und das ist in unserer ganzen Ehe noch nie passiert.«

»Haben Sie einen Drohbrief erhalten?«

Ihr Zögern, das jetzt folgte, war ein bisschen zu lang, ihre Stimme zitterte ein bisschen zu heftig, aber Jennerwein kannte Ursel Grasegger nicht gut genug, um beurteilen zu können, ob sie die Wahrheit sagte. Die Zuggeräusche waren überdies sehr laut.

»Sie sagten, Sie sind jetzt in Hamburg?«, fuhr Ursel fort. »Schade, sonst hätte ich Sie gebeten, herzukommen. Aber das kann ich nicht von Ihnen verlangen.«

»Frau Grasegger, ich mache Ihnen einen Vorschlag. Ich bin bald in Kiel. Dort habe ich eine Stunde Aufenthalt. Und bestimmt besseren Empfang. Ich rufe Sie zurück, dann können wir uns in Ruhe unterhalten. Und vielleicht ist ja bis dahin alles in Ordnung.«

Ursel bedankte sich bei ihm. Solch eine Erleichterung hatte er noch nie bei einem Menschen herausgehört. Das war wirklich eine Fahrt der Überraschungen. Der Zug ratterte leise.

Fahr zurück.

Fahr zurück.

Fahr zurück.

Da steh ich nun, ich armer Tor!
Und bin so klug als wie zuvor;
Heiße Magister, heiße Doktor gar
Und ziehe schon an die zehen Jahr
Herauf, herab und quer und krumm
Meine Schüler an der Nase herum –
(Johann Wolfgang von Goethe, Faust I)

Ursel schaltete das Telefon aus. Sie starrte auf das flache Päckchen, das auf dem Küchentisch lag. Jemand hatte ihr eine Scheibe Carpaccio zugeschickt.

Carpaccio ist eine weltbekannte italienische Vorspeise aus rohem Rindfleisch. Es spielt sozusagen in der Champions League der Antipasti. Das Carpaccio ist erstaunlicherweise kein uraltes mediterranes Gericht, das schon die ollen Römer kannten, es wurde tatsächlich erst 1950 erfunden, von einem gewissen Giuseppe Cipriani, dem Inhaber von Harry's Bar in Venedig. Seine Stammkundin, die Contessa Amalia Nani Mocenigo, klagte darüber, dass ihr Arzt ihr den Verzehr von gegartem Fleisch untersagt hätte. Cipriani präsentierte ihr die Vorspeise und benannte sie nach dem venezianischen Renaissancemaler Vittore Carpaccio, der für seine leuchtenden Rot-Weiß-Töne bekannt war und von dem es damals gerade eine große Ausstellung in Venedig gab.

Diese merkwürdige Entstehungsgeschichte kam Ursel in den Sinn, als sie sich fragte, warum um alles in der Welt ihr jemand eine Scheibe Carpaccio schickte. Das Paket war nicht mit der Post gekommen, es war unfrankiert durch den

Briefschlitz des Hintereingangs eingeworfen worden. Das musste gestern Nacht gewesen sein. Von diesem Hintereingang wussten nicht viele, es war vielleicht ein Geschenk von einem engeren Freund. War es vielleicht eine Essenseinladung? Oder eine Erinnerung, wieder einmal zum Essen eingeladen zu werden? Eine italienische Nacht mit dem Eisstockclub? Ein venezianischer Schmaus mit den Vorständen des Volkstrachtenerhaltungsvereins? Das flache Paket enthielt zwei quadratische, durchsichtige Kunststoffscheiben, zwischen denen das hauchdünne, fast kreisrunde Carpacciostück majestätisch ruhte. Ursel hatte als Bestatterin einen Blick für rohes, noch saftiges Fleisch, sie bemerkte, dass es noch frisch war, die Gewürze wie Pfefferkörner und Estragonblätter waren deutlich zu erkennen, der Zitronensaft bildete feine Schlieren, die Parmesanflocken waren, wie es sich gehörte, nur sparsam darüber gestreut, in der Mitte war eine besonders große Flocke drapiert.

Estragonblätter zum Carpaccio? Davon hatte sie noch nie gehört. Als sie die Brille aufgesetzt hatte, um das Gebilde näher zu betrachten, bemerkte sie, dass das auch keine Parmesanflocken waren. Und kein Zitronensaft und keine Pfefferkörner. Die rötliche Färbung, die für Carpaccio so typisch war, war durchzogen von grauen Streifen, und in der Mitte des Gebildes war ein großer weißer Fleck zu sehen. Jeder Medizinstudent hätte sofort erkannt, was sie da vor sich hatte. Ursel begriff es erst jetzt. Maßloses Entsetzen erfasste sie. Sie schlug die Hand vor den Mund und wandte sich zitternd von dem Präparat ab.

Den beigefügten kleinen Zettel im Paket fand sie erst später.
»Du verhältst dich absolut ruhig. Keine Polizei!«

Sie rief Jennerwein nochmals an. Als er abnahm, hörte sie im Hintergrund Möwen kreischen und die Wellen an die Hafenmauer schlagen. Jennerwein war gerade in Kiel angekommen. Er versprach, mit dem nächsten Zug zurückzufahren.

10

Die Rückennummer 10 gilt als Nummer des Spiel-
machers beim Fußball.

Polizeipsychologin Maria Schmalfuß kam wieder einmal zu
spät zur Sitzung. Die Stühle waren zu einem Kreis gestellt,
alle anderen Teilnehmer hatten schon Platz genommen, sie
selbst machte das Dutzend voll. Maria musterte einen nach
dem anderen, es war zweifellos eine bunt zusammengewür-
felte Truppe. Mann und Frau, jung und alt, gepflegt und ver-
wahrlost. Ihr Blick blieb an einem neuen Gesicht hängen,
das Gesicht und die ganze Gestalt strahlten etwas Beunruhigendes und Unheimliches aus. Sie hätte nicht sagen können,
warum das so war, sie musste sich zwingen, nicht dauernd
hinzusehen. Alle schwiegen, belauerten sich und versuchten,
locker auszusehen.

Bei der Suchthilfegruppe, die in unregelmäßigen Abständen
zusammenkam, nannte niemand seinen Namen oder Beruf,
von seinem Privatleben verriet jeder nur so viel, wie unbedingt nötig war. Es ging einzig und allein um die Abhän-
gigkeit selbst, um sonst nichts. Auch der anwesende Leiter
des Workshops outete sich nicht als solcher, die Teilnehmer
sollten weder belehrt noch bekehrt werden. Sie sollten möglichst ungezwungen über ihre Ängste, Erfolge und Rück-
schläge sprechen können. Maria Schmalfuß musste manchmal selbst kurz darüber nachdenken, auf welcher
Seite sie hier stand: auf der süchtigen oder auf
der therapeutischen. Eine weitere Besonderheit dieser Methode bestand darin, dass jeder
seine Sucht ganz allgemein schilderte. Die

herkömmlichen Spezifizierungen in Alkoholkrankheit, Bulimie, Kaufzwang, Medikamentensucht usw. galten hier nichts, hier ging es um die allgemeinen Muster, alles andere wurde als irreführend und ablenkend angesehen. Und es schien zu funktionieren. Irgendein schlauer Kopf hatte ausgerechnet, dass es beispielsweise beim pathologischen Glücksspiel, unter dem allein in Deutschland 550 000 Menschen litten, normalerweise eine Rückfallquote von 60 Prozent gäbe. Mit der Methode Sassafran© waren es lediglich 30 Prozent.

Jetzt stand eine Frau auf. Sie war wahrscheinlich nicht die Leiterin, sonst wäre sie nicht als Erste aufgestanden. Sie schilderte ihre Kämpfe, ihre Rückfälle und ihre Siege, ihren körperlichen Zustand beim Entzug und ihre Hoffnungen auf baldige Heilung. Und das alles ganz allgemein.

»Ich leide darunter seit meinem zwölften Lebensjahr«, sagte sie gerade, doch Maria Schmalfuß hörte schon nicht mehr zu. Sie musterte die nachlässig gekleidete Frau, die sich immer mehr in Rage redete. Maria zwang sich, nicht zu spekulieren, welche Art von Sucht diese Frau plagte. Verdammter Polizeidienst, in dem sie sich angewöhnt hatte, keine unbeantworteten Fragen zuzulassen, verdammte Schnüffelnase, mit der sie hinter jedes Geheimnis kommen wollte. Maria betrachtete die angespannte Körperhaltung der Frau, ihre fahrigen Bewegungen, ihre gestikulierenden Hände. Sie tippte auf eine Alkoholikerin, obwohl sie nicht die typischen feuchtglänzenden Augen aufwies. Neben der Frau saß ein nervöses Gerippe mit wächserner, weißlicher, schlaffer Haut. Garantiert ein starker Raucher. Maria biss sich auf die Lippen. Weg mit diesen pseudoermittlerischen Gedanken, die in diesem Workshop völlig fehl am Platz waren! Sie versuchte, sich zu entspannen. Eine andere Frau war aufgestanden. Sie sprach von ihren Taktiken, die Sucht vor ihren Mitmenschen zu verbergen. Maria versuchte, sich auf ihre Ausführungen zu konzentrieren, doch es gelang ihr wieder nicht. Wie unprofessionell. Sie hatte in diesem Kurs nichts verloren, verdammt nochmal! Sie verspürte den wütenden Drang, aufzustehen und die Sitzung vorzeitig zu verlassen. Warum auch nicht. Niemand würde fragen, niemand würde sich wundern. Sie hatte sich schon ihre Jacke übergezogen, doch dann fiel ihr Blick erneut auf die unheimliche Gestalt. Das Gesicht des Mannes war pockennarbig und gerötet, seine Gesichtsmuskeln zuckten nervös, die Adern an den Schläfen traten deutlich hervor. Maria glaubte plötzlich zu wissen, dass dieser Mann an einer Sucht litt, die sich nicht im Bereich des Legalen bewegte. Das war kein Raucher, der Angst vor Husten hatte. Dieser Mann war hundertprozentig gewalttätig, immer kurz vor dem Kontrollverlust. Unruhig rutschte er auf dem Stuhl hin und her. Seine Augen blitzten auf. Alle paar Minuten griff er in die Tasche, um einen Schlüsselbund herauszuholen, den er sofort wieder zurücksteckte. Der Mann schwitzte. Der Mann hüstelte. Dann war die Therapiestunde zu Ende. Die Teilnehmer verließen den Raum nacheinander. Ein paar Straßen weiter wartete Thomas, mit dem sich Maria schon ein paarmal getroffen hatte. Er wollte sie abholen, stand auch schon mit einem Strauß Blümchen da. Sie begrüßten sich herzlich, er schlug ein gemeinsames Essen vor, aber sie lehnte ab. Sie hätte einen anstrengenden Tag gehabt, sie wäre müde. Thomas zog ein enttäuschtes Gesicht. Er hatte natürlich keine Ahnung, wo sie gerade gewesen war. Das Gespräch plätscherte dahin. Dann verabschiedete sie sich von ihm. Aus den Augenwinkeln hatte Maria den Unheimlichen vorhin in eine Seitengasse einbiegen sehen. Sie würde ihm in sicherem Abstand folgen.

Zur gleichen Zeit hockte Polizeiobermeister Franz Hölleisen im Besprechungszimmer des Reviers und langweilte sich. Den Papierkram hatte er erledigt, sonst war nicht viel los, nicht einmal eine klitzekleine Ruhestörung oder eine Verkehrsbagatelle. Ihm gegenüber saß Nicole Schwattke, die Recklinghäuser Austauschkommissarin, die in Jennerweins Abwesenheit zur kommissarischen Leiterin der Mordkommission IV ernannt worden war. Hölleisen blickte auf die Uhr.

»Viertel nach sieben. Ich glaube, das wird ein ruhiger Abend.«

»Wir sollten in die beamtenrechtlich vorgeschriebene Pause gehen«, sagte Nicole.

Hölleisen nickte grimmig. Nicole spielte auf einen Vorfall an, der sich jüngst im Revier ereignet hatte. Ein Bürger war von einem Polizisten wegen Trunkenheit festgenommen und in eine Ausnüchterungszelle gesperrt worden. Der Bürger hatte dagegen geklagt, weil er nachweisen konnte, dass der Beamte schon zwölf Stunden ohne Pause im Dienst gewesen und deswegen unfähig gewesen sein muss, die Situation richtig einzuschätzen, und die Verhaftung somit unrechtmäßig sei. Das geforderte Schmerzensgeld war beträchtlich.

»Wollen wir eine Runde Tischtennis spielen?«, fragte Nicole den Polizeiobermeister.

Im Fitnessraum spielten sie oft gegeneinander, sie hatten sich in ihrer Spielstärke angeglichen, sie versuchten, sich nicht totzuschmettern, sondern den Ball möglichst lange in der Luft zu halten. Es war ein kontemplatives Spiel, bei dem man auch einmal einen Fall besprechen konnte.

»Wie es dem Chef wohl geht?«, fragte Nicole nach einem besonders ausdauernden Ballwechsel.

»Ja, ich weiß auch nicht. Gut wahrscheinlich«, erwiderte Hölleisen. »Sonst hätten wir schon was gehört.«

»Er dürfte jetzt schon in Schweden sein. Vielleicht schreibt er ja eine Postkarte aus Stockholm.«

»Ich bin jedenfalls froh, wenn er wieder da ist. Oh, Entschuldigung! Nichts für ungut, Frau Kommissarin, das war nicht persönlich gemeint. Sie machen Ihre Sache hervorragend. Wirklich hervorragend. Aber ich habe halt gemeint –«

»Ja, ist schon recht«, unterbrach ihn Nicole lachend.

Sie spielten weiter. Hölleisen war ein bisschen verwirrt. Jennerwein in Schweden? Wie konnte das sein? Er war sich ganz sicher, dass er den Chef vor einer halben Stunde gesehen hatte. Auf dem Marktplatz war er in eine Seitengasse gehuscht, und er hatte das Gefühl gehabt, dass Jennerwein ihn ebenfalls bemerkt hatte, ihm dann aber ausgewichen war. Sollte er Nicole davon erzählen? Andererseits: Jennerwein hatte sicherlich seine guten Gründe für das Versteckspiel. Was ging es ihn an. Vielleicht wollte er sie auch mit einem Besuch überraschen. Aber komisch war es schon. Der Chef hatte gar nicht entspannt urlaubsmäßig ausgesehen. Richtig verbissen und sorgenvoll war der da durch die Seitengasse gehetzt. Aber es ging ihn wirklich nichts an.

Im Wirtshaus *Zur Roten Katz* saßen ein paar Stammtischbrüder um den eckigen Holztisch und spielten Karten. Es waren der Hacklberger Balthasar, der Harrigl Toni, der Grimm Loisl, der Apotheker Blaschek und der Pfarrer. Alt und grau waren sie alle. Der Sensenmann hatte die Wiese um sie herum schon abgemäht und nur sie als ein paar ausgedörrte, wirrhaarige Stürfel stehen lassen. Die Bedienung in der Roten Katz hieß jetzt Svetlana, sie war erst den zweiten Tag da, wusste aber schon, dass der Pfarrer nur alkoholfreies Bier trank, der Apotheker Blaschek nur handwarmes.

»Schellensau! Und Trumpf!«, rief der Hacklberger Balthasar und warf vier Karten klatschend auf den Tisch. Während er das Spiel neu mischte, sagte er:

»Bei uns im Ort ist auch schon lang nichts mehr losgewesen.«

»Wie: nichts mehr losgewesen?«, fragte der Grimm Loisl.

»In krimineller Hinsicht. In der Zeitung liest du ja nur noch von Eröffnungen und Ehrungen und Neubauten.«

Gemeinderat Toni Harrigl schaltete sich ein.

»Ja, der Jennerwein! Sosehr ich seiner Arbeit kritisch gegenüberstehe, aber der hat halt aufgeräumt. Das war der eiserne Besen in unserem Landkreis. Deswegen traut sich niemand mehr her von diesen Ganoven.«

»Also, wenn ich so ein Übeltäter wäre«, mischte sich der alkoholfreie Pfarrer ein, »dann würde ich genau jetzt zugreifen, jetzt wo der Kommissar Jennerwein nicht da ist. Genau jetzt würde ich zugreifen.«

»Wie würdest dann du jetzt zugreifen, Pfarrer?«

»Was weiß ich schon, ich armer, alter Gottesmann!«, versetzte der Pfarrer schelmisch und verschwörerisch. »Mit einem Bankraub vielleicht?«

»Bankraub ist doch vollkommen außer Mode gekommen«, sagte Apotheker Blaschek. »Internetkriminalität, das ist die Zukunft. Herz-Sau. Trumpf.«

10

13

*Der Beginn der berühmten Zehn-Minuten-Rede
Stoibers zum Transrapid:
»Wenn Sie vom Hauptbahnhof in München ... mit
zehn Minuten, ohne dass Sie am Flughafen noch
einchecken müssen, dann starten Sie im Grunde
genommen am Flughafen ... am ... am Hauptbahnhof
in München starten Sie Ihren Flug. Zehn Minuten.
Schauen Sie sich mal die großen Flughäfen an, wenn
Sie in Heathrow in London oder sonst wo, meine
se ... Charles de Gaulle ... äh, in Frankreich oder in ...
äh, in ... in ... äh ... in Rom ...«*

Lisa und Philipp Grasegger hätten dem Apotheker Blaschek
voll und ganz zugestimmt: Wer sich heutzutage noch auf einen klassischen Bankraub verlegte, der war selbst schuld. Und
wer heutzutage nicht über die Grundbegriffe des Hackens
und der Internetsecurity verfügte, war ganz und gar verloren.
Lisa und Philipp saßen in einem komfortablen Chevrolet und
bretterten in der Abenddämmerung auf der Autobahn Richtung Kurort. Ihre Eltern wussten nichts von dem spontanen
Einfall. Es sollte eine Überraschung werden.

Lisa Grasegger saß am Steuer. Rein äußerlich hatte sie weder
mit Ursel noch mit Ignaz Ähnlichkeit, sie war klein, zierlich,
vielleicht sogar ein wenig elfenhaft, allerdings mit einem guten Schuss Troll. Philipp hingegen war ein stämmiger Kerl,
er hatte etwas Baumartiges und Knorriges, er schien eine Mischung aus Ignaz und Ursel zu sein. Philipp machte
seinem hyperaktiven Namensvetter aus dem
»Struwwelpeter« keine Ehre, er war ganz das
Gegenteil von einem Zappelphilipp, er war ein
ruhiger Typ, dessen Bewegungen oft zeit-

lupenartig langsam wirkten. Auch seine Worte wählte er mit Bedacht, sie schienen ebenfalls in Zeitlupe zu fallen. Philipp. Sprach. Etwa. So. Was. Seine. Umwelt. Oft. Zur. Weiß. Glut. Trieb. Lisa hingegen hatte sich die Marotte zugelegt, bei jedem Satz am Ende die Stimme zu erheben, so dass alles wie eine Frage klang. Rundfunkmoderatorinnen und Schauspielerinnen redeten so? Sie konnten gar nicht mehr anders? Und zwar aus einem einfachen Grund? Weil sie so cool waren?

»Ich bin fest davon überzeugt?«, sagte Lisa.

»Von. Was. Überzeugt«, versetzte Philipp.

»Dass sie sich freuen?«

»Das. Glaube. Ich. Auch«, bestätigte Philipp und deutete nach hinten auf den Rücksitz.

Dort lagen ihre beiden Geschenke. Lisa hatte einen abgetrennten Pferdekopf im Maßstab 1:1 aus Marzipan modelliert, Philipp war es gelungen, hochempfindliche Wärmebildkameras für die Gold-Dependancen so aufzurüsten, dass sie nicht nur absolut wetterfest, sondern auch vollkommen unauffällig waren. Die Kameras sahen aus wie kleine, unregelmäßig geformte Kalksteine. Lisa war die Kreative, Philipp der technisch Begabte. Beide Kinder waren während der wilden Zeit der Eltern in ausländischen Internaten untergebracht gewesen, zurück in den Kurort zu ziehen und dort den elterlichen Betrieb zu übernehmen kam für sie nicht in Frage. Noch nicht.

Die Geschenke hatten sie aus einem besonderen Grund gebastelt. Es hing mit einem frohen Ereignis zusammen. Niemandem in der Familie Grasegger stand demnächst ein Geburtstag bevor, den hätten Ignaz und Ursel auch nicht groß zelebriert. Lisa und Philipp waren zwar aus demselben jubiläumsfeindlichen Holz geschnitzt, aber der baldige Wiedereinstieg ins bürgerliche Bestattungsunternehmerehepaarleben, der musste dann doch gefeiert werden.

»Philipp, ich fahr mal rechts raus.«
　　»Wa. Rum.«
　　»Weil ich mal muss?«

10 _14_

»Ich trag' die Schuh' von meiner Schwester Lilli
und Bluejeans von meinem Bruder Willi.
Ich bin das Kind Nr. 10,
das ist mein Problem ...«
(Schlager von Gitte Hænning aus dem Jahr 1976)

Früher nannte man mich immer den *Bringerä*. Ich konnte damals noch nicht so gut Deutsch, ich sprachä deswegenä also immerä so. Sie haben mich nachgeäfft, die Idioten. Der Name hat sich gehalten, für viele Kameraden bin ich immer noch der Bringerä, also der Bote, der Trojaner, *il messaggero*, wie man in Italien sagt. Auch mein Vater ist schon ein Messaggero gewesen, mein Großvater ebenfalls, und ich bin stolz auf diesen schönen und abwechslungsreichen Beruf, ich habe die Ehre, mich mit etwas durchaus Sinnvollem zu beschäftigen. Das kann ja heutzutage nicht jeder von sich behaupten. Was aber macht jetzt ein Bringerä genau? Ganz einfach. Wie in jeder größeren Organisation gibt es auch in unserer Ehrenwerten Gesellschaft Fachleute und Spezialisten. Ganz klar: Nicht jeder ist für alle Arbeiten begabt. Da gibt es zum Beispiel die *ficcanasi*, das sind die Schnüffler, die erkunden, welche Sachen zurzeit heiß sind und von welchen man eher die Finger lassen sollte. Dann gibt es die *esploratori*, das sind die, die das Team zusammenstellen, es gibt die Schläger und die Killer, die Buchhalter, Problemlöser, die Hehler – und eben die Boten oder Überbringer, solche, wie ich einer bin. In dem Film »Der Pate« ist mein Berufsstand sogar verewigt worden, in der berühmten Szene mit dem abgeschnittenen Pferdekopf im Bett des widerspenstigen Filmproduzenten. Um so eine Aktion effektvoll durchzuführen, braucht man keinen verblasenen Sucher, keinen kopfigen Planer, keinen windigen Buchhalter, keinen brutalen Schläger, keinen koksenden Killer, keinen raffgierigen Hehler, man braucht einen wie mich dazu. Einen Bringerä.

Die Pferdekopfnummer habe ich übrigens selbst schon einmal gebracht, ist lang her, aber ich weiß es noch wie heute. Ich hatte mir ein prächtiges Exemplar für den zahlungsunwilligen Don Raffaele besorgt, ich war schon auf dem Weg zu ihm, als mich der Auftraggeber anruft und die Sache abbläst. Don Raff hätte soeben bezahlt, sagte er. Ja, so was! Ich jetzt mit einem Pferdekopf in der Sporttasche, ganz allein, mitten in Düsseldorf. Don Raff hatte nämlich eine Pizzeria in Düsseldorf. Raff's Finest. Wohin jetzt mit dem Pferdekopf? Da sehe ich ein Wahlplakat mit dem Bürgermeister, der noch weitere fünf Jahre Bürgermeister sein will. Ich denke, bei einem Politiker gibt es immer einen Grund für einen Pferdekopf im Bett. Gedacht, gemacht, wie man in Italien sagt. Jetzt aber das Komische. Ich verfolge die nächsten Tage die Nachrichten, kein Wort von einem verdammten Pferdekopf! Und dann: Der Bürgermeister tritt von allen Ämtern zurück, keiner weiß, warum. Er zeigt sich selbst an. Wegen Korruption, wegen Bestechung, Vorteilsannahme, Steuerhinterziehung, das ganze Programm. Der Bürgermeister erhängt sich am Ende in der Zelle. Aber daran bin ich nun wirklich nicht schuld. Es ist wie bei Facebook. Ich bin nur das Medium.

Mein letzter Job war auch in Deutschland, in diesem Kurort. Das war gestern. Ich sollte ein Päckchen Carpaccio bringen. Die Carpaccionummer ist noch zwingender als die Pferdekopfnummer. Ich hätte natürlich auch einem Jungen auf der Straße das Paket und ein paar Scheine in die Hand drücken können. Ich hätte sogar einen passenden Burschen auf der Straße gesehen. Aber wenn du heute einen Vierzehnjährigen auf der Straße ansprichst, hier hast du einen Schein, gib das dort und dort ab, dann riecht er den Braten und verlangt mehr Geld für den Coup. Ein Collega von mir hat es erlebt, vor ein paar Wochen in Düsseldorf. Ein typischer Anfänger.

»Bringen Sies doch selbst«, hat der rotzfreche Rabauke zu ihm gesagt. »Und unter einem Zwanziger mach ichs sowieso nicht. Was ist da überhaupt drin in dem Paket?«

»Eine Überraschung.«

»Ich glaube, jetzt ist es schon ein Fünfziger.«

»So viel habe ich nicht bei mir, Junge.«

»Dann gehen wir da rüber zum Automaten, Alter, und heben was ab.«

»Verschwinde, Junge.«

»Dafür ist es jetzt zu spät. Ich konnte mir während unserer Unterhaltung Ihr Gesicht einprägen, Messaggero, ich könnte es jederzeit beschreiben. Ich will Ihr Gesicht aber vergessen, wenn Sie mir da drüben drei Hunderter rauslassen.«

»Drei Hunderter? Bist du verrückt! Ich habe eine Pistole mit Schalldämpfer in meiner Jackentasche.«

»Haben Sie nicht. Wäre viel zu riskant für Sie.«

»Hab ich doch.«

»Haben Sie nicht.«

Zum Schluss ist mein Collega fünf Hunderter losgeworden. Aber in Düsseldorf wirst du schnell mal so viel Geld los. Das ist einfach die Stadt dafür.

Deswegen habe ich das in dem Kurort nicht gemacht. Ich habe die Carpaccioschachtel vergangene Nacht selbst hingebracht. Die Frau, Signora Graseggerä, schläft schon. Ich gehe um das Haus herum und stecke ihr die Schachtel durch den

Briefschlitz. Als ich ihn öffne, hat es mich fast umgehauen. Mensch, hat es da gut gerochen! Die Tür war nicht abgeschlossen, ich gehe also rein. Ein Blick in den Ofen, mamma mia! Guancia di Manzo Brasata, zwar nicht mehr ganz heiß, aber immer noch klasse. Ich konnte nicht anders, ich habe ein Löffelchen von der Sauce probiert. Genauso hat es meine Mamma auch immer gemacht. Sie hat vielleicht eine Idee mehr gesalzen.

10 ¹⁵

In der psychologischen Traumdeutung steht die Zahl Zehn für den Neuanfang, sie ist ein Symbol für Veränderungen. Der Träumende zeigt den Wunsch, der einstelligen Eintönigkeit zu entfliehen, die Zweistelligkeit der Zahl stützt diese Interpretation anschaulich.

»Ignaz hat kurz nach vier das Haus verlassen«, sagte Ursel in bestimmtem Ton. »Ich weiß es deshalb so genau, weil ich da die Ochsenbackerl in den Ofen geschoben habe. Wir waren uns über die Zutaten nicht so ganz einig –«

»Sie hatten also doch eine Auseinandersetzung?«, fragte Jennerwein.

»Ja freilich, aber keine, wegen der man spurlos verschwindet. Es ging um die Beilagen –«

»War das vielleicht der Tropfen, der das Fass zum Überlaufen gebracht hat?«

»Ein paar Kugeln Kohlrabi bringen doch kein Fass zum Überlaufen!«

Ursel erschien Jennerwein wesentlich beunruhigter und aufgeregter als die besorgten Verwandten in vergleichbaren Vermissungsfällen. Von Anfang an hatte er ihr angesehen, dass sie ihre Angst nur mühsam verbergen konnte. Ihre Hände zitterten, ihre Bewegungen waren fahrig, schließlich bemerkte sie es selbst und setzte sich. Entweder war das sehr, sehr gut gespielt, um ihn in irgendeine fiese Falle zu locken, oder diese Frau brauchte wirklich seine Hilfe.

»Haben Sie denn schon an einen Unfall gedacht?«

»Ich habe alle Krankenhäuser angerufen. Nichts.«

»Frau Grasegger«, sagte Jennerwein, und sein Ton wurde nun schärfer. »Ich bin nicht hergekommen, um mich in etwas hineinziehen zu lassen. Von den vielen Möglichkeiten für Ignaz' Verschwinden gibt es zwei, die mir gar nicht gefallen. Die erste ist die, dass er in etwas Illegales verwickelt ist. Die zweite gefällt mir noch viel weniger. Es ist die, dass alles nur ein Fake ist und dass Sie – oder Sie beide – ein falsches Spiel mit mir treiben. Dass Sie mich hierhergelockt haben, weil Sie mich für irgendetwas benutzen wollen.«

Ursel schnappte entrüstet und ärgerlich nach Luft. Sie wollte etwas entgegnen, doch Jennerwein ließ sie gar nicht erst zu Wort kommen.

»Wenn das so ist, Frau Grasegger, dann können Sie sich darauf verlassen, große Schwierigkeiten zu bekommen! Dann steht in wenigen Minuten ein halbes Dutzend Einsatzwagen vor der Tür und meine Kollegen stellen Ihr Haus total auf den Kopf. Machen Sie sich darauf gefasst, dass ich persönlich solange suche, bis ich etwas gefunden habe.«

»Sie finden nichts«, erwiderte Ursel mit leiser Stimme. »Hier im Haus nicht und anderswo auch nicht. Sie müssen mir das glauben, Herr Kommissar: Ich habe Sie nicht ohne triftigen Grund hierhergebeten. Ich will nur, dass Sie mir wegen Ignaz helfen. Ich ziehe Sie in nichts hinein. Ehrenwort.«

Jennerwein musterte Ursel lange. Doch sie hielt seinem Blick stand.

»Ich glaube Ihnen«, sagte er schließlich.

Jennerwein hatte trotzdem das Gefühl, dass sie ihm etwas verschwieg.

Er wandte sich von Ursel ab und sah sich in der Küche der Graseggers um, als könnte er in den vollgestopften Regalen zwischen Zucker und Mehl etwas finden, das ihm den Aufenthaltsort von Ignaz verriet. Jennerwein hatte dieses Haus schon vor einigen Jahren einmal besucht, da war er selbst es gewesen, der um Hilfe gebeten hatte, damals im Zusammenhang mit einer schwierigen Ermittlung. Die Graseggers hatten ihm, ohne zu zögern, geholfen. Er musste sich immer wieder vor Augen halten, dass die beiden zwar verurteilte Gesetzesbrecher waren, aber er war ihnen etwas schuldig. Er würde hier mit der üblichen Polizeiroutine arbeiten, die gewohnten Fragen stellen und eine Hausbesichtigung durchführen, dann würde er morgen den nächsten Zug Richtung Schweden nehmen.

Jennerwein wies auf den Küchentisch.

»Dort ist wohl sein fester Platz?«

»Ja, da sitzt er oft.«

Der Tisch war vollgestellt mit allerlei Haushaltsgeräten, an dem Platz von Ignaz lagen Bücher und Zeitungen, darunter erwartungsgemäß die *Altbayerische Heimatpost.* Jennerwein betrachtete Ignaz' Stammplatz genauer. Als Erstes fiel ihm eine Lesebrille auf, die neben dem Etui lag.

»Seine einzige?«

»Ja, aber er nimmt sie außer Haus nie mit. Seine Gleitsichtbrille genügt ihm.«

Jennerweins Gedanken schweiften kurz ab. Auf dem Weg vom Bahnhof hierher war er einem Zusammentreffen mit dem Kollegen Hölleisen ausgewichen. Hoffentlich hatte der Polizeiobermeister ihn nicht gesehen. Aber er hatte in eine ganz andere Richtung geblickt, er hatte ihn sicher nicht bemerkt. Trotzdem schämte sich Jennerwein, solch ein Versteckspiel mit dem braven Kollegen getrieben zu haben.

»Hat Ignaz ein Arbeitszimmer?«, fragte er. »Das würde ich mir gerne ansehen.«

»Natürlich. Kommen Sie mit, Herr Kommissar.«

In der kleinen Stube von Ignaz suchte Jennerwein abermals nach Auffälligkeiten. Er nutzte seine Gabe, mit einem Blick das Wesentliche zu erfassen. Doch hier war nichts Außergewöhnliches zu entdecken. Auf dem Schreibtisch stand eine halb ausgetrunkene Tasse Tee.

»Räumt er die normalerweise selbst weg?«, fragte Jennerwein.

»Natürlich«, erwiderte Ursel. »Ich darf hier sowieso nichts anfassen.«

»Ich will einen Blick in die Schreibtischschublade werfen.«

Ursel zuckte die Schultern und machte dann eine zustimmende Handbewegung.

Jennerwein durchforstete vorsichtig und mit spitzen Fingern den Inhalt. Kein Abschiedsbrief, keine intimen Geständnisse, keine vergessenen Checklisten eines Auswanderungswilligen. Als Jennerwein einen kurzen Blick zu Ursel zurückwarf, bemerkte er, dass sie noch nervöser geworden war. Sie wirkte, als wenn sie auf Kohlen säße. Wurde ihnen die Zeit knapp? Gab es ein Ultimatum? So hatte er Ursel noch nie gesehen. Die Frau war vollkommen fertig.

»Was halten Sie von der Möglichkeit, dass er schlichtweg – wie soll ich mich ausdrücken? – abgehauen ist?«

»Unmöglich.«

»Unmöglich? Was meinen Sie, wie oft ich dieses Wort in dem Zusammenhang schon gehört habe.«

»Wir hatten weder einen Streit noch etwas anderes, was ihn dazu gebracht haben könnte. Wir hatten sogar einen angenehmen Ausflug vor uns –«

»Gerade bei Leuten, die sich gut verstehen, kommt das vor. Es genügt ein kleiner Riss, ein falsches Wort. Ich hatte mal einen Fall, bei dem ein Mann verschwunden und zwei Jahre nicht mehr aufgetaucht ist. Als wir ihn entdeckten und fragten, warum er das gemacht hatte, antwortete er, dass ihn an dem fraglichen Abend der Tonfall eines Satzes seiner Frau so aufgeregt hätte, dass er es nicht mehr ausgehalten hätte.«

»Ich kann mir so etwas gut vorstellen«, sagte Ursel nachdenklich. »Aber bei Ignaz schließe ich das aus.«

»Warum haben Sie sich eigentlich nicht an Hölleisen oder Kommissarin Schwattke gewandt?«, fuhr Jennerwein fort, während er den Schreibtisch gewissenhaft weiter durchsuchte. »Den Polizeiobermeister kennen Sie doch sogar persönlich. Der hätte das Gleiche wie ich gefragt und getan.«

Ursels Stimme zitterte.

»Ich sage Ihnen den Grund noch einmal: weil Sie der Beste sind. Sie haben das Gespür, Sie können sich in die Gegenseite hineindenken.«

Sie gingen wieder in die Wohnküche. Ursel trat zum Kühlschrank und zögerte kurz, so kam es Jennerwein wenigstens vor. Dann wies sie zum Tisch und bedeutete ihm, sich zu setzen.

»Sie kennen doch diese sogenannten Experten«, fuhr sie fort, »die man alle paar Augenblicke im Fernsehen sieht. Terrorismusexperten zum Beispiel. Typen in Anzug und Krawatte, die uns etwas von Prävention und Gewalt und krimineller Energie erzählen wollen. Die raffen es nicht, sie können sich nicht in die Täter hineindenken. Sie bewirken im Endeffekt nichts. Mit solchen Experten würde ich nie und nimmer zusammenarbeiten.«

Jennerwein sah Ursel an.

»Lassen wir diese These mal so stehen. Aber Sie sind fest davon überzeugt, dass es eine Entführung ist?«

»Da bin ich mir leider ganz sicher.«

»Gut, dann werden wir jetzt den letzten Weg rekonstruieren. Haben Sie eine Ahnung, wohin er gehen wollte?«

»Nein, ich habe schon sämtliche Freunde und Bekannte angerufen. Überall Fehlanzeige.«

»Gab es denn in letzter Zeit etwas, was Anlass für eine Entführung gewesen sein könnte?«

Ursel schüttelte langsam den Kopf.

»Sie werden in so einem Fall sicher einen Erpresserbrief bekommen«, fuhr Jennerwein ruhig fort.

Ursel stierte vor sich hin. Jennerwein war sich nun sicher, dass sie schon einen Erpresserbrief bekommen hatte. Er kannte seine Kandidaten. Solch eine Drohung wurde aus Angst allzu oft verschwiegen.

Jennerwein sah sich, immer von Ursel Grasegger begleitet, langsam und sorgfältig im Haus um. Er entdeckte jedoch nichts, was ihnen weiterhelfen konnte. Als Ursel ganz nah hinter ihm stand, wandte er sich schnell um und sagte:

»Mal ganz direkt gefragt: Hat Ignaz eine Freundin?«

In Ursels Gesicht zeigte sich ein kleines Lächeln.

»Nein, da bin ich ganz sicher –«

Ursel unterbrach sich und schlug sich an die Stirn.

»Herrschaftzeiten! Da fällt mir grade was ein. Eine Geliebte hat er zwar nicht, aber –«

»Aber?«

In Ursels Augen erschien ein Schimmer Hoffnung.

»Er *hatte* mal eine.«

»Ich verstehe nicht. Und wer ist das?«

»Vielleicht hat er Elli Müther besucht. Sie ist eine Ex von

ihm. Die Geschichte ist lange her. Jetzt ist sie psychisch schwer krank. Manchmal besucht er sie. Wir reden nicht oft darüber, das ist seine Sache. Ehrlich gesagt, mag ich sie nicht so besonders. Vielleicht ist sie mir deswegen nicht eingefallen. Aber als Sie was von Freundin gesagt haben –«

Sie riefen im Krankenhaus an. Niemand wusste etwas von einem Besuch eines beleibten Herrn.

»Lassen Sie uns trotzdem hinfahren«, sagte Jennerwein. »Das ist die erste richtige Spur.«

10 ⑯

Die »zehn Betrachtungen« sind buddhistische Meditationsthemen. Die zehnte und endgültige Betrachtung heißt Ānāpānasati, die Achtsamkeit beim Ein- und Ausatmen.

Auf dem Krankenhausgang, im ungesunden Grün des Notlichts, lag eine reglose Gestalt auf dem Boden. Sie lag auf dem Rücken, die Arme und Beine in unnatürlichem Winkel abgespreizt. Die Augen waren aufgerissen, als ob sie zur Decke starren würden, genau auf das Männchen in der zersplitterten Fluchtwegbeleuchtung, das immer bereit war, bei eventuell stattfindenden Feuersbrünsten, Explosionen und wilden Schießereien vorauszulaufen und den richtigen Weg zu weisen. Die Gestalt am Boden war mit einer weißen Jacke bekleidet, auf dem Namensschild stand: D. Buck. Das diffuse Licht, das auf dem Gang herrschte, spiegelte sich in seinen matten Augen.

Die Tür des Personalzimmers öffnete sich, und Schwester Zilly trat heraus.

»Unser Buck schon wieder!«, rief sie nach hinten ins Zimmer. »Der Nachtdienst geht ja schon gut los. Vielleicht hilft mir mal jemand.«

Der zaundürre Benni Winternik packte mit an. Sie zogen den leblosen Krankenpfleger auf dem glatten Boden ins Schwesternzimmer und legten ihm dort einen Keil unter die Füße. Schwester Zilly fühlte seinen Puls, erhob sich und setzte ungerührt ihre Lektüre fort.

»Normal«, sagte sie.

Selda Gençuc, die MTA und Meisterin des original türkischen Kaffees, beugte sich über ihn.

»Kann er uns eigentlich hören?«

»Vermutlich nicht«, antwortete Schwester Zilly, ohne von ihrem Buch aufzusehen. »Bei einer Synkope ist der gesamte Wahrnehmungsapparat ausgeschaltet. Vielleicht bekommt das Unterbewusste etwas mit, wer weiß das schon. Das ist ja alles immer noch nicht so ganz erforscht.«

»Das Unterbewusste? Dann könnte ich ihm jetzt ein Geheimnis ins Ohr flüstern, und es ist bei ihm gespeichert, oder?«

»Vermutlich ja.«

Selda näherte sich Bucks Ohr und rezitierte ein Gedicht auf Türkisch. Der ohnmächtige Pfleger starrte mit leeren Augen nach oben, als ob er verblüfft wäre über das, was Selda ihm da erzählte.

»Was tun Sie denn da?«, fragte Winternik.

Selda winkte ab und flüsterte weiter dämonisch und eindringlich in Bucks Ohr.

»Wenn Sie diese Worte das nächste Mal hören, mein lieber Buck, dann öffnen Sie das Fenster und springen hinaus.«

Buck zeigte auch bei dieser Ansage keine Regung. Alle lachten. Es war einer der üblichen Krankenhausscherze.

Buck litt unter Hämatophobie, er konnte kein Blut sehen. Er teilte dieses Schicksal mit drei Prozent der Bevölkerung, die meisten davon wurden aber deswegen nicht ohnmächtig. Oder bei ihnen fiel es nicht so auf, weil sie nicht ausgerechnet einen medizinischen Beruf gewählt hatten. Buck jedoch war der Meinung, dass er die lächerliche Phobie irgendwann einmal in Griff bekommen würde. Vor einer Viertelstunde war er auf der Station zu einem Patienten gerufen worden. Im Bett nebenan hatte eine Schwester den Verband gewechselt. Da hatte er sich noch mit allerlei Tricks davon ablenken können.

Denk an das eigene Blut, das in deinem Körper unablässig dahinrauscht ... denk an die nützliche Flüssigkeit ... denk an das Symbol des Lebens ... denk an das Wiener Blut ... das blaue Blut ... Als er aus dem Zimmer des Patienten gegangen war, hatte er schon gespürt, wie ihn die Angst packte, wie aus den kleinen paar Tropfen Blut, die er gesehen hatte, bedrohliche Blutströme geworden waren, die ihn zu verschlingen drohten. Als er auf den Gang getreten war, hatte er gespürt, wie seine Schritte immer unsicherer wurden, wie sich der ganze Korridor in einen einzigen roten Sumpf verwandelt hatte, in den er lautlos schreiend versank. Das Nächste, was er sah, war erst wieder Selda, die sich gerade grienend von ihm abwandte.

»Wie lange liege ich schon da?«, fragte Buck verwirrt und richtete sich auf.

»Seit einer Woche«, antwortete Schwester Zilly

Kreysel, die Labertasche vom Dienst, saß, demonstrativ abgewandt von den anderen, in einer Ecke und blätterte lustlos in einer Zeitschrift. Dabei seufzte und schnaubte er in unregelmäßigen Abständen laut und vernehmlich, denn er war beleidigt. Er hatte vorhin ein paarmal eine sehr witzige Anekdote angefangen, er war immer kurz vor der Pointe unterbrochen worden, absichtlich, wie ihm schien.

Auch Ingo war noch auf einen original türkischen Kaffee ins Schwesternzimmer gekommen. Ingo arbeitete als medizinischer Masseur. Er war stark sehbehindert, was man ihm durchaus nicht ansah, so traumwandlerisch sicher bewegte er sich durch die Stationen des Krankenhauses. Ingo hatte bei der Wette auf Österreich gesetzt, und er hatte sich die Tipps der anderen vorlesen lassen. In Ingos Kopf verbanden sich die Namen der Personen sofort mit der Stimme und vor allem den näher kommenden Schritten. Winterniks Fllapff! hätte Ingo aus Tausenden von Fußgängern herausgehört. Kreysels alte Turnschuhe drehten sich quietschend bei jedem Schritt, Selda Gençucs Ballerinas huschten wie Mäuschen über das Linoleum, Schwester Zillys Gesundheitsschuhe und ihr leicht wiegender Gang ergaben einen walzerartigen Auftritt – Ingo erkannte jeden schon von weitem, lange vor den Sehenden:

D. Buck	da-stokk da-stokk
Benni Winternik	Fllapff!
Kreysel	quiiek
MTA Selda Gençuc	schsch schsch
Schwester Zilly	Tru, tru, trum

Doch jetzt hörte Ingo Schritte auf dem Gang, die er nicht kannte. Es waren unregelmäßige, unentschlossene Schritte, die in leichten, schlingernden Kurven dahineilten. Der Mann, zu dem die Schritte gehörten, bewegte sich am Stationszimmer vorbei und entfernte sich wieder. Er suchte etwas. Ingo kamen diese Schritte merkwürdig vor. Er prägte sie sich ein. Es war so etwas wie das rhythmische Schlurfen und Tappen eines alten Tieres.

10 17

Die Zehn wird auch durch den Maibaum symbolisiert: der Kranz ist die Null, in der die Stange als Eins steckt.

Ursel lenkte den Wagen, Jennerwein saß auf dem Beifahrersitz. Er hatte wegen seiner Akinetopsie schon Jahrzehnte nicht mehr am Steuer eines Autos gesessen. Wann eigentlich das letzte Mal? Ja, richtig, zu diesem ominösen Treffen damals, nach Kempten zum Kollegen Kluftinger, da war er mit seinem alten, beuligen Opel in das hügelige Allgäuer Land getuckert. Kluftinger hatte vor, ein Team zusammenzustellen. Jennerwein hatte im Vorzimmer gewartet, war dann einfach übersehen worden. Das passierte ihm öfter, er fand es amüsant, aber Kommissar Kluftinger war es ausgesprochen peinlich gewesen. Jennerwein schüttelte die Gedanken ab und konzentrierte sich wieder auf den momentanen Fall Ignaz Grasegger. Es war eigentlich kein Fall. Vielleicht war das sein Fehler, dass er alles im Leben, vielleicht sogar das Leben selbst, als Kriminalfall betrachtete, der gelöst werden musste. Trotzdem hatte er hier professionell zu arbeiten. Gerade hier. Das Krankenhaus, in dem Elli lag, war nur zwanzig Minuten vom Kurort entfernt. Ignaz konnte mit dem Linienbus dorthin gefahren sein, laut Ursels Aussage tat er das mindestens einmal im Monat.

»Wissen Sie, wir Bestatter haben es manchmal gar nicht so leicht«, sagte Ursel in die Pause hinein. »Es ist nicht gerade Mobbing, aber man spürt die Ablehnung. Man meldet sich oder die Kinder in einem Sportverein an, auf einmal ist kein Platz mehr frei. Man kauft sich eine Leberkäsesemmel in der Metzgerei, die Leute in der Schlange rücken ein Stück weg. Können Sie sich das vorstellen, Herr Jennerwein? Bei der Partnersuche zum Beispiel?«

Jennerwein nickte. Er konnte sich das gut vorstellen. Ein Abendessen im Kerzenschein, Champagnerperlen im Glas, Knistern in der Luft, leise Musik im Hintergrund*, wie zufällig berühren sich die tastenden Hände, und dann – *Ich bin übrigens Bestatter. Ich habe täglich mit toten Menschen zu tun. Und Sie?*

»Und deshalb kommt es auch häufig vor«, fuhr Ursel fort, »dass Bestatter untereinander heiraten. So wie die Bäcker. Die wegen ihrem verschobenen Tagesrhythmus, wir wegen unserer Nähe zur Ewigkeit.«

»Soviel ich weiß, entstammt Ihr Mann einer alten Bestatterdynastie?«

»Ja, das Unternehmen wurde 1848 gegründet«, erwiderte Ursel stolz. »Von dem Zimmermeister Sylvester Grasegger. Zu Hause zeige ich Ihnen ein Bild von ihm, Kommissar. Er gleicht Ignaz aufs Haar. Mit Ignaz und mir hört die Tradition aber wahrscheinlich auf. Die Kinder wollen nicht so recht.«

»Und Elli Müther war mit Ihrem Mann zusammen?«, fragte Jennerwein vorsichtig.

»Sehr lange vor mir. Elli hat es schließlich auch nicht mehr ausgehalten als Freundin eines Totengräbers. Nicht wegen dem Beruf selbst. Sondern deswegen, weil sie gemerkt hat, dass auch ihr immer mehr Leute ausgewichen sind.«

»Sie aber sind bei Ignaz geblieben und haben den Beruf lieben gelernt.«

---

* Empfehlung: Wolfgang Amadeus Mozart, Klarinettenkonzert A-Dur, KV 622, II. Satz: Adagio (bekannt aus »Jenseits von Afrika«)

»Ich könnte mir inzwischen gar nichts anderes mehr vorstellen. Es ist einer der sinnvollsten Berufe der Welt. Er ist endgültig.«

»Vielleicht stört die Leute gerade das Endgültige«, sagte Jennerwein.

Eine Bahnlinie lief neben der Straße her, ein Zug kam ihnen entgegen. Auf dieser Strecke würde er morgen nach Norden fahren.

»Und die Trennung erfolgte wann?«, fragte er.

»Das ist lange her. Das spielt hier auch keine Rolle.«

»Sind Sie sicher?«

Ursel nickte trotzig.

»Wann ist Frau Müther psychisch erkrankt?«, setzte Jennerwein nach.

»Vor einigen Jahren. Bis dahin hatten Ignaz und sie keinen Kontakt. Jedenfalls nicht, dass ich wüsste. Als er das mit ihrer Krankheit erfahren hat, wollte er sich um sie kümmern.«

»Sie selbst hatten nichts dagegen?«

»Nein, überhaupt nicht. Ich fand das eher rührend. Er hat dafür gesorgt, dass sie nicht in eine geschlossene Anstalt eingewiesen wurde. Er hat sogar erwogen, sich als ihr Vormund zur Verfügung zu stellen, als es mit ihr immer schlimmer wurde.«

»Wissen Sie Genaueres über die Erkrankung selbst?«

»Da gehen die Ärztemeinungen total auseinander. Jeder sagt etwas anderes.«

»Kann man sie denn als dement bezeichnen?«

»Ignaz hat mir erzählt, dass die meisten Spezialisten der Meinung sind, dass Ellis Zustand nicht der klassischen Demenz entspricht. Es ist so etwas wie eine schizophrene Störung.«

»Heilbar?«

»Es sieht nicht so aus. Ihr Zustand hat sich seit Jahren nicht verbessert, eher im Gegenteil. Inzwischen ist sie selten ansprechbar. Ignaz könnte uns das allerdings genauer erklären.«

Ursels Stimme hatte die ganze Fahrt über gezittert, sie hatte sich beherrscht, jetzt versagte ihr die Stimme. Sie schluchzte. Der Kommissar legte ihr die Hand auf die Schulter. Erst nach einiger Zeit beruhigte sie sich wieder.

»Sonst gibt es keine Ärztemeinungen?«, fragte Jennerwein.

»Eine Psychiaterin hat einmal zu Ignaz gesagt, dass sie nicht ausschließen kann, dass Elli simuliert. Da ist aber der Ignaz sauer heimgekommen! Mein lieber Schwan. So wütend habe ich ihn selten erlebt.«

»Simuliert? Über Jahre hinweg? Warum sollte Frau Müther das tun?«

»Die Vorgeschichte ist die, dass sie früher als Ergotherapeutin gearbeitet hat, darüber hinaus sehr engagiert war. In der Gewerkschaft, im Betriebsrat, in verschiedenen ehrenamtlichen Nebentätigkeiten. Ich habe mir einmal überlegt, ob sie nicht, quasi undercover, in den verschiedenen Krankenhäusern nach irgendwelchen Betrügereien Ausschau gehalten hat.«

Jennerwein schüttelte skeptisch den Kopf.

»Können Sie sich das wirklich vorstellen?«

»Es ist zu abwegig, ja. Ignaz und ich haben allerdings nicht oft über sie geredet. Sie verstehen schon: Der Ehemann trifft sich regelmäßig mit seiner Jugendliebe …«

Jennerwein schwieg dazu. Die Theorie, dass Elli Müther simulierte, beschäftigte ihn. War die Simulation womöglich eine Tarnung für beide, sich in regelmäßigen Abständen zu treffen? Unglaublich, welch absurde Wege sich die Untreue manchmal suchte. Er beschloss, Ursel nichts davon zu sagen.

»Ich weiß, was Sie gerade denken«, bemerkte Ursel nach einer Weile. »Aber da liegen Sie ganz sicher falsch.«

Im Foyer des Krankenhauses wimmelte es von Menschen, am Empfang war kein Durchkommen. Schichtwechsel.

»Haben Sie eine Ahnung, wo genau Frau Müther liegt, Ursel?«

Es war das erste Mal, dass Jennerwein sie mit Vornamen ansprach. Es war weniger förmlich so. Er wollte dabei bleiben.

»Nein, Kommissar, ich habe Ignaz bei seinen Besuchen hierher nie begleitet.«

Jennerwein nur mit Kommissar anzusprechen war ihre Art der Vertraulichkeit.

»Kann ich Ihnen weiterhelfen?«, fragte eine Frau mit hochgesteckter Frisur und weißem Kittel. »Sie sehen aus, als würden Sie jemanden besuchen wollen und nicht wissen, wo er liegt.«

Sie stellte sich nicht vor, sie trug kein Namensschild, ihre Freundlichkeit war mechanisch.

»Ja, wir suchen die Querschnittsgelähmten-Abteilung«, sagte Ursel.

»Die liegt genau am anderen Ende des Gebäudes«, sagte die hilfsbereite Frau. »Ganz einfach. Nach der Kardiologie scharf rechts, mit dem Lift in den zweiten Stock, vor der Radiologie links, immer weiter Richtung Innere, Psychiatrische und Kinder, dann am Raucherzimmer vorbei – und schon sind Sie da.«

»Sind Sie Ärztin?«, fragte Ursel.

»Sehe ich so aus?«, erwiderte die Weißkittelige mit den hochgesteckten Haaren lächelnd. Und weg war sie. Auch ihr Abgang hatte etwas Freundlich-Mechanisches.

Schließlich traten sie ins Zimmer von Elli Müther. Sie saß aufrecht im Bett und wandte sich sofort Jennerwein zu, als ob sie auf ihn gewartet hätte.

»Endlich bist du wieder da«, rief Elli und wies auf den Fernsehapparat. »Schalte das verdammte Ding aus, Ignaz!«

Sowohl Ursel wie auch Jennerwein waren einen Augenblick ziemlich ratlos, wie sie sich verhalten sollten. Jennerwein tat wie geheißen, trat dann an Ellis Bett. Sie ergriff seine Hand und sagte, mit einem kleinen Anflug von Vorwurf:

»Wo warst du denn nur so lange?«

»Ich habe mich beeilt, so gut ich konnte«, antwortete Jennerwein sanft. »Wie geht es dir, Elli?«

Ursel zog die Augenbrauen verwundert hoch. So butterweich hatte sie den Kommissar noch nie erlebt.

»Gut, gut, Ignaz. Aber du könntest ruhig öfter kommen.«

»Ich weiß gar nicht … äh … Wann war ich denn das letzte Mal da? Du weißt es sicher besser als ich.«

»Na, gestern –«

Elli unterbrach sich, blickte an Jennerwein vorbei, fasste Ursel ins Auge, deutete schließlich auf sie.

»Schwester! Sie können uns alleine lassen, ich brauche Sie nicht mehr. Ich möchte ungestört mit ihm reden.«

Auf Ursels Gesicht erschien ein kleines, pikiertes Lächeln. Doch sie verließ folgsam das Zimmer.

»Schön, dass du wieder da bist, mein Lieber«, sagt Elli leise. »Ich muss dir was sagen –«

Ihre Augen suchten die Wände ab.

»Was musst du mir sagen?«

Jennerwein sah, dass etwas in ihr arbeitete. Ihre Mundwinkel zuckten, als ob sie die Worte schon formuliert hatte und nur noch zögerte, sie auszusprechen.

»Ich komme –«

Sie brach ab. Jennerwein nickte ihr aufmunternd zu. Schließlich sagte sie:

»Ich komme nach Klausen.«

»Klausen? Was meinst du mit Klausen?«

Ihre Worte kamen zögerlich.

»Nach Klausen … Und hier drinnen … stimmt etwas nicht … Die Totenscheine … Die Verwandten … Schau nach … Ich kann hier nicht raus … Du musst es nachprüfen … Totenscheine falsch ausgestellt … alles aufgeschrieben …«

Sie war eingeschlafen, und Jennerwein war sich sicher, dass sie nichts mehr sagen konnte oder wollte. Sie hatte auf die Nachttischschublade gedeutet. Er öffnete sie vorsichtig. Sie war leer.

Jennerwein verließ das Zimmer. Draußen auf dem Gang unterhielt sich Ursel leise mit einem stämmigen, schon etwas älteren Pfleger, der aber immer noch so aussah, als könnte er zwei, drei Patienten mit einer Hand aus der Badewanne heben. Jennerwein trat hinzu.

»Sie hat mich verwechselt«, sagte er zu dem Pfleger. »Kommt das öfter vor bei ihr?«

»Ja«, antwortete der Pfleger. »Sie kann sich vermutlich Gesichter nicht merken. Prosopagnosie.«

»Was denken Sie, woran sie hauptsächlich leidet?«

»Das ist schwer zu sagen. Sie erzählt wilde Geschichten. Das ist manchmal richtig spannend zum Zuhören. Auch kriminelle Geschichten. Verschwörungstheorien. Sie sieht zu viel Fernsehen. Einmal war sogar die Polizei da.«

»Die Polizei? Warum?«

»Sie hat dort angerufen und denen eine Räuberpistole aufgetischt. Dem mussten die natürlich nachgehen, aber es ist nichts dabei herausgekommen.«

Ursel zückte ein Foto.

»Haben Sie den Mann schon mal gesehen?«

»Nein, noch nie«, sagte der stämmige Pfleger.

Sie streiften noch eine Weile durch die Station. Auch andere Krankenhausmitarbeiter, die sie fragten, hatten Ignaz noch nie gesehen. Niemand erkundigte sich, wer sie eigentlich waren und warum sie das wissen wollten. Alle machten einen müden und gehetzten Eindruck.

Bei der Rückfahrt in den Kurort wiederholte Jennerwein die Wortfetzen, die er von Elli gehört hatte: Ich komme nach Klausen.

»Was sie wohl damit meint?«, sagte Ursel. »Klausen ist ein kleines Städtchen in Südtirol.«

Jennerwein seufzte.

»Ich habe mir alles aufgeschrieben, Ursel. Aber das müsste ein Fachmann beurteilen. Ein Psychologe zum Beispiel. Außerdem haben wir keinerlei Beweise gefunden, dass Ignaz in diesem Krankenhaus war.« Jennerweins Stimme nahm einen professionellen Ton an. »Ich sehe nicht, was ich noch für Sie tun könnte. Ich denke, Sie regen sich unnötig auf. Vielleicht wollte Ignaz einfach nur mal weg!«

Ursel schnaufte tief durch und schüttelte den Kopf.

»Das halte ich für ausgeschlossen.«

»Darf ich offen mit Ihnen sprechen: Ich rate Ihnen, im Revier eine Vermisstenanzeige aufzugeben. Leider kann ich Ihnen nicht weiterhelfen, es gibt für mich keinerlei Hinweise auf ein Verbrechen. Die Kollegen haben wesentlich mehr Möglichkeiten, Ignaz zu finden.«

Ursel zeigte keinerlei Reaktion. Nach einiger Zeit fügte Jennerwein hinzu:

»Können Sie mich bitte beim Hotel Alpenrose absetzen?«

Ursel bremste scharf und hielt am Straßenrand. Jennerwein blickte sie verwundert an.

»Da ist noch etwas, was ich Ihnen sagen muss«, murmelte sie kleinlaut. »Ich habe ein Päckchen erhalten. Mit einem Drohbrief.«

»Und damit kommen Sie mir erst jetzt?«

Wieder stand Jennerwein in der Küche der Graseggers. Ursel öffnete den Kühlschrank und holte eine flache Pizzaschachtel heraus, die sie vorsichtig auf den Tisch legte und langsam öffnete. Jennerwein begriff nicht gleich. Dann weiteten sich seine Augen vor Schreck. Auf den ersten Blick schien es ein leckeres italienisches Carpaccio unter Glas zu sein, bei näherer Betrachtung war es ein Querschnitt durch einen menschlichen Hals.

10 ⁸

Zehn Sekunden – das war lange Zeit die magische Grenze beim 100-Meter-Lauf. Der erste Mensch, der das schaffte, war der deutsche Leichtathlet Armin Hary. Die Zeit wurde am 21. Juni 1960 in Zürich von Hand gestoppt. (Den Guinnessrekord der Hunde hält ein Spitz namens Jiff, allerdings nur über 10 Meter. Und auf den Hinterläufen.)

Klara Pullsdorf war Hausbesitzerin. Der Putz der ehemaligen schmucken Pension Klara bröckelte allerdings gewaltig, die einst so geraniengeschmückten Balkone hätten einen Anstrich vertragen, die windschiefe Hütte verfiel langsam. Früher hatte sie noch Zimmer vermietet, doch Kurgäste kamen aus Mangel an Komfort schon lange nicht mehr. Ihre Witwenrente war nicht der Rede wert, und wenn sie in der Zeitung eine Statistik las, dass dieser Landkreis der reichste im ganzen Freistaat war, konnte sie nur lachen. Ihr Mann war vor ein paar Jahren im Krankenhaus gestorben, sie war fest davon überzeugt, dass es Pflege- oder Ärztepfusch war, sie hatte einen Haufen Geld für einen Rechtsanwalt ausgegeben, der jedoch nichts nachweisen konnte. Einmal in der Woche radelte sie zu Kazmarec's Gartenbedarf, das Geschäft lag außerhalb des Kurorts, in einem der vielen kleinen Trabantengemeinden, die sich wie Spritzer um den Kurort lagerten. Es war ein Kruschtladen für alles Mögliche, der Krimskrams war im Hof aufgestellt. An diesem Abend fielen Klara Pullsdorf zwei Gartenstecker aus Rost ins Auge, zwei Segelschiffe, die sich in ihrem eigenen Wildwuchs recht gut ausnehmen würden. Bei Kazmarec lief es so, dass man sich die ausgepreisten Sachen einfach nahm und das Geld dafür in den Briefschlitz an der Eingangstür warf. Ihn selbst hatte sie selten draußen gesehen, aber er bestückte sein luftiges Warenlager immer wieder neu, vielleicht geschah das ja nachts. Klara nahm die zwei rostigen Segelschiffe an sich, fingerte ein paar Münzen aus ihrem Geldbeutel und öffnete den Briefschlitz. Sie bückte sich und warf einen kurzen Blick ins Innere der Wohnung, es war niemand da. Dann steckte sie den Arm in den Briefschlitz und griff mit der Hand nach unten. Auf dem Boden lag ein Berg von Münzen, darauf einige Geldscheine. Sie rief Kazmarecs Namen, einmal, zweimal. In der Wohnung war es still. Sie schnüffelte, es roch nach Reinigungsmittel, Sauerkraut und Benzin. Ihre Augen hatten sich jetzt an die Dunkelheit im Inneren der Wohnung gewöhnt. Da bemerkte sie voller Schreck, dass aus einem der hinteren Zimmer ein Paar Beine regungslos in den Flur hineinragten.

Wenn irgendwo Beine regungslos in einen Flur hineinragen, ist die Polizei meistens ganz schnell da. So auch in diesem Fall. Kriminalkommissarin Nicole Schwattke stand im Wohnzimmer von Kazmarec und musterte den Toten. Der herbeigerufene Hausarzt hatte die Todesursache schon festgestellt: Herz-Kreislauf-Versagen bei Asthmaanfall.

»Es hat ja einmal so kommen müssen«, sagte er, während er den Totenschein ausfüllte.

Polizeiobermeister Franz Hölleisen sah sich aufmerksam in der spartanisch eingerichteten Wohnung um. Kein Bild an der Wand, keine Blumen auf dem Tisch, eine nackte Glühbirne an der Decke als einzige Beleuchtung.

»Und wer sitzt da draußen auf der Bank?«, fragte ihn Nicole.

»Eine gewisse Klara Pullsdorf«, antwortete Hölleisen. »Die Pension Klara war früher eine erste Adresse. Ich weiß auch nicht, warum sie noch da ist. Sie hat ihre Zeugenaussage schon gemacht. Ich habe mir alles notiert, sie legt Wert auf die Feststellung, dass sie das Geld unten am Boden vor dem Briefschlitz zwar berührt, aber nichts weggenommen hätte.«

»Merkwürdig.«

Hölleisen zuckte die Schultern.

»Sie meint, auf dem Geld würde man Fingerabdrücke von ihr finden, aber sie hätte nichts damit zu tun. Sie hätte sich Wechselgeld genommen. Das wäre bei Kazmarec so üblich gewesen.«

»Und, stimmt das?«

»Keine Ahnung. Ich habe hier noch nie eingekauft. Das ist altes, wertloses Gerümpel. Ein Wunder, dass sich der Laden so lange gehalten hat.«

Nicole Schwattke sah sich im Zimmer um. Es wirkte, wie das ganze Haus, ärmlich und schmucklos. Das Geschäft mit dem Gartenschnickschnack war wohl nicht gut gelaufen. Sie betrachtete die Leiche. Kazmarec war ein etwa vierzigjähriger Mann, von dem jedoch etwas Jungenhaftes, Bübisches ausging. Er lag auf dem Rücken. Neben ihm war der Stuhl umgekippt, da war er wohl heruntergefallen. Sie spulte den Film zurück: Wo hatte der Stuhl gestanden, in welche Richtung war Kazmarec gekippt, wie kam er in die jetzige Position. Erinnerungen stiegen in Nicole auf. Erinnerungen an ihren Polizeieinstand in Recklinghausen. Sie war frischgebackene Polizeianwärterin, und mit einem Neuling wurde traditionell ein Scherz veranstaltet. Ihr persönlicher Einstiegsjoke war der, dass sie zu einem Tatort gerufen wurde, der aufwendig und liebevoll gefakt war. Blutspritzer an der Wand, zerbrochenes Geschirr, aufgerissene Schubladen, obszöne Schmierereien auf dem Spiegel. Und eben ein umgeworfener Stuhl. Genauso einer wie dieser hier. Der Einsatzleiter hatte ihr eingeschärft, nichts zu berühren, auch den »Toten« nicht, bis die Spurensicherung kam. Sie hatte zwei Stunden neben einer angeblichen Leiche ausgeharrt, bis die johlenden Kollegen endlich hereingebrochen kamen und der Tote putzmunter und fröhlich aufgesprungen war. Dieser Kazmarec jedoch wollte und wollte nicht aufspringen. Seine Leblosigkeit wirkte trotzig. Nicole Schwattke bückte sich und betrachtete sein schmales, selbst im Tod noch kindlich-verblüfft wirkendes Gesicht. Auf die leichten Verletzungsspuren am Mund hatte der Hausarzt schon hingewiesen. Sie kämen höchstwahrscheinlich vom Sturz. Genauso wie der Bluterguss an einem Handgelenk. An der Hausjacke fehlte der Ärmelknopf. Nicole suchte den Boden ab, fand ihn unter dem Tisch. Auch eine Folge des Sturzes? Nicole erhob sich wieder und sah sich im Haus um. Das einzig Auffällige war eine komplette Taucherausrüstung, die im Keller eingelagert war. Das überraschte Nicole zunächst, denn das Equipment fügte sich nicht so recht ins übrige ärmliche Bild. Aber andererseits war Tauchen heutzutage auch kein so teures Hobby mehr. Sie musterte die Teile der Ausrüstung. Nicole Schwattke kannte sich ein wenig damit aus, sie war selbst schon getaucht. Aber wenn jemand Asthma hat, taucht er dann? Sie hob die Gasflasche an, die voll zu sein schien. Vielleicht hatte Kazmarec mit dem Sport aufgehört, als die Atembeschwerden dies nicht mehr zuließen. Vielleicht war es so. Trotzdem störte sie irgendetwas an der Taucherausrüstung.

Draußen saß Klara Pullsdorf immer noch auf der geschnitzten Bank, die laut Preisschild 52 Euro und 35 Cent kostete. Das Schild baumelte an einer Schnur im Wind, es schien so, als ob die ehemalige Pensionswirtin im Preis inbegriffen wäre.

»Geh jetzt heim, Klara«, sagte Polizeiobermeister Hölleisen gerade zu ihr.

»Aber ich bin doch eine Zeugin!«

»Es ist kein Verbrechen geschehen, Klara. Der Verstorbene hat Asthma gehabt, er ist eines natürlichen Todes gestorben. Der Arzt hat gesagt, dass es eines Tages einmal so kommen hat müssen.«

Klara schaute ihn trotzig an.

»Willst du mich nicht weiterbefragen?«

»Was soll ich dich denn fragen?«

»Ja, das musst doch *du* wissen, Hölleisen, was du mich fragen willst.«

»Nein, momentan habe ich keinerlei weitere Fragen.«

»Hast du keine Fragen, oder weißt du bloß keine Fragen?«

»Jetzt lass mich in Ruh, Klara! Das ist ja nicht zum Aushalten!«

Sie blieb sitzen und starrte geradeaus. Nicole nahm den Polizeiobermeister beiseite.

»Haben Sie den Verstorbenen gekannt?«

»Den Katzi?«, lachte er. »Freilich habe ich den gekannt. Rein vom Kriminalistischen her war der allerdings ein unbeschriebenes Blatt. Das ist einer gewesen, der mit dem Auto lieber heimgefahren ist, anstatt sich fünf Minuten ins eingeschränkte Halteverbot zu stellen. Der war polizeilich fast schon wieder verdächtig, so unverdächtig ist der gewesen.«

»Ich würde die Leiche gerne in die Gerichtsmedizin geben«, sagte Nicole entschlossen.

Hölleisen zeigte ein erstauntes Gesicht.

»In die Gerichtsmedizin? Warum das denn?«

»Nur, um ganz sicher zu gehen. Um den Mund herum sieht es so aus, als ob er sich gepeelt hätte, der Katzi.«

»Gepeelt? Warum soll er denn das gemacht haben, in seinem Alter?«

»Ich denke eher an einen Mundknebel, der heruntergerissen worden ist.«

Hölleisen schüttelte lachend den Kopf.

»Wer soll denn so einen armen Tandler geknebelt haben? Das kann ich mir nicht vorstellen. Außerdem waren alle Türen von innen verschlossen. Kein Hinweis auf nichts.«

Nicole schüttelte den Kopf.

»In die Gerichtsmedizin mit ihm. Sicher ist sicher.«

»Wie Sie meinen, Frau Chefin.«

Hölleisen veranlasste das Notwendige. Dann trennten sie sich. Beim Nachhauseweg hielt Nicole am Sporthotel Fit & Easy an, von dem sie wusste, dass hier auch Tauchsportkurse angeboten wurden. Sie ließ sich eine volle Druckluftflasche zeigen, so eine, wie sie sie bei Kazmarec gesehen hatte. Sie hob die Flasche mit einer Hand hoch und schüttelte sie. Seltsam, dachte Nicole. Ich muss mir die andere Flasche im Keller nochmals ansehen. In ihrem Hirn arbeitete es bereits ausgesprochen jennerweinisch.

10 ^19

In manchen Regionen Chinas gilt die Zahl Zehn als
Unglückszahl, denn das Zahlwort »zehn« (shí) klingt
ähnlich wie das Wort für »Tod« (sǐ).

»Du verhältst dich absolut ruhig. Keine Polizei!«

Der Kommissar untersuchte den Drohbrief sorgfältig mit
einer Lupe. Dass er überhaupt nichts Auffälliges fand, war
für ihn keine ganz große Überraschung, denn schon bei
gutefrage.net oder *mobbingcenter.de* gab es brauchbare Tipps,
wie man wasserdichte, nicht zurückverfolgbare Drohbriefe
verfasste. Zusammen mit dem Präparat in der Pizzaschachtel
sah alles nach einem Profi aus, der sein Handwerk verstand.
Die Spurensicherung würde keine brauchbaren Hinweise
zum Absender finden, trotzdem tütete Jennerwein den Brief
sicherheitshalber ein. Dann wandte er sich an Ursel. Ein Anflug von Ärger blitzte in seinen Augen auf.

»Warum haben Sie mir das nicht gleich gesagt!«

»Ich –«

»Verdammt, Ursel! Wir haben dadurch viel wertvolle Zeit
verschwendet«, unterbrach er sie ungeduldig. »Ich bin ehrlich
gesagt ein wenig enttäuscht von Ihnen.«

»Aber es ist doch mein Ignaz –«

»Ich habe erwartet, dass Sie vernünftiger reagieren.«

»Ich musste doch befürchten, dass Sie die Sache sofort wei-
terleiten, wenn ich Ihnen das zeige«, sagte sie kleinlaut. »Und
ich habe gehofft, Sie können mir auch so helfen.«

»Sie haben mich also doch in eine Falle gelockt«,
knurrte Jennerwein. »Ich sollte dieses Haus auf
der Stelle verlassen.«

Er wusste, dass er das nicht konnte. Er hatte
sich schon zu weit vorgewagt. Diese Angele-

genheit musste er professionell zu Ende bringen. Ungeduldig wies er auf die Pizzaschachtel.

»Wenn es ein menschliches Präparat ist, muss ich sowieso offiziell ermitteln. Dann bleibt mir gar nichts anderes übrig.«

Er starrte auf den histologischen Querschnitt. Er hätte nicht erwartet, dass Ursel so viel Nerven zeigte. Sie hatte sicherlich schon einige dramatische und lebensgefährliche Situationen erlebt. Und sie musste doch die unerbittlichen Regeln einer Entführung kennen. Entweder man sagt alles, oder man schweigt.

»Ich flehe Sie an, Kommissar, tun Sie das nicht«, rief Ursel. »Wenn Sie offiziell ermitteln, dann liefern Sie Ignaz dem sicheren Tod aus.«

Ursel hatte es so herzerweichend verzweifelt gesagt, dass Jennerwein kurz versucht war, sie tröstend in den Arm zu nehmen. Stattdessen trat er demonstrativ einen Schritt zurück. Dabei wusste er, dass sie recht hatte. Es gab Statistiken, die besagten, dass Opfer von Entführungen umso mehr zu Schaden kamen, je mehr die Polizei mit noch so ausgeklügelten Kriseninterventionsmaßnahmen eingriff. Das war eine Tatsache, die der Öffentlichkeit nicht unbedingt auf die Nase gebunden wurde. Meistens wurden vermögende Personen aus dem Finanz- oder Bankenbereich entführt. Hier half eigentlich nur schnelle, direkte Bezahlung in bar, wenn die Verwandten das Opfer wiedersehen wollten. Interne Entführungen innerhalb der kriminellen Szene wie im vorliegenden Fall erschienen natürlich ohnehin nicht in der Statistik.

»Sie haben mich in einen wirklich unangenehmen Interessenskonflikt gebracht«, sagte Jennerwein.

Das war noch milde ausgedrückt. Er hatte schon jetzt gegen einige Paragraphen und Dienstordnungsvorschriften verstoßen, er bewegte sich gefährlich nahe am Tatbestand der

Strafvereitelung. Bayrischer Verdienstorden hin oder her, hier konnte er sich nicht mehr herausreden. Entschlossen fuhr er fort:

»Ich werde jetzt folgendermaßen vorgehen. Ich will zuerst prüfen lassen, ob es sich nicht doch lediglich um ein tierisches Präparat handelt. Andernfalls gebe ich an die Kollegen ab. Sind Sie einverstanden?«

Ursel nickte stumm. Sie setzte sich und verbarg ihr Gesicht in den Händen.

Jennerwein fotografierte das Präparat mit seinem Smartphone aus mehreren Blickwinkeln. Dann verschickte er die Bilder.

»An wen?«, fragte Ursel.

»An eine vertrauenswürdige Person«, antwortete Jennerwein, während er tippte. »Sie ist Gerichtsmedizinerin und wird sich das Material ansehen. Ich bitte sie, mich zurückzurufen, sobald sie Ergebnisse hat. Keine Sorge, wir sind noch nicht auf der offiziellen Schiene. Wenn es amtlich wird, dann teile ich Ihnen das mit. Und verschwinde.«

»Ja, einverstanden«, sagte Ursel. Sie schien sich wieder gefangen zu haben. »Es ist wahrscheinlich ein Messaggero, der mir das ins Haus gebracht hat.«

»Ein professioneller Ersteller und Überbringer von Drohbriefen? Sie kennen sich ja gut aus!«

»Von früher natürlich«, sagte sie etwas kleinlaut.

»Ein hochspezialisierter Bote also«, fuhr Jennerwein nachdenklich fort. »In Ländern wie Kolumbien oder Mexiko gibt es praktisch eine eigene Entführungsindustrie. Da ist der Messaggero die zentrale Figur. Aber hier bei uns –«

»Glauben Sie mir jetzt endlich, dass Ignaz in der Hand von Gangstern ist?«

Jennerwein musterte Ursel prüfend.

»Geht es vielleicht darum, Geld von Ihnen beiden zu erpressen?«

Ursel machte eine abwehrende Handbewegung.

»Geld? Wir haben kein Geld. Jedenfalls nicht so viel, dass sich eine Erpressung lohnen würde. Wir hatten bis vor kurzem Berufsverbot, unsere Konten sind gesperrt, das meiste ist beschlagnahmt –«

Jennerwein musterte Ursel noch genauer. Natürlich hatte sie keine legalen Geldbestände. Und das gebunkerte Schwarzgeld konnte sie ihm gegenüber kaum zugeben. Aber Schwarzgeld wäre für andere Verbrecher genau ein Motiv. Er konnte sich auf das, was sie sagte, nicht hundertprozentig verlassen. Er musste dem eigenen Instinkt vertrauen.

»Wann haben Sie das Päckchen entdeckt?«, fragte er.

»Heute früh. Es muss nachts bei der Hintertür eingeworfen worden sein, zwischen Mitternacht und vier Uhr früh. Um Mitternacht bin ich das letzte Mal in die Küche gegangen. Da habe ich mich natürlich schon gewundert, dass Ignaz immer noch nicht da ist. Aber ich habe mir noch nichts Schlimmes dabei gedacht. Es ist schon öfter vorgekommen, dass er sich verquatscht hat. Wenn er die Richtigen trifft, wird er zu einem alten Waschweib.«

»Und haben Sie bei diesen ›Richtigen‹ schon nachgefasst?«

»Natürlich. Ich habe alle angerufen. Außerdem habe ich Ochsenbackerl gekocht. Die lässt er normalerweise nicht so leicht aus.«

»Wann genau sind Sie aufgewacht?«

»Ich habe schlecht geschlafen und bin öfter wach geworden. Die genauen Zeiten weiß ich natürlich nicht mehr. Zwischen fünf und sechs bin dann runter in die Küche, und da habe ich das Päckchen entdeckt.«

Jennerwein schwieg dazu. Ein nachdenklicher Zug erschien auf seinem Gesicht. Schließlich sagte er:

»Wissen Sie, was auch schon vorgekommen ist?«

Ursel nickte.

»Ja, das weiß ich. Dass der angeblich Entführte selbst den Drohbrief verfertigt und eingeworfen hat. Aber Kommissar! Warum sollte ich Sie mit so etwas behelligen?«

»Sie schließen das ganz aus?«

»Ja, das tue ich. Und was hätte Ignaz für einen Grund? Glauben Sie mir: Wenn ich nur den geringsten Anhaltspunkt dafür hätte, würde ich Sie da nicht mit hineinziehen.«

Jennerwein bat Ursel zu warten. Dann verließ er das Haus und überprüfte die direkte Umgebung. Den Hintereingang konnte man von der Straße aus nicht einsehen. Für den Eindringling war es ein leichtes Spiel gewesen. Er untersuchte den Garten auf Fußspuren. In der Dunkelheit kroch er den Gartenweg auf Knien entlang und suchte mit der Taschenlampe nach verlorengegangenen Gegenständen. Er fand nichts. Natürlich nicht. Das war ein Profi gewesen. Ein Messaggero.

Die nächsten Minuten verbrachten Ursel und Jennerwein schweigend am Tisch. Dann klingelte Jennerweins Telefon. Die Gerichtsmedizinerin war dran.

»Sie wollen meine inoffizielle Meinung hören?«, fragte sie.

»Ich bitte darum«, antwortete Jennerwein.

»Es ist auf Ihren Fotos nicht genau zu erkennen, aber ich denke schon, dass es ein menschliches Präparat ist. Ich müsste es dazu allerdings vor mir haben.«

Jennerwein blickte zu Ursel, die ihn ängstlich und erwartungsvoll anblickte.

»Ist der Tod durch den Schnitt herbeigeführt worden?«, fragte er weiter.

Ursel konnte jetzt nicht mehr länger zuhören. Sie verließ das Zimmer.

»Das schließe ich fast aus«, sagte die Gerichtsmedizinerin. »Eine Dekapitation bei lebendigem Leibe führt nicht zu solch einem sauberen Schnitt. Selbst eine Guillotine oder ein supergeschliffener Harakiri-Dolch durchtrennt nicht so scharf, sondern quetscht das Fleisch. Und dann, vor allem: Um dieses Präparat mit wenigen Millimetern Dicke zu erhalten, müssen Sie ja zwei Schnitte durchführen. Sie müssten also von einem abgetrennten Rumpf noch eine weitere feine Scheibe abschneiden. Das kriegt selbst der Henker von London nicht hin.«

»Aber bei Carpaccio geht es doch auch«, wandte Jennerwein leise ein. Er hoffte, dass Ursel das nicht mitbekam.

»Beim Carpaccio ist es etwas anderes«, sagte die Gerichtsmedizinerin. »Da wird das Fleisch kurz angefroren und dann geschnitten.«

»Bei einer tiefgefrorenen Leiche ginge es also?«

»Ja, vielleicht. Aber um festzustellen, ob das so gemacht wurde, bräuchte ich das Präparat selbst.«

»Gut, ich lasse es vorbeibringen. Wie lange wird Ihre Untersuchung dauern?«

»Zwei oder drei Tage. Schneller geht es nicht. Wir bewegen uns ja schließlich nicht auf dem Dienstweg. Sehe ich das richtig?«

»Ja, so ist es. Ich erkläre Ihnen später alles.«

»Das ist nicht nötig.«

Jennerwein bedankte sich und legte auf. Er drehte sich um. Ursel stand wieder im Raum. Sie hatte alles mit angehört. Aber sie wirkte sehr gefasst.

»Ich fahre hin«, sagte sie. »Wie ist die Adresse?«

Die Gerichtsmedizinerin öffnete die Schachtel mit dem grausigen Inhalt. Das Präparat hatte einen Durchmesser von zwölf Zentimetern und die Dicke von etwa drei Millimetern. Der in der Mitte liegende Halswirbelknochen (sie tippte auf den dritten oder vierten) war sauber durchschnitten, sie konnte keinerlei Quetschungen erkennen. Sie war sich jetzt sicher, dass das Präparat vorher tiefgefroren worden war. Der Halswirbel zeigte sich nicht in runder, sondern ovaler Form, der Schnitt war also nicht waagerecht durch den Hals gegangen, sondern vom Nacken her schräg nach unten und von der linken Seite her schräg nach rechts. Deshalb war auch nicht eindeutig zu erkennen, ob es sich um ein menschliches oder tierisches Präparat handelte. Der Schnitt konnte genauso gut von einem Kalb, einem Hund, einem Seelöwen stammen. War der Schnitt absichtlich schräg geführt worden, um die Herkunft zu verschleiern? Die Blutbahnen, die vom Körper zum Kopf führten, hatten sich etwas zusammengezogen. Wie unschuldig, dachte die Gerichtsmedizinerin. Es hätte auch ein Schakal sein können, ein Affe, ein Zebra. Alle Wesen waren hier vereint. Und solange man nicht wusste, was die DNA-Untersuchung bringen würde, war das hier ein Präparat von einem namenlosen Urtier.

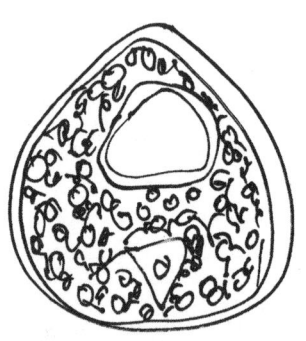

Die Gerichtsmedizinerin machte sich keine Gedanken darüber, woher Jennerwein das Präparat hatte und warum er es nicht auf dem Dienstweg untersuchen ließ. Er hatte sicher seine Gründe. Aber sie dachte darüber nach, wie solch ein scharfer und sauberer Schnitt zustande kommen konnte. Welches Gerät konnte hier verwendet worden sein? Eine abwegige Möglichkeit erschien vor ihrem geistigen Auge. Übelkeit stieg in ihr auf, als sie den Gedanken weiterdachte. Sie beschloss, Jennerwein noch nichts davon zu sagen. Sie wollte sich zuerst an die Untersuchung der DNA machen. Es war weniger schrecklich, wenn sich herausstellte, dass es sich um das Präparat eines Hirsches, einer Antilope oder eines Pferdes handelte.

Zehn Jahre müssen Quittungen und Belege fürs
Finanzamt aufbewahrt werden.

Die gezackte Scheibe aus geschliffenem Edelstahl glitt langsam auf ihn zu. Die Todesangst hatte jede Faser seines Körpers erfasst. Er war schon mehrmals in seinem Leben in großer Gefahr gewesen, doch die brutale Aussichtslosigkeit dieser Situation übertraf alles, was er bisher erlebt hatte. Er war auf einer harten Pritsche festgeschnallt, die Riemen schnitten schmerzhaft in seine Handgelenke und Fußknöchel. Doch diese Schmerzen waren nichts gegen den Schrecken, den die rotierende Scheibe verbreitete. Zuerst hatte er nicht erkannt, was das für ein Gerät war, das wenige Meter von ihm entfernt aufgebaut wurde. Doch dann hatte der Mann, dessen Gesicht er nicht sehen konnte, die Zackenscheibe hämisch lachend eingesetzt. Ein zweiter Mann hatte den Schalter betätigt. Eine Kreissäge! Sie sprachen Italienisch miteinander, aber es war ein Dialekt, den er noch nie gehört hatte. Es war jedenfalls kein süditalienischer Slang, den hätte er sofort erkannt. Vielleicht verstellten sie sich auch bloß. Aber wozu, wenn sie ihn ohnehin töten wollten? Und genau daran gab es überhaupt keinen Zweifel. Sie wollten ihn enthaupten, es so langsam wie möglich angehen und ihren bestialischen Spaß dabei haben. Ein Bote würde den abgetrennten Kopf dann seiner Familie bringen, um der Forderung mehr Druck zu verleihen. Eingewickelt in Seidenpapier, in einer Hutschachtel. So wurde es seit Jahrhunderten gemacht. Das war der Brauch des *Sprechenden Kopfes*. Die glänzende Scheibe, an deren Rand man die kleinen, messerscharfen Zacken gar nicht mehr erkennen konnte, so schnell drehte sie sich jetzt, blitzte im Licht der matten Deckenleuchte auf. Der Elektromotor schnurrte dazu unverschämt harmlos, manchmal ächzte er und pfiff unwillig, als ob die Apparatur die Faxen dicke hätte und sich endlich ins frische Menschenfleisch fressen wollte. Die Scheibe war jetzt nur eine Handbreit von seinem Hals entfernt. In panischer Angst versuchte er, den Kopf zu bewegen. Doch er war mit einem Lederriemen festgeschnallt, der innen, gleich einem Bußgürtel der Jesuiten, mit kleinen Dornen bestückt war, die ihn davon abhielten, auch nur minimale Bewegungen zu machen. Er riss die Augen auf, das war die einzige Aktion, zu der er noch fähig war. Die beiden Italiener lachten. Sie hatten dafür gesorgt, dass er die eigene Hinrichtung mit ansehen musste. Er hoffte jetzt inständig, dass der Schnitt schnell kam, dass das rotierende Messer die Nervenbahnen rasch durchtrennte, so dass er keine größeren Qualen mehr zu erleiden hatte. Das Metall war nur noch wenige Millimeter von ihm entfernt, er spürte den Luftzug der rotierenden Scheibe. Keiner verdient solch einen Tod, dachte er. Keiner. Wie um dem zu widersprechen, surrte die Maschine jetzt lauter. Sie erhöhten also das Tempo. Aber vielleicht hatte das ja auch sein Gutes. Je schneller es vorbei war, desto besser. Er schloss die Augen, konnte nicht einmal mehr schreien, das schwarze Tape verklebte seinen Mund. Doch dann stoppte die Maschine plötzlich. Die Scheibe drehte sich zwar weiter in rasender, pfeifender Geschwindigkeit, aber sie glitt nicht mehr auf ihn zu. Eine Stimme an seinem Ohr. Das war wieder der ausgeprägte italienische Dialekt, den er nicht zuordnen konnte.

»Wir wissen doch, dass du die Kohle gebunkert hast! Sag uns, wo. Es ist deine letzte Chance.«

Mit einem Ruck wurde ihm das Tape vom Mund gerissen.

»Welches Geld? ... Ich habe kein ... Ich weiß nicht ...«, stieß er hastig und stotternd hervor.

»Denk mal nach. Die Maschine wartet.«

Die Scheibe kam langsam zum Stillstand. Sie schwieg. Das war fast noch schlimmer, als wenn sie lief.

10

21

Eine Variante des politisch inzwischen unkorrekten
Kinderliedes von den zehn kleinen Negerlein sind die
unverdächtigen »Tsen Brider« in dem entsprechenden
jiddischen Lidele von 1901:

>»Tsen Brider senen mir gewesn,
hobn mir gehandlt mit Lejn,
ejner is vun unds gestorben,
senen mir geblibn nejn ...«

Imposant ragte das Hochhaus im Süden der Landeshauptstadt
auf, vom obersten Stockwerk aus hatte man eine spektakuläre
Sicht auf die Alpen. Hundert Kilometer waren sie entfernt,
die graublauen Kalkbrösel mit dem gewissen Grasegger'schen
Goldanteil, sie schimmerten im hellen Mondlicht wie die
unbewegliche Gischt einer festgefrorenen Meeresbrandung.
Die Topmanager des Oberen Führungskreises hatten jedoch keinen Blick für solche erhabenen Naturschauspiele,
sie feierten gerade ihre turnusmäßige After-Work-Party in
der dafür vorgesehenen Lounge, in der früher die Büros der
outgesourcten Abrechnungsabteilung untergebracht waren.
Jeder klammerte sich an seinen Drink und versuchte, so auszusehen, als ob er immens gut drauf und unkündbar wäre.
Diese After-Work-Partys waren wesentlich anstrengender
und heimtückischer als normale Geschäftsmeetings am hell-
lichten Tag. Die Reputation oder gar der Job waren schneller futsch, als ein Proseccoglas umfiel. Momentan
standen etwa zwanzig Personen in der Lounge
herum und plauderten verkrampft, man hätte
auf den ersten Blick nicht sagen können, wer
Chef und wer Handlanger war, denn sie

glichen einander wie eine Cocktailkirsche der anderen. Die Frauen trugen grauen Business-Zwirn, die Männer slim-sitzende Anzüge, gegelte Haare, aufwendig rasierte Dreitage-bärte und teure Vintage-Look-Turnschuhe. Ein einziger Mann steckte zu all dem Gel in extra schlampigen Grunge-Jeans, auch hatte er eine violette Strähne im Vollbart, und er trank als einziger Milch. Alles zusammen sollte kreativ und wie nicht von dieser Welt wirken, er, Georg Scholz, war schließlich der Leiter der Marketing-Abteilung. Er deutete gerade auf seinen neuesten Slogan, der in großen Lettern an der Wand prangte:

»BIST DU SICHER?«　　　　■ Xana

Die Xana war bis vor kurzem noch eine Betriebskranken-kasse gewesen, bei der sich ausschließlich Beschäftigte der Firma Leydecker & Söhne versichern hatten lassen, jetzt aber lohnte sich das nicht mehr, man hatte für das allgemeine Publikum geöffnet, man hatte sich dazu umbenannt und musste inzwischen Kunden akquirieren wie jede andere Versicherung auch. Man war also zum Klinkenputzen gezwungen. Auch stand die Befürchtung im Raum, von den Haifischen des Gesundheitswesens übernommen zu werden. Deshalb die Motivationssprüche an der Wand, im ganzen Gebäude, rund um die Uhr, auch bei der After-Work-Party:

»STOLZ UND MUTIG BLICKEN WIR AUF DIE ENORM HOHE QUALITÄT DER BEDARFSORIENTIERTEN KUNDEN-AUSRICHTUNG.«　　　　■ Xana

»Auf Englisch klingts irgendwie besser«, raunte Georg Scholz dem neben ihm stehenden Ansgar Bremer zu. Bremer wiegte den Kopf und widersprach nicht. Der Slogan war von Google geklaut, die hatten ihn wiederum von Daimler übernommen, Daimler von Caterpillar, Caterpillar von General Electric, General Electric von Coca-Cola. Ursprünglich war der Spruch aber von Wladimir Iljitsch Lenin, der ihn 1921 geprägt hatte:

»Stolz und mutig blicken wir revolutionären Bolschewiki auf die enorm hohe Qualität unseres bedarfsorientierten 5-Jahres-Plans.«

Auf Russisch klingts natürlich irgendwie besser. Ansgar Bremer hielt das Glas Campari fest umklammert. Er war ein bisschen älter als die anderen Topmanager, und wie um die unverbrüchliche Verbundenheit zur Firma zu zeigen, trug er ein Band um den Hals, und in der Höhe der Bauchspeicheldrüse baumelte sein Namensschild: Ansgar Bremer, *Vorsorge, Prävention, vorvertragliche Antragsprüfung.* Ihm schwirrte der Kopf. Den ganzen Tag war es heute um das Thema Eigenverantwortung der Abteilungen gegangen. Das war jedoch nur ein unverschämt beschönigender Ausdruck für Auslagerungen. Waren die Abteilungen wegen der steigenden Personalkosten nicht mehr rentabel, wurden die Aufgaben an spezialisierte Firmen außerhalb übergeben. Hier bei der Xana war als Erstes das Abrechnungsmanagement weggebrochen wie ein Fels vom Berg, Dutzende von Mitarbeitern waren mit in die Tiefe gestürzt. Weitere Abteilungen sollten folgen. Und wieder erschien ein Slogan an der Wand. Manche Spruchbänder in der Party-Lounge waren vom Hausmeister locker aufgetackert worden, manche Parolen waren farbig und flackernd an die Wand projiziert, sie bewegten sich, sie huschten durch den Raum, krochen zur Decke hoch, sie standen zwischen ihnen, über ihnen, als verwirrende Orgie von Powerpoint und Schriftengenerator:

»WERDEN SIE RUHIG KRANK.« ■ Xana

»Ist das nicht ein bisschen negativ?«, fragte Bremer.

»Aber es ist kurz«, antwortete Scholz. »The Importance of Being Brief. Kurz sein ist heutzutage alles. Knapp und provokant, das ist die ideale Mischung.«

Ansgar Bremer wandte sich ab. Ihn quälte zwischen all den Parolen etwas ganz anderes. Wo würde die Bombe als Nächstes einschlagen? Welche Abteilung würde es diesmal wegreißen und hinausschleudern auf den freien und ungezügelten Markt? Die Qualitätssicherung und das Produktmanagement waren schon nicht mehr im Haus, sondern in anderen Städten, in anderen Händen, in anderen Ländern. Heutzutage flogen nicht mehr nur die Mitarbeiter und Chefs, sondern ganze Abteilungen wurden outgesourct. Der Markt wollte es so. Bremer nippte an seinem Campari. Er war zu alt, um sich etwas Neues zu suchen. Wenn er diesen Job verlor, stand er vor dem Nichts.

Robert Wackolder trank stilles Mineralwasser. Er war der Geschäftsführer und verantwortlich für den Vertrieb. Er war einen Kopf größer als alle anderen. Oft sind Chefs kleine, wuselige Napoleon-Zwerge. Alexander der Große soll nicht viel mehr als 1,30 Meter gemessen haben, von Friedrich dem Großen ganz zu schweigen. Wackolder jedoch war ein Hüne. Seine außergewöhnlichen Aktionen waren legendär. Einmal hatte er Soldaten in Kampfanzügen und mit geschwärzten Gesichtern in ein Besprechungszimmer eindringen lassen, sie hatten mit täuschend echt aussehenden Maschinengewehren herumgefuchtelt, ein paar der ängstlicheren Manager hatten sich auf den Boden geworfen.

»Outsourcing ist ein hässlicher Begriff«, sagte er gerade in sein Mineralwasserglas, das er wie ein Mikrophon hielt. »Ich würde es eher Umgruppierung nennen, das ist die Zukunft, so wird es in fünfzig, was sage ich: in zwanzig Jahren weltweit aussehen, es gibt dann keine Ressorts mehr, sondern lediglich Macher, die Ideen haben.«

Du Idiot, dachte Bremer. Ich weiß, dass du mich rausmobben willst aus dem Oberen Führungskreis. Warum siehst du mich die ganze Zeit so blöd an. Mich und meine ganze Abteilung willst du nicht mehr im Haus haben. Die Boni hast du mir schon gekürzt. Wo es geht, quälst du mich. Du hast mich auf dem Kieker. Aber pass auf, dich wird es auch noch erwischen. Ich habe Maßnahmen ergriffen. Ich habe was vor, was du nicht erwartest.

Der Marketingchef bat um Ruhe, einige verdrehten dezent die Augen. Scholz schon wieder. Das Marketing mit den schwachsinnigen Ideen, die nichts brachten. Die überflüssigste Abteilung, die es gab. Wenn ein Produkt wirklich gut war, dann kamen die Kunden von alleine, da brauchte es keine Marketingabteilung. Scholz wies in die Mitte des Raumes. Alle wichen zurück, denn dort entstand ein großes, farbiges und sich in alle Richtungen drehendes Hologramm, auf dem der Schriftzug zu lesen war:

»WIR BLEIBEN SIE GESUND.« ■ Xana

»Der Spruch ist mir auf Ibiza eingefallen«, sagte der Marketingchef stolz. Er trank seine Milch in einem Zug aus und blickte in die Runde. »Und, wie finden Sie das?«, fragte er beifallsheischend.

Niemand sagte etwas, alle richteten ihre Blicke auf Wackolder und warteten, wie der reagierte. Stille. Das Hologramm drehte sich langsam weiter. Im Gesicht des Marketingmanns zeigte sich Besorgnis. Wackolder verzog keine Miene. Dann hob er schließlich langsam beide Arme und begann majestätisch schlaff und in Zeitlupe, in die Hände zu klatschen. Alle taten es ihm erleichtert gleich, schließlich schwoll der verlogene Applaus an.

»Bravo!«, rief einer aus der Personalabteilung. »Bravo! Wo soll das Hologramm leuchten? Vielleicht auf unserem Hochhaus?«

»Ja, das ist eine hervorragende Idee«, sagte Georg Scholz erfreut und übermütig. »Man könnte es bei gutem Wetter hundert Kilometer weit lesen.«

Ihr Idioten, dachte Ansgar Bremer. Er stellte seinen Campari unausgetrunken ab. Euch mache ich noch fertig. Ihr werdet schon sehen. Er verließ die After-Work-Party frühzeitig und fuhr mit dem Aufzug die einunddreißig Stockwerke hinunter. In jeder Etage stieß er einen wüsten Schimpfnamen aus.

»Einen wunderschönen guten Abend, Herr Bremer«, rief ihm der Hausmeister Eichhorn unten im Foyer schon von weitem zu.

»Ich wüsste nicht, was an dem Abend schön sein soll«, murmelte Bremer.

»Wie haben Ihnen denn die Hologramme gefallen, Herr Bremer? Es war gar nicht so leicht, die zu installieren.«

»Doch, ja, sehr gut«, antwortete Bremer mit einem gezwungenen Lächeln.

Doch dann riss er sich zusammen. Der gute Eichhorn

konnte ja nichts dafür. Er musste die Drecksarbeit machen. Bremer blickte dem Hausmeister ins Gesicht. Eichhorn war einer der wenigen normalen Menschen im Haus. Der Einzige, der ihn nicht dauernd maßregelte.

»Sie sehen heute so überarbeitet aus, Herr Bremer. Gehts Ihnen gut?«

Ansgar Bremer blieb jetzt stehen. Es gab im Haus die Abteilung IVIK (Innerbetriebliches Vorschlagswesen und interne Kommunikation), da waren lauter Psychoheinis und Sozialdummschwätzer am Werk. Sie hatten der Xana nach der Öffnung eine neue Firmenphilosophie aufgezwungen: immer nur lächeln, nie etwas Negatives sagen, keine Klagen, keine Beschwerden. Hier bei Hausmeister Eichhorn konnte man ein bisschen jammern. Das tat gut.

»Sie wissen es ja selbst, Herr Eichhorn. Das Versicherungsgeschäft ist ein hartes Geschäft. Von allen Seiten wird man gepiesackt. Vom Staat. Von den Kunden. Von der Konkurrenz –«

»Ich habe einmal eine Frage, Herr Bremer.«

»Ja, klar, fragen Sie.«

»Auf Ihrem Schild steht *vorvertragliche Antragsprüfung*. Schwindeln die Leute wirklich so viel?«

Bremer blickte hinunter auf sein Schild, als ob dort die Antwort zu finden wäre.

»Sie machen sich ja gar keine Vorstellung!«

Jetzt kochte die Wut wieder in ihm hoch.

»Was ich schon für Lügner kennengelernt habe!«, fuhr es aus ihm heraus. »Alle verschweigen sie ihre Vorerkrankungen, keiner will einen angemessenen Beitrag zahlen! Betrüger! Rosstäuscher!« Er räusperte sich. »Na ja: Versicherte eben.«

Eichhorn nickte mitfühlend.

»Ja, das glaube ich Ihnen gern.« Dann lächelte der Hausmeister. »Und die Hologramme haben Ihnen wirklich gefallen? Ich habe die ganze letzte Nacht an der Stromzufuhr gearbeitet. Bis das geklappt hat, meine Güte! Aber das ist natürlich nichts gegen Ihre Sorgen. Einen schönen Abend noch, Herr Bremer.«

Der Eichhorn war wirklich eine treue Seele. Wenn sie mehr Leute seines Kalibers in der Firma hätten, dann wäre es erträglich. Aber diese gelackten Affen dort oben …

10 [22]

In vielen Märchen darf der Held das zehnte Zimmer
eines Schlosses nicht betreten, denn dort sitzen
angeschmiedete Drachen, hasserfüllte Kobolde,
pechschwarze Ritter, zischzüngelnde Schlangen,
hundsgemeine Magier …

Mehr wissen. Besser buchen. Schöner krank sein.
mit ClinicAdvisor

Gutes, angenehmes Krankenhaus mit geschmackvoll einge-
richtetem OP-Saal. Personal freundlich, Zimmer sauber, Bett-
wäsche wurde jeden Tag gewechselt. Das einzige Manko: der
schnarchende Bettnachbar.
★ ★ ★ ★ ☆ von Restwärme

Sehr schönes Haus, der Ort strahlt Geschichte aus. In dem
Seitenflügel, in dem ich lag, ist auch der russische Schriftsteller
Dostojewski erfolgreich operiert worden. Ich finde, man spürt
das immer noch.
★ ★ ★ ★ ★ von Globetrotter

Schöner Ort für eine Magen-Darm-Verstimmung.
☆ ☆ ☆ ☆ ☆ von NaDaSchau

Halb-halb begeistert. Kein Wunder, ich bin schizophren. Blick
nach draußen wunderbar. Als ich aber vorhin fragte, wo ich liege
und wer ich bin: keine Antwort vom Personal.
★ ★ ⯪ ☆ ☆ von Wuthenow2

💬 Ich hatte gehabt den 2 Gramm Beruhigungstablette mit guten Wirkstoff – gleich eingeschlafen. Aufgewacht wieder ganz ohne Appendix, kein Mensch sagt was, nur Glas Milch.

☆ ☆ ☆ ☆ ☆ von TravelGirl

➡ **Wie hilfreich fanden Sie die Übersetzung?**

💬 Hatte eine ganze Nacht Gelegenheit, die Sauberkeit unter dem Bett zu prüfen, weil ich gegen Mitternacht rausgefallen bin.

☆ ☆ ☆ ☆ ☆ von Bestfriend

💬 Öde Wochen. Quizshows ohne Ende. Das einzig Gute: die Unterhaltungseinlagen. Clowns kommen ins Zimmer und springen herum. Und das bei mir als Kassenpatient.

★ ☆ ☆ ☆ ☆ von Schneckenbeppi

10

In der Antike waren neun Planeten bekannt, nämlich
Merkur, Erde, Venus, Mars, Jupiter, Saturn, Uranus,
Neptun und (damals noch) Pluto. Der Kosmologe
Philolaos glaubte an die Existenz eines zehnten
Planeten, die Gegenerde, die dieselbe Umlaufbahn
um die Sonne wie die Erde hat, sich jedoch auf der
gegenüberliegenden Seite hinter der Sonne befindet.
Noch heute gibt es Anhänger dieser Theorie.

Jennerwein wählte seine Worte vorsichtig.

»Ich glaube nicht, dass dieses – Präparat von Ignaz stammt.
Ich bin im Gegenteil überzeugt davon, dass Ignaz noch am
Leben ist. Im anderen Fall hätten die Entführer das Druckmittel aus der Hand gegeben. Darf ich es ganz offen sagen:
Ignaz ist zu wertvoll, um Leiche zu sein. Die Gerichtsmedizinerin glaubt ebenfalls, dass wir es hier mit einem tiefgefrorenen menschlichen Körper zu tun haben, dem, wie auch immer, ein Stückchen Hals herausgetrennt wurde. Und das passt
überhaupt nicht in den zeitlichen Rahmen, von dem Sie mir
erzählt haben. Es ist gestern Abend zu wenig Zeit vergangen,
um Ignaz einzufrieren.«

Ein kleines, müdes Lächeln erschien auf Ursels Gesicht.
Die Erleichterung war ihr deutlich anzusehen.

»Denken Sie immer noch, dass ich ein falsches Spiel mit Ihnen treibe, Kommissar?«

Jennerwein schüttelte den Kopf.

»Sie sagten vorher, dass es sich Ihrer Meinung
nach nicht ums Geld dreht. Haben Sie eine Ahnung, um was es sonst gehen könnte?«

Ursel dachte nach. Dann blies sie sich das
Schläfenlöckchen aus dem Gesicht und sagte:

»Möglicherweise geht es um Informationen, über die Ignaz verfügt und die er nicht herausgeben will.«

»Haben Sie einen konkreten Verdacht? Kommen Sie, Ursel, wenn ich Ihnen helfen soll, müssen Sie mir den unbedingt mitteilen.«

»Einen konkreten Verdacht habe ich nicht«, sagte Ursel nachdenklich. »Ich bin mir ziemlich sicher, dass er keine Aktivitäten vor mir verborgen hat. Aber er könnte in Ellis Krankenhaus etwas erfahren haben, was er nicht erfahren sollte.«

Jennerwein und Ursel überlegten gemeinsam. Was konnte es in einem Krankenhaus für kriminelle Machenschaften geben, auf die Ignaz gestoßen war? Ihnen fielen reichlich Möglichkeiten ein: Drogen, falsche Rezepte, Diebstahl teurer Apparaturen, die Vertuschung von Kunstfehlern, Unterbringung missliebiger Personen in der Psychiatrie, illegale medizinische Versuche an Patienten ohne deren Wissen …

»Eine Klinik ist wohl ein idealer Ort, um krumme Dinger zu drehen«, resümierte Jennerwein.

»Und eine Möglichkeit ist schlimmer als die andere«, fügte Ursel hinzu.

Die Liebhaberin der dunklen Seite der Welt und der Kommissar, sie ahnten beide nicht, dass jemand sich einen perfiden Plan hatte einfallen lassen, der in der vorigen Liste denkbarer Untaten im Krankenhaus noch gar nicht aufgeführt war.

In Jennerweins Miene erschien ein entschlossener Zug.

»Wenn Ignaz wirklich im Krankenhaus war und ihm Elli Müther eine diesbezügliche Information mitgeteilt hat, dann ist sie in Gefahr. Ich werde sie unter Personenschutz stellen.«

»Aber –«, protestierte Ursel.

»Nein, machen Sie sich keine Gedanken. Ich werde einen

früheren Kollegen anrufen, der aus dem Polizeidienst ausgeschieden ist und inzwischen in der Sicherheitsbranche arbeitet.«

Jennerwein wählte eine Nummer und schilderte kurz den Fall. Er verwendete dabei unverständliche Abkürzungen und Zahlencodes. Ursel verfolgte das Gespräch interessiert.

»Dreivierunddreißig-a bedeutet Dauerbewachung von gefährdeten Personen«, sagte Jennerwein, als er aufgelegt hatte. »Aber die Hauptsache ist: Der frühere Kollege hat sich bereiterklärt zu helfen.«

»Und was bedeutet siebenundzwanzig-zwo-Heinrich?«

»Sie müssen nicht alles wissen.«

Der Kommissar wählte eine weitere Nummer. Er hatte vor, Maria Schmalfuß einige Fragen zu stellen. Sie hob nicht ab, er sprach auf die Mailbox. Er schilderte kurz seine Eindrücke von der Patientin Elli Müther, ganz allgemein, ohne die näheren Umstände zu erläutern. Er bat sie um ihre Einschätzung, vor allem bezüglich der Simulationsthese. Er spielte die Sache herunter. Es wäre nur interessehalber. Er bat um Rückruf.

»Ich würde mir ganz gerne noch einmal alle Räume des Hauses ansehen«, sagte er. »Natürlich nur, wenn Sie nichts dagegen haben.«

»Nein, natürlich nicht«, sagte Ursel zerstreut. »Schauen Sie sich um, Kommissar. Wo Sie wollen.«

Es zeugte von großem Vertrauen von Ursel, ihn hier ganz alleine herumsuchen zu lassen. Aber vielleicht war es auch so, dass sie alles, was sie mit unsauberen Geschäften in Zusammenhang brachte, weggeräumt hatte. Doch er war zu der Überzeugung gelangt, dass die Graseggers fest vorhatten, ins bürgerliche Leben zurückzukehren. War das vielleicht genau der Grund für Ignaz' Verschwinden? Hatte da jemand was dagegen? Oder war Ignaz in etwas verwickelt, wovon Ursel gar nichts wusste?

Jennerwein war jetzt unten im Keller angelangt, in einer Art Partyraum. Ein gemütliches Sofa mit bestickten Kissen fiel ihm ins Auge. Sprüche wie *Nur ein Viertelstündchen* standen in blassblauer, altmodischer Schnörkelschrift darauf. In der Ecke war eine Spielkonsole mit Datenanzug aufgebaut, dazu große Lautsprecher und eine Leinwand. Die Computerspiele hätte er bei dem Bestatterehepaar nicht erwartet. Er löste seinen Blick von der Hightech-Ecke und betrachtete die Bilder an der Wand. Die meisten Fotos zeigten Ursel und Ignaz, in allen möglichen Lebenslagen und Altersstufen, als junge Menschen hätte er sie gar nicht erkannt. Ihm fiel ein, dass er überhaupt nicht wusste, wie alt sie waren. Und richtig, Kinder hatten sie ja auch. Neben den vielen Bildern von der Grasegger'schen Verwandtschaft entdeckte er einen Zeitungsausriss, der wohl erst kürzlich aufgehängt worden war. Das Foto zeigte ihn selbst bei der Verleihung des bayrischen Verdienstordens. Er schüttelte verwundert den Kopf.

»Ich finde, den Orden haben Sie schon lange verdient, Kommissar. Ob Sie es glauben oder nicht: Ignaz und ich haben beide damals ein Glas Wein auf Sie getrunken. Ich gratuliere nachträglich.«

Ursel war hinter ihn getreten. Er drehte sich um. Sie stand jetzt ganz dicht bei ihm. Sie roch nach Wald, nach frisch geschlagenem Holz. Vielleicht hatte sie aber auch nur Fichtennadelcreme aufgetragen.

»Haben Sie was gefunden, Kommissar?«

Ein kleines, spöttisches Lächeln war in ihren Augen aufgetaucht. Oder täuschte er sich?

»Nein, nichts Auffälliges. Sie haben viele Bilder von sich und Ihrem Mann. Das deutet auf eine glückliche Ehe hin.«

Ursel nickte traurig. Das Spöttische war aus ihren Augen verschwunden.

»Ich will Ihnen noch ein weiteres Zimmer zeigen. Kommen Sie mit. Vielleicht finden Sie da etwas.«

Sie führte ihn ans Ende des großen Kellerraums und öffnete eine Tür. Sie betraten eine Art Abstellkammer. Jennerwein sah sich um. An allen vier Wänden waren hohe Regale aufgestellt, die mit Gerümpel aller Art vollgestopft waren. Sein Blick blieb an dem einen oder anderen ausgemusterten Erinnerungsstück hängen, löste sich jedoch schnell wieder davon. Er musterte die Decke des Raumes, dann besah er sich eine Stelle am Boden genauer. Schließlich blickte er Ursel mit einem wissenden Lächeln an und zeigte dabei auf eines der Wandregale:

»Dahinter ist ein Tresor verborgen. Öffnen Sie bitte die Verkleidung.«

»Hochachtung!«, sagte Ursel. »Verraten Sie mir, wie Sie in so kurzer Zeit draufgekommen sind?«

Jennerwein war ein gewisser ermittlerischer Stolz anzusehen.

»Da gibt es mehrere Anhaltspunkte. Dieser Raum liegt genau unter der Küche, aber er ist ein gutes Stück kleiner als diese. Hinter der fraglichen Wand muss sich also ein Hohlraum befinden. Darüber hinaus sind die Bretter dieses Regals deutlich schmaler als die anderen, zudem sind darauf hauptsächlich Sachen gestapelt, die nicht so leicht umfallen können, wenn man das Regal bewegt. Es lässt sich in der Mitte vermutlich wie eine Flügeltür aufklappen, denn hier am Boden sind kleine Kratzspuren in Form von zwei Halbkreisen zu sehen. Außerdem –«

»Außerdem?«

Jennerwein winkte ab.

»Wie gesagt: Sie brauchen nicht alles zu wissen. Jetzt öffnen Sie schon.«

Ursel klappte die Regaltüren genauso auf, wie es Jennerwein beschrieben hatte. Die Wand dahinter war mit einer Rolltapete verkleidet, die Ursel nun hochzog. Ein großer Tresor war in der Wand eingelassen.

»Ich habe mir fast gedacht, dass Sie das herausfinden«, sagte Ursel. »Respekt! Eigentlich mögen wir ja keine Tresore. Aber dafür musste einfach einer her.«

Jennerwein erkannte mit einem Blick, dass es ein großer, aufwendig gearbeiteter Geldschrank war, der vermutlich mit mehreren Stahlverankerungen in der Wand befestigt war, die einen Abtransport so gut wie unmöglich machten. Sie gab eine Nummernkombination ein und öffnete die Tür. Es war nur ein einziges Stück zu sehen. Jennerwein realisierte nicht gleich, was da vor ihm stand. Es war ein mannshohes, überlebensgroßes Gemälde. Erst auf den zweiten Blick begriff er, dass es ein Ölporträt des Ehepaars Grasegger war. Der Stil war unverkennbar. Es war eine Georg-Baselitz-Arbeit, mit robusten Pinselstrichen gemalt und typischerweise auf dem Kopf stehend. Jennerwein war sprachlos.

»Ist das wirklich –«

»Ja, es ist ein Original. Sie verstehen, dass wir es nicht einfach so an die Wand hängen. Es ist inzwischen ein Vermögen wert.«

Jennerwein drehte sich zu ihr um.

»Wie haben Sie das denn –«

Ursel unterbrach ihn.

»Das ist alles ganz legal zugegangen, wenn Sie das meinen. Hätte ich es Ihnen sonst gezeigt? Wir haben den Meister vor zwanzig Jahren in Italien kennengelernt. Der fand uns ganz nett. Und er wollte uns porträtieren. Da sagt man natürlich nicht nein.«

Jennerwein trat näher an das Gemälde.

»Wer weiß davon?«

»Niemand außer Ignaz und mir. Und unseren Kindern. Und Baselitz selbst. Aber der hat es sicher schon längst vergessen.«

Jennerwein trat noch näher an das Bild. Es war der charakteristische Baselitz'sche Farbauftrag, grob verstrichen, flächig, dickpinselig. Die blauen Augen von Ursel blickten ihn gemalt noch intensiver an als sonst. Sie glichen zwei lauernden Fischen im Korallenriff.

»Er hat damals gesagt, man könne das Wesen eines Menschen erst dann vollständig erkennen, wenn man sein Bild vollkommen auf den Kopf stellt. Im übertragenen und im wörtlichen Sinn.«

Ursel verschloss den Tresor sorgfältig. Sie befestigte die Abdeckung an der Wand, so dass es aussah wie –

– eine Regalwand mit altem Gerümpelä. Maledetto! Irgendwo muss doch ein Tresor sein, dachte ich mir, als ich das Haus durchsucht habe. Und tatsächlich, im Keller hatten sie einen. Ich habe natürlich keinen Gedanken daran verschwendet, nachzusehen, was da drin war. Klar, ich hätte bloß Francesco anrufen müssen, der wäre in einer halben Stunde da gewesen, der hätte die Sache in ein paar Minuten erledigt. Ich selbst bin nur der Bringerä, kein Greiferä. Obwohl man manchmal schon in Versuchung kommt. Es war in – na egal, es war in Süditalien, in der Nähe von Brindisi. Ich hatte den Auftrag, einen widerspenstigen Hotelier auf den richtigen Weg zu bringen. Sein Geschäft lief gut, er hatte eine Villa am Stadtrand. Ich gehe rein und platziere den Brief auf dem Küchentisch. Was da alles rumlag! Ringe und Diamanten der Frau. Bündelweise Bargeld. Schmuck. Auch Waffen. Ich hätte alles mitnehmen können. Ganz ehrlich gesagt: Hätte ich das getan, wäre ich jetzt ein reicher Mann. Aber das hätte keinen Stil gehabt. Die Drohung hat mehr Gewicht, wenn man sich nur auf die Drohung beschränkt. Das ist viel erschreckender!

Bei den Graseggers allerdings konnte ich es mir nicht verkneifen, mich umzusehen. La Signora hat tief und fest geschlafen, ich musste es einfach machen! Und tatsächlich: Ich habe – außer dem Tresor, und ich glaube, da ist auch nichts drin – kein Fuzzelchen gefunden, das auf etwas Illegales hinweist. Ich habe die üblichen Verstecke durchforstet – nichts.

Wirklich eine perfekte biedere Hütte. Nichts zu finden. Auch für mich nicht. Die Wertsachen, die Waffen, die Lebensversicherungen, alle außerhalb. Bravo, bravissimo!

»Haben Sie eigentlich keine Überwachungskameras im Haus?«, fragte Jennerwein, als sie wieder aus dem Keller hinaufgestiegen waren.

»Nein, wozu sollten wir«, antwortete Ursel.

»Ich habe doch aber im Partyraum Kameras gesehen.«

»Ach, die an der Decke! Das sind bloß die Kameras für die Virtual-Reality-Anlage. Wenn Sie erlauben, Kommissar, darf auch ich ganz offen sprechen. Bei unserer dunklen Vergangenheit kennen wir genug Leute, die in jedes noch so gesicherte Gebäude reinkommen und die jeden Widerstand brechen würden, da würde eine popelige Überwachungskamera gar nichts nützen. Und ein normaler Einbrecher? Der findet nichts bei uns. Warum also der Aufwand?«

Ich verstehe, dachte Jennerwein. Die haben ihre Bestände vollständig ausgelagert. Nur das Bild konnten sie dort nicht unterbringen. Vielleicht war das der Grund für die Entführung. Er wollte gleich morgen früh eine Kollegin anrufen, die sich mit Kunstdiebstählen auskannte. Genauer gesagt eine ehemalige Kollegin. Es gab Sammler auf der ganzen Welt, die scharf auf Baselitz-Bilder waren. War nicht der Kollege Kluftinger ebenfalls einem Bilderdieb hinterher?

In Jennerweins Miene trat ein entschlossener Zug.

»Die ganze Aktion scheint mir zu gut vorbereitet, als dass es eine spontane, dilettantische Entführung sein könnte. Sie kann deshalb eigentlich mit dem Krankenhaus nichts zu tun haben. Niemand konnte wissen, dass Ignaz an dem speziellen Tag dort hingeht. Ganz ausschließen kann ich die Möglichkeit natürlich nicht. Aber wenn da was faul ist im Krankenhaus, dann müssen wir handeln. Mein Vorschlag ist der: Ich lasse ab morgen die Kollegen ganz offiziell im Krankenhaus ihre Arbeit tun, ohne Ignaz ins Spiel zu bringen. Mein Chef wird das organisieren. Wir beide suchen Ihren Mann weiter. Gleich in der Frühe fahren wir nach Klausen.«

Ursel nickte.

»Ja, das wäre auch meine Idee gewesen. Es gibt allerdings viele Klausens.«

»Ich glaube, es ist das Südtiroler Klausen. Das liegt auch am nächsten. Zudem habe ich entdeckt, dass die psychiatrischen Fälle der Klinik, in der Elli liegt, manchmal in die Klausener Klinik verlegt werden. Es ist eine Fahrtzeit von gut zwei Stunden.«

»Wollen Sie hier übernachten, Kommissar? Wir haben ein Gästezimmer.«

»Nein, danke, Ursel. Ich habe noch zu tun.«

»Aber so spät macht Ihnen keine Pension mehr auf.«

»Mir schon.«

Jennerwein hatte noch nicht vor zu schlafen. Er wollte sich mit jemandem treffen.

Ludwig Stengele, der knochige Grobian aus Jennerweins Team, der den Polizeidienst verlassen hatte und nun im Sicherheitsbereich arbeitete, betrat das Krankenhaus spätnachts. Auf den Gängen traf er keine Menschenseele. Besuchszeiten gab es im Krankenhaus ohnehin nicht mehr. Leise öffnete er die Tür zu Elli Müthers Zimmer, um sie nicht zu wecken. Er überprüfte die Schränke und das Bad. Dann zog er einen Stuhl von der Wand weg und setzte sich so, dass er sowohl die Zimmertür als auch die Balkontür im Blick hatte. In der Nacht starteten die meisten Angriffe, es war sinnvoll, wach zu bleiben. Hier im Zimmer war es ganz leise, aber nebenan lief eine Quizshow. Das Schlimmste am Kranksein sind die Quizshows, dachte Stengele. Plötzlich vernahm er ein Geräusch. Langsam ging seine Hand zur Waffe. Es war keine Polizeiwaffe mehr, sondern eine koreanische Fuzzy.200c. Er entsicherte sie lautlos. Er war hochkonzentriert. Ein paar Sekunden verstrichen. Dann ging alles ganz schnell.

Das Licht sprang an. Eine grelle Glühbirne wurde auf ihn gerichtet, Stengele fuhr herum und hob die Pistole. Es war die Nachttischlampe, und Elli Müther hielt sie in der Hand. Sie saß aufrecht im Bett.

»Ignaz, wo bist du die ganze Zeit gewesen?«, fragte sie. »Komm, setz dich her, erzähl mir, was du so getrieben hast. Hier ist ja nichts los.«

Da habe ich mir wieder einen Job eingefangen, dachte Ludwig Stengele. Aber für Jennerwein, seinen ehemaligen Chef, nahm er das gerne auf sich.

10

»Die Bevölkerung wird angehalten, einen individuellen Vorrat an Lebensmitteln für zehn Tage vorzuhalten.«
(Aus dem Zivilschutzplan des deutschen Bundesinnenministeriums 2016)

In der Hierarchie der kriminellen Welt gibt es noch eine Stufe unter dem Ruach. Es ist der Spitzel, der oft unter dem beschönigenden Ausdruck »Informant« läuft. Diese Art von Informatik ist hochgefährlich, denn der Spitzel ist dauernd auf dem Sprung, sein Leben ist keinen Pfifferling wert, und er wird nicht mal gut bezahlt, wie schon das historische Beispiel Judas lehrt.[*]

Es war Nacht, tiefschwarze Nacht, und Jennerwein traf sich mit solch einem Informanten, klassischerweise auf einem Schrottplatz, aber es war kein verschlagener Judastyp mit blutunterlaufenen Augen und kokszerfressener Nase, sondern eine junge Frau, adrett und sauber gekleidet, mit einem Baumwollkopftuch, unter dem ihr dichtes, schwarzes Haar hervorquoll.

»Herr Jennerwein, ich grüße Sie«, sagte sie leise, aber herzlich. »Ich habe diesmal nicht viel Zeit. Was gibts?«

Sie kletterte geschickt über einen Haufen verbogener Stoßstangen, wie um zu zeigen, dass sie kein Hindernis scheute.

---

[*] Das mit dem Pfifferling ist allerdings nicht ganz richtig. Nach neuesten Forschungen haben 30 Silberlinge etwa den Gegenwert von 10 000 Euro (»Welt«, 1.4.2010). Damit könnte man sich heute einen Kleinwagen kaufen, damals einen Esel.

Jennerwein streckte die Hand aus, um ihr von den Blechteilen herunterzuhelfen.

»Ich schätze, Sie nehmen wie üblich kein Geld?«, sagte er.

»Ich habe nämlich gar keines dabei.«

»Also, was gibts?«

Jennerwein erzählte ihr von dem Vorfall im Krankenhaus. Beim Stichwort Klausen wurde sie hellhörig.

»Klausen, ja, da war mal was. Das ist aber schon eine Zeit her. Es gab einen beliebten Treffpunkt, einen Umschlagplatz für Informationen. Früher ging es um Schmuggel. Nach der Grenzöffnung um alles Mögliche andere. Da läuft garantiert noch was.«

»Welche Organisation steckte damals dahinter?«

»Jedenfalls keine von den ganz großen Clans. Vielleicht waren es bulgarische oder rumänische Banden. Klausen hat eine hervorragende Lage, mitten auf der Nord-Süd-Achse.«

»Wo genau in Klausen sollte ich mich umsehen?«

»Ich habe mal was von einer historisch bedeutsamen Kirche gehört. Dort geht man hin und holt sich neue Anweisungen ab: Infos, wo was abzugreifen ist, in welche Geschäfte es sich lohnt einzusteigen, wo man gute Leute engagieren kann, Hehlerkram. Auch Kunstsammler gehen in diese Kirche und erkundigen sich nach interessanten Objekten. Mehr weiß ich nicht.«

»Wie kann ich mich erkenntlich zeigen?«

Die Informantin lachte.

»Es ist gut, Sie zu kennen, Kommissar. Ich melde mich, wenn ich was brauche.«

»Ich werde mich zu keiner Gesetzesübertretung hinreißen lassen.«

»Das weiß ich doch, Kommissar.«

Sie verschwand im Dunkeln.

Als Maria Schmalfuß die Augen aufschlug, wusste sie, dass diese Observation gründlich schiefgegangen war. Jetzt war es schon taghell. Sie war eingeschlafen. Einfach eingeschlafen. Der pockennarbige Mann aus der Suchthilfegruppe, der so gewalttätig ausgesehen und den sie bis hierher verfolgt hatte, musste seine Wohnung schon längst verlassen haben. Es hatte keinen Sinn mehr, hier auszuharren. Sie riss sich die Schiebermütze vom Kopf, warf die Sonnenbrille auf den Beifahrersitz und fuhr fluchend ins Revier. Sie ertappte sich dabei, andere Verkehrsteilnehmer lauthals zu beschimpfen. Sie war stinksauer. Erst als sie auf den Parkplatz des Reviers fuhr, beruhigte sie sich wieder.

Im Besprechungszimmer traf sie Nicole Schwattke, die nachdenklich auf den Computerbildschirm starrte.

»Guten Morgen, Chefin«, sagte Maria freundlich. Sie mochte Nicole. Sie redete sie ganz ernsthaft so an, obwohl Nicole bloß übergangsweise Leiterin der Abteilung war. Sie fand, dass das *Frau Chefin* bei Hölleisen immer ein wenig ironisch klang, obwohl er es wahrscheinlich gar nicht so meinte.

»Guten Morgen, Maria«, erwiderte Nicole. »Sind Sie schon einmal getaucht?«

»Nein«, antwortete Maria, »Höhen und Tiefen sind nicht meins.«

Nicole Schwattke nahm die halbgefüllte Wasserflasche, die vor ihr auf dem Tisch stand, hob sie hoch und ließ sie leicht hin und her pendeln.

»Mir geht die Taucherflasche nicht aus dem Kopf, die ich im Keller von diesem Kazmarec gefunden habe. Ich glaube, ich schau da nochmals vorbei.«

Hölleisen und Maria warfen sich einen vielsagenden Blick zu. Maria checkte ihr Smartphone. Keine Nachricht von Thomas, ihrer gestrigen Verabredung. Aber Hubertus hatte ihr auf die Mailbox gesprochen. Vermutlich ein Gruß aus Schweden. Sie lächelte. Sie würde sich seine Stimme später ganz in Ruhe anhören.

Wenig später stand Nicole abermals vor dem Haus des Gartenkramtandlers. Sie klingelte. Es war ihr beim letzten Besuch gar nicht aufgefallen, dass die alte Haustür erstaunlich gut gesichert war. Schwere Eisenbänder waren in die Wand eingelassen, und die Tür zeigte zwei Schlösser übereinander. Eine Frau mittleren Alters öffnete. Sie hatte etwas Jungen-, wenn nicht sogar Bubihaftes. Sie sah Kazmarec so verblüffend ähnlich, dass Nicole sie verdutzt anstarrte.

»Ja, ich bin seine Schwester. Der Herr Hölleisen hat mich informiert. Und jetzt muss ich mich um all das kümmern. Treten Sie ein.«

Im Vorbeigehen betrachtete Nicole die Fenster und Türen. Sie waren ebenfalls bestens gesichert. Einige Stromleitungen ließen sogar vermuten, dass hier eine Alarmanlage eingebaut worden war.

»Nach was suchen Sie denn?«, fragte die Schwester ohne großes Interesse.

»Reine Routine«, antwortete Nicole. »Darf ich mal den Keller sehen?«

Die Schwester hatte nichts dagegen. Dort unten wartete auf Nicole allerdings eine große Überraschung. Die Flasche, wegen der sie hergekommen war, fehlte. Die Staubspuren deuteten darauf hin, dass sie vor kurzem erst weggenommen worden war. Die Schwester tat erstaunt. Sie wüsste nichts von Kazmarecs Tauchleidenschaft. Sie wüsste überhaupt sehr wenig über ihn. Sie hätte ihn schon lange nicht mehr gesehen. Und warum sollte sie eine Flasche wegnehmen? Die Schwester war beleidigt. Außerdem hatte sie sich wohl mehr Erbschaft erhofft.

»Eine richtige Drecksbude«, sagte sie zum Abschied.

Eine viel zu gut gesicherte Drecksbude, dachte Nicole.

Der einarmige Mann, der den Ruach vor zwei Tagen an den Stuhl gefesselt hatte, hatte seine durchsichtige Plastikmaske inzwischen abgenommen. Ohne diese war er gar nicht mehr so furchterregend und extrahart, es war eher ein Spießergesicht mit schmalen Rechthaberlippen und einer spitzen, fordernden Nase. Er trug einen prall gefüllten Rucksack und stapfte damit den Berg hinauf wie ein ganz normaler Wanderer, von denen es in dieser Gegend so viele gab wie Mücken. Der Zettel, den er beim Ruach gefunden hatte, war längst vernichtet, aber die Zeilen hatte er im Kopf: »Bergtour zu den Gunggel-Höhen, am Schöberl-Eck auffällige Tanne in S-Form, Südseite, eine Handbreit graben, Täschchen blau.«

Genau diese Bergtour machte er jetzt. Die Herbstsonne war an diesem Vormittag müde und schwachbrüstig, sie schaffte es kaum die leichte Ekliptik hoch, die die Jahreszeit ihr zugestand. Endlich war er an der angekündigten auffälligen S-förmigen Tanne angelangt, er umkreiste sie in gebührendem Abstand und stakste so vorsichtig im Gras, als ob er Bärenfallen erwartete. Er sah sich um, ob ihn auch wirklich niemand beobachtete, nahm auch das Fernglas zu Hilfe. Einige Raben hockten wie angewachsene, böse Früchte auf den Zweigen, sonst war nichts zu sehen. Dann grub er an der Südseite der Tanne, er fand das Täschchen sofort, sein Puls ging hoch, hastig öffnete er es, doch das Täschchen war leer. Also war die Ware für den Hehler noch nicht deponiert worden. Genau diese Lieferung wollte er abwarten. Er starrte mit seinem ausrasierten Erbsenzählergesicht zum Himmel, die blasse Sonne schien zurückzustarren. Er musste warten. Stundenlang, womöglich tagelang. Aber er war vorbereitet. Er hatte Proviant für mehrere Tage im Rucksack. Vergnügt pfeifend und trotz seiner Behinderung äußerst geschickt, stach er mit dem Klappspaten ein bequemes Sitzloch aus und füllte es mit trockenem Herbstlaub. Dann grub er sich ein wie ein Infanterist im Schützengraben. Nur sein weißes Rechthabergesicht leuchtete aus dem Waldboden. Während des Wartens plagten ihn Zweifel. War da vielleicht gar nichts? Aber dann hätte der verdammte Hehler doch nicht so erschreckt geguckt. Er hatte die ganze Wohnung auf den Kopf gestellt, er hatte nichts sonst gefunden außer diesem Zettel. Nur eines kam ihm seltsam vor: Der Hehler war Taucher gewesen. Aber taucht einer, der so schweres Asthma hat? Mit diesem Gedanken schlief das fein bewimperte Biedermannsgesicht ein.

Lisa und Philipp hingegen hatten in einem bequemen Hotel geschlafen, jetzt fuhren sie in ihrem Chevrolet schnittig durchs Voralpenland, Richtung Heimat, Richtung Elternhaus. Sie hatten keine Ahnung von dem, was vorgefallen war, Ursel war der Meinung, dass sich die beiden keine unnötigen Sorgen machen sollten. Die Kinder der Graseggers waren beide Frühaufsteher, wobei Philipp ein Früh. Auf. Steher. War. Lisa hingegen eine Frühaufsteherin?

Als sie in die Nähe des Hauses kamen, erkannten sie auf den ersten Blick, dass niemand daheim war. Außerdem verriet der halbgeöffnete Sonnenschirm im Garten, dass keine Gefahr bestand. Alter familieninterner Code. Bei geschlossenem Schirm wären sie vorbeigefahren und hätten in sicherer Entfernung abgewartet. Sie parkten vor dem Haus. Dass Ursel gerade mit Jennerwein in südliche Richtung nach Klausen aufgebrochen war, konnten sie nicht ahnen. Die jungen Graseggers stiegen aus und betraten das Haus durch den Hintereingang. Natürlich hatten sie einen Schlüssel. Lisa legte den abgetrennten Marzipan-Pferdekopf im Maßstab 1:1 unter die Bettdecke von Ignaz, Philipp drapierte die Kalksteine, die in Wirklichkeit Wärmebildkameras waren, in eine Kristallschale. Lisa entdeckte die Ochsenbackerl im Kühlschrank und wunderte sich. Sie zog automatisch ihr Handy heraus, um eine SMS zu schreiben, da fiel ihr ein, dass ihre Eltern genau das nicht so gerne hatten. So wenig elektronische Kommunikation wie möglich. Sie beschlossen, auf ihre Eltern zu warten. Um sich die Zeit zu vertreiben, liefen sie in den Keller, schlüpften in die VR-Anzüge und waren bald in einer anderen Welt versunken. Sie spielten keinen Ego-Shooter wie ihre Mutter. Von außen wirkte es so, als ob sie auf einem Planeten mit geringer Schwerkraft spazieren gingen. Sie traten langsam und vorsichtig auf der Stelle, drehten sich um sich selbst, ihre behandschuhten Finger zuckten unregelmäßig, und jeder lächelte dabei versonnen. Aus all dem konnte man nicht ablesen, in welcher Welt sie sich befanden. Vielleicht auf dem Jupiter. Dann piepste und wummerte es in Philipps Jackentasche. Er nahm den Datenhelm ab. Er hatte eine Watchlist der Dependancen eingerichtet, und eine davon hatte Alarm geschlagen. Jemand machte sich ganz in der Nähe eines Verstecks zu schaffen.

»Wir. Sollten. Nachschauen.«

»Aber ganz bestimmt?«

»Glaub mir«, sagte die Weibrechtsberger Gundi, die größte Ratschkathl im Ort, leise und verschwörerisch, »ich hab da vorgestern was gesehen.«

»Was denn? Wo denn?«, fragte die andere neugierig.

Sie standen beide im Supermarkt mit ihren halbvollen Einkaufswagen und ratschten nun schon zwei Stunden lang.

»Stell dir vor: bei der Graseggerin. Mitten in der Nacht schau ich durchs Küchenfenster, und bei ihr drüben, im Haus, in einem Zimmer, da seh ich was.«

»Was siehst du?«

»Einen Huscher. Eine Gestalt. Ein Mannsbild.«

»Öha.«

»Erst habe ich gedacht, es ist der Ignaz. Der ist aber angeblich verreist. Das hat mir die Graseggerin am Tag vorher erzählt.«

»Und was war das dann für ein Huscher?«

»Er hat auf jeden Fall recht heimlich getan, der Huscher, er wollte nicht gesehen werden, das hat man gemerkt. Er war groß und durchtrainiert. Überhaupt nicht wie Ignaz. Ich tippe auf einen Liebhaber.«

»Was, die Ursel Grasegger und ein Liebhaber! In ihrem Alter?«

»Das bleibt aber unter uns.«

»Freilich. Was sonst.«

Der Zehn-Prozent-Mythos hält sich hartnäckig: die
Behauptung, dass ein Mensch nur zehn Prozent des
Gehirns nutzt.

Der Kommissar und die Bestattungsunternehmerin saßen im
Auto, Ursel lenkte.

»Haben Sie eigentlich keinen Führerschein, Kommissar?«,
fragte sie.

»Doch, schon, aber ich bin seit zwanzig Jahren nicht mehr
am Steuer gesessen.«

»Muss man das nicht bei der Polizei?«

»Nein, bei der Polizei muss man viel weniger, als Sie denken.«

Und manchmal viel mehr, fügte Jennerwein im Geist hinzu.

»Und warum setzen Sie sich dann nicht ans Steuer, Kommissar?«, sagte Ursel nach einer Pause. »Ist es etwa wegen Ihrer Sehschwäche? Der Akinetopsie?«

Jennerwein wandte sich ihr verblüfft zu.

»Woher wissen Sie von meiner Krankheit?«, fragte er.

Er war geschockt. Das war doch sein streng gehütetes Geheimnis! Diese Krankheit hatte er bisher vor fast allen verbergen können. Wo war die undichte Stelle?

Ursel schwieg. Sie biss sich auf die Lippen. Warum war ihr
das nur herausgerutscht! Diese Information hatte sie von –
Doch das war jetzt unwichtig. Sie musste sich auf
das Wesentliche konzentrieren. Schließlich sagte
sie, ohne auf Jennerweins Frage einzugehen:

»Meinen Sie denn, dass wir in Klausen fündig werden?«

»Es ist jedenfalls einen Versuch wert. Eine kleine Spur ist besser als gar keine. Es gibt viele Verbindungen zwischen dem Kurort und Klausen. Die Fremdenverkehrsämter arbeiten zusammen. Reisebusse fahren hin und her, jede Gemeinde ist für die andere ein beliebtes Ausflugsziel. Außerdem hängt das Klinikum in Klausen organisatorisch mit dem Krankenhaus zusammen, in dem Elli Müther liegt.« Jennerwein machte eine Pause. »Ich gebe zu, dass ich keine konkrete Spur habe. Aber wir müssen es versuchen. Es ist unsere einzige Chance.« Wieder verstrich eine Pause. »Also, sagen Sie schon. Woher wissen Sie von meiner Krankheit?«

Bevor Ursel eine ausweichende Antwort geben oder eine glaubhafte Geschichte erfinden konnte, öffnete sich von der Zufahrtsstraße aus ein wunderbarer, herbstlicher Blick auf Klausen, das liebliche Städtchen genau in der Mitte von Südtirol. Ihnen fiel die Ähnlichkeit mit dem Kurort auf: die gleiche Talkessellage, der gleiche Hinweisschilderwald auf Fremdenzimmer, Wohlfühloasen und garantiert Authentisches. Die Einwohner trugen hier alle Namen wie Kusstatscher, Senoner, Pontifeser, Mariacher oder Piffrader, nur da und dort hatte sich ein Visintini oder Cominotti eingeschlichen. Jennerwein, der schon lange nicht mehr hier gewesen war, fielen auch die Unmengen von Weingärten auf, jeder Zentimeter war bepflanzt mit den quellenden, symbolgeladenen Früchten.

»Wie gehen wir jetzt vor?«, fragte Ursel.

»Ich würde vorschlagen, dass Sie dem Krankenhaus hier einen Besuch abstatten und sich dort umsehen. Wenn es möglich ist, werfen Sie einen Blick in die psychiatrische Abteilung. Bilden Sie sich einen Eindruck: altmodisch oder fortschrittlich, zugänglich oder abgeschlossen. Ich selbst besuche einen alten Freund. Wir bleiben mit unseren Handys in Verbindung.«

Sie setzte Jennerwein vor der Gendarmerie der Gemeinde ab.

»Ist Capitano Tappeiner da?«, fragte er drinnen.

»Max Tappeiner ist inzwischen Colonnello«, entgegnete der junge Polizist stolz und ehrfurchtsvoll.

»Jennervino! Commissario! Was für eine Überraschung!«, rief ein beleibter Mann mit Stirnglatze. »Was führt dich hierher?«

»Nichts Besonderes«, antwortete Jennerwein freundlich, aber betont nebensächlich. »Ich hätte bloß ein paar Fragen an dich, Tappeiner.«

Als sich Ursel und Jennerwein zwei Stunden später wieder trafen, mussten beide zugeben, nichts Zielführendes herausbekommen zu haben. Colonnello Max Tappeiner wusste nichts von kriminellen Banden hier im Ort. Klausen war nach seiner Einschätzung ein Hort der Friedfertigen und Stillen. Verbrechen würde sich hier nicht lohnen. Auch Ursels scharfes Auge hatte in der Städtischen Klinik von Klausen keine Auffälligkeiten bemerkt. Sie hatte überdies den Wiener Striezi Karl Swoboda angerufen und ihm von Elli Müthers mysteriösem Satz erzählt. Swoboda hatte beste Kontakte zur süditalienischen Ehrenwerten Familie und war im Lauf der letzten Jahre zum guten und hilfsbereiten Freund geworden.

»Klausen? Klausen in Südtirol? Das sagt mir gar nichts. Ein weißer Fleck auf der blutroten Landkarte der Kriminalität.«

»Ignaz ist verschwunden.«

»Oje! Eine andere?«

»Kannst du dir Ignaz mit einer anderen vorstellen?«

»Durchaus.«

»Es ist ernst, Swoboda.«

»Soll ich kommen?«

»Versuch erst mal, so herauszubekommen, ob in Klausen was läuft. Ich habe Kommissar Jennerwein um Hilfe gebeten.«

»Der Jennerwein, das ist ein guter Mann, das sage ich dir. Der wenn auf unserer Seite wäre!«

»Er ist gerade auf meiner Seite.«

Es war ein warmer Herbsttag. Sie saßen auf der Terrasse eines Marktplatzcafés und beobachteten das touristische Treiben, das ihnen beiden als so harmlos und friedfertig geschildert worden war. Tatsächlich konnte Jennerweins geübter Ermittlerblick nicht einmal einen Taschendieb ausmachen. Doch ihm war nicht wohl, denn er wusste nicht so recht, wonach er suchen sollte. Und sie saßen hier auf dem Präsentierteller. Er fasste einen Entschluss.

»Ich habe einen Tipp bekommen, dass sich in einer der Kirchen etwas abspielt«, sagte er bestimmt. »Wir kaufen einen Reiseführer und sehen uns die Kirchen und Museen an. Wenn wir da nichts finden, brechen wir die Aktion hier ab. Und wir sollten uns mit unseren Recherchen beeilen, bevor wir erkannt werden. In solch einer kleinen Stadt spricht es sich schnell herum, wenn Fremde sich umsehen.«

»Ja, wir dürfen nicht auffallen, Kommissar. Wir müssen uns als Touristen tarnen. Sehen Sie, dort, eine Reisegruppe! Ich habe eine Idee.«

Der Reiseführer Jens Milkrodt hatte an die dreißig Kulturinteressierte um sich geschart.

»Durch Klausen im Eisacktal sind schon viele bedeutende Zeitgenossen gekommen«, erklärte er gerade. »Goethe war da, Mozart, Heinrich Heine, und vor allem Albrecht Dürer. Darauf sind die Klausener besonders stolz. Dürer muss bei seiner Italienreise 1494 dort droben auf dem Stein gestanden und die Stelle hier unten gemalt haben.«

Alle fotografierten nun hinauf zu der Stelle, von der Dürer vor über fünfhundert Jahren heruntaquarelliert hatte.

»Diese Skizze verarbeitete er später in seinem berühmten Kupferstich *Nemesis*«, fuhr Milkrodt fort.

Dabei griff er hinter sich in den Rucksack, holte jedoch statt eines Pfeils einen eingeschweißten Kunstdruck heraus und hielt ihn hoch. Dreißig Kunstinteressierte reckten die Köpfe. »So hat Dürer sich die Nemesis vorgestellt, die Göttin des gerechten Zorns, der tödlichen Bedrohung, vielleicht auch der süßen Rache. Und das mitten in Südtirol. Gehen wir weiter. Unser nächstes Ziel ist das Kloster Säben.«

Es war eine Hop-on-hop-off-Tour, die Milkrodt da führte, deshalb zahlte Ursel die geforderte Gebühr an ihn, und schnell hatten sie sich in Gaffende und Staunende verwandelt.

»Zeigen Sie mehr Interesse, Kommissar«, sagte Ursel. »Sonst fallen wir auf.«

»Ich falle nie auf«, erwiderte Jennerwein.

Milkrodt eilte weiter von Sehenswürdigkeit zu Sehenswürdigkeit.

»Goethe war im September 1786 hier«, führte er gerade aus. »In seiner *Italienischen Reise* schreibt er, ich zitiere: *Der Postillon schlief ein, und die Pferde liefen den schnellsten Trab bergunter, immer auf dem bekannten Wege fort ... Der Mond ging auf und beleuchtete ungeheure Gegenstände. –* Das muss etwa hier gewesen sein.«

»Sie haben das Zitat nicht ganz richtig wiedergegeben«, unterbrach einer der Teilnehmer.

Als sie den steilen und weinumrankten Säbener Berg hinaufgestiegen waren, zog Jennerwein Ursel etwas beiseite.

»Es ist besser, wenn wir uns jetzt trennen«, sagte er leise. »Ich glaube zu wissen, welche Kirche ich mir genauer ansehen sollte, nämlich die Liebfrauenkirche. Das könnte ein Umschlagplatz sein. Gehen Sie mit der Gruppe weiter und achten Sie darauf, ob sich jemand löst und mir folgt. Ich melde mich wieder.«

Jennerwein ließ sich zurückfallen, verschwand dann ganz aus Ursels Gesichtsfeld. Ein hoffnungsvolles Gefühl durchströmte sie. Dieser Mann konnte ihr ihren Ignaz wieder zurückbringen, da war sie sich ganz sicher.

10

27

Die »zehnte Muse«, auch leichte Muse oder Chichi genannt, ist verantwortlich für Kabarett, Jonglage, Zauberei, Strandburgenbau, Karikatur, Straßentheater, Telenovela, Seifenoper, Chanson, Schlager, Puppenspiel, Schattenriss, Frühstücksfernsehen, Pantomime, Varieté, Poledance, Burlesque und alle anderen Arten von leichtgewichtigen Künsten.

Jennerwein betrat eine der drei Klosterkirchen, über deren Bedeutung Milkrodt bei der Hop-on-hop-off-Führung schon gesprochen hatte. Die Liebfrauenkirche war ein kühler, dämmriger Sakralbau mit vielen kleinen Winkeln und Erkern, scheinbar ideal, um etwas zu verstecken oder Informationen auszutauschen.

Jennerwein setzte sich auf eine der hinteren Kirchenbänke und ließ die Atmosphäre auf sich wirken. Es war schon lange her, dass er außerhalb von Ermittlungen und Observationen eine Kirche besucht hatte. Wahrscheinlich das letzte Mal vor vierzig Jahren, als glöckchenschwenkender Ministrant. Wenn es denn tatsächlich noch mit seinem Schwedenurlaub klappen sollte, dann wollte er dort ganz privat in eine Kirche gehen und eine Kerze für den Erzengel Michael, den Schutzpatron der Polizisten, anzünden. In Schweden würde er nicht nur den Touristen spielen, da würde er wirklich einer sein.

Die Kirche war menschenleer bis auf einige vornübergebeugte und in sich versunkene Gläubige, die der Welt entrückt zu sein schienen. Der Altar war abgedeckt, die Treppen zu den Emporen waren mit dicken, roten Kordeln versperrt.

Doch jetzt öffnete sich die schwere Kirchentür, helles Südtiroler Tageslicht schwappte herein und spülte eine Gruppe von Touristen mit, die sich mit viel Psst! und Huch! und Hach! in der Mitte platzierten. Der Reiseleiter hielt einen Vortrag in einer Sprache, die Jennerwein unbekannt war. Die Kulturinteressierten blieben vor einem großen Bild mit sakralen Inhalten stehen, dann führte sie der Leiter zu einem besonderen Platz ganz vorn im Kirchengestühl. Den erstaunten Gesichtern der Teilnehmer nach musste es ein Ort sein, an dem ein wichtiges Ereignis geschehen war. Einer nach dem anderen setzte sich versonnen lächelnd auf diesen Platz, manche schossen ein Selfie. Jennerwein erhob sich, stieg, ohne zu zögern, über die Kordelabsperrung und kletterte auf die Empore. Als er von dort aus ins Kirchenschiff blickte, war die ausländische Reisegruppe gerade dabei, den Mittelgang zu verlassen und an die Seitenwand zu treten. Fehlte da nicht ein Mann, den er vorher noch gesehen hatte? Der kleine Dicke war ihm aufgefallen, weil er einen schlabbrigen violetten Anorak trug und neben einer großgewachsenen Frau hertrottete. Doch da war der Dicke wieder. Er war hinter einer Säule zurückgeblieben und hatte dort verbotenerweise einen Schnappschuss von dem gläsernen Reliquiensarg gemacht. Jetzt schloss er sich den anderen eilig an. Jennerwein inspizierte abermals das gesamte Kirchenschiff. An welcher Stelle war ein diskreter Austausch von Informationen möglich? In dieser Kirche eigentlich überall. Schon wieder öffnete sich die Eichentür, erneut drängte eine Gruppe von dreißig oder vierzig Menschen herein, und wieder begann der Reigen der Sehenswürdigkeiten, bis hin zu dem geheimnisvollen Platz, auf den sich jeder setzte und Selfies schoss. Er konnte ein Schild auf dem Platz erkennen, er wollte es später lesen.

Jennerwein stieg eine weitere Treppe hoch und gelangte zu einer kleinen Plattform, auf der wohl der Kirchenchor normalerweise Platz nahm. Auf den hölzernen unbequemen Stühlen lagen Strickzeug (Sopran) und Perry-Rhodan-Hefte (Bass). Von hier aus hatte man die allerbeste Übersicht über die ganze Kirche, doch Jennerweins Blick ging zunächst unwillkürlich nach oben, die steilen Wandfresken entlang zum Deckengewölbe. Damals im Kurort hatte es ihnen der Pfarrer strengstens verboten, aber es gab kaum einen Werdenfelser Ministranten, der das Kirchenklettern nicht trotzdem versucht hätte. Der, der später ein berühmter Bergsteiger wurde, war sogar bis an die Decke gekommen. Kein anderer hätte sich das getraut. Jennerwein blickte auf die Uhr. Er setzte sich ein Limit. Ergab sich nach zwei Stunden nichts Brauchbares hier, dann wollte er die Beobachtung abbrechen. Sein Handy summte, die SMS von Maria lautete:

> Danke für die Nachricht. Nein, so wie Sie mir die Patientin schildern, sieht mir das nicht nach Simulation aus. Wo sind Sie gerade, Hubertus? Schon in Stockholm? Grüßen Sie den Wikingergott Odin von mir. Hej do!

Als die zwei ausländischen Touristengruppen wieder aus der Kirche verschwunden waren und die schwere Eichentür ins Schloss gefallen war, kehrte Ruhe ein. Eine halbe Stunde verging. Langsam stiegen Zweifel in ihm auf. Was erwartete er hier? Dass gleich eine zwielichtige bucklige Gestalt aus der Sakristei trat, hastig um sich blickte, zu einem der Sitzenden eilte und ihm etwas ins Ohr flüsterte?

Jennerwein erwartete alles Mögliche, aber nicht das, was jetzt geschah. Die Kirchentüre öffnete sich leise knarzend, und der Reiseführer Jens Milkrodt betrat die Kirche. Er hatte die Schiebermütze tief ins Gesicht gezogen, aber es war unverkennbar Milkrodt. Wo hatte er seine Gruppe gelassen? Ohne die zwanzig, dreißig Menschen um sich herum wirkte er nackt. Er blickte sich um, ob ihm jemand folgte. Rasch lenkte er seine Schritte zum Beichtstuhl, sah sich nochmals um, ob ihn auch wirklich niemand in der Kirche beobachtete. Milkrodt blickte auch in Richtung Jennerwein, der duckte sich weg. Dann zog der Reiseführer einen Briefumschlag aus dem Rucksack und schob ihn durch einen der Vorhänge des Beichtstuhls. Er langte auch mit der anderen Hand hinein und befestigte den Umschlag anscheinend an der Innenseite des Gestühls. Milkrodt zupfte den Vorhang wieder glatt und verließ die Kirche schnell. Er machte keine Anstalten, sich zu bekreuzigen.

Jennerwein beobachtete die Szene verblüfft und regungslos. Auch die betenden Gestalten bewegten sich nicht. Er stieg die Empore leise hinunter und ging zu dem Beichtstuhl. Vorsichtig lüpfte er die Vorhänge und überzeugte sich, dass das Gestühl leer war. Wie Milkrodt griff er nun an die Innenleiste und tastete nach dem Umschlag. Er bekam ihn sofort zu fassen und versuchte, ihn mit der anderen Hand vom Brett zu lösen. Dabei sah auch er sich verstohlen um. Blamierte er sich hier gerade unsterblich? Waren das vielleicht bloß harmlose kunstgeschichtliche Anmerkungen? Oder eine Nachricht an den Pfarrer der Kirche, dass er um fünf Uhr mit der nächsten Reisegruppe käme und da die Glocken zu läuten seien? Er musste sich Gewissheit verschaffen. Doch das Papier leistete Widerstand.

Plötzlich zog jemand von innen an dem Umschlag und riss ihn Jennerwein schließlich aus der Hand. Der war zu perplex, um sofort zu reagieren. Im Beichtstuhl rumpelte es. Jennerwein zog den Vorhang auf, der Beichtstuhl war leer, aber die Wandtür stand einen Spaltbreit auf. Warum war ihm das nicht schon vorher eingefallen! In vielen katholischen Kirchen gab es einen *ostium nobilitas*, einen Geheimgang für hochgestellte Persönlichkeiten, die auf diese Weise schnell und unbemerkt in die Kirche und wieder heraus kommen konnten. Normalerweise führte der Geheimgang in die Sakristei, hier aber in den Beichtstuhl. Jennerwein stürzte hinein, riss die Holztür ganz auf und gelangte in einen schummrigen, engen Raum, in dem es nach Zement und fauligem Wasser roch. Jennerwein konnte deutlich die Schritte des Davonlaufenden hören, die in dem modrigen Gewölbe gespenstisch hallten. In einiger Entfernung führte eine Tür ins Freie, dorthin bewegte sich Jennerwein. Jetzt verengte sich der Gang, er wurde auch niedriger, Jennerwein musste sich kriechend weiterbewegen, schmerzhaft zerschrammte er sich dabei Hände und Knie. Endlich hatte er die Ausgangstür erreicht, blickte vorsichtig hinaus und sah den anderen über den verfallenen Friedhof rennen, der zur Abtei gehörte. Die Gräber lagen unregelmäßig verstreut, der Mann musste den Grabsteinen ausweichen, er stolperte ein paarmal, rappelte sich jedoch immer wieder auf. Bei alldem hielt er den Umschlag fest umklammert. Was ging hier vor? Jennerwein wollte sich nicht abschütteln lassen. Er rannte ihm hinterher.

Am Ende des Kirchfriedhofs erhob sich eine alte, zerbröckelte Mauer, der Flüchtige sprang hoch, kletterte darüber und verschwand auf der anderen Seite, dabei riss er sich die Jacke auf, ein Fetzen hing lose herab und flatterte im Wind.

Jennerwein kletterte ebenfalls auf die Mauer und versuchte, sich zu orientieren. Er blickte auf einen typischen Klostergarten, mit Schattengängen und gut gepflegten Rabatten, der andere schien sich hier gut auszukennen, denn zielstrebig steuerte er auf eine kleine Kapelle am Rand des Gartens zu. Jennerwein zögerte. Er war hier im Ausland, er hatte überhaupt keine Berechtigung, jemanden zu verfolgen oder gar festzuhalten, er konnte sich nicht einmal als Polizist ausweisen. Und er mischte sich hier vielleicht in Dinge ein, die ihn ganz und gar nichts angingen.

Doch er war entschlossen, die Sache zu Ende zu bringen. Beherzt sprang er von der Mauer. Die kleine Verschnaufpause hatte ihm gutgetan, mit neuer Kraft ging es weiter, durch den Klostergarten an der Kapelle vorbei, dem Flüchtenden nach, den er vorne schon wieder laufen sah, der sich jetzt hastig umblickte und einen lauten Fluch ausstieß. Jennerwein legte einen schnellen Zwischenspurt ein. Aber dann: die Nonnen. Es waren vielleicht bloß acht oder neun Schwestern des Ordens der Benediktinerinnen, aber sie wirkten so mächtig wie die himmlischen Heerscharen. Sie schritten andächtig und gesenkten Hauptes dahin, die Hände gefaltet, streng und unerbittlich im Gebet versunken. Geschickt, als ob er das jeden Tag machen würde, lief der Flüchtende durch die Menge der Nonnen, sie unternahmen nichts weiter, als schweigend stehen zu bleiben und ihm Platz zu machen. Jennerwein hetzte hinterher, doch als er ins Feld der Gottesbräute geriet, rempelte er eine von ihnen versehentlich an, sie strauchelte kreischend, hielt sich an der Tracht einer anderen fest, sie drohten schließlich alle umzufallen wie schwarze Dominosteine, konnten sich jedoch gerade noch fangen. Jennerwein hatte keine Luft für eine Entschuldigung, er rannte weiter, zu einem Säulengang, in dem der Mann mit der zerrissenen Jacke verschwunden war. Der Gang bot viele Schlupfwinkel, und Jennerwein musste befürchten, dass der andere sich versteckt hatte, um ihm aufzulauern. Lief er in einen Hinterhalt? Er schlich langsam und vorsichtig weiter, blickte hinter jede Säule und musste schließlich erkennen, dass es keinen Sinn mehr hatte – der Mann kannte sich hier einfach besser aus. Wie gefährlich war er? Hatte er eine Waffe? Jennerwein lehnte sich schwer atmend an eine kühle Marmorsäule, da raste plötzlich ein Schatten von der anderen Seite auf ihn zu, er hatte die Hand schon erhoben und schlug jetzt schnell und hart zu. Jennerwein konnte gerade noch ausweichen, doch der nächste Schlag traf ihn auf die Brust, Jennerwein hustete und ging kurz zu Boden. Aber er hatte das Gesicht des anderen gesehen. Kleine, irre Augen, runde Knubbelnase … Der war schon weitergelaufen, Jennerwein kam wieder auf die Beine und setzte ihm nach. Dort vorne zwängte er sich gerade durch ein enges Fenster und machte Anstalten, hinauszuspringen. Jennerwein war ihm auf den Fersen, er bekam ihn gerade noch an seinem Hemd zu fassen, ein Stück riss ab, der Mann war weg. Jennerwein zögerte nicht. Er stellte sich auf das Fensterbrett, ging in die Hocke, sprang mit letzter Kraftanstrengung ins Freie, schwebte in der Luft – – –

10

28

*»Ich schrieb meinen Götz von Berlichingen als junger
Mensch von zweiundzwanzig und erstaunte zehn
Jahre später über die Wahrheit meiner Darstellung.«*
(Johann Wolfgang von Goethe)

Im Wirtshaus *Zur Roten Katz* saßen die Stammtischbrüder
schweigend um den eckigen Holztisch und spielten Karten.
Der Hacklberger Balthasar, der Harrigl Toni, der Grimm
Loisl, der Apotheker Blaschek und der Pfarrer. Nach einer
Ewigkeit sagte einer:

»Es rührt sich überhaupt nichts.«

»Gar nichts.«

»Schellen Sau!«

»Aber manchmal ist es halt so.«

»Was?«

»Dass sich nichts rührt.«

»Herz sticht!«

»Der Jennerwein wenn da wäre!«

»Was dann?«

»Dann würde sich schon was rühren.«

»Ja, freilich. Dann schon. Der zieht es an.«

»Aber so –«

»Gras ist Trumpf!«

Eine Beleidigung – zehn Tote.
(Klingonisches Sprichwort)

– – – und Jennerwein landete schließlich schmerzhaft auf dem stoppeligen Rasen, der sich vor der wuchtigen Mauer des Klosters Säben ausbreitete. Er rollte sich ab und blieb erschöpft liegen. Mühsam wandte er den Kopf. Der Flüchtige war nicht mehr zu sehen. Auch sonst hatte sich keine Menschenseele hierher verirrt. Jennerwein war über und über verschmutzt und zerschrammt, seine Kleidung war zerrissen. Er war total ausgepumpt, heftiges Seitenstechen machte sich bemerkbar, sein Herz raste. War er langsam zu alt für Verfolgungsjagden?

Jennerwein rief Colonnello Tappeiner an, der ließ ihn abholen.

»Aber mein lieber Jennervino! Was hast du denn getrieben?«

»Ich habe einen Verdächtigen verfolgt«, antwortete Jennerwein knapp.

»Dein Gewand ist ja überhaupt nicht mehr zu gebrauchen, so kannst du nicht mehr auf die Straße gehen. Pass auf, ich gebe dir was.«

Er schickte einen der unteren Dienstgrade, um Kleidung in Jennerweins Größe zu holen. Der Kommissar berichtete Tappeiner inzwischen von den Ereignissen.

»Du machst ja Sachen«, sagte der Tiroler, als Jennerwein geendet hatte. »Aber wegen diesem Milkrodt, da schau ich doch gleich einmal im Computer nach. Jens Milkrodt, da haben wir ihn schon. Er ist Deutscher, ein angesehener Literaturwissenschaftler, der diese Art von Führungen im ganzen Alpenraum anbietet. Die Gemeinde Klausen hat ihm vor ein paar Jahren die Lizenz dazu ausgestellt. Es hat seitdem keinerlei Beanstandungen gegeben. Ich kann mir ehrlich gesagt kaum vorstellen, dass mit dem etwas nicht stimmt.«

»Ich habe nur erzählt, was ich gesehen habe.«

»Und der, den du verfolgt hast?«

»Kleine, irre Augen, runde Knubbelnase, struppige, hellblonde kurze Haare, Ohren groß und auffällig abstehend, Muttermal über dem rechten Mundwinkel, hellbraune Augen, Kopfform oval, lange Wimpern, buschige Augenbrauen, vorspringendes Kinn, hohe Wangenknochen, etwas schiefe, vorstehende Zähne …«

»Hubertus, aus dir wäre ein guter Polizist geworden!«

Tappeiner notierte sich die Beschreibung. Er wirkte jetzt nachdenklich, nicht mehr ganz so skeptisch wie vorhin.

»Wenn ich es nicht besser wüsste, dann könnte man glauben, du beschreibst den –«

»Den wen?«

Tappeiner winkte ab.

»Den kennst du eh nicht.«

Jennerwein überreichte dem Colonnello mit spitzen Fingern ein Stück ausgefransten Stoff.

»Das ist von seinem Hemd. Ich habe ihm beim Kampf ein Stück herausgerissen.«

Tappeiner nahm den Fetzen in Empfang und steckte ihn in eine Plastiktüte.

»Ich nehme einmal an, Jennervino, du bist nicht in amtlicher Mission hier.«

»Nein, das nicht. Aber ich bin überzeugt, dass da etwas läuft.«

»Ich werde es überprüfen«, sagte der Colonnello nachdenklich. »Und ich werde selbst weiterermitteln.«

»Max, ich habe bloß noch eine Bitte.«

»Schon gewährt.«

»Sollte im Lauf deiner Nachforschungen der Name Ignaz Grasegger fallen, dann informiere mich bitte. Möglichst schnell. Und ruf mich privat an.«

»Gut, mach ich. Was ist denn mit ihm?« Tappeiner stutzte. »Nein, sag mir lieber nichts. Wirst schon deine Gründe haben.«

Sie verabschiedeten sich, Jennerwein wurde in die Ortsmitte von Klausen zurückgefahren. Bevor er am verabredeten Treffpunkt mit Ursel eintraf, rief ihn die Gerichtsmedizinerin an.

»Schön, so schnell von Ihnen zu hören, Frau Doktor«, sagte Jennerwein erfreut, aber auch ein wenig bange. »Gibt es Ergebnisse?«

»Das Präparat stammt ganz sicher von einer menschlichen Leiche. Der DNA nach war es ein schwarzhaariger, mitteleuropäischer Mann. Ich habe noch einige andere Untersuchungen angestellt. Danach war er etwa eins achtzig groß, Mitte fünfzig, Nichtraucher, stark adipös …«

Sie beschrieb den Toten immer genauer. Und je mehr sie ihn beschrieb, desto mehr wurde ein Ignaz Grasegger draus. Jennerwein wurde immer mulmiger zumute.

»Bekomme ich von Ihnen eine Vergleichsprobe?«, fuhr die Gerichtsmedizinerin fort.

»Ja, sobald als möglich. Ich bedanke mich, Frau Doktor. Sie haben was gut bei mir.«

Jennerwein legte auf. Der nächste Schritt war, sich die DNA von Ignaz zu besorgen. Er seufzte.

Sie hatten sich im Foyer eines Hotels verabredet, Ursel saß schon da. Er machte sich bemerkbar und eilte auf sie zu, doch als er an ihrem Tisch angelangt war, grüßte sie nicht zurück, sondern blickte sich schnell um, als hätte sie Angst, umstellt zu werden. Dann holte sie ihr Handy aus der Handtasche und blätterte im Adressbuch. Jennerwein stand direkt vor ihr, er schwieg höflich. Ohne aufzusehen, sagte sie grob:

»Und? Was wollen Sie denn von mir?«

Jennerwein war völlig perplex. Was war denn jetzt los? Konnte sie nicht frei sprechen? Auch er blickte sich nun im Foyer um, aber er entdeckte nur ganz normale Touristen: eine Familie mit Kindern, kofferrollende Reisende an der Rezeption, ältere Damen in Wanderkleidung. Was war in Ursel gefahren? Kopfschüttelnd sagte er:

»Ist alles in Ordnung bei Ihnen?«

Jetzt blickte sie erschrocken auf. Beschämt schlug sie sich die Hand vor den offenen Mund.

»Ach, entschuldigen Sie, Kommissar, in diesem Aufzug habe ich Sie jetzt überhaupt nicht erkannt.«

Er trug die blaue Uniform eines einfachen italienischen Polizisten einschließlich Dienstmütze. Dass du auch einmal ein gscheite Uniform tragen tuasch, hatte Tappeiner gesagt.

»Das ist mir jetzt äußerst peinlich, Kommissar, aber Sie und eine Uniform, das passt überhaupt nicht zusammen! Das dürfen Sie nicht noch einmal mit mir machen. Ich hätte schon fast den Rechtsanwalt angerufen.«

Jennerwein nahm die Mütze ab.

»So besser?«

Ursel wiegte zweifelnd den Kopf.

»Aber wie kommen Sie zu dem Kostüm?«

»Das erzähle ich Ihnen später. Sind Ihnen denn Besonderheiten bei der Besichtigung aufgefallen?«

»Nein«, antwortete sie. »Wir haben uns mit Milkrodt ein paar Sehenswürdigkeiten angeschaut. Wo Dürer stand. Wo Heine saß. Dann war Kaffeepause im Klostercafé vor der Heilig-Kreuz-Kirche. Milkrodt ist einige Zeit weg gewesen. Dann sind wir wieder runtergegangen.«

Ursel erschien Jennerwein noch niedergeschlagener als vorher.

»Wir fahren zurück«, sagte Jennerwein bestimmt. »Ich erzähle Ihnen die ganze Geschichte während der Fahrt.«

»Sie meinen, dass wir hier auf der falschen Spur sind?«

»Vermutlich ja. Ich habe trotzdem sicherheitshalber jemanden beauftragt, die Geschehnisse im Ort weiter zu beobachten.«

Ursel stieß einen Seufzer aus.

»Es ist vielleicht besser, die Sache aufzugeben«, sagte sie leise. »Wir bringen Ignaz nur unnötig in Gefahr.«

»Wieso glauben Sie das?«, fragte Jennerwein überrascht.

Ursels Stimme wurde brüchig.

»Ich bin inzwischen erneut bedroht worden, diesmal per SMS.«

Ursel gab dem Kommissar ihr Smartphone:

Das ist kein Spass. Halt die Füsse still. Sonst ergeht es dir wie Ignaz.

Beide starrten auf das Display. Diesmal war ein Hinweis in der Botschaft versteckt, der etwas über ihren Urheber verriet. Der auf die richtige Spur führte. Doch das fiel momentan weder Jennerwein noch Ursel auf.

In den zahlenmystischen Spekulationen der jüdischen Kabbala ist die Zehn die Zahl Gottes. Der Name Gottes darf nicht ausgesprochen werden, gezählt wird also: ... acht, neun, die Zahl, die nach neun kommt, elf ... achtzehn, neunzehn, zweimal die Zahl, die nach neun kommt ...

Das gezackte Sägeblatt aus geschliffenem Edelstahl befand sich immer noch bedrohlich nahe an seinem Hals, aber wenigstens drehte es sich nicht mehr. Es war ganz still im Raum, von draußen glaubte er, vereinzeltes Möwengeschrei zu hören. Sein Gefängnis befand sich an einem Gewässer, da war er sich sicher. Dazu passte auch das leichte Schaukeln und Schlingern, das ein liegendes Boot vermuten ließ. Was hatten sie mit ihm vor? Wohin brachten sie ihn? Natürlich! Ein jäher Angstschauder durchzuckte ihn. Sie würden ihn, nachdem sie ihn getötet hatten, hinaus auf den See fahren, seinen Rumpf versenken und seinen Kopf als makabres Droh- und Druckmittel zurückbehalten. In einem Anflug von Panik riss er an seinen Fesseln. Aber es gab keine Chance, sich zu befreien. Die beiden Männer, die sich vorher in einem Italienisch mit undefinierbarem Akzent unterhalten hatten, waren nicht mehr im Raum. Wenn sie zurückkamen, musste er ihnen durch entsprechende Bewegungen zu verstehen geben, dass er unbedingt reden wollte.

Nach einer halben Stunde fieberhaften Nachdenkens öffnete sich die Tür. Es waren nicht die beiden Folterknechte, sondern ein dritter Mann. Er erkannte es an den Schritten. Der Mann kam schweigend näher und blieb so stehen, dass er ihn nicht sehen konnte. Der Mann nahm unverschämt langsam und mit aufreizend wohligen Lauten hinter ihm Platz, entzündete eine Zigarre, sog an ihr und stieß einen Rauchkringel in seine Richtung. Er musste husten und drohte fast zu ersticken, denn über seinen Mund war immer noch ein breiter Streifen Isolierband geklebt.

»Was sollen wir bloß mit dir anfangen«, sagte der Mann mit einer leisen, aber durchdringenden Stimme. »Ich vertraue dir ehrlich gesagt nicht. Das, was du uns bisher gesagt hast, ist eine große Enttäuschung.« Der Mann sog weiter an seiner Zigarre. »Schafft mir diese blöde Maschine weg!«, rief er in die andere Richtung des Raums. »Sie taugt nichts.«

Seine Helfer kamen und taten wie geheißen. Die Höllenmaschine verschwand. Eine Welle der Erleichterung durchströmte ihn. Er wartete darauf, dass ihm der Mundknebel abgerissen würde. Doch nichts geschah.

»Dieses Gerät war nur Spielzeug«, sagte die Stimme, und Spielzeug klang bei der Stimme wie Hackebeil und Daumenschrauben. »Gerade gut genug, um weiches Brot damit zu schneiden.« Wieder ein Rauchkringel. »Ich zeige dir mal ein etwas eleganteres Werkzeug.«

In sein Gesichtsfeld kamen nun die beiden Hände des Mannes, die eine schwarze, dünne Schnur locker gespannt hielten. Die Schnur wies in regelmäßigen Abständen Verdickungen auf, die mattschimmernd glänzten. Er wusste sofort, was das war, er hatte schon einmal eine Abbildung gesehen. Es handelte sich um eine Drahtsäge, die mit feinen Schneidediamanten bestückt war. Sie wurde zum Durchtrennen von hartem Gestein und Stahl verwendet und normalerweise maschinell angetrieben. Der Mann hielt die Schnur mittels weicher Schlaufen fest und spannte sie jetzt.

Auf den Tisch vor ihm flog nun ein abgetrennter Schweinekopf. Übelkeit stieg in ihm auf, die er zu unterdrücken versuchte. Wenn er sich jetzt erbrechen müsste, würde er daran ersticken. Die Hände des Mannes spannten das Seil über dem Schweinekopf. Mit zwei, drei leichten Sägebewegungen glitt der Draht in Fleisch und Knochen wie ein Messer in Wasser und Schlamm. Nach wenigen Sekunden sanken die beiden Hälften des Schädels sauber durchtrennt links und rechts nieder. Der Mann mit der leisen, eindringlichen Stimme hob den Diamantdraht und spannte ihn unter seinem Gesicht auf. Er musste den Kopf heben, um die superscharfen Diamanten nicht zu berühren. Lange konnte er sich in dieser Stellung nicht halten. Der Mann bewegte den Draht leicht hin und her. Dann schnitt er tief ins Fleisch.

10

*Der Zehner (ladinisch Sass da les Diisc) ist ein Berg
nahe dem ladinischen Wengen. Sein Name leitet sich
aus der Tatsache ab, dass von Wengen aus gesehen
die Sonne pünktlich um zehn Uhr morgens über dem
Gipfel steht, allerdings nur zur Sommerzeit.*

Nicole Schwattke, zur Zeit kommissarische Leiterin im Polizeirevier des Kurorts, hatte einen Termin bei Polizeioberrat Dr. Rosenberger bekommen. Er saß ihr gegenüber und trommelte mit den Fingern auf der Schreibtischplatte. Seine Statur hatte etwas Kolossales, er war ein Bär von einem Mann. Im Armdrücken hätte er auf jeden Fall gegen Nicole gewonnen.

»Was ist das wieder für eine Sache mit der Obduktion von diesem Kazmarec!«, dröhnte seine Stimme, die ein Opernhaus bis in die letzte Reihe ausgefüllt hätte. »Jetzt fangen Sie auch schon so an wie unser Jennerwein!«

»Ich habe sehr viel von ihm gelernt«, erwiderte Nicole lächelnd. »In diesem Fall sehe ich, wie er sagen würde, mehrere Auffälligkeiten in einem sonst gleichmäßigen Muster. Ich würde es so formulieren: Hier stimmt etwas nicht. Sie haben meinen Bericht ja gelesen.«

»Ja, das habe ich. Aber man kann es auch übertreiben, Kommissarin. Eine fehlende Taucherflasche, eine gut gesicherte Haustür, ein millimetergroßer Kratzer im Gesicht –« Er zog eine väterlich-sorgenvolle Miene. »Damit bekomme ich weder einen Durchsuchungsbeschluss noch eine Obduktion.«

»Ich habe Ihnen etwas mitgebracht«, entgegnete Nicole.

Der Oberrat seufzte. Die kommissarische Kommissarin ging hinaus auf den Gang, schleppte eine Taucherflasche ins Zimmer und stellte sie Dr. Rosenberger auf den Schreibtisch.

»Die habe ich mir im Sporthotel Fit & Easy ausgeliehen. Sie ist vollständig gefüllt mit Gas, ich kann sie aber noch einigermaßen tragen. Die andere Flasche im Keller von Kazmarec war doppelt so schwer, ich konnte sie kaum hochheben.«

»Vielleicht war es ein besonders schweres Gas. So etwas gibt es doch, oder? Vielleicht auch eine besonders stabile und deshalb besonders massive Flasche.«

»Möglich, ja. Aber dann ist mir die ungleichmäßige Verteilung des Flascheninhalts aufgefallen.«

»Wie meinen Sie das?«

»Eine normal gefüllte Gasflasche ist an allen Stellen etwa gleich schwer.« Sie kippte die Flasche und stellte sie wieder auf. »Sehen Sie: Man braucht ziemlich viel Kraft, um sie wieder aufzurichten. Bei der Flasche in Kazmarecs Keller war das anders. Der Schwerpunkt lag sehr tief, wie bei einem Stehaufmännchen, das unten viel und oben wenig Gewicht hat. Ich habe mir in Kazmarecs Keller noch nichts dabei gedacht. Ich ging von einer Metallverstärkung am unteren Ende der Flasche aus. Aber so etwas gibt es laut dem Tauchlehrer von Fit & Easy nicht.«

»Vielleicht hat sich das Gas nach unten abgesetzt?«

»Nein, das tun Gase normalerweise nicht.«

»Es sollte auch mehr ein Scherz sein.«

»Ach so. Ja, dann.« Nicole blickte dem Oberrat ins Gesicht. »Meiner Meinung nach hat jemand in diese Taucherflasche etwas Schweres gefüllt. Dazu muss man sie aber erst öffnen. Das geht nur mit einem Spezialschlüssel. Warum sollte sich jemand aber so viel Mühe machen?«

»Nun, das weiß ich nicht. Die Flasche ist ja auch, wie Sie sagen, verschwunden. Man kann das nicht mehr feststellen.«

Einige Augenblicke war es ruhig im Zimmer. Beide starrten auf die Flasche.

»Wie geht es mit Ihrem Buch voran?«, fragte Nicole unvermittelt. Über Dr. Rosenbergers Miene zog ein Anflug von Stolz.

»Es ist fast fertig.«

»Wie wird es heißen?«

»*Das Böse.* Eine kriminalhistorische Studie von den Anfängen bis zur Gegenwart.«

Der Oberrat hatte vor Jahren schon einmal ein Buch herausgebracht. Dort ging es um Kriminalfälle im Werdenfelser Land. Jetzt stand ihm der Sinn offensichtlich nach Allgemeinerem, Grundlegenderem.

»Aber Ihre Taktik ist durchschaubar, Nicole«, fuhr Dr. Rosenberger grimmig fort. »Sie wollen mir schmeicheln und mich ablenken.«

»Nein, überhaupt nicht, wie käme ich dazu?«

Der Oberrat beendete die Trommelei auf dem Tisch.

»Schön, ich gebe Ihnen zwei Tage, mehr nicht. In der Zeit bringen Sie mir staatsanwaltlich interessante Ergebnisse, dann kriegen Sie Ihre Obduktion.«

Nicole bedankte sich und verließ Dr. Rosenbergers Büro. Sie wollte sich die Schwester von Kazmarec nochmals vorknöpfen. Und die Zeugin Klara Pullsdorf, die den Tod von Kazmarec gemeldet hatte. An die Arbeit.

Die Weibrechtsberger Gundi blickte neugierig aus ihrem Küchenfenster. Von hier aus hatte sie einen hervorragenden Blick zum Nachbarhaus, in dem die Graseggers wohnten. Das Fahrzeug, das momentan vor dem Haus parkte, kannte sie nicht. Es sah jedenfalls schweineteuer aus, wie ein Amischlitten oder eine Scheichkarosse. Sie notierte die Nummer.

War das vielleicht sogar der Liebhaber? Der große Durchtrainierte? Äußerst spannend. Die Weibrechtsberger Gundi war erst vor einem Jahr hierher in die Straße gezogen, und sie hatte es bisher keine Sekunde bereut. Bei den Graseggers rührte sich immer etwas, so oder so. Sie reckte sich. Im Haus selbst war niemand zu sehen. Oder war schon wieder ein Schatten durch ein Zimmer gehuscht?

Philipp und Lisa Grasegger legten ihre Virtual-Reality-Anzüge ab. Philipp drehte den Alarmton der Spyware weg, dann überprüfte er nacheinander die Videoüberwachungsbilder aller vierzehn Gold-Dependancen. Auf den ersten Blick war nirgends etwas Ungewöhnliches zu sehen.

»Wahrscheinlich. Ein. Tier«, sagte Philipp.

Trotzdem sahen sie sich die Plätze mit den Verstecken noch genauer an. Die Geiffelspitze, die Rüscherlsenke, den Isingergrat, auch die beiden Niederlassungen in Österreich und in der Schweiz. Sogar das Goldversteck am Brucksteingrat, das aufgebrochen worden war. Dazu hatte ihnen ihr Vater eine witzige Geschichte von dem »jungen, blassen Gelsenkirchener Paar auf Urlaubsreise« aufgetischt, das jedoch mit den zweieinhalb Kilo Gold nicht so recht glücklich geworden war. Die beiden hatten das gelbe Zeug schließlich im römischen Trevi-Brunnen versenkt. Mit einem herrlich befreienden Plumps! waren die Münzen und Barren auf dem Boden des Brunnens gelandet. Das Gold lag dann eine Nacht lang unbeachtet im Wasser, am frühen Morgen erst entdeckte es der Brunnenreiniger. Er glaubte, seinen Augen nicht zu trauen, krempelte die Ärmel hoch, griff hinein in das trübe Wasser, hielt einen mattglänzenden Barren in die Höhe – und spürte plötzlich eine Hand auf der Schulter –

Philipp riss seine Gedanken von der Geschichte los und klickte sich durch die anderen Webcam-Bilder. Als er zu den Gunggel-Höhen kam, zoomte er auf das Schöberl-Eck, das eine auffällige Tanne in S-Form zeigte. Dort war der Wald so dicht und dunkel, dass er mit Infrarot arbeiten musste, um etwas zu erkennen. Lisa wies Philipp mit dem Bleistift auf eine Stelle im Gras hin, die etwas erhöht aussah und die sich zu bewegen schien. Philipp schaltete die Kamera in den Wärmebild-Modus um. Und schon war eine Kuhle zu sehen, in der sich wohl ein humanoider Klops aus Fleisch und Blut befand. Der rötliche Klops pulsierte regelmäßig, ganz deutlich war seine Atemfrequenz zu erkennen. Beide lachten. Sie hätten um ein Haar weitergeklickt, denn sie hielten den wabbelnden Brei für einen braven Wanderer, der eben mal in die Büsche gegangen war. Philipp wollte schon die Dependance 4 mit der Weiter-Taste verlassen, als sich der Pudding aus der Kuhle schob, sich aufrichtete, in die Luft schnellte und zu einem vollständigen Menschen entwickelte. Es wirkte so, als ob ein Geist aus der Flasche gekrochen wäre. Der Flaschengeist hielt allerdings etwas in der Hand, was verdammt nach einer Schusswaffe aussah. Philipp schaltete um auf Normalbild. Ein großer Mann stand mitten im Wald, einer seiner Jackenärmel flatterte leer im Wind, seine Pistole war auf ein Gebüsch gerichtet. So verharrte er reglos und aufmerksam umherspähend, dann entspannte er sich wieder. Er legte die Waffe griffbereit auf den Rand der Kuhle, bedeckte sie mit Laub und kroch wieder in sein Versteck.

»Das ist ja besser als Virtual Reality?«, rief Lisa.

»Wir. Müssen. Langsam. Los«, sagte Philipp.

Die Mega-Rave-Party mit DJ Aoki war schon am Laufen. Da mussten sie unbedingt dabei sein.

10 32   Zehn Euro Strafe drohen laut Bußgeldkatalog für
das Betreten der Autobahn zu Fuß. Zehn Jahre Haft
gibt es für den Tatbestand des Hochverrats. In der
chinesischen Ch'ing-Dynastie bestand die mildeste
Strafe aus Zehn Stockschlägen mit dem kleinen
Bambus.

Ursel und Jennerwein waren wieder auf dem Rückweg in den
Kurort, sie überquerten gerade die früher schlagbaumgesi-
cherte Grenze von Österreich nach Deutschland.

»Wenn Ignaz lebt«, sagte Ursel mit leiser Stimme, »dann
geht es ihm sicherlich nicht gut. Er braucht seine Tabletten.
Die muss er alle zwei Tage nehmen.«

»Eine lebensbedrohliche Krankheit?«

»Nein, er leidet an Gicht. Sie wissen schon: die Krankheit
der Könige und der Fresser. Ohne die Tabletten bekommt er
Gichtanfälle, die sehr schmerzhaft sind.«

Sie fuhren eine Zeitlang schweigend weiter.

»Ich bin mir sicher, dass er lebt«, sagte Jennerwein. »Ganz
sicher. Vielleicht von Schmerzen geplagt, aber er lebt.«

Er hoffte, dass er überzeugend klang. Wenn die Verwandten eines Entführungsopfers von dessen Tod erfuhren, han-
delten sie oft irrational, waren nicht mehr an der Aufklärung
des Verbrechens interessiert, sondern an der schieren Rache,
die sich dann auch gegen völlig Unbeteiligte richten konnte.
Jennerwein überlegte weiter. Sollte er die Kollegen
im Kurort darüber informieren, dass er wieder im
Lande war? Nein, besser nicht. Mit einem Anflug von schlechtem Gewissen schrieb er Maria eine SMS:

Schön, von Ihnen zu hören! Danke für die Auskunft wg. Simulation, war hilfreich. Sitze gerade im Stockholmer »Goldenen
Frieden« und esse schwedischen Rollmops. Viele Grüße Hubertus – Hej do!

»Jetzt erzählen Sie schon von Ihrer Verfolgungsjagd«, sagte
Ursel schließlich. »Wir sind ein Team. Da interessiert es mich,
ob Sie in Gefahr waren. Oder immer noch sind.«

Ein schönes Team, dachte Jennerwein. Der Lügner und die
Gangsterbraut.

»Das hat mit Ignaz nichts zu tun, glauben Sie mir. Ich habe
in der Kirche etwas beobachtet, und ich musste dem nachgehen. Sie wissen schon: *Verfolgungspflicht bei außerdienstlicher
Kenntniserlangung von Straftaten.*«

»Klingt nach dem Polizeiaufgabengesetz.«

»Nicht ganz. Das ist aus der Strafprozessordnung, dem
großen Konkurrenten des Polizeiaufgabengesetzes. Jedenfalls
habe ich die ganze Sache an den Kollegen in Klausen weiter-
gereicht.«

Ursel wies auf Jennerweins Uniform, die er immer noch
trug.

»Und bei dieser Verfolgungspflicht ist es so derb zugegangen?«

»Ich bin durch einen Geheimgang gekrochen, der aus der
Kirche führt. Im Schmutz und auf dem Boden.«

»Die Kirche hatte einen intakten *ostium nobilitas*?«, sagte
Ursel überrascht. »Das ist ja interessant. Ich dachte, so etwas
gibt es gar nicht mehr.«

»Was wissen Sie über diese Geheimgänge?«

»Heutzutage spielen die keine große Rolle mehr. Die meisten von ihnen wurden zugemauert. Aber die Existenz eines
intakten Geheimgangs kann eigentlich nicht ohne Wissen und

Zustimmung der Kirchenverwaltung aufrechterhalten werden. Was immer Sie auch herausgefunden haben: Der Pfarrer steckt da mit drin.«

»Ein guter Hinweis, Ursel! Ich werde den Colonnello Tappeiner darüber informieren.«

Sie fuhren schweigend im Kurort ein.

»Was haben Sie jetzt vor, Kommissar?«, fragte Ursel schließlich.

»Zuerst brauche ich eine DNA-Probe von Ignaz. Ich möchte ganz sichergehen. Die werde ich mit Ihrer Zustimmung an die Gerichtsmedizinerin weitergeben.«

»Genügt Ihnen die Teetasse, aus der er getrunken hat?«

»Genau so etwas brauche ich. Gehen Sie hinein, ich warte im Auto auf Sie. Danach besuchen wir Elli Müther noch einmal. Ich habe gestern einfach zu vorschnelle Schlüsse gezogen.«

»Ich bringe auch andere Kleidung für Sie mit, Kommissar.«

»Aber ich kann doch nicht –«

»Doch, das können Sie. Es gab einmal eine Zeit, da hatte Ignaz Ihre Konfektionsgröße.«

Sie fuhren auf das Grundstück der Graseggers, von da aus in die Tiefgarage. Ursel ging ins Haus, Jennerwein besah sich noch einmal die Drohung auf Ursels Smartphone.

Das ist kein Spass. Halt die Füsse still. Sonst ergeht es dir wie Ignaz.

Jennerwein war nach wie vor der Meinung, dass es eine leere Drohung war, aber irgendetwas störte ihn an diesem Text. Er wusste bloß nicht was.

Im Haus ging Ursel in das Arbeitszimmer von Ignaz, goss die halbausgetrunkene Tasse Tee aus und packte sie in eine Plastiktüte. Dabei ließ sie ihren Blick durch den Raum schweifen und überlegte. Hatte Ignaz doch etwas ausgeheckt, wovon sie nichts wusste? Sie schüttelte diesen Gedanken ab. Schnell entschlossen rief sie Karl Swoboda an und erzählte ihm alles, was sie von Jennerwein erfahren hatte.

»Öha«, sagte Swoboda.

»Hast du etwas über Klausen und Ignaz herausfinden können?«

»Nein, leider überhaupt nichts.«

»Ich sage dir eins: Jennerwein tut sein Möglichstes. Aber es wäre mir lieber, wenn *ihr* euch darum kümmern würdet.«

»Ich bleibe am Ball.«

So kam es, dass auf den Reiseführer Jens Milkrodt zwei bedrohliche Schatten zukamen. Von beiden Seiten. Sowohl die Ehrenwerte Familie wie auch die italienische Polizei begannen, sich für ihn zu interessieren.

Der Weibrechtsberger Gundi fielen fast die Augen heraus, so angestrengt schaute sie hinüber zum Grasegger'schen Anwesen. Gerade war das schicke Auto weggefahren, sie hatte leider nicht gesehen, wer da eingestiegen war. Ursel und ihr neuer Lover? Auf dem Weg ins Romantik-Hotel?! Dann aber die Überraschung: Ursel war mit ihrem eigenen Auto gekommen, aber leider sofort in der Tiefgarage verschwunden. Auf dem Beifahrersitz hatte sie einen Mann erkannt, womöglich der Latino?

Stengele saß im Krankenzimmer von Elli Müther, als der Kommissar und die Bestattungsunternehmerin eintraten. Elli schlief, sie traten alle drei hinaus auf den Krankenhausgang.

»Besondere Vorfälle?«, fragte Jennerwein.

»Nein«, antwortete Stengele. Er rieb sich die Augen. Man sah ihm an, dass er die ganze Nacht wach gewesen war.

»Sie hat nicht viel gesagt, nur den Begriff Klausen hat sie öfter erwähnt.«

»Immer im selben Wortlaut? *Ich komme nach Klausen ...*«

»Ja, so war es.«

»Ich will sie dazu befragen, wenn sie aufwacht.«

Stengele wies mit einer kleinen Bewegung auf Ursel.

»Kann ich offen reden?«

Jennerwein nickte.

»Ich habe das ganze Zimmer durchsucht. Nichts. Keine versteckten Dokumente, keine auffälligen Spuren, keine Hinweise irgendeiner Art.«

Wenn Stengele etwas durchsuchte, dann machte er es gründlich. Er kannte alle Tricks.

»Und noch eines fällt mir ein«, fuhr er fort. »Wegen diesem komischen Klausen. Ich habe mir die ganze Zeit überlegt, wo ich das schon einmal gehört habe. Aber dann ist es mir eingefallen. Es hat mich an das Klausentreiben oder kurz Klausen erinnert. Das ist ein Volksbrauch im alemannischen Raum, um St. Nikolaus herum, daher auch der Name.«

»Worum geht es da?«

»Junge Burschen schlüpfen in Tierfelle und machen viel Lärm. Es hat was mit dem St. Nikolaus zu tun, aber fragen Sie mich nicht, was. Es ist nur so eine Idee. Ich habe Frau Müther daraufhin angesprochen, aber sie hat keinerlei Reaktion gezeigt. Aber die Zeit für dieses Klausentreiben ist ja bald. *Nach Klausen komme ich* wäre also so, wie wenn man sagt: *Nach Ostern fahre ich in Urlaub* –«

Jennerweins Gesicht hellte sich plötzlich auf.

»Sie bringen mich auf eine Idee, Stengele! Mit Klausen

muss natürlich kein Ort gemeint sein. Ich habe mich nur deshalb daran festgebissen, weil auch noch andere Spuren nach Klausen führten. Klausen ist gar kein so seltener Nachname! Wir sollten einmal fragen, ob es Patienten oder Personal mit diesem Namen gibt.«

Der ehemalige Kriminalhauptkommissar Ludwig Stengele, der sich inzwischen hervorragend als alter Bekannter von Elli Müther eingeführt hatte und der als solcher vom Krankenhauspersonal akzeptiert war, erkundigte sich auf der gesamten Station. Gibt es einen Patienten namens Klausen? Nein, noch nie gehört.

Eine Krankenschwester, die gerade mit einer älteren Dame im Rollstuhl den Gang herunterkam, konnte mit dem Namen ebenfalls nichts anfangen. Keine Ahnung. Noch nie gehört. Stengele seufzte.

»Clausen?«, mischte sich die Dame im Rollstuhl ein. »Herr Clausen von Station 9, das war vielleicht eine patente Person! Clausen mit C, darauf hat er immer großen Wert gelegt.«

»Wo liegt er?«, fragte Stengele atemlos. »Kann ich ihn sprechen?«

»Das geht leider nicht mehr. Nächste Woche hätte er seinen Fünfundachtzigsten gefeiert, aber dann ist er leider –«

»Ich lasse Sie einmal mit der Patientin allein«, sagte die Krankenschwester zu Stengele und verschwand.

Stengele erfuhr von der Patientin einiges über Herrn Clausen. Seine Krankheiten. Seine Hobbys. Dass er eine schwere Operation vor sich gehabt hätte. Dass er dann aber unerwartet gestorben wäre. Alle hätten das bedauert, weil der Herr Clausen doch so furchtbar nett gewesen wäre.

»Es war ein Unfall«, sagte Stengele, als er wieder zu Jennerwein und Ursel zurückgekommen war. »Herr Clausen ist aus dem Bett gestürzt, hat sich schwere innere Verletzungen zugezogen. Die genaueren Umstände habe ich nicht mehr in Erfahrung bringen können, weil die Schwester zurückgekommen ist. Ich wollte keine Pferde scheumachen, Chef.«

Jennerwein nickte Stengele respektvoll zu.

»Gut gemacht, Stengele. Die Äußerung von Elli, dass sie nach Clausen kommt, könnte also auch bedeuten, dass sie als Nächste an der Reihe ist. Entweder mit der Operation oder mit einem tatsächlichen oder vorgetäuschten Unfall. Das ist jetzt reine Spekulation. Trotzdem würde ich vorschlagen, dass Sie, Stengele, im Krankenhaus bleiben und Elli weiter bewachen. Andererseits müssen wir in dieser Sache offiziell ermitteln. Morgen früh informiere ich Dr. Rosenberger inoffiziell über die Vorkommnisse hier im Krankenhaus, der soll das untersuchen. Wir haben keinerlei Beweise, dass etwas nicht in Ordnung ist, es muss diskret geschehen. Apropos diskret: kein Wort zu den Kollegen, weder zu Hölleisen noch zu Nicole. Ich war nie hier. Ich bin in Schweden und mache dort Urlaub.«

In Stengeles Miene zeigte sich keine Spur von Überraschung oder Verwunderung.

»Grüßen Sie Ihren Mann«, sagte er zu Ursel, als er ihr zum Abschied die Hand gab.

Aus der Art, wie sie wortlos auf diese Bemerkung reagierte, schloss Stengele, dass Ignaz in diese Sache hier involviert war. Und dass etwas mit ihm nicht in Ordnung war.

»Ich sehe schon ein, dass Sie so handeln mussten«, sagte Ursel auf dem Weg zum Auto. »Aber was machen wir jetzt?«

»Wir wissen immer noch nicht, ob Ignaz bei Elli Müther war«, entgegnete Jennerwein. »Ich würde vorschlagen, wir konzentrieren uns auf das, was wir sonst noch haben. Zum Beispiel die beiden Drohbriefe. Darf ich nochmals sehen?«

Ursel reichte ihm das Handy mit der Nachricht. Jennerwein starrte auf den Text. Er wusste, dass es keinen Sinn hatte, die Zeilen immer und immer wieder zu studieren. Er hob den Blick und sah aus dem Autofenster, dann las er die Nachricht so, als ob er sie zum ersten Mal lesen würde. Was war der erste Eindruck gewesen?

Das ist kein Spass. Halt die Füsse still. Sonst ergeht es dir wie Ignaz.

Und jetzt fiel ihm die Unregelmäßigkeit ins Auge. Dadurch, dass sie so offensichtlich dastand, hatte er sie nicht bemerkt. Es war eine neue Spur. Eine große, heiße Spur in ein kleines, kaltes Land.

Ja, ich gebe es zu, das war ein ziemlicher Schnitzerä von mir. Ein Pfusch, ein Murks, il pasticcio. Da habe ich nicht aufgepasst, sorry. Natürlich ist es nichts Ungewöhnliches für einen Bringerä, in einem Text ganz bewusst einen kleinen Hinweis zu verstecken. Zum Beispiel den an die Polizei, dass sie sich die Spurensicherung sparen kann, weil alles so wasserdicht ist. So wie man sein Autohandschuhfach im geparkten Wagen offen stehen lässt, um anzuzeigen, dass hier nichts zu holen ist. Als Hinweis im Text ist es meistens ein Punkt zu viel hinter einem Satz.. Oder ein fehlender Punkt hinter einem Satz In meinem Fall habe ich aber einfach was übersehen. Das sollte einem, der für die Schweizer Bruderschaft U arbeitet, nicht passieren. Doch ich denke, dass die meisten da einfach drüberlesen. Mio dio! Das fällt nur jemandem auf, der Linguist oder Sprachlehrer ist …

10 33 Die Zehn Gebote der sozialistischen Moral und Ethik wurden von Walter Ulbricht, dem damaligen Generalsekretär der SED, auf dem fünften Parteitag der SED (10.–16. Juli 1958) verkündet. Das 10. Gebot lautet: Du sollst Solidarität mit den um ihre nationale Befreiung kämpfenden und den ihre nationale Unabhängigkeit verteidigenden Völkern üben.

Ob sich die Fliege ihrer Gefangenschaft im umgekippten Aschenbecher wohl bewusst war? Mit ihren scharfsichtigen Facettenaugen konnte sie die vier Aussparungen, die in die Freiheit führten, auf jeden Fall gut erkennen. Gerade kroch sie gemächlich zu einer der Kerben und blieb davor sitzen. Draußen in der ungemütlichen Welt der riesigen Fleischklöpse und des permanenten Geruchs nach Desinfektionsmittel war Gejohle zu hören. Besonders Kreysels Anfeuerungsrufe stachen heraus.

»Kriech, kleine Fliege, kriech! Mach mich reich, kleine Fliege, reich!«

Er hatte einen Euro darauf gesetzt, dass sie aus ebendiesem Loch schlüpfen würde, aber sie machte momentan keinerlei Anstalten, das zu tun. Die *Musca domestica* (Schwester Zilly hatte nachgeschlagen) verharrte im Inneren des Aschenbechers und putzte sich die Flügel. Kreysel neigte sich hinunter zu der Öffnung und betrachtete sie. Er glaubte, mit bloßem Auge zu erkennen, dass sie ihn mit einem hämischen Grinsen anglotzte.

Die Nachtschicht auf Station 8 war wieder zusammengetreten. Heute wurde ausnahmsweise einmal nicht auf ein Großereignis gewettet, heute spielten sie im kleinen Kreis Fliegen-Roulette. Vor den Aussparungen des umgedrehten Aschenbechers lagen Münzen, jeder hatte einen Euro gesetzt.

»The winner takes it all!«, rief Kreysel. »Ich verdopple meinen Einsatz.«

Alle zogen mit, auch Schwester Zilly. Ihre Taktik war es, vorsichtig in die Ausbuchtung zu hauchen, um das Insekt mit ihrem warmen Atem anzulocken. Houhhhh … Houhhhh … In diese hochkonzentrierte Stimmung hinein klopfte es leise an der Tür. Die dazugehörigen Schritte waren nicht zu hören gewesen, selbst den feinen Ohren von Ingo, dem sehbehinderten Masseur, waren sie entgangen. Ein Leisetreter. Ein Schleicher.

»Herein, wenns kein Schneider ist!«, rief Kreysel laut und schnarrend. »Unsere Fliege muss warten.«

Die Tür öffnete sich, und ins Zimmer trat ein großer, sportlich wirkender Mann im Muscle-Shirt. Er sah weder aus wie ein Patient oder Besucher oder gar Klinikmitarbeiter, er passte eigentlich überhaupt nicht auf eine Krankenstation. Doch alle kannten den durchtrainierten Fremdkörper. Es war Mönckmayr, der Personenschützer, der schon seit Tagen im Gang vor Zimmer 06 saß, um die Frau des russischen Oligarchen zu bewachen. Mönckmayr hatte das, was man von einem Personenschützer erwartete: breite Schultern, hemdensprengende Oberarmmuskeln. Er war alles andere als ein Schneider.

»Was bedeutet denn der Spruch mit dem Schneider?«, fragte Selda Gençuc, die türkische MTA. Ihre zwei Euro lagen vor Kerbe 4. Ihre Taktik: Sie hatte ein paar Bröselchen Zucker hingestreut.

»Mit dem Schneider ist der Schnitter gemeint«, sagte Schwester Zilly. »Der Schnitter namens Tod.« Sie winkte dem massigen Mönckmayr. »Kommen Sie doch rein. Und trinken Sie eine Tasse Tee mit uns.«

Der Personenschützer setzte sich. Kreysel hatte seine Pfeife gestopft und steckte sie in einer Weise in den Mund, dass alle wussten: um Gottes willen. Jetzt ging es gleich wieder los. Jetzt drohte eine Geschichte. Und nur wenn man Glück hatte, war es eine neue. Doch Schwester Zilly kam ihm zuvor. Sie wandte sich an Mönckmayr.

»Wir wissen ja eigentlich gar nichts über Sie. Erzählen *Sie* mal eine Anekdote aus Ihrem Beruf.«

Kreysel schmollte. Er klopfte die Pfeife wieder aus. Ein Patient klingelte, Kreysel erhob sich seufzend und verließ das Stationszimmer. Alle grienten.

»Bei mir gibts eigentlich nicht viel zu erzählen«, sagte Mönckmayr. »Die meiste Zeit sitze ich rum. Zum Beispiel im Krankenhausflur. Oder im Schulgang. Oder draußen im Auto, wenn drinnen die Party tobt.«

»Sie haben wahrscheinlich viel Zeit zum Lesen«, stellte Schwester Zilly fest.

»Zeit hätte ich schon, aber Lesen geht normalerweise nicht, ich muss immer auf Zack sein. Auch hier im Krankenhaus. Bei jedem Neuen, der den Gang runterkommt, muss ich erst mal vom Schlimmsten ausgehen. Ich taste ihn mit Blicken ab. Die drei großen B-s eines Gorillas: Bewaffnet? Böswillig? Besoffen? Ich muss jederzeit bereit für einen Angriff sein.«

Er musterte jeden Einzelnen in einer Weise, dass allen ziemlich unwohl wurde. Dann nuckelte er an seinem Pfefferminztee.

»Doch, gerade fällt mir etwas ein«, fuhr er fort. »Bei einem Einsatz habe ich durchaus etwas gelesen. Es war das erste Mal seit der Schulzeit, dass ich wieder mal ein Buch in die Hand genommen habe. Ich musste einen Politiker bewachen und dabei nicht gerade aussehen wie ein Gorilla. Gefragt war eine harmlose Erscheinung. Ich gehe also in eine Buchhandlung und habe irgendein Buch gekauft. Beim Einsatz selbst bin ich dagesessen, habe hineingestarrt und auf verdächtigte Geräusche geachtet. Ich habe immer wieder den ersten Satz des Romans gelesen. Deshalb kann ihn heute noch auswendig: *Gemessenen Schrittes kam der dicke Buck Mulligan oben aus dem Treppenhaus, einen Kelch mit Seifenschaum vor sich hertragend, auf dem gekreuzt ein Spiegel und ein Rasiermesser lagen ...* Ich weiß nicht, wie es weitergeht, aber diesen Satz vergesse ich nie mehr.«

»Wahrscheinlich ein harter Thriller«, sagte Benni Winternik. »Ich meine: wegen des Rasiermessers.«

»Sind Sie eigentlich bewaffnet?«, fragte D. Buck, der hämatophobische Pfleger.

»Aber klar.«

Mönckmayr griff in die Jackeninnentasche und legte eine Riesenknarre auf den Tisch. Alle starrten darauf. Genauso wie der Personenschützer selbst passte auch die Pistole überhaupt nicht in ein Krankenhaus, in dem der Tod wesentlich kleinformatiger zugriff, in Form einer Krebszelle oder einer malignen Metastase.

»Beeindruckend«, sagte Kreysel, als er wieder zurückkam.

Mönckmayr steckte die Pistole wieder ein, trank seine zweite Tasse Pfefferminztee aus und verabschiedete sich. Er schloss die Tür lautlos. Draußen auf dem Gang blieb er stehen. Was war das für eine verrückte Nachtschichtbesatzung! Er hatte jeden Einzelnen genau beobachtet, während alle auf die Waffe starrten, die auf dem Tisch lag. Seine Körpersprache. Ihre Nervosität. Ein eventuelles Gefahrenpotential. Er stellte im Geist eine Checkliste auf und hakte ab.

Kreysel	harmlos
MTA Selda Gençuc	harmlos
Schwester Zilly	harmlos
D. Buck	harmlos
Ingo, der Masseur	harmlos
Dragica	harmlos

Dann war da noch dieser Benni Winternik. Der hatte etwas Unsicheres und Unstetes. Außerdem hatte er ihn schon öfter vor dem Medikamentenschrank gesehen. Als er einmal ins Stationszimmer gekommen war, hatte sich Benni Winternik hastig umgedreht. Und etwas in der verschlossenen Hand gehalten. Klaute der rezeptpflichtige Medikamente? Das ging ihn natürlich überhaupt nichts an, solange das seinen Auftrag nicht tangierte. Er war keine Petze. Er war nur für eine einzige Person verantwortlich, für die Frau des russischen Oligarchen. Zu der ging er jetzt. Er ging so leise, dass man meinen konnte, jemand habe im Krankenhausflur den Ton abgedreht.

Im Inneren des umgedrehten Aschenbechers saß immer noch die Fliege. Von allen Seiten strömten die verschiedenartigsten Gerüche und Töne auf sie ein. Jemand hauchte und verströmte Atemluft. Jemand versuchte, wie sie zu summen. Lächerlich. Fliegensummen klang ganz anders. Jemand hatte Süßigkeiten ausgelegt. Die Entscheidung fiel ihr wirklich schwer. Dann spürte sie es. Das Ende ihrer dreiwöchigen Lebenszeit war gekommen. Sie legte sich auf die Seite und starb.

»Und das Geld?«, fragte D. Buck, der das Drama beobachtet hatte.

»Kommt in den Jackpot«, sagte Schwester Zilly.

... Dieze AllGehBra! ... wir gingen den obs=zehnen
Wehg zur Tsahl 10, forbuy an den ollen Neinern,
und wir ten-zehL-ten schlussundendlich ins Reich
Prinzessin Dekas ...

James Joyce, Fine Games Weak

Ein Personenschützer in der Buchhandlung

Guten Tag, ich brauche ein Buch.

Selbstverständlich, der Herr. Sie sind in einer der best-
sortiertesten Buchhandlungen weit und breit. Womit kann
ich Ihnen dienen?

Kein Grund, pampig zu werden. Ich bin das erste Mal in
so einem Laden.

Was suchen Sie denn für ein Buch?

Irgendeines.

Irgendeines haben wir nicht. Wir haben nur ganz bestimmte
Bücher.

Ich brauche eines, das gut in der Hand liegt und was hermacht.
Nicht zu dünn, aber auch nicht zu dick.

Ist es ein Geschenk?

Nein, ich will es für mich.

Dann müssten Sie doch eigentlich wissen, in welche Richtung
es gehen soll.

Wie: in welche Richtung? Die Richtung ist mir eigentlich egal.

Naja, soll es mehr was Romantisches sein? Oder lieber was Aufregendes?
Was Lehrreiches?

Ich mache Ihnen einen Vorschlag: Suchen Sie mir doch eines aus!

Ich kenn ja Ihren Geschmack nicht.

Ich verlasse mich auf den Ihren.

Also, gut. Ich persönlich mag Kinderbücher sehr gern. Was

ich empfehlen kann: »Prinzessin Erbse und Rumpel der Bär im Quieksi-Quacksi-Land«.

Nein, ein Kinderbuch will ich nicht. Wie sieht das aus, wenn ich hochkonzentriert dasitze und ein Kinderbuch lese?

Süß sieht das aus.

Es soll aber nicht süß aussehen.

Wie dann?

Ganz normal soll es aussehen. Alles, bloß kein Quieksi-Quacksi-Buch. Ich möchte ein ganz stinknormales Buch. Für Erwachsene.

Ein ganz stinknormales Buch gibt es nicht. Das ist ein Widerspruch in sich. Ein Buch will doch immer etwas Besonderes sein. Ein stinknormales Buch würde niemand kaufen.

Ich schon.

Aber sonst eben niemand. Wissen Sie, was, machen Sie die Augen zu und drehen Sie sich mit ausgestrecktem Zeigefinger im Kreis. Ich sage dann halt. Dann haben Sie irgendein Buch.

Gut, mach ich.

– – –

Noch einmal drehen, bitte! Sie haben schon wieder auf »Prinzessin Erbse und Rumpel der Bär im Quieksi-Quacksi-Land« gezeigt.

Warum denn schon wieder?

Da haben wir eine ganze Wand aufgebaut. Es verkauft sich nämlich gut. Noch mal drehen.

– – –

Menschenskinder, ist mir schwindlig. Hab ich eins?

Jetzt haben Sie aber was erwischt! Mein lieber Schwan! Ich glaube, das ist nichts für Sie.

Doch, geben Sie her, das gefällt mir, das nehme ich.

Aber das ist »Ulysses« von James Joyce.

Das macht nichts. Es liegt gut in der Hand, es schaut ganz
normal aus. Und es fällt nicht auf.
Wie Sie wollen. Ich muss es ja nicht lesen.
Vom Lesen war nie die Rede.

10₃₅

Ursel starrte auf die Textnachricht ihres Handys, schüttelte schließlich verständnislos den Kopf.

»Ich weiß nicht, was daran auffällig sein soll, Kommissar. Außer vielleicht dem Rechtschreibfehler. *Spaß* schreibt sich mit scharfem ß und nicht mit Doppel-s. Aber ich bitte Sie: Was soll ein kleiner Flüchtigkeitsfehler für eine Spur darstellen?«

»Wenn es nur ein kleiner Flüchtigkeitsfehler wäre, dann hätte er die *Füße* im darauffolgenden Satz nicht auch noch als *Füsse* geschrieben. Ich vermute, er weiß es nicht besser.«

»Ja, dann ist das halt ein Messaggero ohne Hochschulabschluss. Meine Güte! Das engt den Kreis der Erpresser auch nicht gerade ein.«

Ursel zeigte Ungeduld. Jennerwein jedoch sah man an, dass er eine Fährte entdeckt hatte. Seine Augen flackerten.

»In SMS-Nachrichten macht die Autokorrektur aus *Spass* und *Füsse* normalerweise den *Spaß* und die *Füße*.«

»Vielleicht hat er die Autokorrektur ausgeschaltet.«

»Ja, das hat er sicher. Und zwar ganz bewusst. Er kennt nämlich das scharfe ß gar nicht, es nervt ihn tierisch, dass es durch die Autokorrektur immer wieder erscheint.«

»Warum kennt er das scharfe ß nicht?«

»Es gibt einen deutschsprachigen Staat, der das scharfe ß in den 1970er Jahren abgeschafft hat und seitdem nur noch das Doppel-s verwendet.«

»Die DDR?«

»Nein, ausnahmsweise ist die DDR einmal nicht schuld. Es ist die Schweiz.«

Ursel begriff nicht gleich. Doch dann begann sich, Entsetzen in ihren Augen auszubreiten.

»Ich bin überzeugt davon, dass die Nachricht aus der Schweiz stammt«, fuhr Jennerwein fort. »Oder dass der Verfasser zumindest ein Schweizer ist.«

Alles Blut war aus Ursels Gesicht gewichen. Sie drehte sich von Jennerwein weg und vergrub den Kopf in den Händen. Auch auf Jennerweins Stirn erschienen sorgenvolle Falten. Sie standen beide schweigend und erschrocken da und riefen sich in Erinnerung, was sie diesbezüglich von ihren jeweiligen Quellen gehört hatten.

Kriminelle Schattengesellschaften funktionieren auf der ganzen Welt so ziemlich gleich. Menschen, die im bürgerlichen Leben ihr Glück nicht finden, rutschen in einen gesetzlosen Zustand und bilden dort Banden, Gangs und gefährliche Seilschaften. Die wirksamste Waffe ist hierbei nicht die Pistole oder das Messer, sondern die effektvolle Warnung, Juristen sprechen von der *Androhung eines empfindlichen Übels.* Dabei gibt es unterschiedliche Härtegrade und nationale Besonderheiten. Bei der Ehrenwerten Familie Süditaliens, die sich zugutehält, die Mafia erfunden zu haben, sind die Drohungen brutal und ihre Umsetzungen schnell, solche Aktionen werden jedoch sparsam und gezielt eingesetzt. Blut fließt nur, wenn es gar nicht anders geht. Die osteuropäische, besonders die russische Mafia ist da weniger zimperlich. Durch die wechselvolle Geschichte der Länder gilt in den dortigen Bruderschaften ein Menschenleben nicht eben viel. Noch brutaler geht es in südamerikanischen Drogenkartellen zu, die Foltermethoden der mexikanischen und kolumbianischen Mafia sind legendär und ekelerregend. Und das sagenumwobene und folkloristische Flair der chinesischen Triaden trügt: Die Mitglieder werden für jeden kleinen Fehler mit einem abgeschnittenen Finger bestraft. Doch es gibt eine kriminelle Vereinigung, die alle Grenzen der menschlichen Zivilisation hinter sich lässt und deren Mitglieder sich an Verschlagenheit und Grausamkeit gegenseitig überbieten. Es ist die Schweizer Mafia. Der Verdacht, dass diese kriminelle Organisation hinter der Entführung steckte, war der Grund, warum selbst Menschen wie Ursel und Jennerwein, die beide tief in menschliche Abgründe geblickt hatten und deshalb glaubten, alles schon gesehen zu haben, schreckensbleich geworden waren.

Die eidgenössische Bruderschaft versammelte angesehene, wohlhabende und nach außen hin ehrbare Schweizer Bürger, die in den sauber gefegten Städten und auf den lieblichen Kuhweiden ihr blutiges und gnadenloses Unwesen trieben. Schon die Tatsache, dass der Begriff *Schweizer Mafia* niemandem geläufig war, dass nicht einmal ein Lexikoneintrag existierte, deutete auf die zwei ehernen Grundsätze der Organisation hin: Schmerz und Verschwiegenheit. Das war der Grund für das Entsetzen, das in den Gesichtern von Ursel und Jennerwein stand. Ursel trat einen Schritt näher zum Kommissar.

»Wenn es stimmt, dass die Nachrichten aus der Schweiz kommen und dass die U-Bruderschaft hinter den Drohungen steckt, dann sehe ich Ignaz nicht lebend wieder.«

Jennerwein umfasste sie tröstend. Sie drückte ihren Kopf an seine Brust und sagte mit tränenerstickter Stimme:

»Das Schlimme dabei ist, dass wir dorthin überhaupt keine Kontakte haben. Die Schweiz ist der weiße Fleck auf der kriminellen Landkarte.«

»Aus polizeilicher Sicht muss ich leider dasselbe sagen. Soviel ich weiß, haben wir keinerlei Verbindungsleute dorthin.« Er dachte kurz an seine Informantin, die er auf dem Schrottplatz getroffen hatte. Die konnte ihm aber bezüglich dieser Spur auch nicht weiterhelfen. »Es gibt nur höchst vage Gerüchte über die Arbeitsweise der U-Bruderschaft.«

Jennerwein bemerkte, dass Ursel einen Weinkrampf unterdrückte.

»Jetzt lassen Sie uns das einmal mit kühlem Kopf überlegen«, fuhr der Kommissar in beruhigendem Ton fort. »Zwei Tage sind seit der Entführung vergangen. Die Tatsache, dass noch eine weitere Drohung eingegangen ist, spricht dafür, dass Ignaz am Leben ist.«

Jennerwein schämte sich für diese Lüge. Er wusste, dass das in den seltensten Fällen der Wahrheit entsprach. Aber er wollte Ursel nicht noch verzweifelter sehen. Ein quälendes Gefühl der Ohnmacht stieg in ihm auf. Er musste befürchten, dass Ignaz schon tot war. Ein schwacher Trost war der, dass es besser war, tot zu sein, wenn man sich in den Fängen der Schweizer Mafia befand. Trotz der düsteren Vorahnungen versuchte er, seinen professionellen Ton beizubehalten:

»Dann schließe ich inzwischen auch aus, dass Ignaz' Verschwinden etwas damit zu tun hat, was er im Krankenhaus gehört oder gesehen hat. Wenn Ellis Satz *Ich komme nach Klausen* bedeutet, dass sie noch vor ihrer komplizierten Operation getötet werden soll, und Ignaz davon erfahren hätte, wäre er einem möglichen Mörder in die Quere gekommen. Das ist unwahrscheinlich, denn mit einer Entführung von Ignaz lenkt der Täter ja den Verdacht erst recht auf sich. Wir müssen in eine andere Richtung überlegen. Bisher haben wir angenommen, dass Ignaz etwas erfahren oder gesehen hat, was ihm zum Verhängnis geworden ist. Kann es nicht auch so sein, dass seine Fähigkeiten oder Erfahrung gebraucht worden sind, dass er sich aber geweigert hat, mitzumachen? In welcher Beziehung könnte Ignaz wichtig sein? Als Einheimischer mit seinen Orts- und Personenkenntnissen?«

»Da gibt es Kundigere«, antwortete Ursel. »Und welche, bei denen es nicht so auffällt, wenn sie verschwinden.«

»Vielleicht ist er deshalb interessant, weil er sowohl gute Kontakte zur Unterwelt als auch zur Polizei hat?«

»Das wäre durchaus möglich. Wir haben bei undurchsichtigen Sachen mitgemacht. Früher. Das ist ja kein Geheimnis. Aber wir wollen ja damit aufhören. Ich habe dabei auch die dunkle Seite von Ignaz kennengelernt. Und nicht nur die von Ignaz. Auch meine.«

»Das habe ich nicht anders angenommen, Ursel. Ich will jetzt keine Details wissen, aber gab es Aktionen, bei denen Sie sich vorstellen können, dass Spuren in die Schweiz führen?«

Ursel überlegte lange. Sie dachte an ihre Gold-Dependance in den Schweizer Alpen. Aber die war mehrfach elektronisch gesichert. Und würde es Ignaz helfen, wenn sie das jetzt preisgab? Sie schüttelte den Kopf.

»Nein, mit der Schweiz hatten wir noch nie zu tun.« Sie murmelte einen Fluch. »Und das alles jetzt, wo wir die Bestatterlizenz zurückbekommen. Wir wollten das alles hinter uns lassen. Wir wollten ein kommodes, bürgerliches Leben beginnen.«

Jennerwein stieß einen verblüfften Laut aus.

»Das ist es! Dass ich da nicht schon eher draufgekommen bin! Sie dürfen demnächst wieder Ihrem alten Beruf nachgehen, und genau mit dieser Tatsache muss die Entführung zusammenhängen! Ich habe den Fehler gemacht, in Ihrer kriminellen Vergangenheit zu kramen. Aber nein! Ich hätte nach vorne schauen sollen.«

Ursel blickte ihn fragend an. Jennerwein fuhr in bestimmtem Ton fort:

»Die Entführer scheinen sich für das zu interessieren, was Sie in Zukunft, und zwar ganz legal, vorhaben. Sie interessieren sich für Ihr Bestattungsgewerbe.«

Draußen war es inzwischen vollständig dunkel geworden. Drinnen brannte nur die kleine Kerze, die Ursel entzündet hatte. Sie warf undeutliche, zitternde Schatten an die Wand. Durch das geöffnete Fenster konnten sie den leichten Herbstregen hören. Ursel ergriff Jennerweins Arm und drückte ihn voller Dankbarkeit. Lange standen sie beide schweigend da.

»Manchmal muss ein ganzes Land vom 10er springen.«
(Slogan auf einem Wahlplakat der deutschen Bundestagswahl 2017)

Ignaz Grasegger richtete sich mühsam von seinem Lager auf. Die Wirkung des Betäubungsmittels ließ langsam nach. Er fühlte sich immer noch benommen, aber er konnte wieder einigermaßen klar denken. Wenigstens war er am Leben, und er war unverletzt. Schnaufend setzte er sich auf den Rand seiner Liege, schloss die Augen und lauschte angestrengt. Nichts war zu hören. Absolut nichts. Schwerfällig stand er auf und ging ein paar unsichere Schritte. Dann versuchte er, seine Lage einzuschätzen. Eines wusste er mit Sicherheit: Er war entführt worden, und er hatte sich bisher vehement geweigert, auf die Forderungen der Entführer einzugehen. Das, was sie von ihm verlangten, würde er nie und nimmer tun. Ihm war bewusst, dass er es nicht mit Wochenendganoven, sondern mit großen Kalibern zu tun hatte. Wer anders hätte gewagt, ihn anzugreifen?

Er brauchte einen Plan. Er sah sich in dem kleinen Raum um. Zuallererst musste er feststellen, wo er hingebracht worden war. Alle Wände bestanden aus groben Holzbrettern, es gab kein Fenster, nur eine dickwandige Tür. Eine Liege, ein Tisch und ein Stuhl waren die einzigen Einrichtungsgegenstände. Auf den ersten Blick sah es aus, als ob er sich im Inneren eines Baucontainers befände. Wasser gab es nicht, er erinnerte sich jetzt dunkel, dass er zum Toilettengang gefesselt und mit verbundenen Augen in einen anderen Raum gebracht worden war. Wohin hatten sie ihn nur verschleppt? Wenn er das herausbekäme, könnte er vielleicht auf die kriminelle Organisation schließen, die hinter seiner Entführung steckte. Dann könnte ihm sein Insiderwissen weiterhelfen. Der Mann mit der leisen, durchdringenden Stimme und seine beiden Helfer hatten ihn bisher respektvoll behandelt. Ignaz kannte da ganz andere Geschichten. Sadisten, die nur auf Schreie und Schmerzen aus waren. Wochenlanges Hungern, Tag- und Nacht-Beschallung mit dröhnender Musik. Die drei Italiener, der Chef und seine beiden Helfer, spielten anscheinend auf Zeit. Sie hofften wohl immer noch, dass er einknickte und ihren Forderungen nachkam. Sie hatten ihn nicht gefoltert. Ignaz befürchtete, dass ihm das noch bevorstand. Er musste etwas unternehmen.

Er lauschte nochmals angestrengt. Die Geräusche von draußen waren so schwach und undeutlich, dass er daraus überhaupt nichts ableiten konnte. Und ein besonders feines Gehör hatte er noch nie gehabt. Jetzt wurde ihm wieder schummrig. Der Boden schien unter seinen Füßen zu schwanken. Was hatten ihm die nur gespritzt? Höchstwahrscheinlich Propofol. Bei dem Gedanken an eine Überdosis davon wurde ihm übel. Wieder hatte er das Gefühl, dass der Boden unter ihm schwankte. Aber Moment mal – der schwankte ja wirklich! Er konnte in unregelmäßigen Abständen kleine Vor- und Seitwärtsbewegungen ausmachen. Befand er sich auf einem Transportfahrzeug? Nein, es waren eher die Bewegungen eines Schiffs oder eines Bootes. Vielleicht auch eines festgemachten Pontons. Er musste sich eingestehen, dass er sich mit Wasserfahrzeugen viel zu wenig auskannte. Wenn er sich aber auf dem Meer befand, dann verhieß das nichts Gutes. Auf diese

Weise war er später leicht zu entsorgen. Er lachte bitter auf: Wer sollte das besser wissen als ein ehemaliger Bestattungsunternehmer. Man würde seine Schreie nicht hören. Und man würde ihn erst nach Jahren finden. Wenn überhaupt.

Die Tür wurde geöffnet, die beiden Helfer traten ein, blieben aber in der Tür stehen und unterhielten sich leise über Belanglosigkeiten. Über das Wetter. Über Fußball. Sie warteten wohl auf ihren Chef. Ignaz setzte sich wieder auf die Pritsche. Er überlegte fieberhaft. Ein Anhaltspunkt war der italienische Dialekt der Entführer. Ein Riesenschreck durchfuhr ihn. Hatte das Ganze etwas mit Padrone Spalanzani zu tun? Waren es Leute seines eigenen Clans? Nein, das konnte nicht sein. Wenn er aber wüsste, aus welcher Gegend von Italien sie kamen, könnte er vielleicht auf die Familie schließen, zu der sie gehörten. Er hatte bemerkt, dass sie sich bemühten, ihren Akzent zu verbergen und Standarditalienisch zu sprechen, aber sie rutschten immer wieder ab. Ignaz Grasegger, der die Sprache der Azzurri genauso wie Ursel fließend beherrschte, war schon in vielen Gegenden Italiens gewesen. Wo zum Teufel wurde so gesprochen? Er lauschte angestrengt. In der leisen Unterhaltung der beiden waren die Ausdrücke *Herz*, *gut* und *er stirbt* gefallen. Römer waren es also schon einmal keine, denn die kannten keine Doppelvokale und hätten statt cuore, buono und muore eher *core*, *bono* und *more* gesagt. Waren es Sizilianer? Also doch die eigenen Leute? Ignaz vergrub den Kopf in den Händen, als ob er immer noch benommen von der Betäubung wäre, in Wirklichkeit verfolgte er die leise Unterhaltung konzentriert. Er fischte die Worte bene, delle und è infermo heraus – *gut*, *jeder*, *er ist gebrechlich*. Nein, bei den Sizilianern klang das e schön fast wie ein i, sie hätten *bini, dilli* und *è infirmo* gesagt. Und Sizilianer, die wegen ihres penetranten u vielerorts verspottet wurden, hätten aus il letto und questo signore ein *u lettu* und ein *chistu signuri* gemacht. Ignaz hörte dem Redefluss weiter zu. Für Neapolitaner nuschelten sie nicht schlampig-melodiös genug, in Neapel wurde aus einem quando immer ein *quanno*. Und der knackige Akzent des Südtirolers, der Italienisch sprach, klang ebenfalls anders. Schritte näherten sich, die beiden Knechte unterbrachen ihr Gespräch. Ignaz schreckte hoch. Er fühlte sich fast ertappt bei seinen Überlegungen. Der Chef war hereingekommen, alle drei machten sich nun in der Ecke des Raumes hinter seinem Rücken zu schaffen. Wieder sprachen sie leise miteinander. Ignaz versuchte, die Sprachmelodie zu erfassen. Es hieß, dass die Aussprache im Italienischen umso weicher und melodiöser würde, je weiter man nach Süden kam. Aber er konnte daraus nichts ableiten. Sie kamen jetzt näher, einer von ihnen legte ihm die Hand auf die Schulter und fragte: *Vuole no bere?* Ob er nichts trinken wolle. Ignaz runzelte die Stirn, blickte auf und schüttelte den Kopf. Der unrasierte Mann wiederholte die Frage nochmals. Ignaz versuchte, den Gleichgültigen und Uninteressierten zu spielen. Sie redeten weiter. Aber Moment mal: *Vuole no bere?* – Das war die falsche Wortstellung, richtig hieß es doch *Lui non vuole bere* …

Ignaz' Puls ging schneller. Jetzt wusste er es. Die Wortstellung, die Verneinung nach dem Verb und nicht davor, dazu die harten, kehligen Zwischentöne, die Verkürzung von non zu no, das knappe lü statt dem sanglichen lui – das war Schweizer Italienisch. Es mussten Lombarden oder Tessiner sein! Jetzt erschrak er wirklich. Das war die schlimmste aller Möglichkeiten. War er wirklich in die Hände der Schweizer Mafia gefallen? Hatten sie ihn entführt und wollten mit ihm ins Geschäft kommen? Um Gottes willen. Ignaz musste sich zusammenreißen, um nicht aufzustöhnen. Die Bruderschaft griff, wie man in kriminellen Kreisen allzu gut wusste, zu drastischen Maßnahmen, wenn man ihren Wünschen nicht nachkam. Schmerz und Verschwiegenheit, das waren ihre ehernen Grundsätze.

Einen Augenblick lang dachte Ignaz, dass alles verloren war. Dass er hier nie mehr lebend herauskommen würde. Aber dann gewann die Vernunft die Oberhand. Seine Gedanken richteten sich auf Ursel. Die hatte sicher schon Maßnahmen getroffen. Aber ganz sicher. Sie hatte wahrscheinlich Karl Swoboda um Hilfe gebeten. Vielleicht sogar Jennerwein. Ja, sicher hatte sie Jennerwein eingeschaltet. Ignaz wusste, dass Ursel Jennerwein sehr schätzte und kein schlechtes Wort auf ihn kommen ließ. Und dass sie ihm vertraute. Er musste den Schweizer mit der eindringlichen Stimme nur noch eine Weile hinhalten. Und er musste eine Möglichkeit finden, Kontakt mit zu Hause aufzunehmen. Er schöpfte wieder Hoffnung. In diesem Augenblick kamen die zwei Knechte näher. Sie trugen etwas. Es war ein blitzblankes Gerät. Sie stellten es auf den Tisch. Es war eine Brotschneidemaschine. Ein noch nie vorher gefühltes Grauen breitete sich in ihm aus.

10

37

10 nach 10 ist die »freundliche« Uhrzeit, die man oft
in Uhrengeschäften sieht. Die Zeigerkonstellation
soll an einen lachenden Mund erinnern und ein
positives Gefühl hervorrufen.

Nicole Schwattke war sauer. Gerade hatte Dr. Rosenberger
sie angerufen und streng angewiesen, alle Ermittlungen in Sachen Kazmarec sofort auf Eis zu legen. Stattdessen hatte er
sie mit einem neuen, dringenderen Fall beauftragt. In einem
Krankenhaus sollte ein Fall mit unnatürlicher Todesursache
überprüft werden, es gab einen Verdacht auf ein Verbrechen.
Der fußte zwar lediglich auf der Äußerung einer verwirrten
Patientin, sie sollte aber vor Ort nachsehen und den Verdacht
ausräumen.

Nicole betrat das Foyer des Krankenhauses, in dem Elli
Müther lag. Ihre Stimmung wurde besser. Sie freute sich darauf, Ludwig Stengele wiederzusehen, und wollte ihn fragen,
ob ihm der Polizeidienst nicht fehle. Am Empfang erkundigte
sie sich nach dem Weg in die Abteilung für Querschnittslähmungen.

»Die liegt genau am anderen Ende des Gebäudes«, sagte die
Dame hinter der Theke. »Es ist ganz einfach. Nach der Kardiologie scharf rechts, mit dem Lift in den zweiten Stock, vor
der Radiologie links, immer weiter Richtung Innere, Psychiatrische und Kinder, dann am Raucherzimmer vorbei –«

Vor dem Zimmer Elli Müthers saß Stengele
auf einem kleinen Stühlchen. Er trug Kopfhörer
und wippte leicht mit dem Oberkörper. Als er
Nicole sah, nahm er die Kopfhörer ab und begrüßte sie erfreut.

»Was hören Sie, Stengele? Musik? Ein Hörspiel? Lassen Sie mich raten.«

Stengele reichte ihr die Kopfhörer wortlos. Nicole setzte sie auf, erwartete, hinter das wohlgehütete Geheimnis von Stengeles Musikgeschmack zu kommen (Hardrock? Volksmusik? Cooljazz?), vernahm jedoch nichts anderes als Schritte im Gras, Vogelgekecker, knackende Äste, schwere Atemgeräusche, dann schließlich losgetretenes Geröll. Nicole blickte Stengele fragend an. Der lächelte versonnen.

»Das ist eine Alpinwanderung von der Rappenseehütte über den Heilbronner Weg und den Großen Krottenkopf zur Hermann-von-Barth-Hütte. Ich habe die Tour aufgenommen und höre sie mir jetzt nochmals an. Wenn ich mal alt und grau bin und da drinnen liege –«, Stengele deutete mit dem Daumen in Richtung Krankenzimmer –, »statt hier draußen zu sitzen, dann kann ich mir meine Wanderungen wieder ins Gedächtnis rufen. Die Berge im Kopf.«

Nicole gab ihm die Kopfhörer lächelnd zurück. Typisch Stengele. Aber sie war wegen etwas anderem hier. Sie ließ sich von ihm die wichtigsten Informationen zum Fall Clausen skizzieren.

»Frau Müther hat eine inkomplette Querschnittslähmung nach einer Lendenwirbelfraktur«, schloss er seinen Bericht ab. »Deswegen soll sie hier im Krankenhaus operiert werden.«

»Sie kann ihre Beine nicht mehr gebrauchen?«

»Doch, doch. Sie kann, wenn auch mühsam, aufstehen und herumgehen, wenn Sie das meinen.«

»Und nach der Operation? Wo wird sie dann hinkommen?«

»Vermutlich in die geschlossene psychiatrische Abteilung.«

Nicole betrat das Zimmer allein und setzte sich an Elli Müthers Bett. Sie begrüßte sie freundlich und stellte sich vor. Elli reagierte nicht darauf.

»Können Sie mir etwas über Herrn Clausen sagen?«

Schweigen.

»Kannten Sie Herrn Clausen?«

Schweigen. Drückendes, schweres Schweigen. In einem anderen Zimmer lief eine Quizshow. Nicole stellte keine Fragen mehr. Sie hatte das Gefühl, dass es besser wäre, Elli mit dem Gespräch beginnen zu lassen. Sie hoffte, dass sie irgendwann anfing zu reden. Elli Müthers Blick erschien ihr nicht krank oder gar irre. Sie lebte bloß in ihrer eigenen Welt. Das erinnerte Nicole an den Fall eines Kriminalhauptkommissars in Recklinghausen. Sein Blick war ähnlich in sich zurückgezogen gewesen. Eines Tages war er in den Wartesaal des kleinen Bahnhofs von Recklinghausen gestürmt, hatte seinen Ausweis hochgehalten und gerufen:

»Eine Urinprobe! Ich brauche von jedem der Anwesenden eine Urinprobe!« Er hatte ein paar der Wartenden mit sanftem Druck in eine Seitenhalle geschickt. »Mein Name ist Kriminalhauptkommissar Schwattke, leitender Ermittler in einem aktuellen Fall. Warten Sie hier und halten Sie sich zur Verfügung. Der Krankenwagen wird gleich kommen. Ich brauche auch von jedem die Personalien.«

Das Auftreten des Kommissars war entschlossen. Der Mann wusste, was er tat. Die angesprochenen Personen taten wie geheißen. Nicoles Vater, und um keinen anderen handelte es sich hier, hielt Leute an, zeigte seinen Ausweis, gab Anweisungen, alles sehr freundlich, aber bestimmt. Es dauerte nicht lange, da erschien die Ambulanz, aber lediglich, um ihn abzuholen. Er war nämlich schon längst außer Dienst, litt an beginnender Demenz und geriet immer wieder zwanghaft in jahrelang eingeübte Handlungsschleifen dieser Art. Nicole seufzte. Aber dann fiel ihr ein, dass niemand von den Festgehaltenen den abgelaufenen Dienstausweis bei diesem Vorfall nachgeprüft hatte. Das Auftreten ihres Vaters war so respekteinflößend echt und professionell gewesen, dass keiner auf den Gedanken gekommen war, es könne da etwas nicht stimmen.

Nicole blickte auf Elli Müther, die regungslos dalag. Hier würde sie doch nichts ausrichten können. Sie stand auf und schritt leise zur Tür. Als sie die Klinke in der Hand hielt, sagte Elli Müther in ihren Rücken:

»Nicole? Du bist doch Nicole, nicht wahr? Du hast dich verändert, meine Liebe.«

Woher wusste die ihren Namen? Aber natürlich, sie hatte sich ja vorgestellt. Nicole blieb noch eine halbe Stunde. Elli sagte jedoch nichts mehr.

Als Nächstes hatte Kommissarin Schwattke einen Termin mit dem behandelnden Arzt des verstorbenen Herrn Clausen. Der war ein Mann mit sauber geschnittenem Bart, hoher Stirn und verschmitztem Aussehen.

»Gibt es Probleme?«, fragte er.

»Nein«, antwortete Nicole. »Ich bräuchte nur ein paar Informationen. Wie Sie ja wissen, interessiere ich mich für einen Ihrer ehemaligen Patienten, Herrn Clausen. Dürfte ich seine Krankenakte sehen? Es geht um die Todesumstände.«

Der Arzt reichte ihr eine Mappe.

»Ich habe schon alles vorbereitet«, fuhr er fort. »Herr Clausen ist in der fraglichen Nacht aus dem Bett gestürzt. Die Verwandten haben einer Fixierung mit Gurten in seinem Fall nicht zugestimmt. Er ist nach dem Sturz an inneren Blutungen gestorben. Herr Clausen war den Tag über noch wohlauf, er aß mit gutem Appetit zu Abend. Der Nachtdienst kontrollierte, so gut es personell ging, er vermeldete keine Besonderheiten. Erst um vier fand man Herrn Clausen. In der Krankenakte, im Unfallbericht und in den pathologischen Gutachten finden Sie die Einzelheiten. Aber die Polizei war ja schon einmal da deswegen.«

»Ich weiß. Gibt es so etwas öfter?«

»Bitte?«

»Hatten Sie noch weitere solcher Stürze? Oder andere solcher Unfälle?«

»Nein, in den zwölf Jahren, in denen ich hier bin, nicht.«

»Sind denn die Verwandten gerichtlich gegen das Krankenhaus vorgegangen? Vernachlässigung der Aufsichtspflicht oder so etwas Ähnliches?«

Der Arzt blickte auf.

»Nein, das sind sie nicht. Aber worauf wollen Sie hinaus? Gibt es Anhaltspunkte dafür, dass es kein Unfall war?«

»Wir müssen diese Möglichkeit prüfen.«

Der Arzt machte eine beschwichtigende Geste. Nicole griff sich die Akten und verabschiedete sich. Ihr Blick fiel auf das Foto, das auf dem Schreibtisch stand. Es zeigte den Arzt in voller Taucherausrüstung an einem See. Und schon waren Nicoles Gedanken wieder bei Kazmarec.

»Ach, eines noch, Herr Doktor.«

»Bitte.«

»Einer, der an Asthma leidet – wird der tauchen?«

»Wohl kaum.«

Polizeiobermeister Hölleisen saß im Polizeirevier und versuchte, Klara Pullsdorf zu beruhigen. Die ehemalige Pensionswirtin hatte sich ein schickes Jäckchen für den Besuch angezogen. Und sie schien sehr aufgeregt.

»Habt ihr denn die Fingerabdrücke schon überprüft?«, fragte sie.

»Welche Fingerabdrücke?«

»Na, die an den Geldscheinen von Kazmarec.«

»Nein, haben wir nicht. Warum sollten wir?«

»Ich will wissen, ob da Fingerabdrücke von *mir* drauf sind.«

Hölleisen blickte sie scharf an.

»Klara, wir sind gerade mitten in einem anderen Fall. Und wir müssen eins nach dem anderen abarbeiten, immer der Dringlichkeit nach.«

Hölleisen nahm den Bleistift auf und blickte sie ungeduldig an. Doch Klara Pullsdorf ließ nicht locker.

»Ihr werdet das aber doch noch untersuchen, oder?«

»Ja, wenn neue Verdachtsmomente auftauchen, dann schon.«

»Und wenn *ich* jetzt der neue Verdachtsmoment bin? Wenn ich in den Fall tiefer verwickelt bin, als ihr glaubt?«

Hölleisen legte den Bleistift weg. Er kratzte sich am Kopf. Er war schwer genervt.

»Klara, hast du etwas mit dem Tod von Kazmarec zu tun?«

Sie blickte erschrocken.

»Nein, der ist allein gestorben. Ich habe nur Geld gewechselt.«

»Das ist kein Verbrechen. Und jetzt lass mich bitte in Ruhe.«

Hölleisen wandte sich seiner Akte zu. Die ehemalige Pensionswirtin seufzte. Wie sollte sie Hölleisen das klarmachen? Die ersten Male hatte sie wirklich nur gewechselt. Doch dann hatte sie sich immer wieder mal Geld genommen. Zuerst kleine Summen, nur ein paar Münzen. Dann Scheine. Zum Schluss große Scheine. Und das Erstaunliche dabei war: Kazmarec schien es nicht bemerkt zu haben. Sollte sie Hölleisen davon erzählen? Der Polizeiobermeister schien sie gar nicht mehr wahrzunehmen. Nein, ein Geständnis würde nichts bringen. Er würde ihr sicherlich nicht glauben. Er musste sie ja schon jetzt für eine rechte Gschaftlhuberin halten.

»Wo ist das Geld momentan?«, fragte sie stattdessen.

Hölleisen tippte schon wieder an seinem Bericht weiter. Er schaute nicht einmal mehr her. Da hätte sie ihr bestes Jäckchen gar nicht anzuziehen brauchen. Da hätte es das mit dem abgewetzten Kragen auch getan.

»Welches Geld?«, fragte der geplagte Polizeiobermeister.

»Das hinter der Tür gelegen ist.«

»Keine Ahnung. Jetzt lass mich doch einmal mit dem Geld in Ruhe! Der Katzi ist eines natürlichen Todes gestorben, da kümmern wir uns nicht um herumliegendes Geld. Das wird wohl seine Schwester genommen haben.«

»Ihr habt es also gar nicht überprüft.«

»Nein, haben wir nicht. Und jetzt –«

Er wies zur Tür. Klara erhob sich. Dass man sich aber auch so gar nicht für sie interessierte! Eine kleine, aber feurige Wut auf die Bürokratie stieg in ihr auf. Sie nahm den Mantel vom Haken und streifte ihn umständlich über. Als sie die silberschimmernden Münzknöpfe schloss, fiel ihr wieder ein, dass sie einmal in dem Geldhaufen hinter der Tür eine billig aussehende, helle Münze in die Hand bekommen hatte. Das komische Stück schien aus Eisen zu sein, so schwer wog es in der Hand. Die Aufschrift war auf Russisch, vielleicht war es eine Kopeke. Sie hatte die Münze mitgenommen und zu Hause in ihr Krimskramskästchen gelegt. Arme Klara Pullsdorf! Sie wusste nicht, dass es sich dabei um eine Sonderprägung zum 200-jährigen Jubiläum des Bolschoi-Balletts handelte, bestehend aus feinstem, reinstem und teuerstem Iridium. Kazmarec hatte das wertvolle Stück aus Versehen in den Haufen mit Wechselgeld geworfen. Für den Wert dieser Münze hätte sie ihre verfallene Pension zweimal renovieren können. Sie verabschiedete sich von Hölleisen. Und stieß an der Tür fast mit Nicole zusammen.

»Wer war denn das? Die kommt mir doch bekannt vor«, wunderte sich Nicole.

»Das war die Zeugin, die den Kazmarec gefunden hat, Frau Chefin. Ja, so ein lästiges Wimmerl! Sie will sich wichtig machen.«

Ein nachdenklicher Zug huschte über Nicoles Gesicht. Sie ertappte sich dabei, wie sie mit Daumen und Mittelfinger zum Gesicht fuhr, um die Schläfen zu massieren. Hölleisen hatte sie dabei beobachtet. Er konnte sich ein Grinsen nicht verkneifen. Sie war schon ganz Jennerwein.

»Schreiben Sie trotzdem ein Protokoll«, sagte Nicole schnell. »Ich will es später lesen.«

»Wie Sie meinen.«

Nicole ging ins Nebenzimmer, studierte zunächst die Krankenakte des verstorbenen Herrn Clausen und kämpfte sich durch medizinische Terminologie. Sie nahm sich vor, die Mitarbeiter, die Nachtdienst auf der Station geschoben hatten, zu befragen. Dann blätterte sie die Akten von Elli Müther durch. Hier war wenigstens eines klar: Die Psychologen und Psychiater waren sich absolut unklar über ihr Krankheitsbild.

Klara Pullsdorf war auf dem Nachhauseweg. Sie dachte an Kazmarec. Der war schon ein eigenartiger Kauz gewesen. Einmal hatte sie ihn durch den Briefschlitz beobachtet. Er war an seinem schäbigen Tisch gesessen und hatte Geld gezählt. Es war ein stattlicher Berg Münzen, der da auf dem Tisch lag, er hatte jede einzelne hochgehalten und mit einer Lupe betrachtet. Wahrscheinlich hatte er nach Falschgeld gesucht. Aber lohnte es sich überhaupt, Münzen zu fälschen? Doch eher nicht. Das hätte sie Hölleisen vielleicht erzählen sollen. Kazmarec war schon ein seltsamer Typ. Gewesen.

10 ③⑧

Auch in der indischen Liebeslehre Kamasutra gibt es
die 10-nach-10-Stellung. Der Mann liegt hierbei lang
ausgestreckt auf dem Bauch, die Frau ebenfalls. Sie
liegen nebeneinander, nur die Füße berühren sich.
Von oben gesehen bildet das Paar ein V, oder eben
den kleinen und großen Zeiger einer Uhr um zehn
nach zehn.

Robert Wackolder, der hünenhafte Vertriebschef der Xana
Krankenkasse, blickte aus dem Fenster des obersten Stock-
werks hinaus auf die träge dahinbrodelnde Lichtersuppe
der Stadt. Er war allein in seinem Büro, und er trat noch
einen Schritt näher an das Fenster, das von der Decke bis
zum Boden reichte. Seine sonnengebräunte Nase berührte
fast das Glas, er schloss die Augen. In vielen französischen
Spielfilmen konnte man bei solchen Gelegenheiten immer
darauf wetten, dass der Mann im nächsten Augenblick von
einem Scharfschützen aus dem gegenüberliegenden Hochhaus erledigt wurde. Wackolder hatte solche Filme nie gesehen. Der Gedanke an einen Scharfschützen war ihm ganz
fremd. Wenn schon, dann war *er* der Scharfschütze. Er atmete noch tiefer ein und bot der Nacht die breite Brust. Er
war voll von unternehmenslenkerischen, visionären Strate-
giegedanken. Sein persönliches Standing in der Firma war
unangreifbar. Seit er voriges Jahr eine wirklich zündende
Idee zur Kostensenkung gehabt hatte, lief es wie geschmiert.
Wackolder rechnete mit weiteren Steigerungen seiner Boni. Es klopfte an der Tür. Der Marketingchef Georg Scholz trat ein und hielt eine Mappe
hoch.

»Jetzt nicht«, sagte Wackolder abweisend

und wie mit ganz anderen, viel wichtigeren Gedanken beschäftigt. »Kommen Sie morgen früh wieder.«

Scholz, der Mann mit den extra schlampigen Grunge-Jeans und der violetten Strähne im Vollbart, ließ die Präsentationsmappe wieder sinken. Er ging rückwärts zur Tür wie ein Lakai nach der Audienz beim Sonnenkönig. Dann eben morgen, dachte er, als er draußen auf dem Gang stand und sich wieder aufrichtete. Auf einen Tag mehr oder weniger kam es jetzt auch nicht an. Die Xana hatte zur Zeit sechshunderttausend Versicherte, und das war einfach zu wenig, um auf dem Markt wendiger, penetranter, aggressiver operieren zu können. Sechshunderttausend lohnten sich nicht. Die meisten der Versicherten waren fünfzig plus, sechzig plus, siebzig plus. Und die meisten davon waren naturgemäß krank. Wir müssen junge Leute anlocken, das war das Ergebnis des letzten Skype-Meetings. Wir sind nicht mehr die olle Betriebskasse von Leydecker & Söhne. Wir sind auf dem freien Markt. Und da galt das Gesetz der Jugend. The Importance of Being Young. Scholz wusste, dass auch er irgendwann in den letzten Jahren plötzlich alt geworden war, die Grunge-Jeans wirkten jedenfalls ziemlich lächerlich. Er als Marketingchef hatte nicht mehr die ganz großen Ideen und spektakulären Aktionen zu bieten. Bei verschiedenen Headhuntern lag er nun schon jahrelang als Karteileiche: Niemand wollte ihn mehr. Zu weit jenseits der dreißig, zu ausgepowert, auch das Genre Krankenversicherung war zu wenig sexy. Wie klang das schon, beim ersten Date, bei leiser Musik und brennenden Kerzen. *Ich bin internationale Korrespondentin für verschiedene Online-Magazine. London, Paris, Kitzbühel. Und du? – Ich arbeite bei einer Krankenkasse. – Ach so. Ober, zahlen, bitte.* Der Marketingchef ging in sein Büro und legte die Präsentationsmappe auf den Tisch. Auf den neuesten Slogan war er sehr stolz gewesen:

GESUNDHEIT IST SEXY.   ■ Xana

Dazu YouTube-Auftritte, Flashmob-Aktionen und lockeres Streetmarketing. Scholz schloss sein Büro sorgfältig ab und ging durchs Vorzimmer. Er betrat den Lift und stieß dort auf den Langweiler Ansgar Bremer mit dem Ressort Vorsorge, Prävention, vorvertragliche Antragsprüfung. Die Kennkarte baumelte wie immer in Höhe seiner Bauchspeicheldrüse. Wann er das Schild wohl abnahm? Vielleicht nicht mal beim Schlafengehen. Scholz fühlte sich bestätigt: Diese Firma war durch und durch unsexy. Er betrachtete Bremer. Das war eines der armen Würstchen, die outgesourct werden sollten, schon bald, schon sehr bald. Er hatte davon am Rande des letzten Teambuilding-Workshops erfahren. Bremers Abteilung verschlang viel Geld, eine Freelancer-Truppe von aushäusigen Sozialarbeitern und Arbeitsmedizinern würde das gesetzlich vorgeschriebene Ressort billiger am Laufen halten. Bremer tat ihm fast leid, wie er so schief und krumm dastand. Trotzdem fühlte sich Scholz reichlich unwohl zusammen mit diesem Versager. Früher gab es getrennte Lifte für die Oberchefs und die Chefs, mit eigenem Liftboy und dann noch extra Lifte für die Angestellten. Heute: eine einzige Sauce. Kein Wunder, dass alles den Bach runterging. 21. Stock. Das Schweigen im Lift wurde langsam peinlich. Krampfhaft suchte Scholz nach einem Smalltalk-Thema, das nicht allzu sehr nach Blabla klang. Doch Bremer kam ihm zuvor.

»Früher hatten wir vom Oberen Führungskreis einen eigenen Aufzug«, sagte er. »Und einen Liftboy.«

Sein Schild schwang lustlos hin und her. 18. Stock. Früher wärst *du* der Liftboy gewesen, dachte Scholz. Als ob er Gedanken lesen könnte, zuckte Bremer zusammen. 9. Stock. Wieso vergeht denn die Zeit heute so langsam, dachte Scholz. Endlich erreichte der Lift das Erdgeschoss. Ein erlösendes Plinggg!, und sie verabschiedeten sich mit vorgestanzten Freundlichkeitsfloskeln. Der Marketingchef drehte sich um und ging zum Ausgang. Er spürte Bremers weichlichen Blick in seinem Rücken. Mit solchen Typen kommen wir nie auf die Million Versicherte, dachte Scholz. Raus damit.

Er ging am Hausmeister vorbei, der gerade damit beschäftigt war, eine Wandabdeckung zu befestigen. Eichhorn stand erfreut auf.

»Einen wunderschönen Abend, Herr Scholz, wie geht es Ihnen?«

»Geht so«, sagte Scholz und blieb stehen, um sich den Mantel zuzuknöpfen. Draußen wehte schon ein scharfer Herbstwind. Der Hausmeister wischte sich die Hände an seinem Blaumann ab.

»Wenn ich das so sagen darf: Sie sehen sorgenvoll aus, Herr Scholz.«

Scholz hatte den Mantel zugeknöpft. Plötzlich verspürte er einen Anflug von Leutseligkeit gegenüber dem Hausmeister.

»Ja, wenn die Leute wüssten, was wir für die Versicherten tun!«, seufzte er. »Und wenn die wüssten, was uns für Steine in den Weg gelegt werden.« Er beugte sich näher zu Eichhorn. »Raten Sie mal, was uns eine ganz normale Herzoperation kostet.«

»Keine Ahnung. Einen Monatslohn?«

»Fünf-zig-tau-send Eu-ro!«

Scholz schritt hinaus in den Herbst. Der Hausmeister sah ihm mitleidig und besorgt nach. Fünfzigtausend Euro. Für eine einzige Operation. Ruinös. Einfach ruinös.

Zur gleichen Zeit war Maria auf dem Weg zum Polizeirevier. Sie hatte dort noch Papierkram zu erledigen, entschloss sich aber spontan zu einem kleinen Umweg und gelangte bald zu dem Haus, vor dem sie gestern mit dem Auto gestanden hatte. Ihr ging der unheimliche Mann nicht aus dem Sinn, den sie im Suchtkurs nach der Methode Sassafran© gesehen und den sie dann observiert hatte. Langsam schritt sie auf das Haus zu, blieb dann in der Einfahrt stehen. Sie bildete sich ein, viel bei Jennerwein gelernt zu haben. Der Wind pfiff über den Hof, sie schlug den Mantelkragen hoch. Eine halbe Stunde wollte sie noch warten, dann würde sie die Beobachtung abbrechen.

»Warum verfolgen Sie mich?«

Sie schrak zusammen. Die Stimme neben ihr klang tief und guttural, der dazugehörige Mann trat jetzt aus dem Dunkel des Hausgangs. Maria fuhr herum. Es war der Mann aus dem Kurs. Der Grobe, der Pockennarbige. Der vermutlich Kriminelle. Seine Gesichtsmuskeln zuckten nervös, die Adern an den Schläfen traten deutlich hervor. Auch seine Gewohnheit, den Schlüsselbund aus der Tasche zu holen und ihn sofort wieder einzustecken, hatte er nicht abgelegt.

»Also, was ist?«, fuhr er ungeduldig fort und sah dabei auf die Uhr. »Es ist bei solchen anonymen Suchtprogrammen absolut unüblich, sich außerhalb der festgesetzten Stunden zu treffen. Sie sind mir schon gestern nachgestiegen. Ich habe gesehen, dass Sie die ganze Nacht im Auto gesessen haben. Sie sind, unter uns gesagt, keine besonders gute Verfolgerin. Also, reden Sie schon: Ist genau das Ihr Problem? Stalken Sie? Stören Sie gerne die Privatsphäre anderer Menschen? Dann sollten Sie das im Kurs zur Sprache bringen und Ihre Probleme nicht an Mitgliedern abreagieren.«

»Ich bin – «, begann Maria verschämt, doch sie brach ab.

»Was sind Sie?«, lachte der andere. »Vielleicht sogar die

Kursleiterin? Dann haben Sie gleich zweimal kein Recht, meine Anonymität auffliegen zu lassen.

»Es tut mir leid«, sagte Maria zerknirscht. »Ich war einfach nur neugierig. Ich weiß, das ist unprofessionell. Ich bitte Sie, die ganze Episode zu vergessen.«

»Und wenn *ich* jetzt der Kursleiter bin? Sie brauchen mich gar nicht so anzusehen. Ich entspreche nicht dem Phänotyp eines Kursleiters, wie? Ich sehe nicht intellektuell genug aus. Fragen Sie mich was.«

Maria machte ein verwundertes Gesicht.

»Wie meinen Sie?«

»Fragen Sie mich was, was nur ein studierter Psychologe wissen kann. Sie haben mich belästigt, jetzt habe ich bei Ihnen was gut.«

Maria schniefte verlegen.

»Also, wie Sie meinen. Was versteht man … zum Beispiel unter dem Koslowsky-Lamargue-Effekt?«, stotterte sie.

Der Mann lächelte.

»Den gibts nicht. Das ist ein Grubenhund, das Symbol für einen bedeutungslosen Begriff. Einen schönen Abend noch, Frau Stalkerin.«

Der Mann verschwand. Maria schüttelte trotzig den Kopf. Dieser pockennarbige, rotgesichtige Grobian war nie und nimmer der Kursleiter, da war sie sich sicher. Und das mit dem Koslowsky-Lamargue-Effekt war ein Zufallstreffer. Sie arbeitete jetzt so viele Jahre bei der Polizei, da bekam man das Gespür dafür, wer sauber war und wer nicht. Basta.

Als sie das Revier betrat, zerknirscht und wütend auf sich selbst, traf sie auf Polizeiobermeister Franz Hölleisen, der jetzt, nach Johann Ostlers Weggang, zum Ortskundigsten des Teams aufgerückt war. Maria sah, dass Hölleisen ein Foto über seinem Schreibtisch aufgehängt hatte, das ihn zusammen mit Johann Ostler zeigte, dem Kollegen, der einfach verschwunden war, der sich im letzten Jahr ohne Vorwarnung in Luft aufgelöst hatte. Hölleisen hatte Marias Blick bemerkt.

»Ob wir von dem Joey je wieder etwas hören werden? Sicher tauchen solche wie er nach Jahren plötzlich wieder aus der Versenkung auf. Was sagen Sie als Psychologin dazu?«

Was sollte sie als Psychologin dazu sagen? Sie hatte gerade eben kläglich versagt als Psychologin, sie war bloßgestellt worden, und sie hatte darüber hinaus gegen das Berufsethos verstoßen. Das volle Programm, um sich von einem Dreitausender zu stürzen.

»Bei Ostler bin ich mir nicht so sicher«, begann sie zaghaft. »Er ist einer, der seinen Weg geht. Er hat sich dazu entschlossen, etwas ganz und gar Neues anzufangen, und jetzt zieht er das durch. Ein Steppenwolf.«

Hölleisen lachte.

»Ein Steppenwolf, aha. Aber Sie glauben doch auch, dass es ihm gutgeht, da, wo er jetzt ist, oder?«

»Das glaube ich, ja.«

»Dann hätte er wenigstens *mir* ein Zeichen geben können.« Ein wehmütiger Schimmer erschien in Hölleisens Augen.

Genau in diesem Moment saß der Mann, der in seinem früheren Leben Polizeihauptmeister Johann Ostler gewesen war, in einem geräumigen, kühlen Zimmer, und aus der Luft, die durch das offene Fenster hereinströmte, konnte man ableiten, dass sich die Szene in mediterranen Gefilden abspielte. Er saß an einem Tisch aus Olivenholz und war in ein altes Buch vertieft. An der Wand hing das Bild des derzeitigen Papstes. Auf dem Tisch lag ein Lexikon Italienisch-Deutsch. Ostler lächelte. Aber sein Lächeln war ganz anders als früher.

Es war nicht das fette Grinsen des urigen Ortsansässigen, der jeden Stein im Kurort kannte. Nicht das des Trachtlers, der in zwanzig heimatverbundenen Vereinen mitwirkte. Ostler hatte sich verändert. Seine Augen blickten weltläufig in die Ferne. Aus ihm war innerhalb eines einzigen Jahres ein bedächtiger und weiser Mann geworden. Sein Italienisch hatte zwar immer noch einen gewissen bayrischen Akzent, aber das war das Einzige, was an seine Herkunft erinnerte. Bruder Sebastian, wie er jetzt genannt wurde, stand auf und sah aus dem Fenster. Von dieser Wohnung, in der er jetzt lebte, wussten die allerwenigsten. Nur so viel: Gegenüber erhob sich die Pfarrkirche Sant'Anna dei Palafrenieri. Die Steine der Außenfassade erinnerten Ostler an die der Alpen. An seinen Lieblingsberg dort, den Waxenstein. Sollte er aus Gaudi einmal am Außenstuck hinaufklettern? Er schätzte die Vorsprünge ab: Möglich wäre es. Ostler seufzte, ging wieder zurück zu seinem Buch und las weiter.

»Kummer macht eine Stunde zu zehn.«
(William Shakespeare, Heinrich IV.)

»Sie können jederzeit im Gästezimmer wohnen, Kommissar. Ich habe es Ihnen schon hergerichtet.«

»Danke, Ursel, aber ich habe noch einen Gang zu erledigen. In einer Stunde bin ich wieder da.«

»Wollen Sie dann eine Mitternachtsjause? Eine selbst geschossene Wildgulaschsuppe?«

»Das ist lieb von Ihnen, aber nein, danke. Ich ermittle lieber hungrig. Alte Angewohnheit. Und ich hoffe, die selbst geschossene Wildgulaschsuppe war ein Scherz.«

Ursel lächelte verlegen. Sie wollte noch etwas sagen, fand aber nicht die richtigen Worte. Jennerwein spürte das und blieb stehen.

»Wir sollten –«, begann er zögernd, »wir sollten alles daran setzen, Ignaz zu finden.«

Ursel lächelte ihn dankbar an.

Jennerwein verließ das Grasegger'sche Anwesen. Er musste der hilfsbereiten Gerichtsmedizinerin unbedingt noch einen nächtlichen Besuch abstatten. Er wusste, dass sie und ihr Mann so spät noch wach waren. Sie saß im Rollstuhl, hatte deshalb die Sondergenehmigung bekommen, ihr Labor zu Hause einzurichten.

»Wollen Sie ein leichtes Mitternachtssüppchen, Kommissar?«, fragte sie, als er die Diele ihres Hauses betrat.

Jennerwein lehnte auch hier dankend ab. Sie führte ihn in ihr Arbeitszimmer, in dem es wie in einem Horrorkabinett aussah. Aus den Tischplatten wuchsen Köpfe von allen möglichen Tierarten. Schweineköpfe grinsten ihn frech an. Rinderköpfe hatten versonnen die Augen geschlossen. Kalbsköpfe mit heraushängender Zunge schienen etwas vom Tisch aufzulecken. Hirschköpfe ... Die Frau im Rollstuhl bemerkte Jennerweins verwunderten Blick.

»Die guten Stücke stammen von der Metzgerei Moll, der Lehrling hat mir am Abend einen Sack Tierköpfe vorbeigebracht, an denen ich verschiedene Schnitte durchgeführt habe. Die besten Ergebnisse hat man mit Schweinen. Es heißt ja, dass Schweine waagerechte Menschen sind. Ihre Anatomie ist der des Menschen jedenfalls sehr ähnlich. Zur Sache: Ich habe mir den Transversalschnitt, den Sie mir gebracht haben, immer und immer wieder angesehen. Und ich muss zugeben, ich werde nicht recht schlau daraus. Ich habe es mit einem scharfen Messer probiert, mit einem sehr scharfen Messer, mit einem Elektromesser und mit einem Sägedraht.«

Sie hielt eine kurze Rolle schwarzglänzenden Draht hoch, schlüpfte in die Griffschlaufen und straffte ihn.

»Der hier ist mit Diamanten versetzt, damit bekommt man einen glatteren Schnitt hin als mit dem Messer. Es gibt auch noch feinere.«

»Wofür braucht man so einen Draht normalerweise?«

»Camper verwenden ihn, um damit zu sägen. Auch Geologen und Archäologen haben ihn oft im Gepäck. Doch händisch kann unser Präparat nicht abgeschnitten worden sein. So eine ruhige Hand hat niemand.«

»Und wenn man diese Art zu sägen maschinell durchführt?«

»Ich weiß nicht, ob es Küchenmaschinen gibt, die mit Sägedraht arbeiten. Das müssen Sie selbst herausfinden.«

»Aber mit solch einem Draht bräuchte man das Fleisch auch vorher nicht einzufrieren, oder?«

»So ist es.«

»Eine ganz laienhafte Frage: Kann es in unserem Fall ein Laserschnitt gewesen sein?«

»Sie meinen einen Schnitt mit einem Laserskalpell? Dann wäre der Schnitt zwar sehr fein und glatt, aber ein Operationsmesser verschließt die Gefäße durch Verdampfen. Das hätte ich bemerkt. Nein, es läuft auf einen Diamantdraht hinaus, da bin ich mir fast sicher. Sehen Sie her.«

Sie spannte die Drahtschlinge und schnitt einer armen Sau mit fünf, sechs Zügen den Kopf ab. Es hörte sich überhaupt nicht gut an. Dann wies sie auf die entstandene Fläche.

»Sehen Sie: Es sind nicht so viele Quetschungen entstanden wie mit dem Messer. Aber jetzt kommt der nächste Punkt, Jennerwein. Ein Punkt, den ich mir nicht erklären kann. Um ein Präparat wie unseres zu erhalten, müsste man von dem wabbligen Korpus nochmals eine Scheibe abschneiden. Und ich sehe nicht, wie das gehen soll.«

»Wie wäre es mit zwei Drähten, die gleichzeitig schneiden?«

»Ja, dann müssen Sie nach einer Maschine suchen, die so etwas kann.«

»In der Gastronomie?«

»Auch medizinische Forschungslabore haben solche Schneidemaschinen, um Gewebefeinschnitte herzustellen. Wenn man zum Beispiel den histologischen Schnitt eines menschlichen Gehirns braucht, legt man es in Paraffin und säbelt es mit einem Spezialhobel scheibchenweise herunter. Dann aber hätte ich Paraffin oder etwas Entsprechendes finden müssen, und das habe ich nicht. Ich habe haufenweise billiges Reinigungsmittel extrahiert, wie man es in der Gastronomie verwendet.«

Die Gerichtsmedizinerin reckte sich. Sie schien müde zu sein.

»Sie haben mir sehr geholfen, Frau Doktor.«

»Das habe ich gerne getan.«

»Der DNA-Abgleich –«, fragte Jennerwein vorsichtig und unbehaglich.

»Übermorgen.«

»Dann entschuldigen Sie die Störung.«

»Ach, eines noch«, sagte die Gerichtsmedizinerin und rollte zum Schreibtisch. »Ich habe noch viele andere Stoffe in unserem Carpaccio gefunden. Ich gebe Ihnen die Liste mit. Es sind wahrscheinlich Verunreinigungen im Mikrobereich. Aber Sie, Kommissar, haben schon aus weniger Anhaltspunkten etwas gemacht.«

Es war eine ellenlange Liste mit vielen Fachausdrücken, die Jennerwein noch nie im Leben gehört hatte. Seine Begabung, aus einem Wust von Informationen *den* auffälligen Fakt herauszufinden, der in den Überlegungen entscheidend weiterführte, nützte ihm hier gar nichts. Einem Kundigen jedoch wäre in den ganzen Reinigungsmitteln, Rostresten, organischen Spuren von Würsten, Fleischstücken und Emmentaler Hartkäse sofort ein Stoff ins Auge gesprungen, der sich ganz und gar fremd in dieser Liste ausnahm.

Jennerwein steckte die Blätter ein.

»Ich weiß das wirklich zu schätzen.«

»Schon gut«, erwiderte die Gerichtsmedizinerin.

Dann verließ er das Haus und nahm noch einen Umweg, um nachzudenken. Ursel würde auf ihn warten, da war er sich sicher. Er ging die Hauptstraße entlang, die um diese Zeit völlig leergefegt war. So etwas wie ein Nachtleben gab es im Kurort nicht. Er ging an einer beleuchteten Galerie vorbei, die neue Bilder ausgestellt hatte. Es waren die drei ewigen Motive des Kurorts: die Alpspitze. Die Alpspitze. Und die

Alpspitze. Als er die Ölgemälde sah, fielen ihm Kommissar Kluftinger und seine Kunstdiebstähle wieder ein. Ob der Allgäuer mit seinen Ermittlungen inzwischen Erfolg gehabt hatte? Er könnte ihn vielleicht anrufen. Obwohl – Kluftinger hatte damals auch nicht zurückgerufen nach dem Vorstellungsgespräch vor zwanzig Jahren.

»Was gibts denn morgen Feines?«, fragte der Ehemann der Gerichtsmedizinerin, der den ganzen Abend im Nebenraum gelesen hatte.

»Schweinskopfsülze«, antwortete sie trocken.

10

40

*Der olympische Zehnkampf, die Königsdisziplin aller
Sportarten, wird oft auch als Dekathlon bezeichnet
(Griechisch déka: zehn und áthlon: Heldentat).*

Als sich Jennerwein damals nach seinem zukünftigen Arbeitsplatz umsah, war er mit seiner alten Klapperkiste nach Kempten gefahren, um sich dort im Polizeipräsidium vorzustellen.
Man schrieb das Jahr 1999, kein Mensch kannte da Kommissar Kluftinger, ganz zu schweigen von Hubertus Jennerwein.

Willy Millowitsch war gerade gestorben, als Tier des Jahres
wurde die Unke ausgerufen, die Rote Armee Fraktion hatte
ihre Auflösung bekanntgegeben, und der Sommerhit *Mambo
No. 5* von Lou Bega dudelte permanent aus dem Radio. In diesem Sommer 1999 schloss der junge Kriminalkommissarsan-
wärter Hubertus Jennerwein die Polizeischule mit guten bis
sehr guten Noten ab. (Nur beim Schießen und in den Grundlagen der Kriminalpsychologie hatte es ein wenig gehapert.)
Die Ausbilder waren auf seine Begabungen aufmerksam geworden, seine ermittlerischen Fähigkeiten hatten sich herum-
gesprochen, er konnte deswegen zwischen mehreren Möglichkeiten wählen, seine Laufbahn weiterzugestalten. Unter
anderem hatte man ihm angeboten, an einem internationalen
polizeilichen Austauschprogramm teilzunehmen. Der bayrische Freistaat war damals noch wesentlich besser bei Kasse,
er zahlte Jennerwein einen Flug München-Chicago
und zurück, und Jennerwein hatte sich bei einem
gewissen Mike W. Bortenlanger, einem Detective mit deutschen Wurzeln, vorgestellt. Diese
Großstadt hätte Jennerwein fast den Atem

224

genommen, aber er war von den umtriebigen und knochentrockenen Kollegen dort begeistert. Er und der Detective hatten sich angefreundet, sie mailten sich heute noch.

Er hatte Bortenlanger versprochen, sich innerhalb von einer Woche zu entscheiden, war dann wieder zurückgeflogen und nahm seine zweite Anlaufstelle in Angriff: Kempten. Das war, nach Eigenauskunft, die älteste und urigste Stadt Deutschlands. Unterschiedlichere Orte als Chicago und Kempten gab es nicht. Die monströse Hektik und Aufgeregtheit wich einer monströsen Gelassenheit und fast dekadenten Lieblichkeit der Landschaft. Sein damaliger Vorgesetzter hatte ihm diesen Postkartenort inmitten einer Postkartenlandschaft empfohlen (»Hier wird noch verbrochen wie vor zweitausend Jahren«), und Jennerwein wollte ihn sich ansehen. Im Hof des Kemptener Präsidiums waren erwartungsgemäß keine wild um sich schlagenden Drogendealer und fußgefesselten Massenmörder zu sehen wie in Chicago. Hier ging es ruhiger zu, wesentlich ruhiger, was Jennerwein auf den ersten Blick auch sehr gefiel. Er wollte mit kühlem Kopf ermitteln und sich nicht aus dunklen Hinterhöfen freischießen. Nachdem er seine Unterlagen bei einem untersetzten, etwas aufgeregt wirkenden Mann abgegeben hatte, wies der ihm freundlich einen Platz im Vorzimmer zu. Jennerwein setzte sich dort auf eine kleine Holzbank, die mit Messerschnitzereien übersät war. Viele hatten hier schon gewartet. Auf der Seitenlehne stand *Klufti was here*. Es herrschte ein reges Ein und Aus, einige Kandidaten, die sich ebenfalls vorgestellt hatten, rauschten an ihm vorbei und verschwanden ihm Büro. Manche kamen enttäuscht, manche hocherfreut wieder heraus. Auch der namenlose Untersetzte erschien öfter, nickte ihm freundlich zu und verschwand wieder. Jennerwein dämmerte es langsam, dass man ihn vergessen hatte. Niemandem war aufgefallen, dass er seit einer Stunde hier saß. Er war überhaupt nicht traurig deswegen. Oft konnte er gerade dadurch Dinge beobachten, die sonst nur das sprichwörtliche Mäuschen mitbekam. So genoss Jennerwein auch hier den regen Publikumsverkehr und machte sich ein Bild von diesem Revier. Langsam gewöhnte er sich auch an den alemannischen Dialekt, der wesentlich weicher, melodiöser und sanglicher war als das ruppige Gebell der oberbayrischen Voralpen. Manchmal klang das Alemannische in seinen Ohren fast französisch. Jetzt aber trat ein Mann aus der Tür, von dem Jennerwein sofort den Eindruck hatte, dass er überhaupt nicht hierherpasste. Der junge Kriminalkommissaranwärter hätte nicht sagen können, warum, aber dieser Mann war nie und nimmer daran interessiert, bei der Polizei zu arbeiten. Jetzt blieb er stehen und sah sich sehr genau um. Er würdigte Jennerwein keines Blickes. Der jedoch prägte sich dessen Erscheinung genau ein. Er war groß und bewegte sich mit katzenhafter Eleganz. Auffällig war auch seine langgezogene, höckrige Adlernase, die ihm wie ein Ausrufezeichen im Gesicht stand. Seine Augen lagen dicht beieinander. Jennerwein war sich sicher, dass er dieses Raubvogelgesicht nie vergessen würde. Der Mann verließ jetzt den Raum, Jennerwein musste den Drang unterdrücken, ihn zu verfolgen und herauszubekommen, weswegen er sich hier vorgestellt hatte.

Seine Gedanken wurden jäh unterbrochen. Im Hintergrund dröhnte Musik aus einem Radio, natürlich wieder der Mambo No. 5, was sonst:

♫ *A little bit of Monica in my life*
A little bit of Erica by my side …

Dann Zuprosten, Gelächter, Stimmung. Jennerwein hörte ein paar Satzfetzen durch die Musik und die Partystimmung:

»... bissle Leberkäs ... das Fass will ja leer werden ... froh, die stressigen Vorstellungsgespräche hinter uns ... Prost ...«

Die hatten ihn ja wirklich vollkommen vergessen! Wo wohl seine Unterlagen geblieben waren?

Jennerwein stand auf und sprach den untersetzten Mann an, der hier ein paarmal vorbeigekommen war.

»Entschuldigen Sie, dass ich mich in Ihren wohlverdienten Feierabend einmische, aber darf ich fragen, was jetzt aus meinem Vorstellungsgespräch wird?«

Der Mann zuckte zusammen. Es war ihm sichtlich peinlich, dass er ihn übersehen hatte. Gleichzeitig linste er auf das überbordende Büfett, von dem eine Symphonie an Gerüchen herwehte. Sehnsüchtig saugten sich seine Augen an einer Pizzaschnecke fest. Er riss sich widerwillig los.

»Wie meinen Sie?«, fragte er zerstreut.

»Nun ja. Ich warte auf mein Vorstellungsgespräch. Seit zwei Stunden. Und ich habe mir nicht so viel zum Lesen mitgenommen.«

Jennerwein hatte den Eindruck, als ob der andere lieber in den Rettich dort drüben gebissen hätte.

»Sie sind schon mehrmals an mir vorbeigegangen. Erinnern Sie sich nicht?«

»Ach so, Sie wollen sich bewerben.« Der Untersetzte blickte auf die Uhr. »Wissen Sie, wir feiern heute den Ausstand von meinem Vorgänger, und bei solchen Feierlichkeiten gehts bei uns hoch her, das ist schon manchmal bös ausgegangen, gell, Roland?«

Er zwinkerte seinem Kollegen Roland vielsagend zu.

»Können wir dann vorher noch das Gespräch führen?«,

unterbrach ihn Jennerwein höflich, aber bestimmt. »Meine Unterlagen habe ich ja abgegeben – da steht alles drin. Wünsche, Vorlieben, Zukunftsperspektiven. Das Übliche halt.«

Der andere zog die Stirn in Falten. Jetzt schien er ernsthaft verwirrt.

»Heu, ja so was, Unterlagen haben Sie abgegeben? Dann muss ich die glatt übersehen haben. Wie ist denn Ihr Name?«

Jennerwein stellte sich vor. Wie üblich gab es Gelächter. Jennerwein hörte sich geduldig den Standardscherz von wegen *Wildschütz Jennerwein* an. Er lächelte höflich, die anderen lachten dröhnend. Was war denn mit denen los? Er zeigte seinen Ausweis. Der Ausweis wurde herumgezeigt. Erneutes Gelächter. War das ein Test? Ein Belastungstest, um zu sehen, wie er reagierte? Bei Vorstellungsgesprächen gab es viele gesetzlich nicht gedeckte Tricks. Die einen stellten ein Kaffeeservice zu viel auf den Tisch, um zu sehen, ob einen das irritierte. Und hier wummerte eben schon wieder der Mambo No. 5:

♫ *A little bit of Rita's all I need*
A little bit of Tina's what I see …

Einige sangen mit. Das waren keine psychologischen Tricks, diese Allgäuer waren wirklich so drauf!

»Mei, was solls!«, sagte der Untersetzte. »Sie haben kein Glück gehabt bei Ihrem Nachnamen, dafür hab ich saudumme Vornamen. Ist doch wurscht, sag ich halt Hubertus – und ich bin der Klufti.«

Klufti? Ach, dann war das – der Kommissar höchstpersönlich! Jennerwein, der sich zugutehielt, Hierarchien in Gruppen sofort zu erkennen und Nuancen ungleichgewichtiger Machtverhältnisse zu erschnuppern, hatte hier peinlich versagt. Oder kannte man im Allgäu ganz andere Hierarchie-formen? Chicago war ihm nicht so fremd gewesen wie diese Ecke Deutschlands. Dabei gefiel ihm die schnörkellose Di-rektheit.

»Gut, also, dann telefonierten wir – äh, Klufti«, sagte er zö-gernd. Er besah sich lächelnd die aufgehäuften Brotzeitberge. »Ich habe mir meinen Eindruck schon gebildet.«

»Hoffentlich einen guten«, sagte Kluftinger.

»Dann telefonieren wir also.«

»Wir telefonieren. Ganz sicher.«

»Ich halte die Kollegen in Chicago noch ein bisschen hin.«

»Chicago?«

Der Rest war Mambo.

Er war daraufhin in den Kurort gefahren, dort hatte er eben-falls ein Vorstellungsgespräch. Den Ohrwurm hatte er immer noch nicht abschütteln können.

♫ *A little bit of Sandra in the sun*
A little bit of Mary all night long …

Es war Nachmittag, sein Termin begann erst in einer Stunde, deshalb setzte er sich auf eine Caféterrasse, auf der süßliche Almdudlermusik lief. Rings um den Ort ragten die Berge auf, sie schillerten gleißend und verführerisch, er konnte schon verstehen, dass man dem Drang nicht widerstehen konnte, dort hinaufzusteigen. Und manchmal auch hinunterzu-springen. Pro Jahr, so hatte er gehört, sollte es allein von der Zugspitze aus ein gutes Dutzend sein. Was würde ihn wohl in der hiesigen Polizeidienststelle erwarten? Jetzt kam ein Paar die Straße herunter, gut gekleidet, heiter und eingehakt. Sie schlenderten langsam dahin, grüßten diesen und jenen freundlich, er lüpfte den Hut, sie deutete eine Verbeugung an, so leicht und klein, dass sie ironisch wirkte. Beide waren auffällige Erscheinungen, sie mussten überdies gut bekannt und hochgeachtet hier im Ort sein, weil sie gar so oft gegrüßt wurden. Als das Paar vorbeigegangen war, kam endlich die Bedienung. Auch sie hatte ihn übersehen.

»Wer waren die beiden?«, fragte der junge Jennerwein.

»Das? Ja, kennen Sie die denn nicht? Das ist das Bestattungsunternehmerehepaar Grasegger. Es sind furchtbar liebe Leute, obwohl sie so einen schrecklichen Beruf haben. Sie selbst sind wahrscheinlich neu hier, oder?«

»Nein, eigentlich nicht, ich sitze schon eine halbe Stunde da«, erwiderte Jennerwein.

Das war fast zwanzig Jahre her. Jennerwein hatte damals gezahlt und war gegangen. Er hatte sich im Revier des Kurorts vorgestellt. Das Team gefiel ihm ausnehmend gut. Keine Party, eher solche Arbeitstiere wie er. Eine vor Intelligenz sprühende Psychologin. Zwei ortsansässige Polizeibeamte. Ein genialer Spurensicherer. Er hatte schließlich Detective Bortenlanger angerufen und ihm bedauernd mitgeteilt, dass es mit ihm und Amerika nichts werden würde. Er hätte einen Ort gefunden, der ihm noch besser als Chicago gefiel. Bortenlanger war ihm nicht böse deswegen.

»Have fun in the Kurort!«, sagte er zum Abschied.

Jennerwein wusste damals noch nicht, dass er das freundliche Ehepaar Grasegger noch einige Male unter ganz anderen Umständen wiedersehen würde. Und er wusste natürlich auch nicht, dass er fast zwanzig Jahre später auf dem Weg zu Ursel sein würde. Momentan war es stockdunkel. Kein Stern glitzerte am Himmel. Die Turmuhr schlug in der Ferne Mitternacht. Er klingelte, sie öffnete. Sie hatte sich kaum verändert seit damals. Natürlich war sie etwas fülliger geworden, aber waren das nicht alle in den letzten zwanzig Jahren? Ursel verneigte sich leicht und unmerklich wie eine Fürstin. Die Fürstin der Nacht. Der schwarze, fest gebundene Haarknoten zog sie wieder nach hinten.

»An die Arbeit«, sagte Jennerwein entschlossen. »Mit dem Material, das ich bekommen habe, haben wir gute Chancen, Ihren Mann zu finden.«

Ursels spontaner Impuls war es, ihn zu umarmen, doch sie zögerte. Sie drückte ihm schließlich die Hände auf die Schultern. Lange standen sie so voreinander. Dann küssten sie sich.

Wo ein Adler nicht fort kann,
findet eine Fliege noch zehn Wege.
(Sprichwort)

So sah es zumindest die Weibrechtsberger Gundi.

Die Weibrechtsberger Gundi, die größte Ratschkathl des
Kurorts, war beruflich Floristin. Sie bearbeitete ihre Blumen
nicht nur im Laden, sondern auch zu Hause, deshalb lagen
dort immer genug floristische Materialien wie Bast, Steck-
draht, Scheren und Messer herum. Aber momentan hatte sie
Wichtigeres zu tun. Die Kirchenuhr hatte gerade eben Mitternacht geschlagen, sie stand in der dunklen Küche und starrte
angestrengt hinüber zum Grasegger'schen Anwesen. Hatte
sich da im Wohnzimmer nicht gerade etwas bewegt? Durch
die Trübglasscheibe konnte sie es nicht genau erkennen,
aber wenn sie nicht alles täuschte, stand doch da schon wieder ein Mannsbild! Und damit nicht genug: Die Graseggerin
knetete ihm zärtlich die Schulter. Unglaublich. Die küssten
sich! Wenn man ganz genau hinsah, konnte man es erkennen.
Nicht zu fassen. Sogar in der Zeitung hatte es gestanden, dass
die beiden Graseggers ihre dunkle Vergangenheit hinter sich
lassen und wieder ins ehrbare Bestattungsgeschäft einsteigen
wollten. Und jetzt das. Die Weibrechtsberger Gundi stieß
hörbar Luft aus.

Das war auch ein anderer Mann als gestern. Nicht
so groß und durchtrainiert, aber Ursels Ehemann
Ignaz war es ganz bestimmt nicht. Den Ignaz
hatte sie schon drei Tage nicht mehr gesehen,

das letzte Mal vorgestern am Gartenzaun. Und jetzt fiel es ihr ein: Als sie näher gekommen war und die beiden freundlich begrüßte, hatten die Graseggers das Gespräch ungewöhnlich abrupt beendet. Sie hatte sichs ja gleich gedacht, dass da etwas nicht stimmen konnte. Wahrscheinlich hatte sie ihn nach einem Streit hinausgeworfen, mit Pauken und Trompeten, mit Donner und Gloria, und jetzt ließ sie die Puppen tanzen. Mensch, die ließ ja nichts anbrennen. Der reinste Vamp war das! Aber kein Wunder, es musste ja so kommen. Schon rein äußerlich kleidete sie sich kaum wie eine ehrbare Geschäftsfrau. Viel zu tief dekolletiert war sie für ihr Alter, die Haare hatte sie wahrscheinlich gefärbt, und eine Locke hing ihr ins Gesicht wie bei der Hure Babylon. Der arme Ignaz. Die Weibrechtsberger Gundi schüttelte den Kopf. Doch jetzt rührte sich etwas dort drüben hinter der dicken Scheibe, sie konnte nur nicht erkennen, was genau. Sie selbst hatte in ihrer Küche natürlich das Licht ausgeschaltet, nur ein paar Gramm weißliche Mondmilch flossen herein. Die Weibrechtsberger Gundi entspannte sich ein bisschen. Sie verspürte einen höllischen Durst vom vielen angestrengten Luren. Sie drehte sich um, um zum Kühlschrank zu gehen, da blieb ihr das Herz fast stehen, so erschrak sie. Sie öffnete den Mund, um zu schreien, aber sie war zu geschockt, um einen einzigen Ton herauszubekommen.

Vor ihr stand ein kleiner, schlanker Mann im Trainingsanzug. Sie hatte ihn nicht kommen hören. Er stand da, wie aus dem Küchenboden gewachsen, sie wollte losschreien, doch der Mann verschloss ihr schnell und grob den Mund mit der Hand.

»Nicht reden, Lady, ganz ruhig sein«, sagte er leise, aber mit großem Nachdruck. »Nicht schreien, Lady, dann passiert dir nichts.«

Er löste seine Hand wieder, sicherheitshalber behielt er sie in der Nähe ihrer großen, fleißigen Ratschkathl-Goschen. Trotz des Zwielichts konnte sie erkennen, dass der Mann ein Tattoo auf der Hand trug. Eine züngelnde Schlange schien aus dem Ärmel auf den Handrücken zu kriechen.

»Was ... was ... wollen Sie?«, keuchte die Weibrechtsberger Gundi.

Weiter kam sie nicht, sie blickte ihn mit aufgerissenen Augen an, konnte keinen klaren Gedanken fassen. Wie gelähmt stand sie da. Wer war dieser Typ? Vielleicht war es ja der Mann von nebenan, der hinter dem Trübglas. Er hatte sie womöglich am Fenster gesehen und sich dann herübergeschlichen. Sie trat einen Schritt zurück und hielt sich am Küchenschrank fest. Jetzt erst spürte sie, wie ihre Hände zitterten.

»Ich will, dass du schweigst, Lady«, sagte der Mann mit einer ruhigen, aber extrem bedrohlich wirkenden Stimme.

Sie konnte sein Gesicht nicht genau erkennen, dafür war es zu dunkel in der Küche. Er sprach akzentfrei, was sie komischerweise etwas beruhigte. Aber nicht viel.

»Ja, freilich schweige ich«, erwiderte sie stotternd. »Sie können alles von mir haben. Nehmen Sie sich, was sie brauchen. Da in der Cornflakes-Schachtel, da drüben, schauen Sie, da auf dem Regal –«

Der Fremde mit dem Schlangentattoo drehte sich nicht um.

»Was soll da sein?«, fragte er.

»Da ist mein Geld drin. Nehmen Sie sichs nur.«

»Ich will kein Geld, Lady. Ich will nur, dass du deinen Mund hältst. In alle Ewigkeit.«

Die Weibrechtsberger Gundi hatte sich wieder ein bisschen gefangen. Sie versuchte sich an einem kleinen Kichern. Doch es geriet ihr hölzern. Der Schweiß rann ihr in Strömen herunter. Jetzt zitterten auch noch ihre Knie.

»Ja, freilich, schweigen, klar. Ich schweige. Aber, über was soll ich jetzt genau schweigen?

»Du weißt genau, was ich meine, Lady.«

Dort drüben am Küchentisch lag ein Gartenstichel. Mit ein, zwei Schritten wäre sie dort. Aber konnte sie gegen den Eindringling etwas ausrichten? Vielleicht war ein Gartenstichel auch keine gute Waffe. In der Kiste daneben befanden sich das japanische Pflanzmesser, die kleine, spitze Setzzwetschge und der neue Universal-Hammer.

»Du hast drüben bei der Familie Grasegger etwas gesehen und erzählst es überall herum, Lady«, sagte der Fremde. »Das ist überhaupt nicht gut. Das hört jetzt auf. Verstehst du mich?«

»Ach so, die Geschichte mit der Ursel meinen Sie? Dass sie einen Liebhaber hat? Sind Sie denn gar dieser –? Respekt! Eine gute Wahl. Das ist wirklich eine herzensgute Frau, die Ursel, vom Temperament ganz zu schweigen. Glauben Sie mir, das Geheimnis ist gut bei mir aufgehoben.«

Dass der Mann sie reden ließ, beruhigte sie ein wenig. Weiterreden. Solange sie redete, konnte er ihr nichts tun.

»Ich habe doch auch von der heißen, aber verbotenen Liebesgeschichte zwischen dem Mühlriedl Rudi und der Holzmayer Veronika gewusst«, fuhr sie fort. Sie kam langsam in ihren normalen Ratschkathl-Modus. »Beide verheiratet, aber nicht miteinander.« Kleines, hölzernes Lachen. »Aber meinen Sie, ich hätte was gesagt? Nichts habe ich gesagt. Die zwei haben sich immer auf dem Schrottplatz vom alten Heilinger Herbert getroffen. Meine Sache wäre es nicht, zwischen dem ganzen alten Blech und dem vielen Rost, aber wo die Liebe hinfällt –«

Der Fremde unterbrach sie.

»Quatsch nicht, Lady. Es geht mir nur darum, dass du keinen Blödsinn über die dort drüben erzählst.«

Er deutete mit dem Daumen zum Nachbarhaus. Die Weibrechtsberger Gundi überlegte. Wem hatte sie das schon erzählt, dass Ursel einen Liebhaber hatte? Nicht vielen Leuten. Dem Duttlinger Martin, der Mischka Rosi, der Schwester vom Gemeinderat Randelshofer, der Herberger Susi und dem Ehepaar Stechler. Ach ja, und dann noch dem pensionierten Lehrer Schorsch Meyer II, der Gfrorer Johanna, dem Bäcker Heindl –

»Hör gut zu, Lady«, unterbrach der Mann ihre Gedankengänge und trat einen Schritt auf sie zu. »Wenn du diese Geschichte noch einmal erzählst, dann komme ich wieder. Aber nicht allein. Ich bringe einen guten Freund mit.«

Er zog einen Draht aus der Tasche und spannte ihn in der Luft. Zuerst bemerkte ihn die Weibrechtsberger Gundi gar nicht. Zuerst dachte sie, dass der Mann im Trainingsanzug nur die Fäuste mit den Handflächen nach außen hob und sie langsam hin und her bewegte, was auch wegen der tätowierten Schlange ziemlich dämlich aussah. Doch dann glitzerte etwas im Mondlicht. Es sah aus wie kleine Diamanten, die sich zwischen den Fäusten des Mannes aufreihten.

»Der schneidet wie Gift, Lady«, sagte er. »Willst du mal sehen, wie der schneidet?«

Er kam noch weiter auf sie zu. Das hatte sie gar nicht gern. Sie schielte nach dem Universal-Hammer. Wenn sie sich vielleicht ganz schnell hinstürzte …

»Hast du ein Haustier?«

»Nein«, stotterte sie. »Was soll ich für ein Haustier haben? Ich habe noch nie eins gehabt. Und ich sage nichts, ganz bestimmt nicht. Niemals sage ich was. Ich habe überhaupt nichts gesehen dort drüben im Haus. Keinen Mann, keinen Liebhaber, nichts, ich schwörs.«

Der Mann hielt ihr den Draht dicht an den Hals.

»Kein Haustier also. Dann müssen wirs so machen.«

Sie spürte den kalten Draht auf der Haut. Es war ein ungutes Gefühl.

»Ich will dir glauben, Lady. Aber wenn du weiterquatschst, bin ich wieder da, verstehst du.«

Er entfernte den Draht von ihrem Hals, wischte ihn mit einem Taschentuch sorgsam ab und steckte ihn wieder ein. Dann verließ er grußlos das Zimmer. Die Weibrechtsberger Gundi stand noch minutenlang reglos da. Wie eine Statue. Sie wagte kaum zu atmen. Dann stürzte sie ins Bad und schaute in den Spiegel. Auf der Vorderseite ihres Halses war ein feiner, waagerechter Schnitt zu sehen, von dem in ganzer Breite Blut nach unten floss. Die ersten Schlieren hatten schon den Kragen ihrer Bluse erreicht. Übelkeit überkam sie. Dann bemerkte sie, dass sie den Universal-Hammer immer noch fest umklammert hielt. Wann hatte sie den denn an sich genommen? Gundi Weibrechtsberger, Floristin und Ratschkathl, war vollkommen verwirrt und verstört.

Verwirrtä und verstörta! Das glaube ich gut und gerne. Bloß dass kein falscher Eindruck entsteht: Mit dieser Sache habe ich nichts zu tun. Aber rein gar nichtsä. Wer der tätowierte Affe im Trainingsanzug sein soll, weiß ich nicht, ich arbeite nicht mit Drähten und solchem Scheiß. Ich bin Messaggero, der Bringerä. Ich bin Spezialist für Drohbriefe, Bekennerschreiben, Erpresserbriefe, und glauben Sie mir: Der Job füllt mich vollständig aus. Ja, zugegeben, dieser komische Schlangenmensch mit dem Diamantdraht gehört ganz bestimmt zu unserer U-Truppe, aber warum sie den eingeschaltet haben und nicht mich, weiß ich nicht. Es geht mich auch nichts an. Die Schweizer Bruderschaft zahlt gut und pünktlich. Man darf nur nicht den Fehler begehen, die Kohle auch in der Schweiz auszugeben. Da ist man das Geld gleich wieder los. Nur ein Beispiel: Für ein Schnitzelä, das in Düsseldorf achtfünfzig kostet, löhne ich hier in Lugano 30 Franken! Unglaublich!

Die Weibrechtsberger Gundi hielt den Universal-Hammer immer noch fest umklammert. Langsam wurde sie etwas ruhiger. Sie hatte das Gefühl, dass sie das Werkzeug nie mehr aus der Hand geben würde. Sie ging langsam hinunter ins Erdgeschoss, um die Haustür zu verschließen. Die Haustüre war schon verschlossen. Der Schlüssel steckte von innen. Ein kalter Schauder durchfuhr sie.

10 *42*

Der Drohbrief als literarische Gattung

Der Drohbrief in seinen vielfältigen Erscheinungsformen ist eine von der Literaturwissenschaft wenig beachtete Kunstform. An dessen mangelnder gestalterischer Anmutung kann es nicht liegen, denn es ist einiges an Fertigkeit und schöpferischer Kraft nötig, um bedeutende Inhalte in diese knappe und wirksame Form zu bringen. Wie sagt der chinesische Weise so treffend: *Spanne den Bogen, aber schieße nicht. Noch gefürchtet zu sein ist wirksamer.* Besser kann man die Bedeutung eines gelungenen Drohbriefs kaum umreißen. Der Bogen ist gespannt, der Schuss kann jederzeit losgehen. Die Lyrik hält sich zugute, mit wenigen, wohlüberlegten Worten einen verborgenen Ton im Inneren des Lesers zum Klingen zu bringen, doch der Drohbrief geht noch einen Schritt weiter. Er fordert. Er spricht den Leser persönlich an, bezieht ihn mit ein. Die bedrohlichen Tiraden richten sich punktgenau an sorgsam ausgewählte Adressaten. Davon können herkömmliche Lyriker nur träumen. Ein früher Beleg des Drohbriefs findet sich im 17. Römerbrief von Paulus: *Wenn ihr aber nicht tuet, wie euch geheißen, so werden Plagen über Plagen über euch kommen ...* Mancher lettre de menace kommt auch ohne Forderung aus, er begnügt sich mit der kunstvollen Beschimpfung und Verunglimpfung des Verfluchten. Johann Wolfgang von Goethe hat mit dem Gedicht *Prometheus* eine wutschnaubende, aber elaborierte Brandrede gegen niemand Geringeren als Gott selbst geschrieben: *Bedecke deinen Himmel, Zeus ...* Die volksmythologischen Vorläufer des Drohbriefs sind die Verfluchungen und Verwünschungen der Voodoomagie sowie der Schadenzauber des Mittelalters: *dasz dir nym-*

239

mer keyn guts geschehe! Da genügt kein gewöhnlicher Fluch, da wird der verhasste Nachbar mit steilem Formwillen ins Grab gebracht, wie der böse König in Ludwig Uhlands Ballade: *Versunken und vergessen! / Das ist des Sängers Fluch ...*

Die Technik der ausgeschnittenen Buchstaben beim Erpresserbrief, die bis vor dreißig Jahren noch praktiziert wurde und in den achtziger Jahren als topmodern galt, ist in Wirklichkeit über hundert Jahre alt und geht auf die Expressionisten und Dadaisten zurück, die ihren Forderungen mit den bekannten plakativ in Szene gesetzten Buchstaben Nachdruck verliehen:

So jedenfalls stand es 1916 auf einer Tafel im Restaurant vom Züricher Cabaret Voltaire.

Und heutzutage? Fühlt sich überhaupt jemand noch durch Worte bedroht? Viele ehemals furchtbare Flüche wie *Hol dich der Teufel!* sind heutzutage zu harmlosen Redewendungen verkommen, und neue, kräftige Bilder sind oft nicht bei der Hand. Eine Renaissance des Giftspritzens und Säbelrasselns haben uns allerdings die sozialen Medien gebracht. Durch sie ist man nicht mehr von den formulierungsmächtigen großen Dichtern und Denkern abhängig, drohen kann inzwischen jedermann, und zwar spontan, schnell und formlos. Millionen von Menschen pfeffern kleine, befreiende Hasstiraden ins Netz, die Tendenz geht weg vom elitär genialischen Zorneswort, hin zum individuellen Gefühlsausbruch. Doch diese Entwicklung hat auch zur Trivialisierung und Infantilisierung der Drohung geführt. Schon der Begriff *Shitstorm* (statt des schönen alten Ausdrucks *Sturm der Entrüstung*) spricht Bände. Wenn alle ziellos, roh und fäkalisch um sich schlagen, fühlt sich niemand mehr so richtig angegriffen.

Was waren das für Zeiten, als man noch wirklich subtile Drohbriefe bekam. Wir erinnern uns gern an Franz Kafkas Landvermesser K., der einen Brief erhielt, ihn öffnete und dann furchtbar erschrak. Das Blatt war leer.

»Wer sich während des Gottesdienstes in ein
Gespräch einlässt, muss zehn Tage bei Wasser und
Brot fasten«, heißt es in einer alten Bußordnung aus
dem 19. Jahrhundert. Katholiken sind deka-phil, vor
allem, wenn es um das Fasten geht. Das hat sich bis
in moderne 10-Tage-Diäten und 10-Tage-Kloster-Aus-
zeiten gehalten.

Trotz der späten Stunde war Ursel immer noch hellwach.

»Die Gerichtsmedizinerin war der Meinung«, berichtete
Jennerwein weiter, »dass dieser Halsquerschnitt nur mit
einem bestimmten Präzisionsgerät durchgeführt werden
konnte. Wir müssen nach dem Hersteller solch einer Maschine suchen.«

Jennerwein wählte seine Worte vorsichtig. Es ging ja
schließlich um den Hals von Ignaz. Doch Ursel schien gefasst.

»Was soll das für eine Maschine sein? Eine Wurstschneidemaschine?«

»Ja, eine mit einem Diamantdraht anstelle des Sägeblatts.
Ich schlage vor, jeder von uns setzt sich an einen Computer
und sucht nach Firmen, die solche Maschinen herstellen.«

Ursel nickte. Sie holte zwei Notebooks, beide klickten sich
ins Netz. Nach wenigen Minuten mussten sie jedoch feststellen, dass es viele Firmen gab, die Schnittmaschinen mit Dia-
mantdrahtsägen führten.

»Ich habe noch einen Vorschlag, um die Menge
der Ergebnisse einzuschränken«, sagte Jennerwein. »Wir haben es in unserem Fall vermutlich
mit keiner herkömmlichen Schneidemaschine
zu tun. Die nämlich schneidet die Scheiben

von einem Ende der Wurst her ab und legt sie auf einen Schlitten. Unser Präparat muss aber mit einer Maschine geschnitten worden sein, die zwei Sägedrähte frei ausfahren und beliebig dünne Stücke aus der Mitte heraustrennen kann. Wie solch ein Gerät genannt wird, weiß ich freilich nicht.«

»Ich weiß, wer so was weiß, Kommissar«, sagte Ursel plötzlich mit einem Anflug von Hoffnung. »Ich rufe einen befreundeten Hotelier an.«

»Um diese Zeit?«

»Hotels haben auch nachts auf, Kommissar. Eigentlich vor allem nachts.«

Ursel hatte die Nummer schon gewählt.

»Wer stört?«, erklang es gutgelaunt am anderen Ende der Leitung.

Ursel erklärte, nach welcher Maschine sie suchte.

»Ja, ich verstehe«, sagte der Hotelier. »Große Restaurants brauchen so etwas, wenn sie eingefrorene Fleischstücke auf den Zentimeter genau portionieren wollen. Eine Anschaffung lohnt sich aber nur bei einer großen Menge. Was ist los, Graseggerin, willst du ein Restaurant aufmachen?«

»Nein, will ich nicht. Das ist nur so interessehalber. Weißt du, wie so ein Gerät heißt?«

»Der korrekte Begriff ist Aufschnittschneidemaschine für Gefriergut. Im Küchenjargon nennt man sie einfach Berkel. Ich glaube, das war der Erfinder. Aber wenn du ein Stück in der Mitte herausschneiden willst, dann muss sie zusätzlich ein bewegliches Obermesser haben, so ähnlich wie bei einer Nähmaschine. Ich habe einmal gehört, dass eine amerikanische Firma so was herstellt.«

»Danke.«

Schon nach kurzer Zeit wurden sie fündig. Der *Original Berkel Meat Slicer* warb damit, in die ganze Welt zu liefern.

»Die Maschine ist ausgesprochen teuer«, sagte Jennerwein. »Es ist sicher eine Sonderanfertigung mit einer begrenzten Stückzahl. Wenn wir Glück haben, gibt es nur wenige. Wir rufen dort an, in Amerika ist jetzt Geschäftszeit.«

Jennerwein wählte eine Nummer in Seattle. Er gab sich als Journalist aus, der für eine Koch- und Lifestyle-Zeitschrift schrieb. Ursel sandte ihm einen anerkennenden Blick zu. Jennerwein plauderte munter und charmant drauflos, sprach von einem großen Artikel in der Zeitschrift, den er vorhätte, bat schließlich um eine Liste, wo solche Berkels hingeliefert worden wären. Er wollte sie sich ansehen. In Süddeutschland, Österreich, Schweiz, Italien, Frankreich.

»Please give me your email address«, sagte die Amerikanerin.

»Just a moment«, erwiderte Jennerwein zögerlich. »I haven't memorized my new email yet. My – wife is just writing it down. – Here it is.«

Nachdem er die Adresse durchgegeben hatte, legte er auf und blickte Ursel entschuldigend an.

»Tut mir leid von wegen *wife*, aber es war einfacher so. Sie schickt mir die Kundenliste in den nächsten Minuten zu.«

Ursel nickte. Die Minuten verflossen zäh. Dann ertönte der Summer für eine eingehende Mail.

Die Enttäuschung war jedoch groß, denn die Liste mit Restaurants, in denen ein *Original Berkel Meat Slicer* stand, war auch wieder viel zu umfangreich. Allein in Süddeutschland gab es über zweihundert, in der Schweiz achtzig Berkels.

»Das sind zu viele. Ich habe ja keinen Polizeiapparat zur Verfügung. Und selbst wenn – wir können keine achtzig Restaurants observieren. Noch dazu auf die Schnelle und im Ausland.«

Ursel seufzte. »Was können wir sonst noch tun?«, fragte sie bedrückt.

»Die Gerichtsmedizinerin hat mir noch etwas anderes mitgegeben. Es ist eine Liste mit Stoffen, die sich in dem Präparat gefunden haben. Es ist eine kleine Chance, aber wir sollten es versuchen. Es handelt sich wahrscheinlich um Verschmutzungen, wie sie überall vorkommen. Wir sollten die chemischen Verbindungen durchgehen und darüber nachdenken, was sie im Präparat verloren haben. Der erste Stoff zum Beispiel ist *synthetisches Cetylpalmitat*, das ist ein Rückfetter, der in Geschirrspülmitteln vorkommt. Sein Vorkommen ist in diesem Zusammenhang nichts Ungewöhnliches. Wir sollten aber nach einem nicht passenden Stoff suchen.«

Sie recherchierten verbissen. Die Anspannung war ihnen beiden anzusehen. Ursel rieb sich die Augen. Jennerwein stand auf und lockerte die schmerzenden Schultern.

»So mühsam habe ich mir die Polizeiarbeit gar nicht vorgestellt«, sagte Ursel.

Jennerwein antwortete nicht. Er machte sich keine allzu großen Hoffnungen. Alle Indizien deuteten zwar auf die Schweiz hin, aber so klein war die Schweiz auch wieder nicht. Eine weitere Stunde verging. Und noch eine.

»Sagt Ihnen der Begriff Carboxymethylcellulose etwas, Kommissar?«, fragte Ursel in die Stille hinein.

»Noch nie gehört.«

»Diese Carboxymethylcellulose wird in mehreren Artikeln ebenfalls als Bestandteil von Reinigungsmittel beschrieben. Aber ich habe den Begriff schon mal in anderem Zusammenhang gehört. Ich weiß bloß nicht, wo.«

»Überlegen Sie. Gehen Sie alle Lebensbereiche durch. Autofahren, Haushalt, Wandern, Beerdigung, Essen –«

»Essen! Das ist es«, rief Ursel. »Das ist ein Stoff, der in der Molekularküche verwendet wird. Als Verdicker und Stabilisator. Lassen Sie mich nachsehen. – Ja, auf der Speisekarte erscheint er unter dem Namen E466.«

»Was ist denn Molekularküche?«, fragte Jennerwein verwundert.

»Kennen Sie die nicht? Das ist seit zwanzig Jahren ein echter Trend in der Gastronomie. Die perverseste und dekadenteste Küche, die es gibt. Unter wirklichen Liebhabern von gutem Essen ist das zwar absolut bäh. Aber manche Leute stehen drauf. Bonbons, die im Mund zerplatzen. Kaviar aus Melonen. Ein Spiegelei, bei dem das Weiß aus Kokosmilch mit Kardamom ist, das Gelb eine Karottensaft-Glukose-Mischung. Nicht mein Ding. Wenn wir jetzt noch Stickstoff finden –«

»Stickstoff?«

»Flüssiger Stickstoff wird bei dieser Art zu kochen ebenfalls oft verwendet. Wenn er in der Liste vorkommt, dann ist die Maschine wahrscheinlich in einem Restaurant gestanden, das einen auf Molekularküche macht.«

»Und die gibts nicht so oft?«

»Das ist eine sehr aufwendige und teure Küche, die gibts sicher nicht so oft, selbst in der Schweiz nicht.«

Die Liste führte tatsächlich auch Spuren von Stickstoff auf. Und in der Schweiz gab es nur ein einziges Restaurant, das für seine Molekularküche berühmt war. Es war das Hotel *Gabriele D'Annunzio* in Lugano. Lugano lag in der italienischen Schweiz, dem Tessin. Jennerwein glaubte, auf dem Gang irgendeines Polizeireviers schon einmal das Gerücht gehört zu haben, dass sich genau dort das Hauptquartier der Schweizer Mafia befinden soll. Niemand wusste, was die Abkürzung U

bedeutete. Eine mögliche Erklärung war die Form des Luganersees:

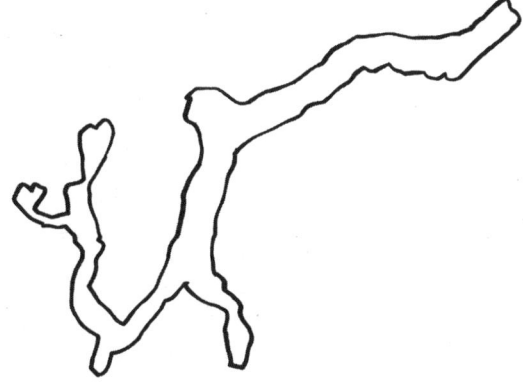

»Ich fahre da hin«, sagte Jennerwein.
»Ich komme mit.«
»Nein, auf gar keinen Fall.«

Die Tür von 10 Downing Street hat kein Schlüsselloch auf der Außenseite und kann nur von innen geöffnet werden.

Die schwere Brot- oder Wurstschneidemaschine, die die beiden Tessiner Hilfsgangster auf den Tisch gewuchtet hatten, blitzte Ignaz bedrohlich und hämisch an. Die Mafiaknechte hatten den Raum wieder verlassen. Minute um Minute verstrich. Ignaz war noch nie in einer solch ausweglosen Situation gewesen. Er spürte, wie ihn langsam das quälende Gefühl der nackten Todesangst ergriff.

Er musste sich ablenken. Er durfte nicht dauernd daran denken, dass der Mann mit der manchmal einschmeichelnden, manchmal befehlsgewohnten und durchdringenden Stimme jeden Augenblick hereinkommen konnte, um die Befragung fortzusetzen. Das war ja das Perfide an der Psychofolter. Um an etwas anderes zu denken, versuchte er, die Lücken, die das Propofol in seine Erinnerung geschlagen hatte, wieder aufzufüllen. Er ging die Geschehnisse, die sich vor drei Tagen abgespielt haben mussten, systematisch durch. So viel war sicher: Am späteren Nachmittag hatte er Elli im Krankenhaus besucht. Wie immer hatte er ihr Fragen gestellt, sie hatte auf die wenigsten geantwortet. Dann aber hatte sich Elli plötzlich sehr aufgeregt gezeigt. Wenn er sie richtig verstanden hatte, wollte sie ihm mitteilen, dass im Krankenhaus etwas nicht mit rechten Dingen zuging. War nicht auch der Name eines Südtiroler Ortes gefallen? Meran? Bozen? Klausen? Der Begriff erschien, verschwand sofort wieder.

Das Nächste, an was sich Ignaz erinnern konnte, war der luftige Park des Krankenhauses. Eine einladende Holzbank. Ein freundlicher Arzt. Dann ein Stich in den Hals und absolutes Dunkel. Das Betäubungsmittel musste ihm intravenös in die Halsschlagader gespritzt worden sein, nur so wirkte es schnell und sicher. Er war dann erst wieder auf dem Rücksitz eines fremden Autos zu sich gekommen, der freundliche Arzt saß neben ihm. Dessen erste Frage war, ob er bei einem lukrativen Coup mitmachen wolle, jetzt, wo er bald wieder ganz normaler Bestattungsunternehmer wäre. Großer Gewinn, null Risiko. Ignaz hatte strikt abgelehnt und versucht, ihm die Gründe dafür zu erklären, warum das nicht funktionieren würde.

»Und nun lasst mich frei, Freunde«, hatte er gesagt. »Wenn ich innerhalb der nächsten zwei Stunden nicht zurückkomme, wird euch meine Frau äußerst unangenehme Typen auf den Hals hetzen.«

Anstatt einer Antwort hatte er einen zweiten Stich verspürt. Dann war er hier in dem schwankenden Baucontainer wieder aufgewacht. Erneut ergriff ihn verzweifelte Angst. Er versuchte, sich zu beruhigen. Ursel hatte doch sicher schon längst Maßnahmen ergriffen, um ihn zu befreien. Und ein toter Ignaz Grasegger nutzte den Gangstern überhaupt nichts. Er musste sie hinhalten.

Die Tür öffnete sich, der zigarrerauchende Chef der beiden Knechte trat ein. Ignaz sah es sofort. Dort stand ein *spremiagrumi*, ein Saftpresser, bei der Polizei würde man ihn einen Verhörspezialisten nennen. Es war eine asketische, ausgezehrte Gestalt mit dünnen Lippen und kurzgeschorenem Haar, eine Mischung aus Julius Cäsar, Hermann Hesse und Wolfgang Joop.

»Na, hast du es dir schon überlegt, Grasegger?«, fragte er betont jovial.

Es sollte so wie *Na, noch eine Nachspeise?* klingen. Klang es aber nicht. Ignaz antwortete nicht gleich.

»Du brauchst keinen Finger zu rühren, Grasegger. Du stellst uns deine Beerdigungslisten zur Verfügung und gibst uns den Schlüssel zum Kühlraum. So einfach ist das.«

Der Ton des Chefs war ein klein wenig schärfer geworden. Der verstand sein Handwerk, das musste Ignaz ihm lassen.

»Du wirst doch einen Kühlraum in deinem neuen Beerdigungsinstitut haben, oder?«

Natürlich, der war schon längst bestellt. Er hatte zusammen mit Ursel die Innenausstattung für ein wunderschönes Frigidarium ausgewählt, das mit den allerbesten Kühlaggregaten ausgestattet war, dabei so heimelig und so diskret, dass die trauernden Verwandten pietätvoll Abschied nehmen konnten, ohne das Gefühl zu haben, in einer profanen Fleischerkammer Lebewohl zu sagen.

»Für dich als Bestatter ist das doch kein Problem«, fuhr der Schweizer Verhörspezialist fort und nahm dabei eine Art Cäsarenpose ein. »Schau her: Wir haben die Leichen, du lässt sie verschwinden. Ganz einfach. Warum machst du solch einen Aufstand?«

»Und warum habt ihr gerade uns ausgewählt?«, fragte Ignaz schwach.

»In einen frischen Bombenkrater fällt keine zweite Bombe.«

Ignaz überlegte fieberhaft. Sollte er zum Schein auf das Ansinnen eingehen? Nur um Zeit zu gewinnen? Er war kein großer Schauspieler. Doch es blieb ihm nichts anderes übrig.

»Wie soll das überhaupt ablaufen?«, fragte er. »Das musst du mir schon genauer erläutern.«

Jetzt wurde die Stimme des Mannes gefährlich scharf.

»Ich muss gar nichts. Vor allem brauche ich dir nichts zu erläutern, Totengräber. Du stellst mir dein Equipment und deine Logistik zur Verfügung und informierst mich über neue Todesfälle. Mehr musst du nicht tun. Und dafür brauchst du nicht alles zu wissen.«

Er stützte sich auf dem Tisch auf und strich mit der anderen Hand beiläufig über die Brotschneidemaschine. Ignaz durchlief ein eiskalter Schauder. Er sagte so gleichgültig wie möglich:

»Damit könnt ihr mir nicht drohen. Im Fall meines Todes hetzt euch meine Frau nicht nur den Kommissar Jennerwein, sondern auch die italienische Mafia auf den Hals.«

Der ausgezehrte Mann lachte ein kleines, hässliches Lachen.

»Die italienische Mafia? Warum nicht gleich ein paar Kindergärtnerinnen von der Kita?«

Ignaz entschied sich, auf Italienisch weiterzusprechen. Der Verhörspezialist schien ein wenig überrascht davon, ließ sich jedoch weiter nichts anmerken. Ignaz nannte einige Namen von wichtigen süditalienischen Familien. Von neapolitanischen Banden. Er nannte einige Coups, die diese Clans durchgeführt hatten. Den Kunstdiebstahl von San Remo. Das ganz große Ding am Bodensee. Der Drogentransport aus Tschechien. Er konnte nicht erkennen, ob der Mann beeindruckt war. Er war damit beschäftigt, eine neue Zigarre anzuzünden. Ignaz erläuterte nochmals, warum eine Doppelbelegung der Särge bei Beerdigungen für ihn nicht mehr in Frage kam. Das wäre viel zu gefährlich, er stünde sicher unter Beobachtung. Darüber hinaus hätte er seiner Frau versprochen, ein bürgerliches Leben zu führen. Der andere hörte scheinbar geduldig zu. Er nickte freundlich. Er lächelte. Er tätschelte Ignaz großherzig die Schulter. Seine Hand war so leicht wie ein Blatt

Papier. Dann ging er langsam zur Tür und klopfte zweimal. Die beiden Knechte erschienen, traten zu Ignaz und stülpten ihm blitzschnell einen blickdichten Sack über den Kopf, der ihm fast die Besinnung nahm. Ignaz spürte, wie die Panik in seinem Inneren tobte. Seine Beine knickten ein, er atmete stoßweise. Sie packten ihn an den Armen und schleppten ihn aus dem Raum. Als sie kurz anhielten, glaubte er, das Plätschern von Wellen zu vernehmen. Doch er konnte sich kaum konzentrieren, die Angst schnürte ihn ein. Jetzt hörte er, wie sich eine Tür öffnete, sie griffen fester zu, stießen ihn in einen Raum und rissen ihm den Sack vom Kopf. Was er jetzt sah, war noch schlimmer als alles, was er befürchtet hatte. Auf dem Boden kniete ein blutverschmierter Mann, den Schädel kahlgeschoren, die Hände auf den Rücken gefesselt. Seine Kleidung war zerrissen, er wies deutliche Folterspuren auf. Brandwunden an den Oberarmen, ein in unnatürlichem Winkel abstehender Unterarm. Ignaz wurde übel. Er versuchte, sich abzuwenden. Vergeblich. Er ahnte, weshalb er hierhergebracht worden war. Sie zwangen ihn dazu, einer Hinrichtung beizuwohnen.

»Du kannst den Mann retten«, sagte Cäsar und sog an seiner Zigarre. »Er bleibt am Leben, wenn du unseren Forderungen nachkommst. Sieh ihn dir an. Du hast es in der Hand.«

Ignaz wusste, dass er diesen Mann auf gar keinen Fall retten konnte. Der arme Teufel war zum Tode verurteilt, er würde sterben, so oder so. Sein Tod sollte nur noch den makabren Zusatznutzen haben, Ignaz einen traumatischen Schock zu versetzen. Er sollte etwas sehen, was er sein Leben lang nicht vergessen würde. Der Asketische griff in die Tasche, holte einen glitzernden Draht hervor und spannte ihn in der Luft. Dann riss einer der Knechte den Kopf des Opfers hoch und drehte das Gesicht zu Ignaz. Der Mann blickte ihn flehentlich an. Ignaz verstand. Der Blick bedeutete nicht etwa: Rette mein Leben! Der Blick bedeutete: Mach der Qual ein Ende. Provoziere sie, geh nicht auf ihre Forderungen ein, vielleicht werden sie wütend, verlieren die Nerven und töten mich schnell und schmerzlos. Mach, ich bitte dich.

Ignaz fühlte eine Aufwallung von Zorn und Mitleid, wie er sie in seinem Leben noch nie gespürt hatte. Er bekam das brennende Verlangen, wenigstens einen Versuch zu wagen, diesem Menschen zu helfen.

»Also gut, ich bin zu einer Zusammenarbeit bereit«, krächzte er. Der Schock war ihm auf die Stimme geschlagen. »Aber nur unter einer Bedingung. Du lässt diesen armen Teufel frei, jetzt sofort, vor meinen Augen. Wenn du ihm etwas tust, mache ich nicht mit.«

»Du stellst Bedingungen?«, lachte die asketische Gestalt höhnisch und drehte sich zu den Knechten. »Kann uns denn jemand Bedingungen stellen?«

Die Knechte verneinten mechanisch und unbeteiligt wie Hausklaven. Ihr Chef spannte den Draht. Ignaz schloss die Augen. Ein paar unendlich lange Sekunden hörte er nichts. Dann fiel etwas Rundes polternd zu Boden, rollte in seine Richtung und blieb vor seinen Füßen liegen.

10

Die Zahl Zehn wird in der Gebärdensprache international unterschiedlich dargestellt. Die naheliegende Möglichkeit, alle zehn Finger hochzuhalten, wird nur in Italien, Deutschland, Spanien und Tschechien verwendet. In Brasilien reckt man den Daumen nach oben, bildet danach mit der Faust eine Null. In Russland krümmt man die Hände und stößt die Fingerspitzen dreimal zusammen. Der Japaner hebt den Zeigefinger und drückt auf einen gedachten Knopf. In Island schließlich streicht man mit dem Daumen quer zur Brust, wie um zu sagen: »Ich hab es jetzt satt.«

»Und Sie sind sicher, Kommissar, dass Ignaz nach Lugano gebracht worden ist?«

»Ganz sicher, Ursel. Auch der Zeitablauf der Entführung passt dazu. Ignaz wurde zwischen sieben und acht Uhr abends angesprochen, die Entführer haben nicht damit gerechnet, dass er sich sträubt. Also haben sie ihn betäubt und einen Messaggero gerufen, der mit einem Präparat aus Lugano kommt, um Sie, Ursel, zum Schweigen zu bringen. Das Präparat kann also schon deshalb nicht von Ignaz stammen. Die Fahrtzeit Lugano–Kurort beträgt vier bis fünf Stunden, der Messaggero kam zwischen zwei und drei Uhr nachts hier an. Alles deutet auf Lugano hin.«

»Sie können nicht allein dort hinfahren, Kommissar.«

»Und ob ich das kann. Sie halten hier die Stellung –«

Jennerwein stockte. Er wusste, dass Ursel auf keinen Fall akzeptieren würde, dass er sie hier zurückließ.

»Erstens setzen Sie sich nicht ans Steuer. Sie brauchen also einen Fahrer.«

»Dass lassen Sie mal meine –«

»Dann können Sie, soviel ich weiß, kein Wort Italienisch. Ich schlage vor, wir tarnen uns erneut als Ehepaar, das hat schon einmal funktioniert. Alle haben uns das abgenommen. Als ich in Klausen mit der Reisegruppe vom Kloster Säben allein zurückgegangen bin, haben mich einige deswegen angesprochen. Wie lange wir denn schon verheiratet wären. Dass ich so viel Glück mit einem so netten Mann hätte ... Jedenfalls müssen wir dieses Paar in Lugano genauso glaubhaft spielen.«

Jennerwein überlegte. Ursel hatte recht. Er würde dort alleine nichts ausrichten können. Warum aber wusste die Frau eigentlich so viel über ihn? Dass er kein Italienisch beherrschte. Dass er an dieser heiklen Krankheit litt. Welche Informationen hatte sie sonst noch? Er hätte sich nie und nimmer auf diese Sache einlassen sollen. Jetzt war es zu spät. Jetzt musste er das Angefangene durchziehen. Sonst trüge er die Mitschuld an Ignaz' Tod.

»Also gut«, sagte er seufzend. »Wir mieten uns dort ein. Aber ich wiederhole es nochmals: Ich breche die Aktion sofort ab, wenn ich gezwungen bin, etwas Strafbares oder Außergesetzliches zu tun.«

»Ich habe verstanden«, sagte Ursel.

Jennerwein blickte aus dem Fenster, genauso wie er im Revier aus dem Fenster blickte. Die merkwürdige und absolut verdrehte Dienstvorschrift bezüglich der Strafvereitelung seitens Amtspersonen kam ihm in den Sinn. Man musste den Satz mehrmals lesen und verstand ihn immer noch nicht:

»Eine Pflicht zum Einschreiten des Beamten besteht, wenn die strafbaren Handlungen und eine einzelfallbezogene Abwägung zwischen dem öffentlichen Interesse an der Strafverfolgung sowie

dem privaten Interesse des Amtsträgers am Schutz seiner Privatsphäre angesichts der Schwere der Straftat ein Überwiegen des
öffentlichen Interesses ergibt.«

Jennerwein schüttelte den Wurmsatz ab.

»Noch eine Frage«, fuhr er fort. »Trägt Ihr Mann irgendwas
am Leib, das uns weiterhelfen könnte? Eine funkgesteuerte
Uhr? Einen Herzschrittmacher?«

»Nein, beides nicht.«

»Gibt es etwas anderes, womit wir ihn aufspüren können,
wenn wir in seiner Nähe sind?«

Ursel überlegte.

»Na ja, er braucht alle zwei Tage seine Tabletten. Das Medikament heißt Febuxostat, es ist ein Mittel gegen Gicht. Aber
wenn Ignaz seine Entführer tatsächlich dazu gebracht hat,
ihm das Medikament zu besorgen, werden die wohl nicht so
dumm sein, es in der Apotheke um die Ecke zu kaufen. Und
eine so seltene Krankheit ist Gicht nun auch wieder nicht.«

»Ignaz wird in Lugano festgehalten, weil seine Fähigkeiten als
Bestatter gebraucht werden«, stellte Jennerwein nachdenklich
fest.

Ursel nickte.

»Ja, es deutet schon viel darauf hin, dass Ignaz entführt
wurde, weil wir dabei sind, ein neues Unternehmen aufzu-
bauen.«

»Vielleicht planen die Entführer genau die Art von Doppel-
bestattungen, die Sie damals durchgeführt haben. Zu einem
auf natürliche Weise Verstorbenen wird eine Leiche gelegt, die
einer kriminaltechnischen Untersuchung nicht gerade stand-
halten würde.«

»Ja, das könnte sein«, sagte Ursel leise. »Sie haben Ignaz

daraufhin angesprochen, er hat abgelehnt. Wenn er aber abgelehnt hat, warum brauchen sie ihn dann noch?«

»Wenn die Schweizer die Doppelbestattung haben wollen, werden sie mehrere Versuche unternehmen, Ignaz zur Mitarbeit zu bewegen. Und solange sie den Eindruck haben, dass Sie, Ursel, die Polizei noch nicht eingeschaltet haben, können sich die Gangster Zeit lassen.«

»Wie gut, dass Sie inoffiziell arbeiten, Kommissar. Das erhöht die Chance, dass Ignaz am Leben bleibt.«

In Jennerweins Miene zeigte sich ein Anflug von Resignation. Es war alles sehr vage, aber sie mussten diese kleine Chance ergreifen.

Man hörte ein Auto vorfahren, beide blickten nach draußen. Ein auffälliger Chevrolet bremste geräuschvoll und parkte, zwei ebenso auffällige Paradiesvögel, eine zierliche junge Frau und ein stämmiger junger Mann, sprangen heraus. Sie trugen knallbunte Kleidung und passten überhaupt nicht in die beschauliche Herbstlandschaft des Kurortes. Waren das Touristen?

»Die Kinder«, sagte Ursel. »Auch das noch! Nur so viel, Kommissar: Ich habe vor, ihnen nichts zu erzählen, bis die Sache vorbei ist. Und das soll auch so bleiben.«

»Wollen Sie allein mit ihnen reden?«

»Ja, das ist vielleicht besser so.«

Trotzdem konnte Jennerwein im Nebenzimmer jedes Wort verstehen. Die Begrüßung war herzlich, die Tochter Lisa fragte gleich, wo denn Papa sei. Sie hätten eine Überraschung für ihn. Ursel antwortete ausweichend: er wäre unterwegs. In wichtigen Geschäften. Sie würde ihnen alles später erklären. Der Sohn erzählte im Schneckentempo, dass die Position

Gunggel-Höhen / Schöberl-Eck (Pssst! zischte Ursel hier dazwischen) aufgegeben werden musste. Sie hätten eine Warnmeldung empfangen.

»Ihr geht da nicht rauf«, sagte Ursel streng. »Ihr passt aufs Haus auf. Vielleicht zwei, drei Tage. Ich habe mit Kommissar Jennerwein etwas zu erledigen.«

»Ist. Jenner. Wein. Hier«, fragte Philipp.

»Ich möchte ihn kennenlernen?«, sagte Lisa.

»Jetzt nervt nicht. Wie gesagt: Ich erkläre alles später. Wir fahren in einer Stunde. Ich rufe von unterwegs an. Und noch eins: Besorgt euch dezentere Klamotten. Und parkt das Auto in der Garage. Das ist ja furchtbar.«

Die Kinder schienen das zu schlucken. Jennerwein hörte sie in den Keller laufen, in den Raum, in dem das Bild hing. Und in dem er die Spielkonsole gesehen hatte.

»Manchmal muss man sie behandeln wie Dreijährige«, sagte Ursel, als sie ins Zimmer zu Jennerwein trat. »Vor allem, wenn sie auf die dreißig zugehen.«

»Haben Sie vielleicht eine Landkarte von der Schweiz oder vom Tessin im Haus?«, fragte Jennerwein. »Ansonsten kaufen wir unterwegs eine.«

»Aber, Kommissar, in welcher Zeit leben Sie denn? Kein Mensch benützt heutzutage mehr eine Landkarte! Das ist doch im Internet alles viel genauer zu sehen.«

Gemeinsam gingen sie hinunter zu den Kindern. Die saßen tatsächlich vor einer Konsole, hatten Datenbrillen und VR-Handschuhe übergestreift, bekamen nichts mehr von der realen Welt mit und zuckten in unregelmäßigen Abständen zusammen, als ob sie mit Stromstößen gefoltert würden. Ursel holte sie mit einem leichten Klaps auf den Hinterkopf aus ihrer Phantasiewelt zurück.

»Lasst uns mal an den Computer, Kinder. Wir brauchen eine VR-Map von Lugano.«

So etwas hatte Jennerwein noch nie gesehen. Keine einfache Landkarte, sondern ein dreidimensionales Bewegungsraster der Straßen und Häuser, Verkehrsanlagen und Geschäfte. Jennerwein zoomte größer. Lugano lag am See, einem See, der die Grenze zu Italien bildete. Das war schon einmal ideal für eine kriminelle Organisation. Das Hotel D'Annunzio, in dem sie wohnen würden, lag zentral.

»Wir werden dort ein Zimmer nehmen«, sagte er zu Ursel. Wortlos griff sie zum Telefon und tippte die Nummer des Hotels ein, die sie aus dem Computer ablas. Dann meldete sie sich auf Italienisch. Ursel sprach ein weiches, sangliches Italienisch. Sie übertrieb die Betonungen nicht so, wie viele Touristen es taten. Sie sagte nicht prääägo, sondern prego. Ihr beim Italienischsprechen zuzuhören war wie ein Opernbesuch, dachte Jennerwein.

»Tutto bene«, sagte Ursel, als sie aufgelegt hatte. »Wir sollten sofort aufbrechen.«

Auf dem Weg in die Garage warf Ursel noch einen beiläufigen Blick in den Briefkasten. Der Postbote hatte etwas eingeworfen. Sie holte den Umschlag heraus, warf einen Blick darauf und erbleichte.

»Was ist los?«, fragte Jennerwein.

»Es ist ein Brief von Ignaz«, sagte sie mit tonloser Stimme.

»The 10 / 10 / 10 rule for tough decisions« ist eine Regel aus der Business-Welt: Man überprüft Entscheidungen daraufhin, was für Auswirkungen sie in 10 Tagen, in 10 Monaten, in 10 Jahren haben könnten.

Im Meeting-Room der Xana Krankenversicherung schraubte der gute Geist der Firma, Hausmeister Eichhorn, das Mikrophon wieder zusammen, das er repariert hatte. Die Tonanlage war jetzt einsatzbereit. Wie immer hatte er keine teure Soundfirma engagiert, wozu denn auch. Solche technischen Kleinigkeiten schaffte er alleine. Dafür war er bekannt. Er schaltete den großen Spot ein und aus. Perfekt. Er überprüfte den Hologramm-Projektor. Auch der funktionierte einwandfrei. Das Meeting begann in einer halben Stunde, dann würden sie alle eintrudeln, die großen Tiere der Firma. Wenn er daran dachte, wie unsicher ihre Zukunft war! Auf welch wackligen Stühlen sie alle saßen! Er selbst war schon seit Jahrzehnten Xanianer, feierte bald sein rundes Dienstjubiläum. Wie viele Manager hatte er schon kommen und gehen sehen. Vor allem in letzter Zeit, nach der Öffnung der Betriebskrankenkasse für den freien Markt. Wem da alles gekündigt worden war, von heute auf morgen, unglaublich. Wenn er alles aufgeschrieben hätte, was die Topmanager auf dem Gang oder nach den Meetings so erzählten! Ansgar Bremer musste befürchten, outgesourct zu werden, Georg Scholz wurden die Boni gestrichen, und das bei seinen teuren Hobbys. Und Wackolder? War da was dran an dem Gerücht, dass er die Firma verlassen musste? Je höher sie auf der Leiter standen, desto eher waren sie zum Abschuss freigegeben. Das ganze Abrechnungsmanagement war schon weggebröselt. Ausgerechnet die Buchhaltung mit den vielen netten Leuten. Was war aus der alten, gemütlichen Betriebskrankenkasse der Firma Leydecker & Söhne geworden! Xana – wie kalt und grausam das schon klang. Eichhorn schaltete die Lüftung ein und stellte die Temperatur etwas niedriger. Die Leinwände für die Powerpoint-Präsentation musste er noch aufziehen, dann war alles fertig.

Die Tür wurde aufgestoßen, Robert Wackolder, der Oberchef, schritt tatendurstig herein, sah sich zufrieden im Raum um und zwinkerte dem Hausmeister zu.

»Na, Eichhörnchen, immer wohlauf? Wenn wir Sie nicht hätten!« Er legte den Finger auf den Mund. »Und Pssst! Kein Wort über unser kleines Geheimnis.«

Der Hausmeister nickte eifrig. Die heutige Guerilla-Aktion, von der niemand wusste, bestand darin, dass der Tod höchstpersönlich auftrat, mit schwarzem Umhang und Sense, selbstverständlich zu Morricones entsprechendem Lied. In seiner Begleitung waren die Krankheit (ein Hulk-ähnliches Monster mit roten, fiebrigen Augen) und die Sorge (eine gebückt dahinschleichende Elendsgestalt). Alle drei sollten sich durch die Mittelreihe bewegen, der Tod sollte mit der Sichel knapp über die Köpfe der Anwesenden hinwegmähen, die Sorge jammern, klagen und schreien, die Krankheit schließlich mit ekligen Substanzen um sich werfen. Die drei Schauspieler, die diese allegorischen Figuren verkörperten, warteten schon kostümiert und geschminkt im Nebenraum. Als Gegenspieler würde der Xana-Krankenversicherungs-Ritter in glänzender Rüstung von der anderen Seite hereinkommen, er musste mit den drei üblen Gestalten kämpfen und sie schließlich hinausscheuchen. Eichhorn sollte die Lichteffekte zu dem Spektakel steuern. Welch eine Ehre, dass der Oberchef Wackolder ihn ins Vertrauen gezogen hatte! Wenn einer es schaffte, die Firma über Wasser zu halten, dann er. Das war sicher.

»Ach ja, eines noch«, sagte Wackolder. »Im Dokumentationsraum habe ich ein paar Patientenakten rausgesucht. Sie liegen auf dem Lesetisch, Sie können sie gar nicht übersehen. Könnten Sie mir die nach der Veranstaltung fotokopieren und in mein Büro bringen?«

Eichhorn nickte. Seit es keine Sekretärinnen und Büroboten mehr gab, packte er auch da mit an. Und zwar gerne.

»Natürlich«, sagte er. »Wird gemacht, Herr Wackolder. Dann wünsche ich Ihnen viel Erfolg bei der Präsentation. Toi toi toi …«

Doch Wackolder hörte schon gar nicht mehr zu. Er begrüßte Herrn Tsao-Wu, der den Meeting-Room mit seiner kleinen Delegation betrat, die aus sorgfältig europäisch gekleideten Herren bestand. Der chinesische Investor hatte im Fall einer Umwandlung der Xana in eine Aktiengesellschaft Interesse an Anteilen bekundet, deswegen war er hier. Auch andere Teilnehmer des Meetings trafen nun nach und nach ein, unter ihnen Georg Scholz und Ansgar Bremer. Marketingchef Scholz stellte gerade einen Ghettoblaster auf den Tisch und präsentierte den neuen Slogan, der als Radiospot laufen sollte:

■ »Xana – So kümmert sich kaaner.«

Er lächelte zufrieden.

»Ich erhoffe mir dadurch einen neuen Schub im österreichischen Markt!«

Ansgar Bremer hingegen schaute mürrisch drein. Er saß

schon auf seinem Platz. Sein Schild *Vorsorge, Prävention, vorvertragliche Antragsprüfung* baumelte ins Leere. Solche Meetings brachten gar nichts, dachte er. Rein gar nichts. Anstatt neue, gesunde, junge Kunden zu akquirieren, vertrödelte man hier Zeit und Energie mit leeren Sprüchen und nutzlosen Aktionen. Er hingegen hatte einen Plan. Einen Plan, auf den noch niemand gekommen war. Außergewöhnliche Lösungen. Wirkliche Vorsorge. Radikale Prävention. Dafür war er schließlich da.

Ludwig van Beethoven hat zwar nur neun Sym-phonien geschrieben, doch die erste Symphonie von Gustav Mahler wird oft als »die Zehnte von Beet-hoven« bezeichnet. Gustav Mahlers eigene Zehnte ist sein letztes Werk, wie auch Franz Schuberts unvollendete zehnte Symphonie seine letzte war. Deshalb haben sich einige Komponisten nicht an eine »Zehnte« gewagt – sie umweht der Hauch des Todes. Anton Bruckner hat seine Neunte gleich dem »Lieben Gott« gewidmet, sie wurde dann auch seine letzte.

Nicole Schwattke kniff die Augen zusammen. Auf dem Namensschild des Klinikmitarbeiters stand *D. Buck*.

»Waren Sie in der Nacht, als Herr Clausen starb, im Dienst?«, fragte sie ihn.

»Ja, ich war auf mehreren Stationen. Eine Folge des Personalmangels. Ich habe natürlich nicht mitgeschrieben, aber ich habe in der fraglichen Zeit auf Station 8 nach Herrn Clausen gesehen, da lag er noch friedlich im Bett. Aber das habe ich Ihren Kollegen doch schon alles erzählt!«

»Ich weiß, ich weiß. Mir geht es mehr um die Zeit vor und nach Ihrem Besuch bei Herrn Clausen. Haben Sie da irgendetwas Außergewöhnliches bemerkt? Zum Beispiel Personen, die normalerweise nicht auf die Station gehören? Im Gang, im Aufzug?«

»Nein, es waren die üblichen Nachtschwärmer. Pfleger und Krankenschwestern. Ärzte, die irgendwohin gerufen worden sind. Putzkräfte. Verwandte, die über Nacht geblieben sind. Andere Patienten, die Bettlägrige besucht haben. Oder die sich etwas am Süßigkeitenautomat geholt haben. Sehen

Sie her, von hier aus kann man den ganzen Gang der Station überblicken.«

Er wies auf den langen Flur. Sie waren bei einer Sitzecke stehen geblieben, rechts ging es zu den Aufzügen, links stand der Automat. Es war eine Art offener Aufenthaltsraum.

»Ein Fremder wäre mir aufgefallen, ja. Aber sagen Sie, ist mit dem Tod von Herrn Clausen doch etwas nicht in Ordnung?«

»Wir haben Hinweise bekommen, denen wir nachgehen müssen. Reine Routine.«

»Auch bei ganz normalen Todesfällen?«

»Auch bei denen.«

»Hören Sie, Frau Kommissarin. Im Krankenhaus wird nun mal gestorben. Da hat die Polizei kein Monopol drauf.«

Nicole überlegte. Vielleicht rechnete ein Täter genau mit diesem Umstand. Patienten zu töten war gleichzeitig so einfach und so abwegig, dass ein Verrückter hier furchtbar leichtes Spiel hatte.

D. Buck sah auf die Uhr.

»Wars das dann?«

»Ich habe noch eine ganz laienhafte Frage«, hielt ihn Nicole auf. »Wenn ich mir jetzt einen Arztkittel schnappe und ihn mir überwerfe, kann ich mich dann frei im Krankenhaus bewegen?«

Buck lachte.

»Nein, das ist so etwas wie ein urbaner Mythos. Das sieht man nur in Filmen. Die Ärzte kennt im Krankenhaus jeder, da würde ein neuer sofort auffallen.«

»Auch in einem solchen großen Krankenhaus wie diesem?«

»Ja, auch da.«

»Können Sie mir eine Liste vom Nachtdienst geben, der an dem Abend gearbeitet hat?«

In Nicole Schwattke stieg die Ahnung auf, dass sie hier nichts finden würde, dass Dr. Rosenberger vollkommen falschlag. Dass es eher lohnenswert wäre, den Fall Kazmarec weiterzubearbeiten. Der Pfleger nannte ihr ein paar Namen. Winternik, Kreysel, Dragica, Ingo …

»Sind das Pflegekräfte?«

»Nein, die kommen aus allen möglichen Bereichen. Es ist ein sehr lustiger und vor allem wettfreudiger Nachtdienst auf Station 8, da gehen viele hin, um mitzuwetten: Reinigungskräfte, Leute vom therapeutischen und psychologischen Dienst, sogar Patienten kann man im Stationszimmer finden. Aber jetzt am Vormittag brauchen Sie es gar nicht zu probieren. Das sind hauptsächlich Nachtdienstler, die schlafen aus. Versuchen Sies am Nachmittag.«

»Gibt es Prioritäten? Wen soll ich zuerst fragen?«

»Zuallerletzt würde ich jedenfalls den Kreysel fragen, das ist ein Schwätzer, der ohne Punkt und Komma redet. Ich glaube, dass der nur aus Geschichten besteht, die er loswerden will. Der hat gar keine Energie mehr, was zu beobachten. Und Ingo, der Masseur, der ist fast blind, der kann auch nichts gesehen haben. Entschuldigen Sie, aber ich muss jetzt weiter.«

Jemand schob eine klappernde Stellage mit Blutkonserven in durchsichtigen Beuteln an D. Buck vorbei, der wandte sich schnell ab und eilte davon. Ehe sich Nicole bedanken konnte, war er schon im nächsten Krankenzimmer verschwunden. Die Leute hier waren alle total überarbeitet.

Nicole ging von Zimmer zu Zimmer und befragte die Patienten so vorsichtig wie möglich, ob sie an dem fraglichen Abend etwas beobachtet hatten. Keinerlei Ergebnisse. Als sie aus einer Tür in den Gang trat, wäre sie fast über einen Mann gestolpert, der breitbeinig auf einem Stuhl lümmelte. Der Mann kam ihr bekannt vor.

»Mönckmayr, bist du das?«

»Schwattke! Nicole Schwattke! So klein ist die Welt!«

»So wie du aussiehst, schiebst du Wache, ja?«

»Da drinnen liegt eine schwerreiche Russin. Sie hat irgendwas am Rücken, weiß gar nicht genau, was. Ich bewache sie bloß.«

»In welchem Kommissariat bist du?«

»In gar keinem mehr. Ich habe den Dienst geschmissen und arbeite jetzt als freier Gorilla.«

»Warum bist du nicht bei der Polizei geblieben?«

Mönckmayr lachte.

»Schau uns beide an, Schwattke. Mich und dich. Ich sitze hier gemütlich da. Du hingegen läufst dir die Sohlen ab, wahrscheinlich für nichts und wieder nichts. Und von den Russen krieg ich für jeden Tag ein Trinkgeld auf die Kralle, das du gar nicht annehmen dürftest.«

Nicole verzog den Mund zu einem müden Lächeln.

»Dann einen schönen Tag noch.«

Energisch und ein klein wenig wütend stapfte Nicole weiter. Sie bog um die Ecke, um außer Sichtweite von diesem Blödmann zu kommen. Dann blieb sie stehen, um nachzudenken. Es war heiß. Viel zu heiß für den Herbst. Deshalb stand neben ihr auch eine Tür offen. Drinnen fand ein Gespräch statt. Sie hörte ein paar Wortfetzen. Wie fühlen Sie sich heute … Das ist ganz normal … Also haben Sie Fortschritte gemacht … Wenn Sie weiter daran arbeiten … Nicole lächelte grimmig. Mit diesem butterweichen Ton war es unverkennbar eine therapeutische Sitzung. Sie wollte schon wieder diskret weitergehen, lauschte aber dann doch.

»Wir machen nun ein paar ganz einfache Tests«, sagte die Psychiaterin oder Psychologin oder wie auch immer. Nicole hielt nicht viel von der Wissenschaft der Seele. Und noch weniger von dem Berufsstand, der sich damit beschäftigte.

»Welcher Buchstabe kommt direkt vor dem o?«

Das Gegenüber, das Nicole nicht sehen konnte, erwiderte nach ein paar Sekunden Bedenkzeit fröhlich:

»Der Buchstabe n.«

»Was kommt vor dem n?«

»Das m.«

»Sie sind heute richtig fit, meine Liebe. Denken Sie an Ihren Nachnamen.«

»Das tue ich.«

»Beginnt Ihr Nachname mit einem Buchstaben, der vor o oder nach o kommt?«

Die Patientin schwieg.

»Trotzdem haben wir Fortschritte gemacht«, sagte die Psychologin. »Vielen Dank. Wir treffen uns morgen wieder.«

Die Patientin, eine ältere gebrechliche Dame, schob sich langsam mit ihrem Rollator aus dem Zimmer. Nicole trat hinein und stellte sich als Kriminalkommissarin Schwattke vor. Die Mitarbeiterin aus der Psychiatrischen griff sich einen Bogen Papier und schrieb: *Schwattke. Ein offensichtlich erfundener Name. Nennt sich Kriminalkommissarin. Vermutlich Größenwahn.* Als sie aufblickte, sah sie den Dienstausweis von Nicole vor sich. Rasch zerknüllte sie das Papier. Nicole zog fragend die Augenbrauen hoch.

»Nun, was führt Sie zu mir?«, fragte die Psychiaterin, um einen festen Ton bemüht.

»Ich habe da gerade ein paar Wortfetzen mitbekommen. Was war das für ein Test?«

»Einer, den man bei Demenzkranken und Patienten mit unspezifischen geistigen Erkrankungen macht. Lang eingeübte Inhalte wie etwa das Alphabet oder der eigene Name werden abgefragt und miteinander kombiniert.«

»Mich würden Sie also zum Beispiel fragen: Welcher Name kommt nach Schwattke: Theissen oder Reindorfer?«

»Ja, so etwas in der Art.«

»Ist Frau Müther Ihre Patientin?«

»Dazu bräuchte ich aber –«

Nicole legte ihr den richterlichen Beschluss auf den Tisch, den ihr Dr. Rosenberger mit auf den Weg gegeben hatte.

»Frau Müthers Zustand konnten wir nicht genau eingrenzen. Sie hat etwas von diesem, etwas von jenem.«

»Haben Sie mit ihr auch solch einen Test gemacht?«

»Natürlich.«

»Ist da der Name Clausen gefallen?«

»Sicher. Wir verwenden Namen von Leuten, die sie kennt. Der verstorbene Herr Clausen war mit ihr befreundet.«

»Sie haben sie also zum Beispiel gefragt: Kommt mein Name vor oder nach dem Namen Clausen?«

»Wörtlich weiß ich das nicht mehr, aber ja, das könnte sein.«

»Können Sie sich daran erinnern, dass sie den Satz *Ich komme nach Clausen* gesagt hat?«

»Ja, ich glaube schon.«

Eine weitere Frau kam mit einem Rollator ins Zimmer. Nicole verabschiedete sich.

Der Fall war klar, dachte Nicole. Mit Klausen oder Clausen war nicht der Mann selbst, sondern lediglich sein Name gemeint gewesen. Hier war kriminalistisch nichts zu holen. Kein ungeklärter Todesfall, nur ein bedauerlicher Unfall. Sie hatte sich das gleich gedacht. Die anderen von der Liste brauchte sie gar nicht mehr zu interviewen. Verlorene Zeit. Dann könnte sie doch jetzt wieder an den Fall Kaz –

Da klingelte ihr Telefon. Sie sah auf die Nummer und stieß einen kleinen Überraschungsschrei aus. Es war die Nummer von Kommissar Jennerwein. Nicole war sofort klar, dass er in Schwierigkeiten stecken musste.

»Ein Brief von Ignaz?«, fragte Jennerwein erschrocken.

Einen furchtbar kurzen Augenblick lang stellte er sich einen entspannten Ignaz vor, der auf einer karibischen Insel am Strand saß, mit einer Flasche Rum in der Hand, eine fette Short-Churchill-Zigarre rauchend: Liebe Ursel, es tut mir leid, aber ich habe einfach mal Tapetenwechsel gebraucht … Doch das Bild zerstob rasch, Ursel hatte den Umschlag aufgerissen und ein paar Blätter herausgefingert. Sie eilte zurück in die Wohnung, Jennerwein folgte ihr. Ursel legte vier Blätter auf den Küchentisch und überflog die Zeilen. Doch statt des erhofften Lebenszeichens von Ignaz aus Lugano war es ein Brief, der hier im Landkreis abgeschickt worden war, und zwar vor zwei Tagen. Er enthielt drei rosafarbene, ausgefüllte Formularblätter, dazu ein zerknittertes, handbeschriebenes Schmierblatt. Jennerwein schob Ursel sanft vom Tisch weg.

»Lassen Sie mich das in Zukunft machen, Ursel. Fassen Sie die Blätter nicht an.«

Sie studierten die rosafarbenen Bogen. Es waren Patientenkarteikarten, eine von Herrn Clausen, zwei weitere von einem Herrn Fritz und einer Frau Demuth.

»Das sind Kardex-Pflegedokumentationen«, sagte Ursel, »also händisch aufbewahrte Karteien. Heutzutage ist alles digital, nur das nicht, denn mit diesem System kann man zum Beispiel auch Patientenverfügungen aufbewahren, das Nottestament, mündliche Anweisungen und so weiter.«

»Und warum hat Ihnen Ignaz das geschickt?«

Ursel runzelte die Stirn. Sie überflog die Eintragungen. Nach einer Weile sagte sie:

»Diese drei Patienten sind alle kürzlich verstorben. Und sie hatten alle eine schwere Operation vor sich.«

»Ich verstehe immer noch nicht ganz.«

Jetzt erschien ein sorgenvoller Zug in Ursels Gesicht.

»Ich vermute, da waren Menschen am Werk, die in der festen Überzeugung, etwas Gutes zu bewirken, schreckliche Dinge getan haben.«

»Sie meinen Verwandte?«

»Das auch. Aber auch Pfleger, Krankenschwestern, sogar Ärzte könnten eine Art fehlgeleitetes Mitleid mit den Patienten haben.«

»Hatten Sie schon einmal damit zu tun?«, fragte Jennerwein scharf. »Mit Euthanasie? Oder hatte Ignaz damit zu tun?«

»Nein, um Gottes willen, natürlich nicht.«

»Ich muss mich jetzt absolut auf Sie verlassen können!«

»Das können Sie. Aber wir haben oft genug mit dem Tod und dem Sterben zu tun gehabt. Und wir haben Verwandte von Schwerkranken gesehen, die an ihre Grenzen gekommen sind.«

Jennerwein machte eine kleine, entschuldigende Handbewegung.

»Ich wollte nur sichergehen. Aber lassen Sie uns einen Blick auf das vierte Blatt werfen, den zerknitterten Schmierzettel. Der gehört ja wohl nicht zur Krankenakte. Ist das die Handschrift von Ignaz?«

»Nein, das ist Ellis Handschrift. Ignaz hat manchmal solche Kritzeleien von ihr mitgebracht.« Sie beugte sich über das Blatt. »Es sieht aus wie eine Liste. Aber ich kann nichts entziffern.«

Auch Jennerwein beugte sich über den Zettel, kniff die Augen zusammen, schüttelte schließlich den Kopf.

»Damit kann ich auch nichts anfangen. Jedenfalls muss Ignaz einen Grund gehabt haben, Ihnen die Papiere zu schicken. Ich glaube aber immer noch nicht, dass er deswegen auch entführt wurde. Die aufwendige Drohgebärde mit dem Carpaccio spricht dagegen. Ignaz hat etwas im Krankenhaus entdeckt, er ist dabei gestört worden, hat die Blätter an sich genommen und als Brief hierhergeschickt. Dann hat ihn jemand überfallen, der meiner Meinung nach mit der Krankenhaussache überhaupt nichts zu tun hat. Es sind zwei Fälle.« Jennerwein wandte sich mit einer entschlossenen Miene an Ursel. »Den Krankenhausfall übertrage ich jetzt offiziell an die Kollegen. Ich setze Ihr Einverständnis voraus, dass ich diese Dokumente weitergeben kann. Ich rufe kurz jemanden an.«

Er wählte Nicoles Nummer. Sie nahm ab, war höchst überrascht, als sie erfuhr, dass er in der Nähe war. Hölleisen hatte also doch recht gehabt. Er hatte ihn im Kurort gesehen.

»Gut, Chef, ich hole die Blätter sofort ab.«

»Es sind drei Patientendokumentationen, die – mir zugespielt worden sind. Mit den Todesfällen stimmt etwas nicht. Es könnte sein, dass die Verwandten der Meinung waren, ihre Lieben nicht solange leiden lassen zu müssen.«

Nicole stieß einen verblüfften Laut aus.

»Und dann noch eine Skizze von Elli Müther«, fuhr Jennerwein fort. »Vielleicht ist das eine Liste mit Hinweisen. Ich weiß aber nicht, ob sie überhaupt etwas mit den Todesfällen zu tun hat.«

»Können Sie nicht herkommen und mir das näher erläutern, Chef?«

»Nicole, es tut mir leid, aber ich habe anderweitig zu tun. Ich beschäftige mich gerade mit einer wichtigen Sache.«

»Wo sind Sie denn?«

»Das erkläre ich Ihnen alles später. Sie erreichen mich notfalls unter dieser Nummer. Machen Sies gut.«

Nicole atmete tief durch. Also nochmals von vorne. Kazmarec musste wieder einmal warten. Sie fuhr zu den Graseggers, die Kinder übergaben ihr ein Kuvert. Zu Hause studierte sie die Blätter und alle übrigen Akten.

Jennerwein und Ursel saßen zu der Zeit schon im Auto und passierten gerade die Grenze zu Österreich. Jennerwein griff sich das Notebook, zog sich den Datenhandschuh und den Datenhelm über und bewegte sich virtuell durch Lugano. Ursel wiederum dachte an die Ochsenbackerl, die sie vor drei Tagen für Ignaz gekocht hatte. Tränen stiegen ihr in die Augen. Wenn sie Ignaz jemals lebend wiedersah, dann wollte sie ihm Ochsenbackerl kredenzen. Das schwor sie sich.

10

49

*»Ich glaube, ich bin für den Tennis-Zirkus nicht
gemacht. Irgendwie sehe ich keinen Sinn darin,
jemanden, den ich schon zehnmal geschlagen habe,
ein elftes Mal zu schlagen.«*
(Boris Becker)

Was mir einfach nicht aus dem Kopf geht: Komisch ist es
schon, dass Signora Graseggerä das fehlende Löffelchen
nicht aufgefallen ist. Ja, ich gebe es zu, richtig professionell
war das nichtä (ich muss mir das mit dem -ä abgewöhnen, es
wird langsam zur Sucht). Ich habe natürlich kein Löffelchen
dabeigehabt, klar, die Graseggers sind zwar in der ganzen organisierten Szene bekannt für ihre Verfressenheit, aber dass
die Signora was Leckeres gekocht hat, das konnte ich ja nicht
wissen. Und dann hat es sooo gut gerochen! Wie bei Mamma!
Ich habe also die Küchenschublade aufgemacht mit meinen
Stoffhandschuhen, ein Löffelchen rausgenommen und damit
probiert. Ochsenbäckchen, Guancia di Manzo Brasata! Ich
konnte gar nicht mehr aufhören mit dem Naschen. Die halbe
Soße habe ich ausgelöffelt, natürlich mit Wasser wieder auf-
gefüllt. Ich habe das Löffelchen selbstverständlich nicht dage-
lassen, da wäre ja meine ganze DNA drauf gewesen. (Falsche
DNA an einen Tatort bringen, das ist auch eine Spezialität
von mir. Was meinen Sie, wen ich damit schon alles ins Gefängnis gebracht habe!) Ich werde das Löffelchen, il cucchiaino, gelegentlich zurückschicken, zum Beispiel, wenn die
nächste Drohung fällig ist …

Maria Schmalfuß saß wieder im Suchtkurs nach
der Methode Sassafran©. Die Frau, die gerade
referierte, hatte wahrscheinlich privat oder

beruflich viel mit Kindern zu tun, denn sie hatte sich etwas Putziges einfallen lassen, um über ihre Krankheit zu sprechen. Sie hatte ihren rechten Schuh ausgezogen, die rotgepunktete Socke abgestreift, war mit der Hand in diese hineingeschlüpft und spielte damit nun ihre Sucht.

»Ich gehöre zu dir«, sagte die Suchtsocke mit krätziger Stimme gerade zu ihrer Herrin.

»Ich will dich aber loswerden«, entgegnete diese in gespielter Verzweiflung.

»So schnell wirst du mich nicht los.«

»Das werden wir ja sehen.«

Gelächter. Die Teilnehmer amüsierten sich. Das war mal was anderes. Maria versuchte, sich auf die Aufführung zu konzentrieren, doch sie musste immer wieder an den pockennarbigen, rotgesichtigen Mann denken, den sie nach der letzten Sitzung verfolgt hatte. Und der sie entdeckt hatte. Er war heute nicht zum Treffen gekommen, aber gerade das Fehlen des Mannes verstärkte seine Präsenz für Maria. Sie starrte immer wieder zwanghaft auf den leeren Stuhl, riss sich los und konnte den außergewöhnlichen Vortrag der Frau nicht verfolgen. Doch plötzlich mischten sich andere Stimmen in das Referat. Einige der Kursteilnehmer hatten es der Frau nachgetan, eine Socke ausgezogen und sich mit der übergestreiften Suchtsocke ins Gespräch eingemischt.

»Und da sitzt noch eine«, rief ein grünes, zerlöchertes kleines Ding in Marias Richtung. »Sie traut sich wohl nicht, sich zu outen?«

Alle anderen Socken drehten sich ebenfalls zu ihr. Maria erschrak darüber, dass solch gesichtslose Wesen derart vorwurfsvoll dreinblicken konnten.

»Du!«, kreischte eine. »Sag was!«

Die anderen stimmten ein. Maria kapitulierte. Sie streifte

eine ihrer eleganten Kalbslederstiefeletten ab, zog den Strumpf herunter und rollte ihn langsam auf die Spielhand. Marias Suchtsocke räusperte sich, dann fand sie ihren Ton. Es war eine leise, aber trotzdem durchdringende Stimme. Es war die Stimme aus Marias tiefstem Inneren. Alle anderen verstummten und sahen erstaunt zu ihr her. Maria sprach das erste Mal über *ihre* Sucht. Die Kursteilnehmer nach der Methode Sassafran© rissen erschrocken die Augen auf und ließen ihre Socken und Strümpfe langsam auf den Schoß sinken. Auch der rotgesichtige Mann mit den hervortretenden Schläfenadern, der sich inzwischen hereingeschlichen und auf seinem Stuhl Platz genommen hatte, starrte sie entgeistert an.

Der Einarmige hatte sich fast vollständig in das weiche Laub des Waldbodens eingegraben, nur das Spießergesicht mit den schmalen Rechthaberlippen und der spitzen, fordernden Nase schaute heraus. Er hielt die Augen geschlossen, beim geringsten Geräusch öffnete er sie jedoch und suchte die Umgebung aufmerksam nach der Ursache ab. Er steckte so im Boden, dass er das Versteck unter der auffälligen Tanne in S-Form hervorragend beobachten konnte. Es war still und friedlich hier in diesem Waldstück, ab und zu hörte er in der Ferne Wanderer reden, juchzen und lachen, doch sie kamen selten in seine Nähe. Er war gut vorbereitet, er konnte diesen Beobachtungsposten noch ein paar Tage und Nächte halten. Irgendwann musste schließlich jemand kommen, und den würde er sich vornehmen. Oder hatte ihn Kazmarec am Ende über den Tisch gezogen? Eigentlich unwahrscheinlich. In der Ferne hörte er vielstimmigen und lauten Gesang. Wieder eine Gruppe Wanderer. Vor einer Stunde war ein buntscheckiges Touristenpärchen ganz nahe herangekommen. Sie hatten ihn nicht bemerkt, waren sehr schweigsam gewesen, hatten den

Boden nach Pilzen abgesucht, aber nichts gefunden. Wenn sie ihn entdeckt hätten, wäre ihm nichts anderes übriggeblieben, als sie aus dem Verkehr zu ziehen. Er hatte die Pistole schon entsichert. Doch dann waren sie wieder abgezogen.

Auch die Weibrechtsberger Gundi hielt den Universal-Hammer so fest umklammert, dass ihre Knöchel weiß anliefen. Sie war auf dem Weg nach Hause, ihre Lippen bewegten sich, als ob sie lautlos murmelte. Ihr Gesicht war blass und übermüdet, sie hatte den Blick auf den Boden gerichtet.

»Ja, Gundi, schön, dass man dich auch einmal wieder trifft!«

Sie sah auf, die Bekannte war vor ihr stehen geblieben und brachte sich in Ratsch-Position. Tatsachenbein, Spekulationsbein. Sie stellte sich auf einen längeren Disput ein, doch heute nickte die Weibrechtsberger Gundi nur kurz und abweisend, blieb gar nicht stehen, ging schließlich mit schnellen Schritten an ihr vorbei. Wo gabs denn so was? Die größte Ratschkathl im Ort – grüßt nicht einmal und will gar nichts von den neuesten Gerüchten wissen? Eigenartig … Und warum trägt sie denn einen Hammer spazieren?

Zu Hause angekommen, pfefferten Lisa und Philipp als Erstes ihre buntscheckigen Wanderklamotten in hohem Bogen in die Ecke. Philipp nahm seine Handykamera aus dem Pilzkörbchen. Beide sahen sich nun schweigend und gespannt den Film an, den sie oben auf den Gunggel-Höhen am Schöberl-Eck gedreht hatten. Eine Stelle war besonders interessant. Zuerst das dunkelgrüne Gras, das sich leicht im Wind neigte. Nichts Auffälliges. Und dann doch zwei merkwürdige Punkte, die sich leicht bewegten: Ein Augenpaar leuchtete aus den Grasbüscheln heraus. Jetzt konnten sie die Konturen eines Kopfes erkennen, der aus dem Waldboden gewachsen zu sein schien. Es war ein gruseliger Anblick. Die Gesichtshaut war vollständig in der Farbe von welkem Herbstlaub geschminkt. Zudem trug er eine grasgrüne Kappe. Die Augen jedoch ließen sich nicht schminken. Sie blickten zunächst direkt in die Kamera. Dann richteten sie sich wieder nach vorn. Sie beobachteten das Versteck.

»Was ganz anderes?«, sagte Lisa.

»Was. Denn«, murmelte Philipp.

»Die Ochsenbackerl, die wir gegessen haben?«

»Was. War. Damit.«

»Die Sauce war viel zu dünn?«

»Mama. Lässt. Nach.«

Karl Swoboda, der Wiener Striezi und Freund des Ehepaares Grasegger, nahm an der Klausener Besichtigungstour unter der Führung von Jens Milkrodt teil. Treffpunkt war wie immer unten am Marktplatz, Jens Milkrodt erklärte gerade, wer hier alles durchgekommen ist: Goethe, Heine, Dürer. Swoboda spielte Interesse. Unauffällig scannte er alle Mittouristen. Ein Mann fiel ihm besonders auf, der dem Vortrag von Milkrodt nur scheinbar zu folgen schien. Es war Colonnello Max Tappeiner, der sich als Tourist unter die Wissbegierigen gemischt hatte. Jens Milkrodt erklärte gerade, wer hier noch alles durchgekommen ist: Spitzweg, Nietzsche, Mahler. Tappeiner spielte Interesse. Unauffällig scannte er alle Mittouristen. Ein Mann fiel ihm besonders auf, der dem Vortrag von Milkrodt nur scheinbar zu folgen schien. Es war Karl Swoboda …

10

50

Das 10. Album der Beatles heißt Yellow Submarine. Der bekannte Refrain besteht aus zehn Tönen, was in der Musikgeschichte selten genug ist: We all live in a yel-low sub-ma-rine …

Seit ihn gestern die Knechte der Schweizer Mafia wieder in seine Zelle zurückgebracht hatten, war Ignaz wie gelähmt. Immer und immer wieder stiegen die Bilder der schockierenden Geschehnisse in ihm auf. Ständig sah er den abgetrennten Kopf vor sich.

Ignaz schüttelte sich. Er musste sich unbedingt ablenken und zwingen, an etwas anderes zu denken. Ignaz versuchte, sich nochmals an den Tag seiner Entführung zu erinnern. Er hatte diesbezüglich immer noch einige Lücken. Das angestrengte Nachdenken verschaffte ihm tatsächlich etwas Linderung. Was war vor drei Tagen im Krankenhaus geschehen? Nach seinem Besuch bei Elli war er entführt worden, so viel war klar. Was war davor passiert? Plötzlich tauchte ein Bild auf. Es war zunächst verschwommen, aber dann wurde es immer deutlicher. Ignaz sah sich in einem kleinen Büro stehen, das er verbotenerweise betreten hatte. Er beobachtete sich dabei, wie er Akten durchwühlte. Es waren diese rosafarbenen Kardex-Klarsichthüllen. Er sah sie vor sich, die Dokumentationsbögen über Patienten. Seine Hände hatten gezittert. Was aber hatte er in den Unterlagen gefunden? Er stocherte in seiner Erinnerung. Und plötzlich fiel es ihm wieder ein, was er dort getrieben hatte. Er hatte die Operationspläne des Krankenhauses mit den Aufzeichnungen der Sterbefälle verglichen. Als ehemaliger Bestattungsunternehmer hatte er einen Blick dafür. Es war in seiner aktiven Zeit nicht unüblich gewesen, dass Verwandte vor schwierigen und gefährlichen Operationen mit ihm in Kontakt getreten waren. Meistens mit Wissen oder sogar im Auftrag der Kranken. Weil man an dem und dem Tag mit dem Schlimmsten rechnen müsse, wolle man jetzt schon sichergehen, dass alles bereit wäre. Der Sarg, das Deckchen, die Blumen, die Musik. Hier aber lag die Sache anders. Die Sterbefälle in Ellis Krankenhaus häuften sich nicht, wie zu erwarten gewesen wäre, kurz nach komplizierten Operationen, sondern davor. Das war es, was er entdeckt hatte! Ignaz brauchte eine Weile, um diese Erinnerung zu verarbeiten. Was bedeutete das? Wer hatte etwas davon, dass Patienten vor der Operation starben? Ignaz kam ein ungeheurer Verdacht. Die einzigen Nutznießer waren doch Versicherungen, die eine teure OP auf diese Weise nicht zahlen mussten. Er war sich ziemlich sicher, dass er auf eine Methode gestoßen war, eine Art Krankenversicherungsbetrug durchzuführen. Nur dass in diesem Fall die Versicherung betrog und nicht wie sonst betrogen wurde. Sie umging Operations- und Nachfolgekosten ab einer bestimmten Höhe, indem sie den unrentablen Patienten töten ließ. Ignaz war erst erschrocken, dann wunderte er sich. Die Süditaliener hatten so etwas schon einmal in sizilianischen Kliniken durchgeführt, und da hatte es nicht geklappt. Eine viel zu breite Spur führte zu den Versicherungen zurück. Wer aber wiederholte solch ein brutales und gleichzeitig aussichtsloses Verbrechen? Doch sicher nur ein Laie. Die Schweizer Mafia hatte ganz sicher nichts damit zu tun.

Er konzentrierte sich erneut auf diese unerklärlichen Schiffsbewegungen. Wenn er wusste, was das für ein Wasserfahrzeug war, kam er vielleicht weiter. Ignaz legte sich bäuchlings auf den Boden, breitete die Arme aus und schloss die Augen. Lange war alles ruhig, dann spürte er wieder diese unregelmäßige, unrunde Bewegung. Er konnte keine bestimmte Richtung ausmachen. Es war irgendwie – schlingernd, ein anderer Ausdruck fiel ihm nicht ein. Ein kleines, fast ruckartiges Schlingern. Er konnte es nicht deuten. Er hatte vielleicht vier- oder fünfmal in seinem Leben an einer Schiffsfahrt teilgenommen. Auf dem Tegernsee und auf dem Starnberger See. Ach ja, und einmal hatte er eine Mittelmeerkreuzfahrt gebucht. Aber auf dem Riesendampfer hatte er so gut wie keine Schiffsschwankung verspürt. Befand er sich jetzt auf einem großen Schiff? Nein, es war eine andere Bewegung, eine ganz bestimmte, der er auch schon einmal ausgesetzt war, er wusste bloß nicht mehr, wann und wo. Er hatte einmal einen Spezl gehabt, der den Segelschein gemacht hatte. Was hatte der immer erzählt von den drei Möglichkeiten, die ein schwimmender Körper auf dem Wasser vollführen konnte? Hätte er damals nur besser zugehört! Ignaz konzentrierte sich. Es war ein Spezl, der auch gerne und gut und vor allem üppig geschmaust hatte. Sie hatten mit anderen zusammen eine Schlachtplatte verputzt, und da hatte der Fresskumpan von der Prüfung erzählt. Es war der Hinterstoisser Peter, der dann später … Weg mit diesen Details. Ignaz wollte sich auf die drei Schiffsbewegungen konzentrieren. Hieß es nicht Gieren, Nicken und Rollen? Gieren war wie Kurvenfahren beim Auto, Nicken war die Auf- und Abwärtsbewegung über die Querachse, und Rollen erklärte sich von selbst, es war eine seitliche Kippbewegung. Kurven fahren, vornüberstürzen, seitlich abrutschen. Ignaz ging die drei Möglichkeiten durch. Und er wusste, dass das, was er momentan spürte, mit keiner der drei zu tun hatte. Es war etwas anderes. Keine Richtungsänderung nach links oder rechts, keine bloße Auf- und Abwärtsbewegung, auch keine Drehung um die Achse. Es war etwas, das er schon erlebt hatte. Schon öfter. Es war ein kleiner Anhub in die eine Richtung, dann ein kleines Zurück und ein ebenso kleiner Anhub in die andere Richtung. Und jetzt wusste er, wo er war.

Er befand sich auf einer Schaukel.

10

51

Unter Tetraphobie verstehen Psychologen die Angst vor der Zahl 4, unter Triskaidekaphobie die vor der Zahl 13. Die Dekaphobie (die Zehner-Angst) ist so groß, dass man den Begriff nicht einmal im Lexikon findet.

Sie waren noch fünfzig Kilometer von Lugano entfernt, als Ursel auf die Autobahnraststätte zufuhr. Jennerwein hatte das Notebook auf den Schoß genommen, und sie wusste, was er vorhatte. Er wollte die Umgebung des Hotels D'Annunzio virtuell studieren. Ursel stieg aus dem Auto, um zu tanken. Als sie von der Kasse zurückkam, hatte er schon Datenhandschuh und -helm übergezogen und bewegte sich mit seinem Avatar durch die Via Ernesto Bosia in Lugano. Jetzt bog er in die Via Boggio ein, hielt nach Tiefgaragen Ausschau, umkreiste das Hotel D'Annunzio mehrmals, prägte sich die Ein- und Ausgänge ein, studierte alle Zufahrten, Laderampen, Rolltore, Feuerleitern und andere Möglichkeiten, in das Gebäude zu kommen. Rechts oben auf seinem Display erschienen Zusatzinformationen wie Luft- und Wassertemperatur, zu erwartendes Verkehrsaufkommen, aber auch Operntipps und Restaurantempfehlungen, alles im Umkreis von einem Kilometer. Jennerwein nahm die Datenbrille ab.

»Wenn Sie es noch genauer haben wollen, müssen wir Philipp bitten, uns zu helfen«, sagte Ursel. »Aber ich wollte eigentlich vermeiden, die Kinder mit hineinzuziehen.«

Jennerwein seufzte.

»Warum haben wir so etwas nicht bei der Polizei! Das wäre eine ideale Vorbereitung zu einem Einsatz.«

»Das gibt es ja noch nicht offiziell. Philipp

ist gerade dabei, so eine Software zu entwickeln«, sagte Ursel stolz. »Er hat vor, eine Firma damit zu gründen. Eine Virtual-Reality-Firma. Er will animierte Stadtpläne anbieten.«

»Auch für die Polizei?«

Vor allem für die, dachte Ursel zerknirscht. Philipp war richtig aus der Art geschlagen.

Jennerwein tauchte erneut in das Pixel-Lugano ein. Es war zwar nicht möglich, eines der Gebäude zu betreten, doch Jennerwein hatte vollauf damit zu tun, sich von den Straßen und Plätzen ein Bild zu machen. Der große Vorteil beim digitalen Erforschen eines Ortes war, dass er dabei nicht beobachtet werden konnte. Oder etwa doch? Guckten nicht zwei grimmig aussehende Avatare immer mal wieder hinter einem Baum hervor und lachten hämisch? Aber die gehörten sicher zur Ausstattung. Er entdeckte, dass das Polizeirevier nur ein paar hundert Meter vom Hotel entfernt lag. Auf dem Dach des D'Annunzio befand sich ein Hubschrauberlandeplatz. Und von dort aus hatte man besten Rundblick auf Lugano-Stadt.

»Wir sollten uns ein gutes Fernglas besorgen«, sagte Jennerwein.

»Ich habe eines mitgenommen«, sagte Ursel. »Ein altes Zeiss Victory. Das ist ein typisches Jägerfernglas. Ein besseres kriegen wir hier auch nicht.«

Jennerwein nickte anerkennend.

»Gut gemacht. Das werden wir auch brauchen. Ich habe die meisten Straßen jetzt gecheckt. Wir wohnen im einzigen Stadtteil von Lugano, der ideal geeignet ist, Transporte in viele Richtungen durchzuführen. Man kommt mit allen möglichen Verkehrsmitteln von hier weg, ein Taxistand und sogar eine Bushaltestelle sind in der Nähe. Und das Ufer des Luganersees liegt keine fünfzig Meter entfernt, Bootsanlegestelle inklusive.«

»Sie meinen, dass Ignaz im Hotel D'Annunzio gefangen gehalten wird?«

»Das könnte sein. Aber in einem Hotel ist viel Personal. Sicherer wäre ein bewegliches Gefängnis, zum Beispiel ein Campingbus oder eines der größeren Boote dort draußen.«

»Das erschwert die Suche natürlich sehr.«

»Ja, und deshalb sollten wir jetzt weiterfahren. Ins wirkliche Lugano.«

Eine halbe Stunde später betrat ein unauffälliger Mann das Foyer des Hotels D'Annunzio. Die große Halle war in einem derart altmodischen Stil gehalten oder vielmehr belassen worden, dass man sich nicht gewundert hätte, wenn der italienische Dichterfürst Gabriele d'Annunzio persönlich in einem der Fauteuils gesessen hätte. Jennerwein stand etwas verloren in der Mitte des Raumes und blickte scheinbar gelangweilt und recht desinteressiert umher. Ursel beugte sich ungeduldig über die Theke der Rezeption und checkte für sie beide ein. Jennerwein wandte sich seufzend von ihr ab. Er vermutete, dass sie gerade einen falschen Pass auf den Tresen gelegt hatte und später bei der Abreise mit nicht ganz sauberem Geld bezahlen würde, von anderen Straftaten ganz zu schweigen. Aber anders war es wohl nicht möglich. Jennerwein ging durch die Reihen der Sitzenden und Kaffeeschlürfenden und betrachtete die Speisekarte des Restaurants, das mit dem Prädikat *Gastronomia molecolare* warb. Er wollte gerade die Menüs durchgehen, hatte dazu schon sein spärliches Schulitalienisch ausgepackt, als sein Handy in der Tasche polterte. Die Gerichtsmedizinerin hatte ihm eine SMS geschickt:

Die DNA von Probe A und B stimmt nicht überein.

Das Präparat in der Pizzaschachtel stammte also eindeutig nicht von Ignaz. Das war eine sehr, sehr gute Nachricht, vor allem für Ursel. Es hieß natürlich noch nicht, dass Ignaz lebte. Trotzdem wollte er ihr das sofort mitteilen. Sie war nun mit dem Einchecken fertig und kam durch das Foyer auf ihn zu. Sie hatten vorhin im Auto besprochen, dass sie sich im Inneren von Gebäuden und in der Nähe von vielen Menschen nicht über Ignaz' Entführung unterhalten wollten – sicherheitshalber. Trotzdem wollte Jennerwein mit dieser Nachricht nicht warten. Er hielt das Handy hoch und zeigte ihr das Display. Mit großen Augen starrte sie auf den Text, dann wandte sie sich ab. Jennerwein hatte bemerkt, dass ihr Tränen in die Augen getreten waren.

»Schau hin, die Frau weint vor Glück«, sagte eine Dame zu einer anderen und nippte an ihrem Cappuccino.

»Die beiden haben sich wahrscheinlich endlich hier im Hotel getroffen, um ihrer großen Leidenschaft nachzugehen«, erwiderte die andere und griff sich das dickste Petit Four, das auf dem Teller lag.

»Dürfen wir Ihnen denn für heute Abend einen Tisch reservieren?«, fuhr ein Kellner dazwischen, der aus dem Restaurant gekommen war.

Ursel und Jennerwein blickten sich an.

»Warum eigentlich nicht«, sagte Jennerwein.

»Feiern Sie etwas?«, fragte der Kellner anzüglich lächelnd.

Sie sahen offensichtlich so aus. Sie bestellten einen Tisch für zwei Personen, bis zum Essen hatten sie noch drei Stunden Zeit.

Als sie oben im Zimmer waren, packten sie schweigend ihre wenigen Sachen aus.

»Was ist, wenn wir völlig falschliegen!«, stieß Ursel resigniert hervor. »Vielleicht ist er schon längst tot!«

Jennerwein legte ihr beruhigend den Arm auf die Schultern.

Nach einiger Zeit sagte er:

»Er ist nicht tot. Aber wir sollten vorsichtig sein.«

Dabei deutete er mit dem Daumen über die Schultern in Richtung Bad. Dort drehten sie alle Wasserhähne auf. Das war vom rein ökologischen Standpunkt her sicher verwerflich, aber der alte Stasi-Trick brachte eventuelle Türlauscher und Wanzenhorcher zur Verzweiflung.

»Wir werden jetzt Folgendes tun«, sagte Jennerwein leise. »Ich gehe runter auf die Straße und erkunde den Platz zwischen dem Hoteleingang und dem Hafen. Sie verfolgen mich vom Fenster aus mit dem Fernglas, ich bleibe in Ihrem Sichtkreis. Ich sehe mich nach einem möglichen Versteck um. Vielleicht haben wir Glück und bemerken die Leute, die es bewachen. Achten Sie also weniger auf mich als auf auffällige Menschen in meiner Umgebung.«

Ursel nickte.

»Ich habe das – schon ein paarmal gemacht«, sagte sie zögerlich. »Schlagen Sie auch ab und zu einige Haken. Da sieht man am ehesten, ob es Verfolger und Beobachter gibt.«

Als sie Jennerwein auf der Via Ernesto Bosia mit dem Zeiss Victory ins Visier nahm, ging er gerade betont schlendernd den belebten Fußweg entlang. Jetzt überquerte er die Straße, als sähe er im gegenüberliegenden Schaufenster ein Mitbringsel für seine Erbtante. Er schritt weiter, betrachtete die barocken Figuren eines Brunnens, legte die Hand über die Augen, um gegen die untergehende Sonne einen Blick auf den

See zu erhaschen. Jennerwein schien sich entspannt durch das Gewimmel zu bewegen, doch Ursel wusste, dass er das Terrain penibel genau taxierte. Auch sie beobachtete Jennerweins Umgebung genau. Sie konnte keinerlei Verfolger ausmachen. Dann tauschten sie die Rollen, und Ursel blieb vor Schaufenstern stehen. Sie las Schilder und Inschriften. Sie wurde von einem Passanten um Feuer gebeten. Jennerwein zoomte auf dessen Gesicht und prägte es sich ein. Er wusste aber, dass das kein Kandidat für ihn war. So sah kein Mitglied der Schweizer Mafia aus. Sie trafen sich wieder im Badezimmer.

»Der Mann, der mich um Feuer gebeten hat, war wahrscheinlich harmlos«, sagte sie. »Trotzdem habe ich mir das Gesicht eingeprägt.«

»Gut gemacht. Der Meinung bin ich auch.«

Ursel zeigte einen Anflug von Stolz.

»Das Hotel hat eine Verbindungsstraße zum Hafen«, fuhr Jennerwein nachdenklich fort. »Sie führt unter der Stadtstraße durch, fällt aber nicht gleich ins Auge, weil sie einen Bogen beschreibt.«

»Ja, das ist mir auch aufgefallen«, fügte Ursel besorgt hinzu. »Ich bin immer noch der Meinung, dass die Gefängniszelle im Hotel zu finden ist und dass Ignaz über den Wasserweg hereingebracht wurde.«

Jennerwein machte eine skeptische Handbewegung. Er blickte längere Zeit auf den sprudelnden Wasserhahn.

»Ich glaube eher, dass sich das Versteck am Wasser befindet. Vielleicht auf einem der Boote. Wir werden morgen beide, jeder für sich, noch einmal hinuntergehen und die Lage erkunden. Immer abwechselnd.«

In Ursels Gesicht erschien ein verlegener Zug.

»Ich hoffe, wir müssen nicht am Ende die Polizei einschalten. Ich meine: die Schweizer Polizei. Das würde den sicheren Tod von Ignaz bedeuten.«

»Ich weiß. Aber wenn etwas geschieht, was ich nicht mehr verantworten kann, breche ich ab.«

»Es wird langsam dunkel«, sagte Ursel. »Was können wir noch tun?«

»Heute nichts mehr, wir machen morgen früh weiter.«

Ursel nickte und drehte den Wasserhahn zu.

Die Spezialitäten, die im Restaurant an ihrem Tisch vorbeigetragen wurden, sahen sensationell gut aus. Das Restaurant des Hotels D'Annunzio legte viel Wert auf Optik. Beide bestellten das kleinste Menü, das es gab, sie waren viel zu angespannt, um das Essen genießen zu können. Auf der Speisekarte stand sowohl Fisch- wie auch Rindfleischcarpaccio, am Nebentisch wurde prompt beides serviert. Jennerwein und Ursel warfen einen kurzen Blick darauf und wandten sich mit einem Anflug von Übelkeit ab. Sie sahen sich um. Hoffentlich hatte sie niemand dabei beobachtet. Das andere Paar jedoch begutachtete die beiden Teller mit großem Ah! und Oh!

»Wie bekommen Sie das denn so dünn hin?«, fragte die Frau den livrierten Kellner.

Jennerwein und Ursel lauschten. Sie spielten wie vereinbart das *Ehepaar, das sich nichts mehr zu sagen hat.*[*]

»Das ist unser Geheimnis«, antwortete der Ober mit professionell kokettem Augenzwinkern.

»Kommen Sie, im Ernst, sagen Sie schon! Ich will das zu Hause nachmachen.«

---

[*] In fast jedem Restaurant trifft man solche Paare. Größte Vorsicht ist geboten! Es sind meistens Geheimdienstagenten nicht befreundeter Staaten, Industriespione und Außendienstmitarbeiter des Finanzamts.

Auch nach längerem Hin und Her rückte der Kellner nicht mit dem Geheimnis heraus.

»Wir mussten hier alle schwören, das Rezept mit ins Grab zu nehmen«, scherzte er.

Das sind ja riskante Späße, dachte Jennerwein.

So saßen sie da im traumhaften Ambiente des Speisesaals vom Hotel D'Annunzio, Kerzen auf dem Tisch, Ölschinken an den Wänden, gedämpfte Musik im Hintergrund. Doch sie konnten es überhaupt nicht genießen. Beide gingen im Geist die Straße vor dem Hotel noch einmal entlang. Das Paar am Nebentisch, der Kellner, der Sommelier, alle anderen Gäste, jeder im Saal hatte denselben Gedanken: Da an Tisch acht sitzt das Paar, das sich nichts mehr zu sagen hat.

Draußen war es dunkel geworden. Man hatte von ihrem Platz aus einen guten Blick auf den Luganersee, doch sie vermieden es hinzusehen. Dort irgendwo konnte das Gefängnis von Ignaz sein. Einige Bootslichter flammten auf, leicht kräuselten sich die Wellen, der Wind strich darüber und schäumte sie noch zusätzlich auf. Sie schwiegen lange. Dann standen sie auf und verließen den Speisesaal. Mitleidig sahen ihnen die Gäste des Restaurants hinterher.

10

52 Im »Dekameron« von Giovanni Boccaccio (verfilmt als »Hemmungslos der Lust verfallen«) erzählen sich zehn Personen in zehn Tagen (griech. deka hemera: zehn Tage) zehn mal zehn Novellen. Zehniger gehts nicht mehr.

Ignaz Grasegger schnaufte tief durch. Langsam begann er, die Taktik der Entführer zu begreifen. Sie wollten ihn nicht töten. Deswegen hatten sie ihn nicht verschleppt. Sie hatten vor, ihn mit grausamen und abstoßenden Aktionen zu traumatisieren und weichzuklopfen. Sie wollten aus ihm einen Menschen machen, der ständig in Angst lebte, wieder so etwas wie vorhin mitansehen zu müssen. Und der das Gefühl hatte, dafür verantwortlich zu sein.

Er würde als willenloser Zombie in den Kurort zurückkehren, das war ihr Plan. Deshalb gab es nur eine Möglichkeit. Er musste dieser Hölle entkommen. Er hatte jetzt schon ziemlich lange nichts mehr von den Entführern gehört. Er ahnte, dass sie eine weitere Scheußlichkeit vorbereiteten. Die Mattigkeit, die von der Betäubung kam, war nun gänzlich verflogen. Jetzt plagte ihn der Hunger, aber den konnte er noch eine Weile beiseiteschieben. Vor ein paar Stunden hatten sie ihm Essen gebracht und es grinsend und theatralisch anpreisend auf den Tisch gestellt. Gemeinerweise roch es phantastisch. Und es sah auch sehr lecker aus. Es war *Risotto nero*, eine schwarzglänzende Reisspeise mit Calamari und augenscheinlich echter Tintenfischtinte. Der Duft dieser venezianischen Spezialität erfüllte den ganzen Raum, und Ignaz kam fast um vor Hunger und Appetit. Doch sie wussten genau, dass er nach dem grauenhaften Erlebnis mit dem To-deskandidaten keinen Bissen hinunterbrachte. Sie spielten ein verdammt ausgeklügeltes Spiel mit ihm. Zuckerbrot und Peitsche. Manchmal wurde er aufmerksam wie in einem Wellnesshotel behandelt. Gleich nach seiner Ankunft hatte er sie gefragt, ob sie ihm sein Gichtmittel besorgen könnten. Er musste das Febuxostat alle zwei Tage einnehmen, sonst bekam er einen Gichtanfall, der sich gewaschen hatte. Sie hatten es ihm innerhalb von drei Stunden gebracht. Aber sie waren wahrscheinlich nicht so dumm gewesen, in die nächst-beste Apotheke zu gehen. Damit hätten sie eine gute Spur für eventuelle Verfolger gelegt. Ignaz besah sich die Packung. Er öffnete sie und nahm die Packungsbeilage heraus. Als sie ihn nach draußen zur Toilette brachten, hatte er auf dem Weg dorthin in unmittelbarer Nähe Wasser plätschern hören. Sollte er den Zettel beim nächsten Mal unauffällig in diese Richtung werfen, in der vagen Hoffnung, dass er zu einer Stelle schwimmt, wo jemand ihn findet und seine Schlüsse zieht? Ignaz rollte den Beipackzettel zusammen. Eine win-zigkleine Hoffnung war besser als gar keine. Eine Hoffnung auf Hilfe von außen. Doch dann ergriff ihn tiefe Verzweif-lung. Er musste den Zettel beschriften. Mit einem Notruf. Er sah sich im Zimmer um. Natürlich lag da nirgends zufällig ein vergessenes Schreibgerät. Seine Kleidung hatte er schon überprüft, sie hatten seine Taschen vollständig geleert. Seine Taschen? Er zog ein Hosentaschenfutter heraus und betrach-tete es nachdenklich.

Er setzte sich wieder. Was hatte er mit den Krankenakten ge-macht? Hatte er sie eingesteckt? Die ganze Zeit hatte er sich schon überlegt, ob Ursel inzwischen wusste, dass er im Kran-kenhaus gewesen war. Sie hatte dort bestimmt nachgeforscht, aber er war sich nicht sicher, ob ihn dort überhaupt jemand gesehen hatte. Außer Elli natürlich. Aber vielleicht war es ja ganz gut, wenn sie nicht wusste, dass er im Krankenhaus gewesen war, denn dann käme sie zunächst auf eine falsche Spur und verlöre viel Zeit. Wer wohl jetzt bei ihr war? Sie hatte sich vermutlich Hilfe geholt. Die Kinder? Hoffentlich nicht. Sie sollten aus der Sache herausgehalten werden. Swoboda? Jennerwein? Jemand von den Italienern? Jetzt fiel ihm wieder etwas ein. Ruckartig wandte er sich um, so erschrak er. Natürlich wusste Ursel von seinem Krankenhausbesuch, er hatte ja die Kardex-Patientenakten und Ellis Liste nach Hause geschickt!

Als er sich erneut in seinem Gefängnis umsah, um nach etwas Schreibbarem zu suchen, fiel sein Blick auf den Risotto nero. Wenn er wirklich hausgemacht war, und daran zweifelte er dem würzigen Geruch nach nicht, dann enthielt er echte Tintenfischtinte, deren Flecken berüchtigt dafür waren, nie mehr aus Kleidungsstoffen entfernt werden zu können. Er nahm einen Zahnstocher, der neckisch in einer der gefüllten Oliven steckte, und tauchte ihn in den schwarzen Reis. Dann riss er das Hosentaschenfutter heraus und schrieb auf den Stoff einen Hilferuf. Und seine Telefonnummer im Kurort. Er rollte ihn sorgfältig zusammen und klopfte laut an die Tür.

Und tatsächlich kamen die beiden Knechte wieder, um das Geschirr abzuräumen. Er sagte, dass er auf die Toilette müsste. Sie zogen ihm einen Sack über den Kopf und führten ihn hinaus. Als er das Gefühl hatte, Wasser zu hören, spielte er einen Schwächeanfall und strauchelte absichtlich zu Boden. Sie packten ihn sofort, um ihn wieder hochzureißen, er aber konnte den Stofffetzen in eine Richtung fallen lassen, in der er fließendes Wasser vermutete. Grob stießen sie ihn vor sich her. Sie hatten nichts bemerkt. Es war eine kleine, eine winzig kleine Chance.

Gibt es ein Zehn-Sterne-Restaurant? Der Guide
Michelin erklärt die Bedeutung der Auszeichnungen
so: Für einen Stern hält man mit dem Auto an. Für
zwei macht man einen Umweg. Für drei eine Reise.
Für vier durchschwimmt man einen See. Für fünf
durchquert man einen reißenden Strom. Für sechs
springt man aus dem Flugzeug. Für sieben verrät
man einen Freund. Für acht alle. Für neun Sterne
begeht man einen Mord. Und ein Zehn-Sterne-Essen?
Gibt es nur bei Mama.

Das müssen ja Riesenlatschen sein, dachte Ingo, der sehbehinderte Masseur, so wie die klingen, sind es mindestens
Schuhe der Größe sechzig oder siebzig. Ingo hielt kurz inne
mit dem morgendlichen Rückenkneten und Muskelstrecken
und lauschte. Kaflotschschsch, kaflotschschsch, tönte es vom
Gang her.

»Was ist los?«, fragte der Patient, den Ingo gerade in der
Mangel hatte. »Machen Sie weiter, das tut gut.«

»Ja, gleich, warten Sie einen Augenblick.«

Ingo trat hinaus auf den Gang und lauschte. Er war sich
sicher, dass er diese Schritte schon einmal gehört hatte. Aber
er konnte sie nicht so recht einordnen.

Der Krankenhausclown hatte den Masseur mit den öltriefen-
den Händen wohl bemerkt, er reagierte aber nicht auf ihn und
latschte unbeirrt weiter. Sein Gesicht war strahlend weiß geschminkt, unter dem rechten Auge
prangte eine übergroße Träne. Kaum einer vom
Krankenhauspersonal beachtete den Clown,
niemand sprach ihn an, niemand lachte oder

lächelte. Es war einfach zu früh am Morgen. Und die Clown-doktors und Rednoses gehörten inzwischen zum Klinikalltag. Deshalb konnte der Bajazzo mit den Riesenlatschen ungestört durch die Gänge schlurfen. Manchmal wich er einer Fuhre Medikamente oder einem leeren Krankenbett aus, manchmal schloss er sich einer Visite an, um sich gleich wieder von der bekittelten Gruppe zu lösen. Bei jedem offenen Zimmer blieb er stehen, um einen Blick ins Innere zu werfen und die Patienten mit einer Geste oder einem pantomimischen Joke aufzumuntern.

Plötzlich versperrten ihm vier kleine Monster den Weg. Sie waren aus einem Zimmer gestürmt, standen nun mitten im Gang und hoben ihre kleinen, schmutzigen Monsterhändchen.

»Hallo, Clown! Jetzt bist du unser Gefangener.«

Die vier Kinder im einstelligen Altersbereich blickten ihn frech und erwartungsvoll an. Er hatte schon mehrmals erlebt, dass Kinder Angst vor seinesgleichen hatten – infantile Coulrophobie hieß das, er hatte nachgeschlagen. Doch diese naseweisen Gören hier zeigten keinerlei Anzeichen des Erschreckens.

»Du musst jetzt was Lustiges machen«, sagte das Mädchen. »Dann lassen wir dich wieder frei.«

»Klar«, antwortete er. »Was Lustiges. Ich bin ja ein Clown. Aber was?«

So klein sie waren, so verbissen stritten sie jetzt darüber, was sie den gefangenen Clown machen lassen sollten. Schließlich einigten sie sich.

»Stolpern sollst du.«

»Stolpern?«

»Ja, stolpern! Du musst stolpern! Das ist lustig. Das haben wir im Zirkus gesehen! Bitte stolpern!«

Jetzt nur nicht auffallen. Wenn er die Gören nicht zufriedenstellte, ging sein Plan vielleicht noch schief. Er lief ein paar Schritte und stolperte hingebungsvoll über eine imaginäre Schnur. Sie lachten sich kaputt.

»Nochmals stolpern!«

Der Clown mit der Riesenträne hatte selbst einmal kleine Kinder gehabt. Er wusste, dass es mit einem Versuch nicht getan war. Er stolperte nochmals. Und nochmals. Er war begabt als Clown und führte einige Variationen des Strauchelns vor. Die Kinder kringelten sich tatsächlich am Boden und lachten. Er bekam Spaß an der Stolperei. Es wäre noch ewig so weitergegangen, doch schließlich wurden die Quälgeister von der besorgten Mutter wieder ins Krankenzimmer gescheucht.

Wenn das kein gutes Omen ist, dachte der Clown. Beginne den Tag mit einem Stolpern. Dann hast du das schon einmal hinter dir. Er verschnaufte, dann tappte er weiter und musterte die Nummern an den Türen. Das Zimmer, das er suchte, musste am Ende des Gangs liegen. Um nicht aufzufallen, ging er sicherheitshalber zu jeder offenen Tür. Kurz reingeguckt –

»Heute schon gelacht?«

– und dazu lustig mit einem rotkarierten Tüchlein gewedelt. Einige baten ihn herein, manche winkten ab, viele waren auch gar nicht mehr fähig dazu. Vor ein paar Tagen war er bei einer solchen Aktion ins Zimmer eines Verstorbenen geraten. Die Verwandten waren nicht begeistert gewesen. Der Clown musste grinsen. Er tappte weiter. Vor einem Zimmer saß ein Mann auf einem Stuhl und stierte vor sich hin. Wahrscheinlich ein Verwandter, dem die Krankengeschichten drinnen auf den Senkel gegangen waren. Der Clown nickte dem Mann zu und wollte das Zimmer durch die offene Tür betreten, doch der hielt ihn auf.

»Immer langsam, Spaßvogel. Was willst du denn da drinnen?«

»Was geht dich das an?«, rutschte es dem Clown heraus.

Der Mann erhob sich und baute sich vor ihm auf. Es war ein Muskelberg, ein breitschultriger, athletischer Typ. Er hielt ihm die Hand vor die Brust und schob ihn zurück auf den Gang.

»Wir brauchen keine Clowns«, sagte er. »Hau ab. Außer du kannst Russisch.«

Russisch konnte der Clown nicht. Er schlurfte mit seinen übergroßen Schuhen weiter und erreichte endlich das Zimmer, das er gesucht hatte. Er betrat es und schloss die Türe hinter sich. Der Patient, ein alter Herr Ende siebzig, schlief. Das zweite Bett im Zimmer war leer und frisch bezogen. Im Fernseher donnerte eine Quizshow. Es war dieselbe Quizshow, die er aus den anderen Zimmern schon kannte. Der Clown drehte den Ton zurück und lauschte den Atemzügen des Patienten. Er nahm dem alten Mann die Atemmaske ab. Dann holte er aus seiner großen Clownstasche ein altmodisches Tinkturfläschchen und zog eine Spritze daraus auf. Langsam drückte er das Kaliumchlorid in den Infusionsschlauch. Der alte Herr riss die Augen auf und stöhnte. Dann war er still. Der Clown nickte befriedigt. Er wunderte sich immer wieder, wie leicht es ging, einen Menschen vom Leben zum Tode zu befördern. Er hatte damals in der Zeitung von dem mordenden Krankenpfleger gelesen, der Dutzende von Patienten von ihren Leiden erlöst hatte, ohne dass jemand etwas bemerkt hatte. In manchen Fällen hatte der Pfleger sogar den Ersthelfer gespielt und war so außer Verdacht geraten, etwas mit dem Tod des Patienten zu tun zu haben. Dieser Krankenpfleger, den man dann schließlich doch erwischt und verurteilt hatte, hatte das wohl aus einer Mischung von Mitleid und purer Mordlust gemacht. Das aber war bei dem Clown mit der übergroßen Träne unter dem Auge ganz anders. Er verabreichte das Kaliumchlorid geradezu aus noblen Gründen. Er hatte eine Mission.

Leise verließ er das Zimmer und bewegte sich Richtung Ausgang. Er kam an dem muskulösen Mann vorbei, der immer noch auf seinem Stuhl saß. Der Mann starrte geradeaus und beachtete ihn nicht weiter. Kaflotschschsch, kaflotschschsch. Der Clowndoktor verwandelte sich in der Stationstoilette wieder zu einem normalen Bürger. Er stopfte das Clownszeug in einen ledernen Matchsack und schminkte sich sorgfältig ab. Neunzig Minuten später betrat er das Hochhaus, in dem er arbeitete. Früher hatte es hier noch einen eigenen Aufzug für den Oberen Führungskreis der Versicherung gegeben, dachte er. Und einen Liftboy. Er dehnte sein Kreuz. Wurde er nicht langsam zu alt für solche Aktionen? Im Foyer drehte sich ein großes Hologramm, auf dem der allerneueste Slogan prangte:

SO SICHER SIND SIE
NIRGENDS.   ■ Xana

300

10

*Das Quadrat der Kreiszahl π (3,1415926 …) ergibt die
Zahl 10. In etwa.*

Im Kurort legte der Oktober seine dekadente Modrigkeit
über die Landschaft, die kraftlose Sonne rötelte im Hintergrund herum. Und auch im Polizeirevier kam keine rechte
Stimmung auf. Mit Bürokram beschäftigt und ganz und gar
jennerweinlos, saßen Franz Hölleisen und Maria Schmalfuß
über die Papiere gebeugt. Maria rührte unendlich lange in ihrer Kaffeetasse, dann blickte sie auf. Sie dachte über bizarre
Süchte nach. Die Tanorexie (Bräunungssucht) fiel ihr ein, die
Onychophagie (Fingernägelkauen), die (gar nicht so seltene)
Käsesucht und schließlich das extravagante Bedürfnis, an
Aga-Kröten zu lecken, um eine halluzinogene Wirkung zu er-
zielen. Doch dann musste sie wieder an den Pockennarbigen
mit dem geröteten Gesicht und den heraustretenden Schläfenadern denken, den sie verfolgt und gestellt hatte. Oder war
es doch umgekehrt gewesen? Vorhin, als sie auf dem Weg
zum Kommissariat war, hatte sie ihn schon wieder gesehen.
Er schwitzte. Er hüstelte. Und dann die bekannte Marotte:
Immer wieder griff er in die Tasche, um einen Schlüsselbund
herauszuholen und ihn sofort wieder zurückzustecken. Er
tat zwar so, als blicke er nicht in ihre Richtung, aber Maria
spürte, dass er auf sie wartete. Wie bitte: Er wartete auf sie?
Was war denn das für ein merkwürdiger Rollentausch? Maria
fasste sich ein Herz, ging zu ihm hin und begrüßte
ihn höflich.

»Sie verfolgen mich wohl?«, fuhr er sie unfreundlich an. »Schon wieder einmal! Das ist
doch die Höhe.«

»Natürlich verfolge ich Sie nicht«, antwortete Maria geduldig, wenn auch etwas pikiert. »Das ist mein normaler Weg zum Arbeitsplatz.«

Es entstand eine Pause.

»Ich weiß«, sagte er und lächelte unsicher.

Jetzt begriff Maria langsam. Sie trat einen Schritt auf ihn zu und schaltete ihre Stimme in den butterweichen Sozialpsychologenmodus.

»Sie wollen also von mir verfolgt werden? Ist es das? Suchen Sie deshalb meine Nähe?«

Maria war sich sicher: Das war auf keinen Fall der Leiter der Therapiegruppe. Er litt auch an keiner gewalttätigen, aggressiven Obsession. Das war ein Mann mit einer ganz besonderen Sucht. Es handelte sich um einen »Stalkee«, also eine Person, die alles dafür tat, gestalkt zu werden.

»Sie müssen damit aufhören«, sagte Maria Schmalfuß streng.

»Sie mit Ihrer Sucht aber auch!«, erwiderte der Pockennarbige.

Dann waren sie mitten auf der Straße beieinandergestanden wie Kinder, die bei etwas sehr Peinlichem ertappt worden waren. Sie hatten beschlossen, sich außerhalb des Kurses zu treffen und über ihre seltenen, lächerlichen und umso unangenehmeren Zwangshandlungen zu reden. Jetzt saß Maria wieder im Revier und versuchte, sich auf die Büroarbeit zu konzentrieren. Der Pockennarbige wusste also, an was sie litt. Und was sie schon seit Ewigkeiten plagte. Nur gut, dass ihr Geheimnis bei der Methode Sassafran© nicht nach außen drang.

Nicole Schwattke trat ein und breitete vier Blätter auf dem Tisch aus: die drei rosafarbenen Patientenbögen sowie den zerknitterten Zettel mit Elli Müthers Gekritzel.

»Eigentlich wollte ich ja die Kazmarec-Untersuchungen zu Ende führen«, sagte sie. »Aber wir müssen wegen dieser Krankenhaussache noch einmal ermitteln. Wir haben nämlich neues Material. Hölleisen, ich bitte Sie, die Todesumstände dieser drei Patienten genau zu eruieren. Es handelt sich um Herrn Fritz, Frau Demuth und Herrn Clausen.«

»Aber den Herrn Clausen –«, begann Hölleisen.

»Ja, den hatten wir schon«, fuhr Nicole dazwischen. »Und das war, wie wir wissen, ein Unfall. Trotzdem bitte ich Sie, auch in den umliegenden Krankenhäusern nachzuforschen, ob es weitere Todesfälle vor schwierigen Operationen gegeben hat. Ich möchte außerdem wissen, bei welcher Kasse die Patienten jeweils versichert waren.«

Nicole hielt inne. Gerade war ihr eingefallen, dass ein ehemaliger Klassenkamerad von ihr inzwischen als Versicherungsmakler arbeitete. Den könnte sie mal anrufen.

»Und auf welche Weise soll ich das machen?«, fragte Hölleisen. Auf seinem gutmütigen Gesicht erschien ein listiger Zug. »Eher ganz amtlich-offiziell oder mehr so – ein bisschen persönlicher?«

»Da es sich lediglich um einen Anfangsverdacht handelt, stochern Sie einfach nur ein wenig herum. Wenn sich der Verdacht wirklich bestätigen sollte, können wir weitere Verbrechen verhindern.«

Hölleisen nickte.

»Wird gemacht, Frau Chefin.«

Nicole schob Maria das Blatt mit Ellis Gekritzel hin.

»Sie haben sich doch schon einmal mit Graphologie beschäftigt, Maria.«

»Ich kenne mich mit Schriften einigermaßen aus, ja.«

»Sehen Sie sich das einmal an. Vielleicht können Sie etwas damit anfangen. Es sind Aufzeichnungen einer dementen Person.«

»Das sieht man auf den ersten Blick«, sagte Maria, als sie den Zettel zu sich hergezogen und ihn überflogen hatte. Komisch, dachte sie, bei Jennerweins Nachricht aus Schweden war es doch auch um eine demente Person gegangen.

Eine Dreiviertelstunde später war Nicole schon wieder einmal auf diesem mühseligen Kreuzweg: nach der Kardiologie scharf rechts, mit dem Lift in den zweiten Stock, vor der Radiologie links, immer weiter Richtung Innere, Psychiatrische und Kinder, dann am Raucherzimmer vorbei ... Sie hatte vor, alle Nachtdienstler zu befragen, die in der Todesnacht von Herrn Clausen gearbeitet hatten. Winternik, Kreysel, Dragica, Ingo – und tatsächlich war Benni Winternik noch auf Station. Er hatte von gestern auf heute Nachtdienst geschoben und saß noch immer im Stationszimmer.

»Ich kann nach dem Dienst nicht gleich einschlafen«, sagte er zu Nicole.

»Das trifft sich gut.«

»Wollen Sie mitwetten? Es geht um das Fußballspiel heute Abend.«

»Danke, das nächste Mal vielleicht. Ich hätte noch Fragen zu der Nacht, als Herr Clausen starb.«

Benni Winternik verdrehte die Augen.

»Schon wieder? Ich habe doch jetzt alles gesagt. Mündlich und schriftlich. Ich war in dieser Nacht nicht bei Herrn Clausen.«

»Meine Frage ist die, ob Sie in der Nacht jemanden Krankenhausfremden gesehen haben.«

»Nein, überhaupt niemanden.«

»Also jemanden, der weder zum Krankenhauspersonal gehört noch ein Patient oder ein Besucher ist.«

»Ich habe schon verstanden. Nein, so einer wäre mir gerade im Nachtdienst aufgefallen. Auf Station waren nur unsere Patienten, die andere Patienten besucht haben, dann natürlich Ärzte, Schwestern, Pfleger, Verwandte, Leibwächter, Reinigungskräfte –«

»Ja, danke. Wenn Ihnen noch etwas einfällt, dann rufen Sie mich bitte an.«

Nicole gab ihm ein Kärtchen.

Nicole hatte Benni Winternik zu früh unterbrochen, im nächsten Atemzug hätte er etwas gesagt, was ihr richtig weitergeholfen hätte. Sie hätte auf den Rat von Jennerwein hören sollen. Einen Zeugen immer ganz aussprechen lassen, auch wenn er noch so ein Dampfplauderer ist. Gerade im Dampf liegt das Wesentliche. Wahrscheinlich Lao-Tse. Nein, nicht Lao-Tse, sondern Szroczcki, ›Verhör- und Befragungstechniken‹. Aber jetzt hatte sie ihn nun mal unterbrochen. Benni Winternik steckte das Kärtchen ein, verneigte sich leicht, dann schritt er den langen Gang entlang. Nicole hörte dem saftig klatschenden Fllapff! zu, das in gleichförmigem Abstand von ein oder zwei Sekunden ertönte, einem tropfenden Wasserhahn ähnlich, der sich langsam entfernt. Irgendetwas war hier faul, das spürte sie. Entschlossen konzentrierte sie sich auf ihr nächstes Vorhaben. Sie musste die anderen Nachtdienstler befragen.

Im Revier starrte Maria auf die Krakeleien von Elli. Besonders ein Wort fiel ihr auf. War das überhaupt ein Wort? Oder nur eine geschwungene Linie ohne Bedeutung? Demente Personen verlernten oft ihre Schrift. Sie hatten noch den Impuls, etwas zu schreiben, aber sie wussten nicht mehr, wie es ging. Wie aber hatte Jennerweins Frage aus Stockholm gelautet? Ob es möglich wäre, Demenz zu simulieren? Maria betrachtete den Zettel unter diesem Gesichtspunkt, kam aber zu keinem Ergebnis. Nun studierte sie Ellis Schriftzüge einzeln. Die Zeichenketten bestanden aus zwei oder drei unterschiedlich langen Teilen, es waren vermutlich Namen. Schließlich war sie sich sicher: Es war eine Namensliste, bei der die Namen quer übers Blatt verteilt und größtenteils übereinandergeschrieben waren. Das zumindest war ein sicheres Zeichen für Demenz. Die Buchstaben konnten nicht mehr in einer Oben-unten-links-rechts-Ordnung geschrieben werden, sie nahmen den freien Raum ein. Maria besorgte sich Butterbrotpapier und pauste die Namen einzeln durch. Sie versuchte, die Linien zu entziffern. Und die Namen zu erraten. Dr. Kirschaus, Juch, Plaumer, Hecke, Bilab … Es waren vermutlich Namen von Pflegekräften. Oder Namen von Patienten. Maria erschrak. Oder war das etwa eine Todesliste?

Nicole hatte die Liste der Nachtdienstler abgearbeitet. Die Hälfte davon hatte sie geweckt. Besonders sauer war Schwester Zilly gewesen, die ihr bittere Vorwürfe gemacht hatte.

»Hätte das nicht Zeit gehabt bis heute Nachmittag?«

Von Pfleger Kreysel wäre sie fast nicht losgekommen. Er hatte ihr zwanzig Anekdoten aus dem Klinikalltag erzählt. Und was hatte diese Selda Gençuc für einen guten türkischen Kaffee aufgetischt! Aber alle hatten das Gleiche gesagt. Keine besonderen Besucher auf den Stationen. Für Nicole wurde die Sache immer klarer. Wenn es ein Verbrechen gegeben hatte, dann deutete alles darauf hin, dass der Täter zum Krankenhauspersonal gehörte. Und sich außerdem verdammt geschickt anstellte. Nicole fuhr wieder zurück ins Revier. Vielleicht hatte ja Maria Schmalfuß etwas mit dem Schmierzettel anfangen können, den Elli Müther geschrieben hatte. Aber Maria war nicht aufzufinden.

Der Schlüssel und das Schloss werden in der
Kryptologie oft mit den Zahlen 1 und 0 symboli-
siert. Eine 10 bedeutet in diesem Kontext also, dass
Schlüssel und Schloss zusammenpassen.

Als Jennerwein frühmorgens mit dem Jägerfernglas der
Marke Zeiss Victory aus dem Fenster des Luxushotels
D'Annunzio blickte, entdeckte er endlich den Mann von
der Schweizer Mafia, der wahrscheinlich ein Versteck be-
wachte. Er hoffte inständig, dass es Ignaz' Versteck war.
Hatte sich das quälende Warten gelohnt? Waren sie auf
der richtigen Spur? Es war ein knochiger, nicht eben großer Typ, der schlicht gekleidet war und, an der Rückseite
einer Imbissbude lehnend, eine Zigarette rauchte. Gerade
drehte er den Kopf langsam in alle Richtungen, als wenn er
gelangweilt und ganz in Gedanken versunken die Nacken-
muskulatur lockern würde. Jennerwein war sich jedoch
sicher, dass er dabei war, die Umgebung penibel auf Auffälligkeiten abzusuchen. Er tat das so nebenbei und routiniert,
dass Jennerwein auf einen früheren Polizisten tippte, also
auf jemanden, der es gewohnt war, rund um die Uhr Wache zu schieben und vom Beifahrersitz aus auf einen Haus-
eingang auf der gegenüberliegenden Straßenseite zu starren.

»Sehen Sie den?«, fragte Jennerwein die verschlafene Ursel,
die gerade mit einem Glas heißen Tee ans Fenster trat. Als sie
durchs Fernglas sah, war sie augenblicklich hellwach.

»Ja, das ist ein Guardiano«, sagte sie.

»Bleiben Sie hinter dem Vorhang.«

Der Platz vor dem D'Annunzio war groß.
Er wurde von einer breiten, verkehrsreichen

Straße durchschnitten, die in den westlichen und östlichen Stadtteil führte. Durch die Fußgängerunterführung gelangte man vom Hotel aus in drei Minuten ans Ufer des Luganersees. Dort befand sich ein Hafen für etwa zwanzig oder dreißig Segelboote, rechts daneben, nicht ganz so hübsch und malerisch, eher schmutzig und heruntergekommen, ragten mehrere Landungsstege für Industrieschlepper und Fischkähne ins Wasser. Jennerwein hatte bei seinem Erkundungsgang gestern bemerkt, dass dort die Lieferungen fürs Hotel ausgeladen wurden.

»Der Guardiano macht seine Sache gut«, sagte Ursel leise. »So jemand wird eingesetzt, wenn es um einen wichtigen Fang geht. Aber jetzt sehe ich ihn nicht mehr. Er ist in einem Pulk Touristen verschwunden. Wahrscheinlich ist er zum Hafen hinuntergegangen. Sollen wir ihm folgen?«

»Nein, in diese Falle dürfen wir nicht tappen. Ich glaube nicht, dass er so ungeschickt ist, den direkten Weg zum Versteck zu nehmen. Mir scheint, er hat die Aufgabe, regelmäßig die Umgebung des Verstecks zu überprüfen. Und jetzt wird mir erst so richtig klar, dass gerade wir beide für die weitere Beschattung nicht geeignet sind.«

»Wie meinen Sie das?«

»Sie sind selbst Zielperson, Ursel. Die wissen ja, wie Sie aussehen. Und ich war in letzter Zeit in viel zu vielen Zeitungen abgebildet.«

»Wir brauchen also Verstärkung.«

»Ja, das schaffen wir nicht alleine. Wenn wir noch öfter dort unten herumspazieren, fallen wir auf.«

»Lassen Sie uns nochmals über das Versteck nachdenken«, sagte Ursel. Ihre Stimme klang jetzt wieder brüchig und schwach. »Glauben Sie, dass Ignaz auf einem der Segelschiffe ist?«

Jennerwein schüttelte den Kopf.

»Das glaube ich ehrlich gesagt nicht. Es wäre viel zu auffällig, jemanden in den Hafen und dort an Bord zu bringen. Er war ja sicher gefesselt oder bewusstlos. Eher ist Ignaz' Versteck drüben im Industriehafen. Der viele Lärm –«

Jennerwein unterbrach sich. Beide dachten an Schreie und Hilferufe, die in diesem Fall ungehört verhallten. Doch keiner wollte es aussprechen.

»Ich brauche noch mehr Informationen«, sagte Jennerwein. »Vorschlag: Wir machen eine Schiffsrundfahrt und schauen uns das Ganze einmal vom See aus an.«

Der Wind pfiff leicht und in unregelmäßigen Böen, er erzeugte schäumende Wellen auf dem Luganersee. Die Hügel ragten nach allen Seiten hin auf, die Bäume standen in prächtigem Herbstlaub. Das Schiff stampfte dahin, sie hatten sich auf das spärlich besuchte Oberdeck gesetzt, Ursel mit Sonnenbrille und Kopftuch, Jennerwein mit Wollmütze und Anorak. Der Kommissar hatte das auffällige Fernglas nicht mitgenommen, er tat stattdessen so, als wolle er Ursel mit dem Tablet fotografieren, er hatte aber, über ihre Schultern hinweg, die Küste im Visier. Zuerst waren sie an den unübersichtlichen und verschachtelten Industrieanlagen vorbeigefahren. Dann kamen sie zum Yachthafen. Schon mit bloßem Auge fielen Jennerwein die arkadenartigen Bootshäuser auf, die sich unter der Strandpromenade hinduckten und wie viele große Augen misstrauisch auf den See hinausstarrten. Die Bootshäuser waren aus massivem, gemauertem Stein und boten jeweils Platz für ein oder zwei mittelgroße Schiffe ohne Takelage. Die Fotos dieser Grotten musste er sich im Hotel unbedingt genauer ansehen. Der Wind wurde stärker, das Pärchen, das vor ihnen gesessen hatte, verließ nun das Oberdeck. Ursel und Jennerwein waren ganz allein, niemand konnte sie belauschen.

»Ursel, ich sagte es vorhin schon: Wir beide können nicht genug für Ignaz ausrichten. Wir brauchen Verstärkung.«

Ursel sah ihn ängstlich an.

»Mehr Mitwisser?«, fragte sie besorgt. »Das ist doch gefährlich.«

»Es ist viel gefährlicher, wenn wir beide allein operieren. Damit schaden wir Ignaz womöglich.«

Ursel nickte langsam. Jennerwein blickte sie prüfend an.

»Haben Sie jemanden, der vertrauenswürdig ist und der schnell herkommen kann? Und den ich nicht gleich verhaften müsste?«

Ursel schlug den Kragen ihrer Jacke hoch.

»An wie viele Leute denken Sie?«

»Zwei bis drei würden genügen. Sie müssten sich aber auf das Handwerk der unauffälligen Beschattung verstehen.«

Ich kenne eigentlich keine anderen Leute, dachte Ursel. Sie griff zum Handy.

Die Touristenströme im Südtiroler Ort Klausen wogten auch zu dieser morgendlichen Stunde schon mächtig durch die historischen Gassen. Karl Swoboda, der Wiener Verkleidungskünstler, hatte sich in einen kunstinteressierten Zeitgenossen verwandelt, er stellte eine Mischung aus einem frühpensionierten Universitätsprofessor und einem Waffenschmuggler dar.

»Da hat Goethe gesessen«, sagte Jens Milkrodt gerade und deutete auf eine steinerne Bank. »Und von hier aus hat er zu der Stelle hinaufgeblickt, wo Dürer gestanden hatte.«

Swoboda blickte flüchtig auf die von Goethes Hintern gesegnete Steinbank, dann wandte er seine Aufmerksamkeit wieder Milkrodt zu. Wenn das ein Messaggero war, dachte er, dann hatte er sich eine verdammt gute Tarnung zugelegt. Swoboda verlor aber auch den Typen ganz hinten nicht aus den Augen, der ihm ebenfalls komisch vorkam. Der war doch gestern schon dagewesen! Der dickliche Mann mit Stirnglatze stach aus den anderen Touristen heraus, er schien, wie er selbst, weniger Milkrodts Ausführungen zu folgen, als die restlichen Teilnehmer zu beobachten.

»Und nun, meine Damen und Herren, kommen wir zur eigentlichen Hauptattraktion von Klausen.«

Die nächste halbe Stunde quälten sie sich schwitzend und prustend den immer steiler werdenden Weg hinauf, bis sie schließlich, geschwächt von der Anstrengung und vom kulturgeschichtlichen Dauerbeschuss Milkrodts, am hoch auf dem Hügel thronenden Kloster Säben ankamen. Die Sonne brannte auch um diese Morgenstunde schon ziemlich bissig herunter, Swoboda hatte Angst um seine Schminke und den aufgeklebten Bart. So sorgfältig hätte er sich hier vermutlich gar nicht zu verkleiden und zu maskieren brauchen.

Einer der Teilnehmer stellte eine Frage.

»Hat Goethe den Albrecht Dürer da oben eigentlich gesehen? Haben sich die beiden gekannt?«

Milkrodt verbiss sich die genervt-bösartige Bemerkung, dass die beiden gute Freunde gewesen waren und dass Dürer viele Bücher von Goethe mit Kupferstichen illustriert hatte. Er beantwortete stattdessen die Frage wie immer geduldig, diesmal allerdings kurz und knapp. Swoboda bemerkte sofort, dass sich etwas im Gesicht des Reiseleiters verändert hatte. Er wirkte angespannt und abgelenkt.

»Ich lasse Sie mal kurz allein«, sagte Milkrodt prompt. »Wir machen eine Pause, ich bin in wenigen Minuten wieder zurück. Sehen Sie sich inzwischen die Inschrift dort drüben an der äußeren Klostermauer an und versuchen Sie, die zu entziffern.«

Er entfernte sich Richtung Liebfrauenkirche. Swoboda vermutete, dass ihm jemand unten auf dem Marktplatz etwas zugesteckt hatte, diese Nachricht wollte er nun in der Kirche abliefern. Milkrodt schien es sehr eilig zu haben. Unauffällig löste sich Swoboda von den wartenden Kulturinteressierten und schlich dem Reiseleiter nach. Dabei sah er sich ab und zu um. Plötzlich stutzte er. Der beleibte Mann mit Stirnglatze, der ihm schon unten auf dem Marktplatz aufgefallen war, verfolgte Milkrodt ebenfalls! Swoboda konnte sich gerade noch hinter einem Baum verstecken. Er vermutete, dass das ein Kieberer war, ein Polizist. Oder vielleicht auch einer vom Staatsschutz. In was war er da nur hineingeraten! Sollte er die Beschattung abbrechen? Die Neugier siegte. Was hatte er hier schon zu verlieren. Milkrodt und sein beleibter Verfolger verschwanden jetzt nacheinander in der Kirche. Was sollte er tun? Ihnen zu folgen war zu auffällig. So ging er um das Gebäude herum und lehnte sich an die alte, rissige Kirchenmauer neben der Holztür, die den Seiteneingang darstellte. Er lauschte, doch nichts rührte sich. Vögel zirpten in den bunten Weinbergen, die den Hügel von Kloster Säben vollständig bedeckten. Wie dieser Wein wohl hieß? Klausener Gnadentröpfchen?

Ein Krachen, ein Rumpler, ein lauter Schrei – Karl Swoboda wurde von einer Gestalt unsanft zur Seite gestoßen, er strauchelte und landete auf dem harten Boden. Jens Milkrodt war aus dem Seitenausgang gestürzt, gleich darauf der beleibte Verfolger, der erstaunlich rasch unterwegs war. Milkrodt fluchte und hinkte leicht, der andere rief:

»Halt, stehen bleiben, Gendarmerie!«

Tatsächlich, das war ein Kieberer, der dem literarischen Führer jetzt hinterherrannte. Swoboda richtete sich auf und sah den beiden über die Brüstung nach, wie sie den steilen und steinigen Weg hinunterliefen, den alle gerade mühsam erklommen hatten. Es juckte ihn sehr, ebenfalls die Verfolgung aufzunehmen. Aber wenn die Polizei dran war, hatte er Sendepause. Auch Milkrodt war ein erstaunlich guter und trainierter Läufer, das hätte ihm Swoboda gar nicht zugetraut. Ein kopflastiger Literaturfreak. Keine schlechte Tarnung! Wenn sogar ihm das nicht aufgefallen war. Der etwas jüngere Milkrodt gewann langsam Vorsprung vor dem älteren und korpulenteren Polizisten. Doch der Polizist war der Ortskundigere. Gerade schlug er sich mit einem riesigen Satz seitlich in die Büsche und nahm dadurch eine Abkürzung durch die Weinberge. Ab und zu entschwanden die beiden den Blicken Swobodas, doch dann tauchten sie wieder auf, zwei aufgeregte Gestalten zwischen prallen, dunkelblauen Trauben, beide inzwischen recht außer Atem gekommen.

Plötzlich summte Swobodas Handy. Ursel war dran.

»Wo du auch immer bist, Swoboda«, rief sie flehentlich. »Ich brauche dich hier in Lugano.«

»Was ist denn los, Graseggerin?«

»Das erkläre ich dir später.«

»Lugano in der Schweiz? Bis Nachmittag kann ich da sein.«

»Beeil dich, es ist wichtig.«

»Verdeckte Ermittlungen?«

»Ja, und noch was: Bring jemanden mit. Ruf mich während der Fahrt noch mal an, ich gebe dir den Treffpunkt durch.«

»Aber ich bin doch eigentlich wegen Ignaz hier.«

»Brich das sofort ab. Ignaz ist nicht in Klausen.«

»Gut, dann mach ich das. Ich muss aber zuerst einmal unter die Dusche, Ursel.«

»Dazu ist keine Zeit. Lass alles stehen und liegen und komm.«

Swoboda blickte wieder über die Brüstung. Milkrodt und der Polizist rauften jetzt. Nein, sie boxten. Inmitten all der lieblichen und reifen Weinreben vollführten sie einen zähen und choreographiert anmutenden Faustkampf. Linke Gerade aus der Halbdistanz, rechter Haken, schachmatt. Der korpulente Polizist mit der Stirnglatze war zu Boden gegangen. Milkrodt blickte sich um und lief weiter nach unten. Swoboda seufzte. Er konnte nicht überall sein.

Zur gleichen Zeit stand Ludwig Stengele im Krankenhausgang vor Elli Müthers Zimmer und telefonierte.

»Ja, Chef«, sagte er. »Ich breche die Bewachung hier ab. Vielleicht treibe ich jemand anderen auf. Ich komme zu Ihnen, so schnell ich kann, und bringe zuverlässige Leute mit.«

»Es könnte hart hergehen«, sagte Jennerwein am anderen Ende der Leitung.

Stengele lächelte grimmig. Er legte auf und ging wieder ins Zimmer zu Elli.

»Ich muss jetzt los«, sagte er zu ihr.

Sie blickte an die Zimmerdecke.

»Weißt du, was ich mir überlegt habe, Ignaz«, fragte sie, ohne ihn anzusehen.

»Ja? Was denn?«

»Wir hätten nie heiraten sollen. Das war ein Fehler. Ursel hätte viel besser zu dir gepasst.«

Stengele schluckte.

»Äh, wann … haben wir denn geheiratet?«

Jetzt blickte sie ihn strafend an.

»Dass du das nicht weißt, Ignaz, das ist wieder so typisch für dich. Aber so typisch!«

»Ich muss jetzt los, Elli«, sagte Stengele seufzend.

Karl Swoboda riss den falschen Bart ab und warf ihn hinunter ins Klausener Tal. Nächste Station: Lugano.

Die Hilfstruppen von Jennerweins Befreiungsarmee formierten sich.

Sei eine 1 – oder du bist eine 0.
(Dem chinesischen Weisen und Zehn-Meister
Xi Lao zugeschrieben)

Ich kenne ihn ja ganzä gutä, den Jens Milkrodt, das ist ein
Klasse Typ. Nein, nein, er arbeitet nicht für die Schweizer
U-Bruderschaft, sondern für die Sizilianer (furchtbar undis-
ziplinierter Verein!), aber eine brauchbare Scheinidentität hat
er, das muss man ihm lassen. Ein akademischer Hintergrund
ist immer gut im Organisierten Verbrechen. Ein Doktortitel
und ein paar Veröffentlichungen wirken harmlos, und mit
dieser Legende kann man ungestört arbeiten. Ein Band mit
Hölderlin-Gedichten, der aus der Tasche ragt, zwei Opern-
tickets … aber man kann natürlich alles übertreiben. Auch ich
habe ja damals meine Doktorarbeit – aber dazu ein andermal.
Also, Jensä Milkrodt – viel Glück bei der Flucht! Vielleicht
findest du ja doch mal deinen Weg zur U-Bruderschaft, du
mit deinen Begabungen! Du wärst gut aufgehoben in einer
Organisation, die es sogar wagt, sich mit den Graseggers anzulegen.

Und wieder spürte Ignaz dieses Schaukeln, dieses unbestimm-
bare Hin und Her. Ignaz kannte das Gefühl vom Jahrmarkt.
Genauer gesagt vom Schiffsschaukeln. Wenn die Schaukel
fast ausgependelt war und man kurz vor dem Aussteigen die
kleinen, immer schwächer werdenden Schwingun-
gen spüren konnte – das war ein herrliches Gefühl. Sofort wurden in Ignaz Erinnerungen an
Düfte von Zuckerwatte, gebrannten Mandeln
und Steckerlfisch wach. Er konnte die volks-

festliche Geruchsmischung trotz seiner jetzigen fatalen Lage fast riechen. Heutzutage gab es ja auf den Jahrmärkten und Rummelplätzen kaum mehr Schiffsschaukeln, aber als Kind war er oft darin gefahren, und das Gefühl hatte sich ihm unauslöschlich eingebrannt. Das Gefühl, mit der Schiffsschaukel hoch in die Lüfte zu steigen, löscht letzten Endes nur der Tod aus. Und ist das Leben nichts anderes als … Ignaz hatte keine Ahnung, in was für einem Gefährt oder Gerät er momentan gefangen gehalten wurde, aber das Ding schaukelte perverserweise ziemlich gemütlich.

Ignaz erschrak. Die Knechte stießen die Tür auf und polterten herein. Sie stellten den Tisch in die Mitte des kleinen Raumes und deckten für ein Frühstück ein. Es war eher ein makabres Rüpelballett als ein Eindecken. Immerhin gab es endlich etwas zu essen. Als Ignaz jedoch bemerkte, dass sie ihm das Besteck für irgendeinen Nouvelle-Cuisine-Scheiß auf den Tisch legten, wurde ihm wieder flau im Magen. Er hätte es wissen müssen. Das war kein Frühstück, das war eine neue, vielleicht noch furchtbarere Gemeinheit der Brüder. Schon das Besteck deutete darauf hin. Sonderbar geformte Gabeln, Piken mit Spitzen an beiden Seiten, scharfe Zangen … Es sah aus, als hätte jemand sein Folterwerkzeug ausgebreitet. Bei näherem Hinsehen bemerkte Ignaz, dass es das übliche Esswerkzeug für eine mediterrane Meeresfrüchteplatte war: eine Hummerzange, mehrere kleinere Lobstergabeln und Krebsknacker, zwei verschieden große, scharfe Austernmesser, eine Schneckenzange, alles aus feinstem Edelstahl, blankpoliert und kerzengerade ausgerichtet, dazu Schnittschutzhandschuhe und Fingerschalen.

»Meeresfrüchte zum Frühstück«, murmelte Ignaz. »Das hat mir gerade noch gefehlt.«

Die Knechte verrichteten ihre Dienste schweigend, vielleicht hatten sie einen Rüffel vom Boss bekommen wegen ihres verräterischen Gequatsches. Sie grinsten ihn bei jedem Besteckteil, das sie auf den Tisch legten, zynisch und unverschämt an. Sollte er versuchen, ein Austernmesser zu packen und es einem der Kerle in die Brust zu rammen? Er hätte große Lust gehabt, das zu tun. Aber er wusste, dass er den beiden nicht gewachsen war.

Die Knechte verschwanden und ließen ihn mit dem eingedeckten Tisch zurück. Der Hunger setzte ihm zu. Er war es gewohnt, kohlehydratlastig und reichlich zu essen. Er starrte auf den gedeckten Tisch. Sie ließen ihn warten. Stunde um Stunde verstrich. Wollten sie ihn prüfen? Sollte er eine der spitzen Gabeln in der Hosentasche oder im Schuh verstecken? Nein, das wäre nicht klug, das würde sofort auffallen. Er starrte das Besteck an und dachte nach. Besteck für Hummer, Garnelen, Muscheln, Schnecken. Da kam ihm ein Gedanke.

»Endlich kann ich mich um meinen lieben Gast kümmern!«
Der asketische Verhörspezialist der U-Bruderschaft hatte die Tür mit dem Fuß aufgestoßen, die große Anrichteplatte hielt er mit beiden Händen. Er balancierte sie durch die Luft und stellte sie auf den Tisch. Ignaz sah, dass dieser Typ noch nie im Leben gekellnert hatte. Wie befürchtet, war die Platte beladen mit Meeresfrüchten: einem knallroten, ganzen Hummer, garniert von Austern, Muscheln und Schnecken. Aber um Appetit ging es momentan nicht.
»Wir wollen miteinander speisen, mein lieber Ignazio«, säuselte sein Gegenüber. »Setzen Sie sich doch, Signore! Machen Sie es sich gemütlich. Ich darf stehen bleiben, man weiß

ja nie, welche Pflicht einen plötzlich ruft. Wir wollen ein wenig plaudern, nicht wahr?«

Er hatte die Stimme gesenkt, war leiser geworden und machte jetzt eine wohldosierte Pause. Sein strenges Cäsarengesicht erstarrte in einer undefinierbaren Grimasse. Dann lächelte er. Es sah aus, als würde eine Bratpfanne lächeln.

»Wir wollen unser altes Thema noch einmal besprechen, mein Lieber«, fuhr er fort. »Du gibst uns den Schlüssel zu deiner Kühlhalle. Und im Gegenzug lassen wir deine Frau, Signora Ursula, in Ruhe.«

Ignaz biss die Zähne zusammen. Er musste sich beherrschen, um nicht aufzuspringen und dem Mann an die Gurgel zu fahren. Und dann auch noch ›Ursula‹. Wenn sie das gehört hätte!

»Ihr werdet meine Frau nicht in die Finger bekommen«, sagte er so ruhig und gleichgültig wie möglich. Die glitschigen Meeresviecher glotzten ihn schweigend an. Sie schienen hämisch über seine vergeblichen Anstrengungen zu lachen.

»Wir haben sie schon, deine Ursula«, entgegnete der Asket.

Der Schreck fuhr Ignaz in die Glieder. Grauen überkam ihn. Das war genau das, wovor er sich am meisten gefürchtet hatte. Verzweifelt bemühte er sich um eine unbewegte Miene. Der andere fuhr genüsslich fort:

›»Wir haben sie eingekreist und beobachten sie. Wir sind in ihrer Nähe und können sie jederzeit in unsere Gewalt bringen. Don Ignazio, du hast keine Chance. Entweder machst du mit, oder ihr werdet beide Futter von dem da.« Er deutete auf den Hummer. »Wusstest du, dass Hummer die größten Müllschlucker der Meere sind? Die Viecher verputzen alles, wenn man ihnen es nur kleinschneidet. Eigentlich auch eine gute Idee, Leichen verschwinden zu lassen. Aber deine Idee damals war besser.«

Ignaz winkte ab. Zeit gewinnen. Ihn hinhalten.

»Aber wo bleibt bloß meine Erziehung!«, fuhr der Schweizer mit einer übertrieben entschuldigenden Geste fort. »Wir wollen doch etwas essen, oder nicht? Ich habe ganz vergessen, den Hummer zu tranchieren.«

Er griff langsam in die Jackentasche, zog ein Stück Draht heraus und spannte es hoch in der Luft. Dann wies er einen seiner Knechte an, den Hummer festzuhalten, er selbst schnitt ihn daraufhin mit dem Draht der Länge nach durch. Die Diamanten glitten durch den harten Chitinpanzer wie das Schwert Excalibur durch den altenglischen Nebel. Ignaz verspürte große Übelkeit.

»Ich lasse dich jetzt allein, mein lieber Ignazio. Denk drüber nach. Aber entscheide dich. Bald. Und iss etwas.«

Damit verschwand er.

Ignaz stand auf und ging zur Tür. Er legte das Ohr ans Holz und horchte. Nichts. Wie immer. Gleich neben der Tür klaffte eine kleine Fuge zwischen den Brettern. Die war ihm früher schon aufgefallen, als er gelauscht hatte. Er hatte sie auch schon öfter untersucht, jetzt aber hatte er endlich Werkzeug, um sie zu erweitern. Mit dem massiven Austernmesser versuchte er, das Brett zu lösen. Keine Chance. Er konnte es ein paar Millimeter weit herausbiegen, aber das Brett war zu gut befestigt. Hinter dem Spalt erkannte er Styroporplatten. Er stieß mit dem Messer ein Loch hinein, zupfte etwas davon heraus – und konnte jetzt ganz undeutlich hinter der Wand Wortfetzen vernehmen. Es war der Verhörspezialist, der sehr aufgeregt wirkte. Ignaz verstand zunächst nichts. Doch plötzlich fing der Mann, der bisher so beherrscht gewirkt hatte, an loszuschreien:

»Was ist mit der Frau? ... Wie? Was sagst du da? Sie ist nicht mehr dort? ... Ihr habt sie aus den Augen verloren? Und der, der auf sie aufpassen sollte? ... Der diese Signora Weibrechtsberger zurechtgewiesen hat? ... Was – auch verschwunden?«

Es folgte ein Schwall von Flüchen. Ignaz stopfte das Styropor wieder zurück, legte das Messer auf den Tisch und setzte sich. Er war sich ganz sicher, dass von Ursel die Rede gewesen war. Gott sei Dank! Sie schien nicht mehr zu Hause zu sein. Sie war auf dem Weg zu ihm. Das wusste er. Zum ersten Mal in seiner Gefangenschaft stieg ein warmes Glücksgefühl in ihm auf. Sein Blick fiel auf den gedeckten Tisch. Er hatte zwar überhaupt keinen Appetit auf dieses grausige Mahl, aber er konnte seinen Plan nur so umsetzen. Er zerlegte die Meerestiere, würgte die essbaren Teile hinunter und warf alle Abfälle und Karkassen auf einen Haufen. Alle bis auf eine knallrote Hummerschere, die er in die Hosentasche steckte. Dann legte er sich aufs Bett. Was wohl aus dem Stück Innenfutterstoff der anderen Hosentasche geworden war, auf den er den Hilferuf geschrieben und den er dann ins Wasser geworfen hatte?

Bei all seinem Pech, das Ignaz bisher gehabt hatte, war ihm das Schicksal diesmal gnädig gestimmt gewesen. Denn einer der Knechte hatte draußen Wache gestanden, und seine Tierliebe hatte ihn dazu verleitet, die Schwäne, die sich am Rand des Luganersees tummelten, mit Brotstückchen zu füttern. Sie kamen öfter zu dieser Stelle und fraßen. Der zusammengelegte und mit einem Faden verschnürte Stoff wäre aufgeweicht und ungelesen für ewig im See versunken, wenn einer der Vögel ihn nicht für ein Brotstückchen gehalten und aufgepickt hätte.

»Schau mal, was der Schwan mir da gebracht hat«, sagte ein kleines Mädchen am Ufer.

Der Vater des Kindes faltete das Stoffbündel auf. Die Tinte war an manchen Stellen etwas zerlaufen, aber das meiste war noch gut lesbar.

10 57

Die Zehn Gebote – wissen Sie die noch?

1 .... 2 .... 3 .... 4 .... 5 ....
6 .... 7 .... 8 .... 9 .... 10 ....

Der morgendliche Nebel, der über dem Talkessel des Kurorts lag, hatte sich gelichtet, die Luft schmeckte wie Champagner.

»Bergtour zu den Gunggel-Höhen, am Schöberl-Eck auffällige Tanne in S-Form, Südseite, eine Handbreit graben, Täschchen blau.«

Der Einarmige mit den schmalen Buchhalterlippen wiederholte die Ortsbeschreibung immer und immer wieder, er murmelte sie, er formulierte sie in Gedanken, er schrie sie laut heraus, immer eindringlicher und ekstatischer, zum Schluss rosenkranzmäßig.

Er hielt inne. Sollte er nicht einfach aus seinem kalten Laubloch kriechen und nach Hause gehen? Er harrte jetzt schon zwei Tage hier aus, aber seit diesem buntscheckigen, aber stummen Pilzsammlerpärchen, das an dieser Stelle im Boden herumgestochert hatte, war hier oben nichts geschehen, aber auch rein gar nichts. Weder hatte jemand etwas in dem verwitterten blauen Täschchen deponiert, noch war sonst irgendeine Menschenseele da gewesen und hatte sich für das Versteck interessiert. Der Einarmige stieß einen Fluch aus. Es blieb ihm nichts anderes übrig, als die Sache durchzuziehen. Er war fest davon überzeugt, dass diese Stelle noch angesteuert werden würde. Warum sonst hatte der verdammte Kazmarec so heftig reagiert, als er ihm den Zettel vor die Nase gehalten hatte?

»Was sind das für Leute?«, hatte er selbst geschrien und mit dem Zettel gewedelt. »Sag mir die Namen!«

»Ich weiß nicht, was –«, Kazmarec hatte den Satz begonnen, dann hatte er in panischem Entsetzen abgebrochen, seine Augen hatten sich geweitet, er war offensichtlich so höllisch erschrocken darüber, dass eine Übergabestelle aufgeflogen war, dass er einen Asthmaanfall erlitten hatte. Das aber bestätigte nur die Wichtigkeit dieser Ortsbeschreibung. Der Einarmige blickte in die Richtung der blauen Tasche. Von dieser Übergabestelle hing seine Zukunft ab. Er musste Ergebnisse liefern, sonst versauerte er für den Rest seines Lebens im abgelegensten Büro des Finanzamtes. Er war schließlich Steuerfahnder mit polizeilichen Befugnissen und kein Pfennigfuchser. Nach seinem Unfall mit dem Arm wollten sie ihn vom aufregenden Außendienst abziehen und ihm Zahlenkolonnen zu fressen geben. Oder ganz nach Hause schicken. Nichts da! Nicht mit ihm, dem Jäger des verlorenen Schatzes, der dem Staat das an Steuergeldern zurückgab, was ihm zustand. Er würde dem Chef seiner Abteilung beweisen, dass er trotz allem noch voll einsatzbereit war. Von wegen schwerbehindert!

Als er erfahren hatte, was Kazmarec in seinem Krimskramsladen so trieb, hatte er seine Chance gewittert. Zu dem Hehler kamen Kriminelle, die ihm Diebesgut brachten, aber auch nach außen hin ganz ehrbare Bürger mit Schwarzgeld. Kazmarec vertickte die Ware und beschaffte sauberes Geld. Der Plan des Einarmigen war nicht, den Hehler auffliegen zu lassen, sondern an dessen Kundenliste zu kommen. Das sollte seinen Job retten. Wenn er dem Fiskus Gelder brachte, konnten sie ihn nicht in ein muffiges Büro stecken. Der Plan war perfekt gewesen. Zuerst lief auch alles gut, dass jedoch dieser Idiot beim ersten Anfassen sterben würde, damit hatte er nicht rechnen können. Jetzt saß er in diesem Loch, zitternd vor Kälte, todmüde wegen der ungewohnten Stellung, die ihn nicht vernünftig schlafen ließ, und immer noch ohne jede Adresse, die er seinem Chef vorweisen konnte. Immerhin hatte er in der Online-Ausgabe des Regionalblatts gelesen, dass man Kazmarecs Tod auf einen Asthmaanfall zurückführte. Ohne Fremdeinwirkung. Sehr gut. Wenigstens darüber musste er sich keine Sorgen machen.

Im Herbst ist es immer enorm wichtig, den Komposthaufen winterfest zu machen. Die Grundregel lautet: nur rohe Pflanzen- und Gemüseabfälle, nichts Gekochtes, keine Zitrusfrüchte, von den Eiern nur die Schalen, dann konnte man im nächsten Jahr damit rechnen, fruchtbare Blumenerde zu erhalten. Die Weibrechtsberger Gundi hatte einen großen Komposthaufen hinter dem Haus angelegt, und zwar direkt unter dem Balkon, so dass sie ihre Abfälle bequem von da aus hinunterwerfen konnte. Sie hegte und pflegte ihn. Sie redete mit ihm. Sie erzählte ihm die neuesten Klatschgeschichten. Auf ihm gründete sich der Erfolg ihrer prächtigen Balkongeranien. Gerade strich sie die verrottete Oberfläche glatt und zupfte Plastikteile heraus, die der Wind angeweht hatte. Plastik zersetzte sich nicht, Plastikteile im Humus behinderten den Verrottungsprozess. Sie öffnete die Schachtel mit den dicken Würmern, die sie in der Zoohandlung gekauft hatte, und verteilte sie. Die Tiere ringelten sich und krochen erstaunlich schnell unter die Oberfläche. Sie würden aus den Abfällen die berühmte Weibrechtsberger'sche Erde machen, luftig, leicht, locker. Ein Blühwunder. Als der letzte Wurm verschwunden war, zupfte sie noch an ein paar harten Zweigen herum. Sie stieß mit der Hand auf etwas Elastisches, Weiches und wollte es schon herausziehen. Dann besann sie sich und bedeckte den starren Zeigefinger, der da aus dem Kompost ragte, mit Abfall und Herbstlaub. Sie hatte sich einmal bei einem Ratsch mit den Nachbarn erkundigt, wie das mit der Verwesung genau ablief.

»Da gibt es die sogenannte Casper'sche Regel«, hatte Ignaz Grasegger gesagt. »Sie besagt, dass die Fäulnis nach einer Woche an der Luft mit der Fäulnis nach zwei Wochen im Wasser oder der Verwesung nach acht Wochen in einem Erdgrab vergleichbar ist. Die Erde konserviert stark, aber an der Luft siehst du in kürzester Zeit von einer Leiche nichts mehr.«

»Ach, das ist ja interessant«, hatte sie gesagt.

Dieses Wissen konnte sie jetzt anwenden. In den nächsten Monaten würde sich die Leiche des tätowierten Schlangenmenschen in Luft auflösen. Die Kleidung hatte sie verbrannt, nur die Drahtschlinge musste sie noch verschwinden lassen. Es war nicht ihre Schuld gewesen. Er hatte das Zimmer verlassen und war auf den Balkon getreten, hatte sich auf die Brüstung gesetzt und eine Zigarette geraucht. Er hatte sich so selbstsicher und überheblich aufgeführt, hatte wahrscheinlich geglaubt, dass sie sich vor Angst im Haus verkrochen hatte. Der Schlangenmensch war richtig zusammengezuckt, als er sie erblickte, mit dem blitzenden Universal-Gartenhammer in der Hand. Sie hatte gar nicht groß ausgeholt, eher drohend, vielleicht sogar nicht einmal das, sondern grüßend. Er wollte in die Tasche greifen, wahrscheinlich um seine blöde Drahtschlinge rauszuholen, dabei hatte er das Gleichgewicht verloren und wild mit den Armen gerudert. Die Brüstung ihres Balkons war nicht sehr hoch. Die Menschen waren früher viel kleiner. Schließlich war der Schlangenmensch kopfüber in die Kompostgrube gestürzt. Die Steineinfassung hatte ihm das Genick gebrochen.

Recht geschieht ihm das! Das kommt davon, wenn man Pfuscher und Stümperä losschickt! Rauchen im Dienst, Sitzen auf der Balkonbrüstung, lässiges Herausziehen der Waffe. Und grob fahrlässiges Unterschätzen von älteren Damen! Damit hatten doch schon die fünf Ganoven in dem Film »Ladykillers« zu kämpfen. Solchen Typen gehört es nicht anders. Ein schwerer Fehler, diesen Schlangenragazzo einzusetzen. Tätowiert! Kein Gangster trägt heutzutage mehr ein Tattoo. Es ist natürlich schade um die teure Diamantdrahtschlinge, aber um ihn ist es nicht schade. Möge er sanft ruhen in der würzigen Erde des Werdenfelser Landes. Ich bin zwar kein Floristä, aber ich glaube, dass die Geranien im nächsten Jahr besonders prächtig blühen werden.

Die Kinder saßen im Keller und waren in ein Adventurespiel vertieft. Lisa war Black Canary auf Level 19, sie lag gefesselt am Strand, hatte kaum mehr Lebenspunkte und schweißte die Stahlketten gerade mit dem scharfen Laserblick auf, den sie auf Level 18 mit teuren Bitcoins erkauft hatte. Philipp war als Captain Taschenhirn ein Stück weit ins Meer hinausgeschwommen und hatte versucht, Neptun mit Geschenken zu beschwichtigen. Beide hörten nicht, dass oben das altmodische Festnetztelefon klingelte. Es klingelte eigentlich nicht, der Klingelton war vielmehr ein absolut nerviger Schlager aus dem Jahre Weißgottwann, den die Eltern furchtbar witzig gefunden hatten: ♫ My Baby Baby Balla Balla …

Niemand nahm ab. Eine Männerstimme mit starkem Schweizer Akzent sprach auf den Anrufbeantworter:

»Aha, niemand zu Hause … Ich weiß nicht, bei wem ich da jetzt gelandet bin … Ich rufe jedenfalls aus Lugano an.

Ich habe hier einen Fetzen Stoff gefunden mit Ihrer Telefonnummer drauf … Es ist wahrscheinlich ein Scherz oder eine Schnitzeljagd, aber hier steht ganz deutlich: *Hilfe!* und dann *Nachricht an Uschi …* Danach etwas, was ich nicht lesen kann … *Gefangener der U-Bruderschaft* oder so ähnlich … Und hier, das heißt wahrscheinlich *Schaukel* … und zum Schluss eben Ihre Nummer mit der Bitte, da anzurufen … Vielleicht hilft es Ihnen weiter. Grüezi mitenand.«

10 58

Eine Zehn ist eine Zehn ist eine Zehn.
(Gertrude Stein, Urfassung zu einem
späteren Gedicht)

Im Wirtshaus *Zur Roten Katz* wurde wieder einmal gekartelt. Hier wurde zwar fast Tag und Nacht gedoppelkopft und gewattet, aber jetzt, um 10.53 Uhr, besonders intensiv und mit viel authentischer Hingabe.

»Eichelsau ist Trumpf!«, rief der Hacklberger Balthasar gerade und pfefferte sein Blatt auf den Eichenholztisch. »Hinterhand bringt Gold ins Land.«

Auch der Grimm Loisl und Apotheker Blaschek knallten jeweils eine Karte auf den Tisch.

»Trumpf!«

»Aber Herzbelli sticht!«

»Wo ein Mäusel ist, sind auch zwei.«

»Solo dant! Und Pikus der Waldspecht.«

Der Apotheker Blaschek zögerte.

»Wer mauert, bedauert«, grunzte ihn der Hacklberger an.

»Sieben, neun und Bauer – stehen wie die Mauer.«

Svetlana, die Bedienung, kam mit frischen Getränken herein und stellte sie auf den Tisch. Der Pfarrer trank hastig von seinem alkoholfreien Bier, dann schüttelte er den Kopf und hob den Zeigefinger.

»Beim Grand spielt man Ässe oder hält die Fresse.«

Der Harrigl Toni zog ein blauweißes Taschentuch heraus und schnäuzte sich vernehmlich.

»Ich spatz ab.«

An den Wänden dieser Wirtshausstube waren in gleicher Höhe und eng aneinander verglaste Bilder aufgehängt. Sie zeigten allesamt Porträts von fröhlichen Menschen. Es waren interessiert dreinblickende Gesichter und erstaunte Mienen. Manchmal schienen sich die Gesichter zu bewegen. Der Hacklberger Balthasar fächerte seine Karten auf und betrachtete sie erfreut. Er zog eine heraus und warf sie durch die Luft auf den Tisch.

»Mit einem Unter fallst net nunter«, sagte er verschmitzt.

»Drei oder Schneida, schon gehts wieder weida«, fügte der Grimm Loisl mit heiserer Stimme hinzu.

Schließlich klatschten alle ihre Spielkarten auf den Tisch, der Pfarrer strich sie ein.

»An dem Platz hat die Sau gfrühstückt«, sagte der Hacklberger, der verloren hatte, ärgerlich.

Grunzende Urschreie und enttäuschte Flüche mischten sich. Das Spiel war aus. Alle nahmen einen tiefen Zug aus ihren Getränken. In die Pause hinein sagte der Harrigl Toni:

»Der Kazmarec ist gestorben, morgen ist Beerdigung. Wer von euch geht mit zur Leich?«

»An was ist er denn gestorben?«

»Asthma.«

»Ein grausliger Tod.«

Die Porträts an der Wand glänzten im verrauchten Licht der Wirtshausstube. Wenn man genau hingesehen hätte, hätte man bemerkt, dass sich manche davon tatsächlich bewegten.

»Man hört so Gerüchte, dass etwas nicht stimmen soll mit dem Tod vom Kazmarec.«

»Was soll da nicht stimmen?«

»Die Polizei hat die Akten nicht geschlossen, das ist immer ein schlechtes Zeichen.«

»Vielleicht warten sie auf den Jennerwein.«

»Vielleicht gefällts ihm ja in Schweden, und er bleibt dort.«

Der Harrigl Toni sah auf die Uhr.

»Also, was ist? Spielen wir eine Runde Poker?«

»Da habe ich doch das letzte Mal schon so viel Geld verloren«, jammerte der Pfarrer.

»Ach was. Svetlana! Bring uns eine Flasche Whisky! Und Zigarren! Aber kubanische! Und dreh endlich die Volksmusik aus, wir wollen jetzt Tom Waits hören.«

Plötzlich wurde es hell im Saal. Grelle Bauscheinwerfer waren auf den Tisch gerichtet, die Stammtischbrüder drehten sich um und blinzelten nervös ins Licht. Svetlana, die Bedienung, kam herein.

»Was ist denn schon wieder?«, rief sie ärgerlich nach oben in eine unbestimmte Richtung. Eine dunkle Männerstimme dröhnte durch den Saallautsprecher.

»Ihr weicht vom Text ab. Private Unterhaltungen sind zu unterlassen.«

»Aber es ist doch schon Schichtwechsel«, rief der Harrigl Toni entrüstet.

»Ihr sollt bayrisch Kartenspielen und sonst nichts«, sagte die Stimme.

Die Klappen vor den Glasscheiben schlossen sich, die Köpfe verschwanden. Die Peepshow mit dem Slogan »Lebendiges Bayern« war zu Ende. Die Hamburger Reisegruppe zog weiter zum nächsten Event.

10

Einmal ist wie nichts, zweimal wie zehn.
(Sprichwort, sehr rätselhaft)

Mattes Sonnenlicht flutete in das geräumige Hotelzimmer. Während Ursel die Fotos untersuchte, die sie beide draußen auf dem See aufgenommen hatten, streifte sich Jennerwein abermals Datenhelm und Datenhandschuhe über und bewegte sich auf dem Notebook virtuell durch Lugano. Er grenzte das Terrain weiter ein, indem er jede Versteckmöglichkeit daraufhin überprüfte, ob er selbst sie wählen würde. Ignaz war vermutlich mit dem Auto hergebracht worden. Ihn jedoch am Hafen auszuladen und in eines der Wassergefährte zu bringen war riskant. Durch die unübersichtliche, verwinkelte Umgebung wäre solch eine Aktion von einer Unzahl von Stellen einsehbar gewesen, auch von den Zimmern des Hotels D'Annunzio aus oder von einem vorbeifahrenden Schiff. Sogar vom gegenüberliegenden Berg auf der anderen Seeseite hätte man das Hafengelände mit einem guten Fernglas beobachten können. Die wahrscheinlichere Möglichkeit war, dass das Transportfahrzeug in die Tiefgarage des Hotels gefahren war. Es war die einzige Hoteltiefgarage weit und breit, die so nahe am See lag. Jennerwein hatte sich die verwinkelte Garage gleich nach dem Einchecken angesehen. Hier fiel das Aus- oder Umladen eines leblosen Körpers zwar weniger auf als draußen, Jennerwein war sich jedoch sicher, dass Ignaz nicht im Hotel versteckt gehalten wurde, das zog viel zu viele Mitwisser nach sich. Jennerwein blickte auf den gut animierten, tiefblauen Luganersee und massierte die Schläfen mit Daumen und Mittelfinger. War denn eine Kombination von beiden Aufenthaltsorten möglich? Konnte es sein, dass Ignaz erst ins Hotel gebracht, dann an eine sichere Stelle, die sich in der Nähe des Wassers befand, weitertransportiert worden war? Jennerwein legte das Datengeschirr ab. Er war erstaunt, wie unecht die reale Welt des Hotelzimmers wirkte. Ursel blickte nervös von den Fotos auf.

»Haben Sie etwas Neues entdeckt, Kommissar?«

Jennerwein wiegte den Kopf.

»Ich würde mir ganz gerne die Tiefgarage nochmals ansehen. Sie ist in der Animation leider nicht zu sehen.«

»Einer von uns könnte doch hinuntergehen und Fotos machen.«

»Davon halte ich nichts. Wir brauchen da unten neue Gesichter. Wann werden die ersten Helfer da sein?«

»Wahrscheinlich am frühen Nachmittag.«

Die zwei Stunden, die sie zur Untätigkeit verdammt waren, verrannen zäh. Sie hatten beide den Eindruck, dass die schwere, altmodische Standuhr im Zimmer immer langsamer und langsamer wurde. Als sich die Zeiger auf zwei zubewegten, hätte man zwischen einem Tick und dem nächsten Tack gut und gerne den Wirtschaftsteil einer Tageszeitung durchlesen können.

»Woher wissen Sie von meiner Krankheit?«, fragte Jennerwein in die Stille hinein.

Ursel zögerte mit der Antwort. Warum fragte er das auch gerade jetzt? Sollte sie dem Kommissar irgendetwas von mysteriösen undichten Stellen erzählen, die es auf seiner Dienststelle gab? Von Hackerangriffen auf den Computer seines Hausarztes? Von Mafiaspezialisten, die sensible Daten von Entscheidungsträgern in öffentlichen Behörden sammelten? Stattdessen sagte sie:

»Man erzählt es sich schon im ganzen Ort.«

»Wie bitte?«

»Ja, jeder weiß es. Mir hat es meine Nachbarin, die Weibrechtsberger Gundi, ins Ohr getratscht. So einfach ist das.«

Jennerwein blickte sie ungläubig an. Doch dann hob er resigniert die Schultern. Ganz und gar überrascht war er von dieser Neuigkeit eigentlich nicht.

»Ist das wahr?«, sagte er mehr zu sich selbst. »Warum habe ich davon nichts mitbekommen?«

»Nein, natürlich ist das nicht wahr«, sagte Ursel lächelnd und stupste ihn am Arm. »Sie dürfen mir nicht alles glauben. In Wirklichkeit ist es viel einfacher, nämlich –«

Ursel hatte den Mund schon geöffnet, um den wahren Grund zu verraten, da ratterte ihr Handy.

Sie machte eine entschuldigende Geste, nahm den Anruf an, diesmal sprach sie Deutsch. Und dieses Deutsch klang ziemlich verärgert.

»Was, warum ruft ihr mich auf dem Handy an? Ihr seid wohl nicht ganz dicht! … Nein, ich habe jetzt keine Zeit … Was? … Was? … Moment, ich schreibe mir das auf einem Zettel auf …«

»Was gibt es, Ursel?«, fragte Jennerwein, nachdem sie aufgelegt hatte. »Schlechte Nachrichten?«

Ursel fuchtelte aufgeregt mit den Händen herum.

»Nein, im Gegenteil, eigentlich gute. Ein Lebenszeichen von Ignaz. Stellen Sie sich vor: Er hat eine Botschaft absetzen können.«

»Was sagen Sie?«

Jennerwein stand die Überraschung ins Gesicht geschrieben.

»Er ist tatsächlich in Lugano. Sehen Sie selbst.«

Sie schob Jennerwein den Notizzettel hin, der Kommissar studierte ihn aufmerksam.

»Die Worte standen auf einem durchnässten Stofffetzen«, fuhr Ursel fort. »Ignaz hat es wahrscheinlich geschafft, ihn in den See zu werfen. Jemand hat ihn gefunden, bei uns angerufen und den Text durchgegeben.«

Aufgeregt schritt sie im Zimmer auf und ab.

»Woher wissen wir, dass die Nachricht tatsächlich von Ignaz stammt?«, fragte Jennerwein.

»Da bin ich mir ganz sicher. Schauen Sie, die Nachricht beginnt mit *Hilfe! Nachricht an Uschi ...* Uschi, das ist ein Hinweis, den wir einmal vereinbart haben. Uschi statt Ursel bedeutet, dass er die Nachricht ohne Zwang geschrieben hat. Ignaz weiß, dass ich diese Abkürzung hasse. Genau das ist aber das Zeichen. Ich bin ja so erleichtert!«

»Natürlich. Ganz klar. Und was hat das Wort ›Schaukel‹ zu bedeuten? Wofür steht dieser Code? Ist das auch etwas Familieninternes?«

Ursel schüttelte den Kopf.

»Das verstehe ich überhaupt nicht. Keine Ahnung, was das heißen soll.«

»Für mich ergibt ein solcher Hinweis nur einen Sinn, wenn er in einem Behälter gefangen gehalten wird, der sich schaukelnd bewegt.«

»Natürlich!«, rief Ursel voller Hoffnung. »Drüben im Industriehafen stehen ein paar Trailer, auf denen die Container zwischengelagert werden. Sie werden mit Kränen hochgezogen und in die Schiffe verladen. Wir müssen also diesen Hafenbereich nochmals unter die Lupe nehmen.«

»Ja, aber das machen wir nicht alleine. Sie sollten sich sowieso nicht mehr draußen blicken lassen, Ursel. Ich möchte nicht riskieren, dass Sie jemand erkennt.«

Es hatte an der Tür geklopft. Jennerwein öffnete, vor ihm stand ein drahtiger Mann mit scheinbar ziellos von Punkt zu Punkt springenden Augen. Der Kleidung nach war er eine Mischung aus einem frühpensionierten Universitätsprofessor und einem Waffenschmuggler.

»Darf man eintreten?«, fragte Karl Swoboda.

Jennerwein reichte dem Österreicher die Hand und bat ihn ins Zimmer.

»Sind Sie allein gekommen?«, fragte der Kommissar.

»Nein, ich habe noch zwei Helfer dabei. Mir schien es aber sinnvoller, sie nicht gleich mit hierherzuschleppen. Sie sitzen in einem Café und sind auf Abruf bereit.«

Ursel und Swoboda begrüßten sich kurz. Sie alle wussten, dass jetzt keine Zeit für große Gefühlsausbrüche und Dankesbekundungen war. Niemand dachte an etwas anderes als an die Befreiung von Ignaz Grasegger.

»Es ist schön, dass Sie uns helfen«, sagte Jennerwein, und er sagte es mit gemischten Gefühlen. Ihm war bewusst, dass Karl Swoboda mit seinen engen Verbindungen zur süditalienischen Mafia einer der größten Gauner und Striezis im Alpenraum von Wien bis Nizza war. Im Gegensatz zu den Graseggers, die sich gerade jetzt wieder redlich bemühten, auf den bürgerlichen Pfad der Tugend zurückzukehren, war Swoboda immer der undurchsichtige Outlaw geblieben. Die Wege von Jennerwein und Swoboda hatten sich schon öfter gekreuzt, aber so dicht waren sich die beiden Männer noch nie gegenübergestanden. Wenigstens nicht, ohne aufeinander zu schießen. Ihre durchdringenden und taxierenden Blicke lösten sich nur langsam.

»Die Zeit drängt«, sagte Jennerwein. »Und ich habe gleich einen Erkundungsauftrag für Sie, Herr Swoboda. Ihre Begabung, sich zu verkleiden und zu verwandeln, ist ja legendär.«

Swoboda verbeugte sich leicht.

»Ja, Kommissar Jennerwein, Sie haben mich vielleicht schon öfter gesehen, als Sie glauben.«

Jennerwein warf Swoboda einen strengen Blick zu, der machte eine entschuldigende Handbewegung. Jennerwein wunderte sich über sich selbst. Er übernahm hier die Rolle des Einsatzleiters und gab dem hochrangigen Mafioso Anweisungen, als wäre der ein kleiner Polizeiobermeister auf Streife. Doch Swoboda nahm es locker.

»Was gibts zu tun, Comandante? Ich bin bereit«, sagte er lächelnd.

»Es muss eine Verbindung von der Tiefgarage zum Seeufer geben. Einen Versorgungsgang, einen Notausgang, einen alten Abwasserkanal – etwas in der Art. Ignaz ist meiner Ansicht nach hierher ins Hotel gebracht worden, von da aus zum See, wo er jetzt festgehalten wird. Können Sie das erkunden?«

»Ja, natürlich. Am besten, ich bleibe gleich in diesen Klamotten. Notfalls kann ich dann den in Gedanken versunkenen Intellektuellen spielen, der sich verlaufen hat. Eine gute Tarnung!«

»Sei vorsichtig, Swoboda«, sagte Ursel besorgt. »Wir haben es hier mit der Bruderschaft zu tun.«

»Na freilich, wer wüsste das besser als ich. Die Süditaliener wollten ja hier in der Schweiz schon einmal Fuß fassen. Sie hatten keine Chance. Die von der U sind wirklich toughe Burschen. Ich werde mich hüten, einem davon aufzufallen.«

Er schritt zum Fenster, blickte vorsichtig hinaus, ließ sich das Fernglas geben, erkundete das Terrain, grüßte beide kurz und verschwand.

Das Warten auf die Rückkehr Swobodas schien noch länger zu dauern als vorher, doch der Österreicher kam nach einer halben Stunde mit zufriedenem, fast vergnügtem Gesicht zurück.

»Ich habe die Tiefgarage nur kurz inspiziert«, sagte er, nachdem er die Tür hinter sich geschlossen hatte. »Ich vermute stark, dass in einem der geparkten Autos eine Wache sitzt. Trotzdem habe ich gesehen, dass es von der Hotelküche schon einmal keinen direkten unterirdischen Gang zum See gibt. Mir sind aber in der Tiefgarage ein paar Türen zur Seeseite hin aufgefallen, die verschlossen zu sein scheinen. Ich bin mit meinem seriösen Professorenoutfit rauf an die Hotelrezeption und habe mich nach einem Zimmer mit Seeblick erkundigt. Der Rezeptionist war freundlich, und als ich ihm etwas Trinkgeld hingeschoben habe, ist er noch viel hilfsbereiter geworden. Ich habe gefragt, ob es eine Möglichkeit gibt, vom See aus direkt ins Hotel zu gelangen. Ja, sagt er, es gäbe alte Privatliegeplätze unter der Promenade, das seien die Portici-Grotten. Die wären aber schon belegt von reichen Dauergästen. Sie hätten ihre Privatjollen oder -yachten oder was weiß ich da vorne liegen, und sie könnten mit denen jederzeit in See stechen.«

Jennerwein und Ursel sprangen gleichzeitig auf.

»Diese Grotten, das sind genau die Bootsgewölbe, die wir vom See aus gesehen haben!«, rief Ursel.

»Und dann gibt es auch noch eine kaum einsehbare Verbindung von der Tiefgarage dorthin«, fügte Jennerwein erfreut hinzu.

Ursel zeigte Swoboda eines der Fotos und deutete mit einem Stift auf die Arkaden, die unter der Seepromenade lagen.

»Schau dir das einmal ganz genau an. Man erkennt es trotz des hölzernen Sichtschutzes. Diese Boote sind, um sie zu schonen, oben an der Decke an einem großen, stabilen Haken aufgehängt. Das könnte die Schaukel sein, von der Ignaz geschrieben hat.«

Sie betrachteten die Fotos noch genauer.

»Ich glaube, Ursel, wir haben jetzt das Versteck«, sagte Jennerwein.

Er atmete einmal tief durch. Auch ihm war die Erleichterung über diesen Fortschritt anzusehen.

»Fünf dieser Bootsunterstände sind mit Holzgittern zum Wasser hin versehen. Da müssen wir Ignaz suchen, und nicht etwa im Industriehafen. Ich stelle mir das so vor: Der Wächter, der Guardiano, den wir gestern vor dem Hotel beobachtet haben, verlässt das Boot ungesehen durch den Gang, der in die Tiefgarage führt, er verlässt das Hotel und erkundet draußen das Terrain, um eventuelle Auffälligkeiten sofort ins Boot zu melden.«

Swoboda mischte sich ein.

»Das ist gut organisiert von der U, Respekt. Wenn wir den Wächter ausschalten, und er meldet sich nicht mehr, dann wird das Versteck sofort aufgelöst.«

»Das bedeutet«, fuhr Ursel mit belegtem Ton in der Stimme fort, »dass das Opfer getötet wird und die Bewacher sofort über den See verschwinden.«

»Leider müssen wir genau das annehmen«, sagte Jennerwein ruhig. »Wir sollten zuerst erkunden, in welcher der fraglichen Grotten das Versteck liegt. Wir müssen den ersten Wächter, sobald er aus der Tür in die Tiefgarage tritt, ausschalten und dann innerhalb der nächsten Augenblicke den Zugriff von außen, also vom See her, durchführen. Nur so haben wir eine Chance.«

»Das ist richtig, Comandante«, sagte Swoboda.

»Wie gut, dass wir Verstärkung bekommen«, setzte Jennerwein hinzu.

»Wen hast du dabei, Swoboda?«, fragte Ursel.

Swoboda telefonierte, und nach wenigen Minuten betrat eine Gestalt im Kapuzenmantel den Raum, die sich bald als mediterrane Botticelli-Schönheit mit einem Schuss Ornella Muti entpuppte. Swoboda stellte sie mit einem Anflug von Stolz als seine Verlobte Giacinta vor. Mit ihr war ein grimmig aussehender Typ eingetreten. Auf Jennerweins Frage nach seinem Namen murmelte er nur ein knappes »Paolo«.

Weiter hörte man von ihm nichts.

»Warum musstest du denn Paolo mitnehmen, Swoboda«, zischte Ursel auf Italienisch und warf einen misstrauischen Seitenblick zu Jennerwein. Sie war sich nicht ganz sicher, ob er nicht doch die Sprache verstand.

»Er ist der beste Scharfschütze weit und breit«, antwortete Swoboda, ebenfalls in perfektem Italienisch.

Jennerwein schaltete sich ein.

»Wir wollen uns dann doch bitte auf die Kommandosprache Deutsch einigen.«

Er musterte Paolo. Er fragte lieber nicht, welche Funktion dieser Typ in der süditalienischen Ehrenwerten Familie innehatte.

10 60

Bei der Herstellung von homöopathischen Arznei-
mitteln werden die Grundsubstanzen in Zehner-
potenzen verdünnt. 1:10, 1:100 usw. Je höher die
Zehnerpotenz, desto mehr wird nach Samuel Hahne-
mann die »im innern Wesen der Arzneien verborgene,
geistartige Kraft« geweckt.

Aber das ist doch ganzä einfach! Dieser Paolo ist ein *assas-
sino*, ein *terminatore*, also ein Killer. Im Gegensatz zur allgemeinen Meinung ist so ein Killer übrigens in der Hierarchie
der Mafia gar nicht so weit oben angesiedelt. Profikiller gibt
es zum Saufüttern, denn jeder will Terminatore sein, niemand
Buchhalter, Projektentwickler oder Problemlöser. Ich mache
am besten mal eine Liste, damit man siehtä, was es alles gibt.
Ich weiß nicht, wie sie es bei der Camorra, der Cosa Nostra
und der 'Ndrangheta halten, aber die Schweizer Mafia, die
U-Bruderschaft, ist so aufgebaut:

ficcanaso (wörtlich: Naseweis) Schnüffler
esploratore (Forscher), stellt eine Bande zusammen
bastone (Knüppel) Schläger, Druckmacher
terminatore (Beendiger) Killer
scarafaggio (Küchenfliege) Giftmischer
scarabocchio (Kritzler) Buchhalter, Bilanzfälscher
estetista (Kosmetikerin) Problemlöser
aragosta (Hummer) Leichenentsorger
tormentatore (Quälgeist) Ausbilder, Karatelehrer
spremiagrumi (Saftpresser) Verhörspezialist
guardiano (Wächter) Aufpasser
cucchiaino (Löffelchen) Vorkoster
ruach (Ruach) Hehler

342

Ich brauche ja wohl nicht zu erwähnen, welche Funktion am höchsten anzusiedeln ist. Ich sage es vielleicht doch, für die, die es immerä noch nicht begriffen haben, porco dio! Es ist der Bringerä. Der Messaggero, der alle Fähigkeiten in sich vereint. Und der überall mitmischt. Das Bindeglied. Die Graue Eminenz. Ohne mich wären die Cheffä völlig aufgeschmissen.

10 ⁶¹

Auf der 15-Punkte-Skala der Schulnoten bedeuten 10 Punkte »knapp gut«. (Zum Vergleich: 9 Punkte sind »voll befriedigend«.) Wer aber will schon »knapp gut« sein? Es ist das absolute Mittelmaß, das Niemandsland, die Durchschnittsleistung, vergleichbar vielleicht mit dem Platz 10 in der Fußballbundesliga.

Nicole Schwattke saß vor Elli Müthers Tür und überlegte. Kurz entschlossen griff sie zum Handy und wählte eine Nummer in Recklinghausen. Ihr früherer Klassenkamerad meldete sich sofort. Es war einige Jahre her, dass sie seine Stimme gehört hatte.

»Hallo, Schwatti!«, begrüßte er sie fröhlich.

»Wie gehts dir, Tamagotchi?«, fragte Nicole.

»Am liebsten gut«, antwortete er.

Er hatte also immer noch dieselben alten Sprüche drauf. Der lange Lulatsch mit dem Spitznamen Tamagotchi schien sich nicht groß verändert zu haben.

»Ich brauche deine Hilfe in einem Versicherungsfall.«

Tamagotchi arbeitete als freier Versicherungsmakler, das wusste sie noch. Beim letzten Klassentreffen hatte er der Hälfte seiner Mitschüler Policen verkauft.

»Hast du deine Beiträge wieder nicht bezahlt?« Er schlug ein kaskadenartiges, hellperlendes Gelächter an. »Du hättest damals doch nicht zur Polizei gehen sollen, sondern –«

»Schweig, Tamagotchi! Du weißt, dass das ein dunkles Kapitel in meinem Leben ist.«

So dunkel war es gar nicht, das Kapitel. Es war eher strahlend hell wie das gleißende Licht der Verheißung. Ihr Vater und ihr Großvater

344

waren auch schon Kriminaler gewesen, deshalb hatte Nicole ein Theologiestudium begonnen, um aus dem starren Familienschema der ewigen Polizeikarrieren auszubrechen. Nicole hatte jedoch diese liturgische Art, dem Guten zum Sieg zu verhelfen, nicht recht durchgehalten und nach zwei Semestern aufgegeben. Manchmal dachte sie noch an das Thema ihrer mitten im Satz abgebrochenen Seminararbeit *Überzeugungsmethoden der Inquisition*. Sie riss sich von der Vergangenheit los und schilderte Tamagotchi ihren Verdachtsfall.

»Du vermutest einen Versicherungsbetrug?«, fragte der verwundert. »Eine Krankenkasse lässt morden, um sich dadurch teure Operationen zu ersparen?« Tamagotchi lachte laut auf. »Schwatti, Schwatti, auf was für Ideen du wieder kommst!«

»Was ist daran so komisch?«

»Warum sollte denn eine Versicherung noch zusätzlich betrügen? Sie ist ja schon Versicherung.«

»Du meinst, das ist Betrug genug?«

»Mehr geht nicht.«

»Wenn du es sagst.«

»Nein, jetzt mal ernsthaft, bei einem Versicherungsbetrug wird so gut wie immer die Versicherung betrogen. Mit der Meldung eines erfundenen Schadensfalls zum Beispiel. Selbstverstümmelung ist auch ein beliebter Sport. Umgekehrt ist es kaum möglich. Versicherungen sind die am besten kontrollierten Institutionen in unserer Gesellschaft, sie sind sauberer als Trinkwasser. Ein solcher Betrug, wie du ihn schilderst, würde sofort auffliegen. Da bräuchte man nicht einmal die Polizei dazu. Und, Schwatti, wo bleibt dein ermittlerischer Grips! Es würde doch auffallen, dass die Mordopfer alle bei der gleichen Versicherung waren!«

Außer, wenn man gar nicht draufkam, dass die Verstorbenen ermordet wurden, dachte Nicole. Sie versuchte, diesen

Gedanken festzuhalten. Sie spürte, dass sie auf dem richtigen Weg war.

»Und dann kommt noch was«, fuhr Tamagotchi fort. »Wer hätte in deinem Fall was davon?«

»Der Geschäftsführer zum Beispiel. Ihm wird ein Bonus ausgezahlt, wenn er in die schwarzen Zahlen kommt.«

»Aha. Und da spaziert der Geschäftsführer rein ins Krankenhaus und dreht den Leuten den Sauerstoff ab, um an die Boni zu kommen?«

Nochmals schlug Tamagotchi sein durchdringendes Gelächter an.

»Jetzt beruhige dich mal wieder. Es war ja nur so ein Gedanke«, sagte Nicole.

»Um was geht es überhaupt?«

»Ich habe hier mehrere Patienten, die unter seltsamen Umständen verstorben sind. Alle waren bei der Xana versichert –«

»Bei der Xana, sagst du? Das ist ja ein Ding – den Verein kenne ich! Vor allem den Chef, den Wackolder. Das ist vielleicht ein Typ! Der hat bei einem Meeting mal einen Militärangriff simuliert. Haufenweise haben sich da die Leute beschwert, aber die Sache selbst ist Erinnerung geblieben.«

»Kennst du noch andere bei der Xana?«

»Nein, nur Robert Wackolder.«

»Gibt es ein Bild von ihm im Netz?«

»Ja, schau mal auf die Homepage von der Xana. Wenn du dich durch die klugen Sprüche durchgearbeitet hast, gibts ein Organigramm von allen Mitarbeitern. Mit Fotos.«

Nicole bedankte sich.

»Wenn dir noch was einfällt –«

»Ja, und wenn du wieder mal in Recklinghausen bist –«

»Tschüssikowski.«

Nicole schlug ihr Notebook auf und besah sich die Fotos der Xana-Mitarbeiter. War einer von denen doch der Täter? Es war in einem Krankenhaus leicht möglich, unbemerkt zu töten. Da hatte es doch in letzter Zeit den Fall von einem Pfleger gegeben, der Dutzende von Patienten ermordet hatte. Sie scrollte weiter und blieb bei einem Gruppenfoto hängen. Es waren Mitarbeiter der Krankenkasse, die runde Jubiläen feierten: die gute Fee aus der Kantine, der unentbehrliche EDV-Spezialist ... Nicole versuchte, sich die Gesichter einzuprägen.

Im Revier angekommen, eilte sie sofort ins Zimmer des Polizeiobermeisters.

»Ich habe einen Auftrag für Sie, Hölleisen. Ich brauche eine Liste von Patienten, die schwer krank sind, bettlägerig, bei der Xana versichert und denen zudem noch eine teure OP bevorsteht. Stellen Sie diese Liste für das Krankenhaus auf, in dem Frau Müther liegt. Vielleicht brauchen wir solche Listen auch für andere Kliniken.«

»Aber wir haben doch schon zwei: Frau Demuth und Herrn Fritz. Die erfüllen diese Bedingungen.«

»Aber die sind tot, Hölleisen. Mausetot. Ich brauche welche, die diese Bedingungen erfüllen und noch leben.«

»Ich bin ja noch an den Todesfällen vor schweren Operationen dran, ganz wie Sie mir aufgetragen haben, Frau Chefin. Aber bei dieser Sache frage ich gleich bei unserem Krankenhaus nach. Da kenn ich jemanden in der Verwaltung.«

Nicole zwinkerte ihm aufmunternd zu. Hölleisen griff zum Telefonhörer.

10

»Zehn Küsse werden leichter vergessen als ein Kuss.«
(Jean Paul, 1763–1825)

Als Nächster traf Ludwig Stengele im Hotel D'Annunzio ein. Bei ihm erübrigte sich die Frage, ob ihm jemand gefolgt sei. Schon bei der Polizei war er als begnadeter Fährtenleser und Spurenverwischer bekannt gewesen, so etwas verlernte man nicht. Auch er war nicht alleine gekommen, er hatte die Polizeipsychologin Maria Schmalfuß mitgebracht. Jennerwein wunderte sich ein wenig, dass Stengeles Wahl ausgerechnet auf sie gefallen war. Die beiden mochten sich eigentlich überhaupt nicht, sie hatten bei vergangenen Ermittlungen oft und mit leidenschaftlicher Härte gestritten. Aber das war ja beigelegt, seit Stengele den Dienst quittiert hatte. Momentan war ihnen kein Konflikt anzumerken, sie blickten professionell und erwartungsvoll drein. Maria sah ihren Chef Jennerwein sorgenvoll an. Sie war von Stengele während der Fahrt über den Fall informiert worden. Trotz der Brisanz der Angelegenheit hatte keiner gezögert zu helfen.

»Schön, dass Sie beide hier sind«, sagte Jennerwein. »Ich kann Ihnen gar nicht genug danken. Setzen Sie sich bitte.«

Es waren zwei Welten, die hier in einem Zimmer des Hotels D'Annunzio zusammenprallten. Man beäugte sich misstrauisch. Nur das Schicksal des gemeinsamen Freundes verband sie. Marias Handy klingelte. Sie nahm ab.

»Ach du, Thomas? Nein, das ist jetzt ganz schlecht. Ich bin im Ausland –«

Stengele nahm ihr das Handy aus der Hand, rollte mit den Augen und schaltete es ab.

Jennerwein schilderte knapp die Lage und die Bedrohungssituation. Die erschrockenen Blicke, als er ins Detail ging, bemerkte er sehr wohl.

»Bevor wir die Befreiungsaktion planen, möchte ich noch etwas vorausschicken. Sie wissen, dass die U-Brüder hinter der ganzen Sache stecken. Wenn jemand aussteigen will –«

Bevor er weiterreden konnte, winkten alle grimmig ab. Nein, natürlich nicht. Jetzt wollten sie die Sache durchziehen. Jennerwein nickte zufrieden. Er stand auf, um seine verspannten Schultern zu lockern.

»Zuallererst müssen wir herausbekommen, ob es in der Garage einen bestimmten Rhythmus der Wachablösung gibt. Wir müssen auch feststellen, aus welcher der Türen die Wache kommt.«

Karl Swoboda meldete sich.

»Ist das nicht zu gefährlich?«, fragte Ursel. »Dein Gesicht ist dort schon verbraucht.«

»Ich werde mir ein neues Gesicht zulegen.«

Giacinta Spalanzani lächelte ihm zu.

»Gut, Swoboda«, sagte Jennerwein. »Sie kennen sich da unten schon aus. Sie machen das. Wir bleiben per Handy in Verbindung. Wenn wir die Aktion starten, dann müssen Sie den Wächter, der herauskommt, ausschalten. Und unter *ausschalten* verstehe ich jetzt nicht, dass Sie ihn –«

Swoboda unterbrach ihn mit erhobener Hand.

»Comandante, Sie können sich auf mich verlassen.«

»Damit kommen wir zum eigentlichen Zugriff«, fuhr Jennerwein fort. »Ich bitte um Vorschläge.«

»Wie wäre es, durch den Verbindungsgang zur Grotte vorzudringen, nachdem Swoboda den ersten Wächter ruhiggestellt hat?«, sagte Ludwig Stengele.

»Nein, wenn da einer durch den Gang zurückkommt, bedeutet das doch sofort Alarm. Aber wenn der Wächter weg ist, gibt uns das wenigstens ein bisschen Zeit für unsere Aktion.«

»Jemand könnte sich von der Promenade aus in die Grotte abseilen«, schlug Swoboda vor.

»Im Prinzip eine gute Idee. Aber wir wissen nicht, wie schnell wir in den Container oder in das Boot hineinkommen. Und es gibt möglicherweise noch mehrere Wächter.«

Paolo hob den Kopf und murmelte:

»Also, wir von der Ehrenwerten Familie würden da insgesamt nicht mehr als zwei Guardiani einsetzen.«

»Eine professionelle Expertise«, erwiderte Jennerwein. »So etwas ist immer beruhigend.«

Maria Schmalfuß meldete sich.

»Wie wäre es, oben auf der Straße einen großen Tumult zu veranstalten? Eine Schlägerei, bei der der zweite Wächter gezwungen ist, rauszuschauen?«

»Das ist eine gute Idee, Maria. Wie wäre es aber, den Tumult auf einem Schiff zu veranstalten, das draußen vorbeifährt? Ein Partyschiff, mit uns als lärmende Passagiere?«

Alle nickten. Sogar Swoboda blickte bewundernd zu Jennerwein.

»Wie bekommen wir so ein Schiff?«

Ursel hatte sich schon über den Computer gebeugt.

»Das ist nicht so schwer. Man kann es mieten. Sehen Sie – da gibt es verschiedene Agenturen, die Partydampfer anbieten. Natürlich mit Kapitän. Den überreden wir, vor den Grotten zu kreuzen. Wir spielen die übermütige und großkotzige deutsche Familie, die den Anlegestellen mit den teuren Booten viel zu nahe kommt, sie vielleicht sogar zu rammen droht. Wenn wir Glück haben, kommt der zweite Wächter raus.«

»Das will ich meinen«, sagte Paolo, der Präzisionsschütze. »Ich bin mit auf dem Partyboot und mache ihn fertig.«

Alle sahen ihn misstrauisch an.

»Das werden Sie nicht tun«, sagte Jennerwein in ruhigem, aber bestimmtem Ton. »Sie machen ihn unschädlich, also bewegungsunfähig, mehr nicht. Schaffen Sie das?« Paolo nickte unmerklich. »Dann seilt sich jemand von uns von der Promenade aus ab und versucht reinzukommen. Und wenn Sie recht haben, sind es ja auch nur zwei Wächter.«

»Noch eine Frage«, sagte Giacinta. »Wissen wir, welches Bootshaus es genau ist?«

»Nein, das wissen wir nicht. – Stengele, sehen Sie sich bitte die Bilder an, die wir geschossen haben. Versuchen Sie herauszubekommen, welches am geeignetsten für ein Versteck aussieht.«

Stengele machte sich an die Arbeit. In Jennerweins Miene trat der entschlossene, eisenharte Zug, den seine Teamkollegen so gut kannten.

»Der Zugriff wird etwa folgendermaßen aussehen. Ersten Wächter ausschalten – Meldung. Lärm auf dem Partyboot, zweiten Wächter ausschalten – Meldung. Zugriff von oben – Befreiung. Swoboda, Sie gehen jetzt schon mal hinunter in die Tiefgarage. Ursel, Sie besorgen das Boot. Vergessen Sie die Sonnenbrille und das Kopftuch nicht.«

Ursel nickte.

»Und wer wird von oben hinunterspringen und die Aktion in der Grotte beenden?«, fragte Maria.

»Ich werde es machen«, sagte Jennerwein.

Jennerwein sagte das mit solch einer festen und entschlossenen Stimme, dass niemand zu widersprechen wagte. Alle erhoben sich und bereiteten sich auf ihre Aufgaben vor. Maria trat zu Jennerwein.

»Im *Goldenen Frieden* gesessen und Rollmops gegessen, wie? Hej do, oder?«

Einen Moment lang musste Jennerwein lächeln.

10 63

Nur die folgenden zehn Werke hat Richard Wagner für Aufführungen im Festspielhaus auf dem Grünen Hügel in Bayreuth ausgewählt: Der Fliegende Holländer, Tannhäuser, Lohengrin, Das Rheingold, Die Walküre, Siegfried, Götterdämmerung, Tristan und Isolde, Die Meistersinger von Nürnberg, Parsifal. Nur diese zehn Werke haben die Zeiten überdauert. (Vergessen ist zum Beispiel Wagners unvollendete Oper von 1837: Männerlist größer als Frauenlist oder Die glückliche Bärenfamilie.)

Schon nach einer halben Stunde telefonischer Recherche hatte Hölleisen Ergebnisse vorzuweisen. Im Krankenhaus von Elli Müther lagen genau drei Patienten, die die geforderten Bedingungen erfüllten. Eine Hauttransplantation, die bei einer Behandlungsdauer von 38 Tagen 42 232,76 Euro kostete, ein Patient mit akuter Leukämie (50 Tage, 32 672,41 Euro) und, besonders perfide im Hinblick auf einen Mordverdacht, ein Frühchen mit einer Versorgungsdauer von bis zu 113 Tagen und den Spitzenkosten von 125 404,44 Euro.

»Was haben Sie vor?«, fragte der Polizeiobermeister. »Sie haben mir doch vorher erzählt, dass es ganz dumm wäre, einen Versicherungsbetrug auf diese Weise durchzuführen!«

»Wenn man alle Verbrechen, die dumm und unnütz sind, unverfolgt ließe –«

Nicole unterbrach sich. Hölleisen hatte schon verstanden. Er atmete hörbar Luft aus.

»Denken Sie vielleicht an eine Aktion mit einem Lockvogel?«, fuhr er aufgeregt fort. »Einer von uns legt sich als Patient ins Bett und wartet, bis der Mörder kommt. Dann reißt er sich die Infusionen vom Leib, springt heraus, das SEK kriecht unter dem Bett heraus, draußen vor dem Fenster ist ein Hubschrauber zu sehen –«

Nicole lachte.

»Ich muss zugeben, dass ich auch ganz kurz daran gedacht habe. Aber Sie wissen, dass solch eine Aktion bei uns gar nicht erlaubt ist, zweitens bräuchten wir unglaublich viel Personal dazu, drittens müssten wir die Hälfte der Mitarbeiter einweihen, wo wir doch gerade einen Mitarbeiter des Krankenhauses in Verdacht haben.«

»Wieso haben wir einen Krankenhausmitarbeiter in Verdacht?«

»Weil er von den Operationen weiß.«

»Um Gottes willen! Ein Mitarbeiter! Hoffentlich ist es dann nicht die Henkel Fritzi, die aus der Verwaltung. Mit der habe ich nämlich gerade telefoniert, die hat mir die Operationen und die Operationskosten durchgegeben.«

»Ich glaube, da können Sie ganz beruhigt sein. Bei jemandem aus der Verwaltung würde es auffallen, wenn er sich nach Feierabend noch auf Station bewegt. Wenn unser Mörder aber doch von außen kommt? Wer kann sich im ganzen Haus bewegen, ohne aufzufallen?«

»Ärzte, medizinisches Personal … vielleicht auch Vertreter! Ja, ein Arzneimittelvertreter, der durchs ganze Krankenhaus geht und sein Zeug loswerden will.«

Nicole schüttelte den Kopf. Sie stand auf, ging zum Fenster und blickte hinaus.

»Jemand, der nicht auffallen will, macht sich entweder ganz klein – oder ganz groß.«

»Ganz groß? Was meinen Sie damit?«, fragte Hölleisen.

»Er wirft sich zum Beispiel in schrille Kleidung, überschminkt sein Gesicht, geht auf Stelzen – und zum Schluss guckt keiner mehr, weil man sich an die Auffälligkeit gewöhnt hat.«

Nicole drehte sich rasch um und sah Hölleisen auffordernd an. Der zuckte verständnislos die Schultern.

»Wer soll das sein?«

»Ein Clown. Genauer gesagt ein Clowndoktor. Ich habe selber welche gesehen. Man schaut gar nicht mehr hin. Und wer genau unter der Schminke steckt, kann man auch nicht erkennen.«

»Wir suchen nach Clowns?«

»Kommen Sie. Wir fahren noch einmal zum Krankenhaus. Dort gibt es inzwischen mehr Clowns als im Zirkus.«

Ursel überkam bleierne Müdigkeit. Sie hatte eine lange Nacht hinter sich. Um zwei Uhr früh hatte sie ein Taxi gerufen, um damit zu ihrem Schweizer Goldversteck zu fahren. Der Taxifahrer hatte gesagt:

»Aber Signora! Was wollen Sie denn in dieser gottverlassenen Gegend?«

»Ich bin Eventmanagerin und bereite eine nächtliche Schnitzeljagd vor.«

Etwas Besseres war ihr nicht eingefallen. Eine Stunde Anfahrt, dann zwei Stunden Nachtwanderung hinauf zur Gold-Dependance, zwei Stunden runter, eine Stunde Rückfahrt. Sie hatte Jennerwein gegenüber vorgebracht, dass man eine stattliche Menge Geld für die Befreiungsaktion brauchte, und sie hatte recht behalten. Die Wanderung selbst war riskant, so ganz ohne Rückendeckung, allein und in Halbschuhen, aber es war nicht anders möglich. Sie hatte die Kinder vorher angerufen und sie gebeten, das Schweizer Lager freizuschalten.

»Mutter. Was. Machst. Du.«, hatte Philipp gefragt.

In ihrer Antwort hatte sie die Formel benutzt, aus der Philipp schließen konnte: Gefahr im Verzug. Er war sofort verstummt und hatte nicht weitergefragt. In dunkler Schweizer Bergnacht kam sie an der luftigen Dependance an und entnahm ein paar kleine, handliche Goldmünzen, eine Waffe und ein Bündel Schweizer Franken. In jedem Goldlager war auch eine gewisse Menge Bargeld deponiert, genau für solche Fälle. Am frühen Morgen war sie zurückgekommen. Jetzt, beim Mieten des Partyschiffes, konnte sie deshalb im Voraus und bar bezahlen, der Kapitän war angesichts der Verdopplung seiner Gage leicht zu überreden, direkt vor die Arkaden zu schippern.

»Wenn wir dort ankern, werden sich aber die Leute, die ihre Boote dort liegen haben, ganz schön ärgern«, sagte der Kapitän.

Genau das ist der Plan, dachte Ursel.

Kurz darauf näherte sich das Partyschiff MS Helvezia langsam der Westküste des Lago di Lugano, an Deck herrschte scheinbar Riesenstimmung. Alle Teilnehmer hielten ein Glas Prosecco in der Hand und prosteten sich lärmend zu, was zumindest bei Paolo ausgesprochen dämlich wirkte. Gelächter krachte ab und zu auf. Maria tat so, als ob sie einen Witz erzählen würde.

»Blabla, blabla, sagte der Ober zum Gast, das ist genau das, was Sie bestellt haben, blabla, blabla, darauf der Gast, nein, ich habe etwas ganz anderes bestellt, blabla, der Witz nähert sich dem Ende, gleich kommt die Pointe, und jetzt – ist sie da!«

Es funktionierte. Alle lachten schallend und echt, so laut, dass es sogar Jennerwein hörte, der am Ufer an der Balustrade lehnte und hinaussah auf den See. In der Innenseite der Jacke hatte er das Seil eingeklemmt, das er zum vereinbarten Zeitpunkt mit einem Haken an der Brüstung festmachen würde, um die drei Meter hinunterzuspringen und sich in die Grotte zu schwingen. Er hatte keine Gelegenheit gehabt, das zu üben, er war den Absprung nach außen und den SEK-Enterschwung nach innen im Geist mehrmals durchgegangen. Jennerwein trug keine Waffe. Ursel hatte ihm eine angeboten, er hatte das kategorisch abgelehnt. Hier war für ihn die Grenze des Zumutbaren erreicht. Der Plan war der, den Wächter durch laute Musik herauszulocken, vom Schiff aus zu betäuben, dann den Container zu erstürmen und einen eventuellen weiteren Wächter im Inneren zu überrumpeln. Eine Waffe, so hatte Jennerwein argumentiert, würde nur Ignaz gefährden. Das hatte Ursel eingesehen. Jennerwein war hochkonzentriert. Er wusste, dass es sich mit den vorgeblichen Partygästen da draußen nicht anders verhielt. Maria erzählte gerade einen weiteren Witz, es gab erneut Gelächter. Das Schiff drehte bei und kam ein wenig näher. Bisher lief alles nach Plan.

In der Tiefgarage war es kühl und ruhig, nur zwei Augen stachen aus der Dunkelheit heraus. Karl Swoboda hatte das Gesicht geschwärzt, er war unter ein Auto gekrochen und befand sich jetzt an einer Stelle, von wo aus er die Verbindungstür zum Hafen im Blick hatte. Das Wackelige an diesem Teil des Plans war der unbekannte Fahrer des Wagens, unter dem er lag. Swoboda hoffte inständig, dass der Autobesitzer nicht gerade in den nächsten Minuten auf die Idee kam, wegzufahren. Er sprach leise ins Handy.

»Alles o. k. hier. Keine Auffälligkeiten.«

Maria drehte die Stereoanlage an Bord etwas lauter. Die billige, computerbasstrommelgetriebene Partymusik schwoll an, Paolo begann, mit Giacinta zu tanzen, Stengele forderte Ursel auf, sie war eine mondäne Dame mit riesiger Sonnenbrille und grünem Kopftuch. Maria bat den Kapitän, noch ein bisschen näher ans Ufer zu fahren.

»Schau mal über meine Schultern, Paolo«, sagte Giacinta. »Da bewegt sich was hinter dem Gatter der mittleren Grotte.«

»Ja, den Eindruck habe ich auch«, antwortete Paolo.

»Kannst du ein Gesicht erkennen?«

»Nein, aber die Gestalt beobachtet uns anscheinend. Ich könnte ihn gleich abknallen. Eine bessere Gelegenheit gibt es nicht. Was weg ist, ist weg.«

»Befolge die Anweisungen von Jennerwein«, sagte Giacinta.

Paolo murrte.

»So weit ist es mit der Ehrenwerten Familie schon gekommen, dass ein Provinzpolizist das Kommando bei solch einem Einsatz führt.«

»Halt einfach die Klappe, Paolo«, entgegnete Giacinta.

Auch Stengele und Ursel tanzten sich in Position und nahmen die mittlere Grotte ins Visier.

»Ich kann nur eine Hand von ihm sehen«, raunte Ursel Stengele ins Ohr. »Vielleicht hält er in der anderen eine Pistole.«

»Ja, wäre durchaus möglich. Geben Sie das an Jennerwein durch.«

»Hubertus? Hören Sie mich? Höchste Alarmbereitschaft. Die Grotte Nummer 3, die in der Mitte, die ist es.«

Der Mann, den sie vom Schiff aus beobachtet hatten, verschwand wieder im Inneren der Grotte. Maria griff sich ein weiteres Glas Prosecco, um daraus zu trinken, und drehte den Lautstärkeregler der Musik noch höher.

Seit Stunden hatte Ignaz angestrengt an der Containerwand gelauscht. Manchmal hatte er geglaubt, ein paar Fetzen Musik aus weiter Ferne zu hören. Aber nein, er musste sich getäuscht haben. In regelmäßigen Abständen bewegte er die

Finger, manchmal spürte er die Schmerzen, die auf eine neue Gichtattacke hindeuteten. Jetzt lag Ignaz mit offenen Augen auf der Liege ausgestreckt und wartete. Er spürte, wie sich die Resignation zäh und stetig in ihm ausbreitete. Er hatte drei Tage und drei Nächte dagegen angekämpft, lange konnte er das nicht mehr durchhalten. Das Dauerfeuer aus Psychoterror und die quälende Ungewissheit, wo genau er sich befand, raubten ihm die letzten Kräfte. Er schloss die Augen. Da hörte er plötzlich Stimmen von draußen. Die Tür wurde aufgestoßen, einer der Knechte kam mit einer großen flachen Anrichteplatte aus Porzellan herein, der Mann mit dem asketischen Äußeren lehnte sich an die Wand. Schon wieder Essen? Was hatten sie sich diesmal ausgedacht? Als der grobe Klotz die Platte auf den Tisch stellte, begriff Ignaz nicht gleich. Auf dem Boden der Schale war eine zähflüssige, geleeartige Substanz zu sehen, die auf den ersten Blick einer rötlich schimmernden Suppe glich, vielleicht auch einem bunten, flachgedrückten Brei. Ignaz blickte verständnislos auf. Der asketische Chef nickte ihm mit einem dünnen Lächeln zu. Ignaz betrachtete die Speise näher. Pfefferkörner, Estragonblätter, Parmesanflocken, in der Mitte ein besonders großes Stück davon. Ja, und? Warum der große Auftritt? Es schien sich um ein Scheibchen Carpaccio zu handeln. Aber Estragonblätter in einem Carpaccio? Das passte doch überhaupt nicht zusammen. Vielleicht war es ja auch eine Tessiner Spezialität. Gehört hatte er davon noch nie.

»Na, was sagst du?«, raunte der cäsarenhafte Mann und machte dabei mit den Fingern am Hals eine waagrechte Bewegung des Durchschneidens. »So hast du deine Frau noch nie gesehen, oder?«

Jetzt begriff Ignaz. Sie hatten Ursel also doch erwischt! Ein lähmendes, noch nie dagewesenes Gefühl der Ohnmacht stieg in ihm hoch. Übelkeit erfasste ihn. Doch dann gewann die heiße Wut die Oberhand. Ignaz sprang von der Liege auf, rannte zwei Schritte auf den Widerling zu und versuchte, ihm an die Gurgel zu fahren. Doch schnell ging der Knecht dazwischen, packte ihn an den Armen und schleuderte ihn zurück aufs Bett. Er trat näher und prügelte mit der Faust mehrmals auf ihn ein. Ignaz schrie auf und wand sich vor Schmerzen.

»Hör mal einen Moment damit auf«, sagte der Chef.

Sofort ließ der Knecht von ihm ab.

»Don Ignazio, reg dich nicht auf! Deine Frau hat doch schon alles hinter sich. Überlege dir nochmals, ob du uns nicht doch dein Equipment zur Verfügung stellst. Überlege es dir gut. Als Nächstes sind deine Kinder dran.«

Mit diesen Worten wandte er sich um und ging zur Tür, der Knecht folgte ihm.

Ignaz betastete seinen Kopf, er hatte einige Platzwunden abbekommen. Er hob seinen Blick. Cäsar war in der offenen Tür stehen geblieben. Er hielt den Arm nach unten und beschrieb mit dem Zeigefinger einen kleinen Kreis. Der Knecht nickte. Was hatte dieses Zeichen zu bedeuten? Alle sammeln? Hubschrauber? Spinnst du? Dann fiel es ihm ein. Das Zeichen bedeutete: Wachablösung. Ignaz hätte wegen der Konzentration auf dieses Zeichen fast etwas wesentlich Wichtigeres überhört, denn durch die geöffnete Tür drangen Klänge in sein Gefängnis, die ihn schließlich elektrisierten.

♫ *My Baby Baby Balla Balla*
My Baby Baby Balla Balla
My Baby Baby Balla Balla Huh Balla Balla …

Das konnte kein Zufall sein. Dieser alberne Schlager hatte für ihn und Ursel eine besondere Bedeutung. Da hatten sie das erste Mal miteinander getanzt. Beim Volkstrachtenball. Das konnte nur eines heißen: Ursel war nicht tot! Das Präparat von vorhin stammte nicht von ihr. Ursel war hier, ganz in der Nähe! Und sie hatte vermutlich Verstärkung mitgebracht. Es war ein Zeichen für ihn durchzuhalten. Und sich bereitzuhalten. Die Befreiung stand kurz bevor.

Der heute bekannte »Countdown« wurde erstmals
1929 im Science-Fiction-Stummfilm Frau im Mond
von Fritz Lang gezeigt.
»Als ich das Abheben der Rakete drehte, sagte ich:
Wenn ich eins, zwei, drei, vier, zehn, fünfzig, hundert
zähle, weiß das Publikum nicht, wann es losgeht.
Aber wenn ich rückwärtszähle: zehn, neun, acht, sieben, sechs, fünf, vier, drei, zwei, eins, JETZT! – dann
verstehen sie.«

(Fritz Lang)

In gleichförmigem Abstand von ein oder zwei Sekunden
ertönte das Tropfen und Schmatzen, es klang, als wenn jemand Quark auf den Boden pfefferte. Es waren jedoch nur
die Plastikschlapfen von Hilfspfleger Benni Winternik, der
mit seinem saftig klatschenden Fllapff! den Krankenhausgang
herunterkam. Er bog lässig ins Stationszimmer, begrüßte die
Kollegen und setzte sich zu ihnen.

»In der Ambulanz spielen sie Promille-Roulette«, sagte er.

Promille-Roulette war ein beliebtes Wettspiel in der Not-
aufnahme. Eingelieferte alkoholisierte Patienten wurden
nach verschiedenen Kriterien auf ihren Trunkenheitsgrad ge-
schätzt. Wer am nächsten dran war, hatte gewonnen.

»Ich habe mal richtig danebengelegen«, sagte Schwester
Zilly. »Da war eine Frau, die keinerlei Anzeichen von Trunkenheit gezeigt hat. Sie redete klar und deutlich, bewegte sich
normal – und hatte 3,1 Promille. Ich habe gerade mal auf ein
oder zwei Bierchen getippt.«

Pfleger Kreysel hatte seine Pfeife zu Ende gestopft.

»Das erinnert mich an eine Geschichte in
Regensburg«, begann er –

Doch da hatten schon alle abgeschaltet, die Zeitung aufgenommen, die Kopfhörer übergestülpt, Ingo hatte sich sogar Ohropax eingestöpselt. Er löste sie kurz –

»Gag an der Geschichte ist natürlich der …«

– und setzte sie sofort wieder ein. Benni Winternik stand auf und verließ das Zimmer. Er hatte etwas Dringendes zu erledigen.

Nicole Schwattke und Franz Hölleisen waren auf dem Weg ins Krankenhaus. Hölleisen fuhr.

»Ein Clown?«, fragte er. »Wir suchen nach einem Clown?«

»Ja«, pflichtete sie bei, »so ungestört und unbeobachtet wie ein Clowndoktor kann sich niemand bewegen. Ich habe mir nochmals die Aussagen aller Nachtdienstmitarbeiter vorgenommen. An einen ganz und gar Fremden hätten sie sich erinnert. Also muss ein eventueller Täter aus dem Krankenhaus kommen. Wenn es jetzt ein Arzt oder ein Pfleger oder einer aus der Verwaltung ist, dann wäre aber ein Name gefallen. Clowns jedoch sehen für die meisten Menschen gleich aus.«

»Ich verstehe. So ein Clown kann sich durch das Krankenhaus bewegen und Menschen töten, und wenn er es einigermaßen geschickt anstellt, dann fällt das gar nicht als unnatürliche Todesursache auf. Wo kein Kläger, da kein Richter.«

»Gut, Hölleisen. Wir wissen ja inzwischen, dass der Tod von Herrn Clausen ein Unfall war. Aber die anderen könnten sehr wohl getötet worden sein. Wir scheinen durch einen falschen Hinweis auf die richtige Spur gekommen zu sein.«

»Wir haben den verkehrten Weg genommen, aber trotzdem den richtigen Berg erstiegen«, fügte Hölleisen bauernschlau hinzu. »Und das wäre ja auch nicht das erste Mal. Erinnern Sie sich –«

»Jetzt gehen Sie rein und bewachen das Frühchen«, unterbrach ihn Nicole entschieden. »Und lassen Sie sich auf keinen Fall weglocken.«

Nicole hetzte durch die Abteilungen. Sie überprüfte die Zimmer des Leukämie- und des Verbrennungspatienten. Dort war alles in Ordnung. Aber wo steckte Maria? Die war schon seit heute Morgen verschwunden. Nicole konnte sie nicht erreichen, ausgerechnet jetzt, wo sie doch so dringend Verstärkung brauchte. Da kam Nicole eine Idee. Mönckmayr! Der saß immer noch vor dem Zimmer der Frau des russischen Oligarchen und langweilte sich dabei furchtbar. Jetzt blickte er überrascht auf.

»Nanu, wo brennts denn?«

»Ich habe eine Bitte. Kannst du ab und zu noch einen Blick in ein weiteres Zimmer werfen?«

Sie schilderte ihm den Fall, ohne allzu sehr in polizeiliche Details zu gehen. Mönckmayr wiegte zweifelnd den Kopf.

»Und? Kannst du mir den Gefallen tun?«, drängte Nicole. »Du musst nur ab und zu aufstehen und nachsehen.«

»O. k., aber was springt für mich dabei raus?«

»Du hast was gut bei mir, das muss genügen. Solche Typen wie du sind oft auf die Polizei angewiesen. Informationen, Tipps, Hintergründe … Also?«

»Na gut. Wo?«

Sie nannte ihm das Zimmer, das im Stockwerk über dieser Station lag. Es war der Leukämie-Patient. Sie hatte Hölleisen den Auftrag gegeben, das Frühchen zu bewachen, sie selbst wollte sich um die Sicherheit des Patienten mit den schweren Verbrennungen und der Hauttransplantation kümmern. Er war nicht bei Bewusstsein. Sie setzte sich so hin, dass sie beim Eintreten nicht gleich gesehen werden konnte. Schwester Zilly erschien, um Puls und Atemfrequenz zu überprüfen.

»Wer kommt heute noch zu dem Patienten?«, fragte Nicole.

»Nur ich. Ich schaue stündlich, ob alles in Ordnung ist.«

Nicole setzte sich wieder. Nach einer weiteren halben Stunde hörte sie Geräusche vom Gang. Sie kamen immer näher. Was mussten das für Riesenlatschen sein! Nicole erschrak. Clownsschuhe! Es konnten nur Clownsschuhe sein. Sie trat hinter den Vorhang, der das Krankenzimmer vom Sanitärbereich trennte. Das Geräusch der Riesenlatschen verstummte vor der Tür, dann kam deren Besitzer ins Zimmer. Er verschloss die Tür sorgsam von innen. Nicole griff nach ihrer Waffe. Sie schob den Vorhang einen Spalt beiseite und versuchte, zu der Person hinzuspähen. Der Eindringling war jedoch nicht ans Bett getreten, sie konnte deshalb nicht erkennen, wer das war. Er machte sich an einem Tischchen zu schaffen, das in einigem Abstand zum Bett stand. Dann an einem Wandschrank. Nicole schob den Vorhang noch ein wenig weiter auf. Jetzt konnte sie die weißbehandschuhten Hände des Mannes erkennen. Der Clown! Das heiße Glücksgefühl des Jägers kochte in ihr hoch. Die weißen Handschuhe rissen nun eine Medikamentenpackung auf, nahmen Ampullen heraus und steckten andere Ampullen hinein. Nicole verstand nicht. War das die Mordmethode? Einfach Infusionsflüssigkeit austauschen? Außer dem Rascheln von Papier und Karton herrschte absolute Stille im Raum. Um den Patienten nicht weiter zu gefährden, schob sie den Vorhang ganz auf und richtete die Waffe auf die Gestalt. Es war kein Clown. Es war Benni Winternik. Der zaundürre Hilfspfleger bemerkte Nicole, drehte sich entsetzt um, entriegelte hastig die Tür und stürzte auf den Gang hinaus. Nicole setzte ihm nach. Sie hatte in die vollkommen falsche Richtung ermittelt.

10

66

*Die Zehn ist eben nicht immer positiv, hoffnungs-
reich und angenehm besetzt. Der Volksmund
assoziiert diese Zahl oft negativ: Man muss jmd.
etwas »zehnmal erklären«, jmd. »kann nicht bis zehn
zählen«, »keine zehn Pferde« bringen einen dorthin ...
Und wenn man »zehn Klafter tief« liegt, ist man tot.
Zumindest bei Shakespeare.*

Ignaz zitterte vor Aufregung. Sein Herz schlug rasend. Nun,
da er wusste, dass Hilfe unterwegs war, fühlte er ungeahnte
Kräfte in sich aufsteigen. Die Demütigungen und Verletzungen der letzten Tage waren vergessen. Jetzt galt es nur noch,
sich auf den Augenblick seiner Befreiung zu konzentrieren.
Langsam schritt er in der engen Zelle auf und ab. Er überlegte,
wo der beste Platz war, sich zu positionieren. Seine Freunde
würden es vermutlich nicht riskieren, die Wache draußen aus-
zuschalten und dann die Tür aufzubrechen, denn sie konnten ja nicht wissen, ob er alleine im Raum war. Sie würden
hoffentlich abwarten, bis die Tür geöffnet wurde, und dann
zugreifen. Ignaz setzte sich wieder auf die Liege und lauschte
konzentriert. Nichts. Absolute Stille. Seine Arme schmerzten
höllisch. Als er sich an der Wand abstützen wollte, schrie er
laut auf. Hatte ihn der Typ vorhin da erwischt? Er betrachtete seine linke Hand und ließ sie vorsichtig kreisen. Es waren
die stechenden, unbezwinglichen Schmerzen eines Gichtan-
falls. Warum aber war das trotz der Medikamente passiert?
Placebos? Vielleicht gehörte das auch zum Psychoterror. Ignaz versuchte, sich zu entspannen. Er
zwang sich, an etwas anderes zu denken, doch
das war unmöglich. Ignaz schreckte auf und
lauschte. War da nicht ein Klirren gewesen?

368

Nein, nichts. Er beruhigte sich wieder. Doch dann war er sich sicher, dass er Geräusche gehört hatte. Draußen vor der Tür war jemand. Ganz bestimmt. War es endlich so weit? Ignaz nahm sich zusammen und versetzte sich in absolute Kampfbereitschaft.

Karl Swoboda kauerte regungslos unter dem parkenden Auto, er war vollständig mit der Umgebung verschmolzen. Der Wiener Striezi hatte sich im Lauf seiner kriminellen Karriere schon in alle möglichen Typen verwandelt, aber als teerfarbenes Nichts, als schmutzige Schwärze war er noch nie aufgetreten. Swobodas Muskeln spannten sich. Er war bereit zum Sprung. Die Tür, auf die er die ganze Zeit gestarrt hatte, öffnete sich langsam und geräuschlos, heraus trat ein Mann, der sich nach allen Seiten umblickte, bevor er die Tür wieder sorgfältig verschloss. Swobodas erster Impuls war es, aus seiner Deckung zu springen und sich auf den Guardiano zu stürzen, um ihn in eine tiefe Ohnmacht zu schicken. Doch irgendein Instinkt, den er sich in den dunklen Gassen der Wiener Josefstadt erworben hatte, hielt ihn davon ab. Und er sah auch sofort, dass er mit diesem Gefühl richtiggelegen hatte. Aus einem der parkenden Autos stieg eine Gestalt in Mantel und mit tief ins Gesicht gezogenem Hut. Die Gestalt trat auf den Mann zu. Das war wohl der Typ, der die Tiefgarage im Auge behalten und sofort Alarm schlagen sollte, falls der Guardiano angegriffen werden sollte. Der Wächter des Wächters. Swoboda schnaufte tief durch. Gott sei Dank hatte ihn der zweite Mann nicht bemerkt, als er in der Garage unter das Auto geschlüpft war. Die beiden Wächter wechselten ein paar Worte.

»Die Sache mit dem Schnitt hat es jetzt nicht so voll gebracht.«

»Komisch. Normalerweise knicken sie ein, wenn man ihnen ein Carpaccio vor die Nase hält.«

»Aber bei diesem bayrischen Sturkopf muss der Chef noch einen Gang höherschalten.«

»Also dann. Holen wir die gute Berkel nochmal aus dem Kühlraum.«

»Falls sie die nicht gerade oben im Restaurant brauchen.«

Sie lachten und bewegten sich langsam in Richtung des Personalaufzugs. Jetzt kamen sie direkt an Swoboda vorbei.

»Hast du was von Ettore gehört?«

»Nein, unser Schlangen-Mann ist wie vom Erdboden verschwunden.«

Ettore war nicht vom Erdboden, sondern *im* Erdboden verschwunden. Und zwar endgültig.

Swoboda sah, wie die beiden in den Aufzug stiegen, der zur Hotelküche führte. Erst als sie außer Hörweite waren, gab Swoboda seine Meldung durch.

»Änderung des Plans. Ich habe den Guardiano nicht ausschalten können, zu gefährlich. Ich verfolge ihn in Richtung Hotelküche. Es ist ein Zweiter dabei. Ich melde mich wieder. Baba.«

Ohne eine Antwort abzuwarten, kroch Swoboda unter dem Auto hervor und schlich den beiden nach. Wenn ihn jetzt ein normaler Hotelgast sähe, fiele der in Ohnmacht. Geschwärztes Gesicht, unheimlich von Punkt zu Punkt springende Augen, gefährlich lauernde Haltung. Aber das musste er riskieren. Die beiden Gestalten hatten den Lift genommen, Swoboda hastete die Treppe hinauf. Droben war keine Menschenseele zu sehen. Er zog das Hemd aus der Hose und rubbelte die schwarze Schminke notdürftig ab. Schnell duckte er sich hinter einen großen Geschirrwagen, als die beiden aus dem Lift traten und sich zusammen durch die Schwingtür der Hotelküche zwängten. Swoboda sah, dass es dort drinnen von Personal nur so wimmelte, er eilte ihnen nach und griff sich in der Küche einen Stapel Teller, den er nun ächzend und italienisch fluchend vor sich herbalancierte. Er hatte Glück. Niemand beachtete ihn. Die beiden hier anzugreifen war allerdings zu riskant. Er musste warten, bis sie in menschenleere Gefilde kamen. Swoboda keuchte an nach heißem Spülmittel stinkenden Geschirrwaschstraßen, brodelnden Kochtöpfen und prallgefüllten Anrichtetischen vorbei, schließlich verließen sie die Küche. Die beiden Schweizer blieben jetzt vor einer großen, stählernen Tür stehen, öffneten sie mit einem Schlüssel und traten langsam hinein. Kalter Nebel schlug ihnen entgegen.

»Kühlkammer«, gab Swoboda leise durch. »Der Wächter und ein zweiter Mann sind jetzt drinnen. Das war keine Wachablösung, die müssen was holen. Aber ich glaube, ihr könnt jetzt starten. Ich schnappe mir die beiden inzwischen und stelle sie ruhig.«

Swoboda spürte einen heftigen Schlag im Nacken. Alles drehte sich, alles verschwamm vor seinen Augen, doch er bekam noch mit, dass er in die Kammer geschleift wurde. Sofort umfing ihn dort die eisige Kälte. Als er nach seinem Handy fassen wollte, griff er ins Leere. Sie hatten es ihm abgenommen. Natürlich hatten sie das. Mühsam und schwankend erhob er sich. Er rüttelte an der Tür, sie war verschlossen. Die Notöffnung war ausgebaut. Aber verhungern würde er schon einmal nicht: Schweinehälften, Schinkenkeulen und Rinderrücken hingen an riesigen Fleischerhaken von der Decke. Entschlossen öffnete er einen großen Blechschrank, um nach Werkzeugen zu suchen. Vielleicht konnte er eine Schlag- oder

Stichwaffe improvisieren, bis sie wieder zurückkamen. Der Blechschrank war unverschlossen, auch er war gekühlt, denn dichte Schwaden einer beißend riechenden Kühlflüssigkeit schlugen ihm entgegen. Doch in diesem Schrank befanden sich keine Werkzeuge. Maßloses Entsetzen erfasste Swoboda. Er hielt sich die Hand vor den Mund, so übel war ihm geworden von dem Anblick der dicht übereinandergestapelten menschlichen Körper, die dort lagen. Einigen Leichen fehlte der Kopf, der Hals zeigte einen sauberen und glatten Schnitt. Swoboda strauchelte und wurde kurz ohnmächtig. Hart schlug er auf dem Boden auf. Er befand sich im Zwischenlager der Bruderschaft. Deshalb also waren sie auf die Idee gekommen, die Leichen auf dem Viersternefriedhof des Kurorts unterzubringen. Hier in Lugano wurde der Platz langsam knapp. Swoboda drehte den Kopf. Er lag genau neben der großen Wurstschneidemaschine, der grausigen Berkel, die sie für die Schnitte verwendeten.

10 ⁶⁷

Auch die römisch geschriebene X kann negativ ge-
deutet werden. X ist das schief in die Erde gesteckte
Kreuz, und das ist in der Symbologie auch das
Zeichen des Teufels.

Nicole Schwattke steckte die Waffe wieder ins Holster und rannte den menschenleeren Gang hinunter. Benni Winternik hatte seine Plastikschlapfen von sich geworfen und war schon um die Ecke verschwunden. Der Idiot! Warum floh er? Er hatte doch hier im Krankenhaus keine Chance. Nicole setzte ihm nach. Am Raucherzimmer vorbei, immer weiter Richtung Innere, Psychiatrische und Kinder, nach der Radiologie rechts, über die Treppen ins Erdgeschoss – vor der Kardiologie hatte sie ihn kurz aus den Augen verloren. Nein, da vorne lief er! Im Erdgeschoss war um diese Zeit mehr Betrieb. Patienten, Besucher, Mitarbeiter. Nicole stieß einige verwunderte Menschen beiseite, sie hoffte, dass es sich um keine Kranken handelte. Jetzt hatte sie Benni Winternik wieder voll und ganz im Blickfeld. Sie kam ihm näher und näher. Sie gelangten in einen hellen, gläsernen Gang, durch dessen Fenster man auf den Klinikpark blickte. Winternik riss eine Tür nach draußen auf und rannte quer über die Wiese. Er war jünger als Nicole, und er kannte sich auf dem Krankenhausgelände besser aus als sie. Nicole hingegen wusste polizeilicherseits einiges über die Bauweise von öffentlichen Gebäuden. Sie hatte in einem Kurs gelernt, dass Türen, die ins Freie führen, immer nach außen aufgingen, sie hatte auch noch in Erinnerung, dass Brandschutztüren mit automatischem Schließzug oben links mit SchZ gekennzeichnet waren. Das wiederum wusste Winternik nicht, er verlor viel Zeit damit, an verschlossenen Türen zu rütteln, bis er endlich wieder ins Innere des Gebäudes kam. Nicole hatte aufgeholt, Benni war jetzt nur noch zehn Meter vor ihr. Niemand vom Krankenhauspersonal stoppte ihn, viele traten beiseite und machten Platz für die außergewöhnliche Hetze. Schließlich siegte die polizeiliche Routine über den jugendlichen Freiheitsdrang. Vor der Urologie schlug Benni Winternik einen Haken, lief in einen Seitenraum und stolperte dort über ein leeres Bett. Nicole stürzte sich schwer atmend auf das zaundürre Jüngelchen und hielt es fest.

»Was wollen Sie denn von mir?«, stieß Benni hervor.

»Na, was werde ich von Ihnen wollen?«, rief Nicole wütend und fingerte nach dem Achter, der an ihrem Gürtel baumelte. »Sagen Sie mir, was Sie in dem Krankenzimmer getrieben haben, Mann!«

Benni schwieg. Nicole verstärkte den Druck.

»Und? Was wollten Sie im Zimmer des Schwerkranken?«

Wieder antwortete Benni nicht. Sein Adamsapfel hüpfte auf und ab. Er atmete schwer, Schweißperlen traten auf seine Stirn.

»Sie wollten ihn töten, nicht wahr?«

Jetzt riss Winternik die Augen auf. Vor Schreck fand er zunächst keine Worte.

»Töten?«, stotterte er. »Wieso denn töten? Sind Sie verrückt?«

Nicole blickte Winternik scharf an.

»Na, hören Sie mal! Sie sperren sich ein und tauschen Medikamente aus. Was soll ich davon halten!«

»Aber deswegen stirbt er doch nicht. Ja, ich gebe es zu, ich hatte vor, sein Betäubungsmittel gegen ein Placebo auszutauschen. Gut, ich klaue Medikamente und verticke sie dann. Aber ich bin doch kein Mörder!«

Nicoles Handy klingelte. Sie ließ den Achter aufschnappen und fixierte Winternik an der Eisenstange eines leeren Betts. Jetzt erst realisierte sie, dass sie sich in einem Bettenlager befanden. Sie stand auf, um den Anruf anzunehmen.

»Was soll das?«, rief ihr Winternik nach. »Lassen Sie mich nicht allein!«

Nicole achtete nicht auf ihn. Ingo, der sehbehinderte Masseur, war dran.

»Frau Schwattke, Sie haben mich doch gebeten, Sie anzurufen, wenn mir noch was einfällt.«

»Ja, was gibts?«

»In der Nacht, als Herr Clausen starb, habe ich auf dem Gang Schritte gehört. Ich konnte sie niemandem zuordnen. Es könnten Clownsschuhe gewesen sein. Aber Clowns, das sind normalerweise junge Leute. Es waren aber alte Schritte.«

»Das erkennen Sie?«

»Aber sofort. Das ist für einen Fast-Blinden die leichteste Übung. Das hat jedenfalls irgendwie nicht zusammengepasst. Ich hätte die Sache vergessen – wenn ich diese Schritte nicht wieder gehört hätte.«

»Wann?«

»Jetzt grade eben.«

»Wo sind Sie?«, fragte Nicole erschrocken.

»In meinem Massageraum. Soll ich dem Clown nachgehen?«

»Auf keinen Fall! Bleiben Sie, wo Sie sind, ich komme gleich.«

Sie rannte zurück zum Massageraum. An der Kardiologie vorbei …

»Machen Sie mich los!«, schrie Hilfspfleger Benni Winternik. »Das ist Polizeiwillkür.«

Sie beachtete ihn nicht.

Ingo, der Masseur, zeigte den Gang hinunter. Er beschrieb ihr die Richtung, in die der Clown getappt war.

»Dann haben sich seine Schritte verloren, ich habe eine Tür gehört, es muss die Tür zum Treppenhaus gewesen sein.«

»Ist er nach unten oder oben gegangen?«

»Eher nach unten.«

Nicole hastete die Treppe hinunter, immer zwei Stufen auf einmal nehmend. Diesmal hatte sie mehr Glück. Dort stand der Clown. In der Mitte des Korridors von Station 9. Er betrachtete eine Zimmernummer, dann ging er weiter. Kaflotschschsch, kaflotschschsch. Jetzt sah er sich um, Nicole duckte sich hinter einen Matratzenstapel. Sie schlich ihm weiter nach. Der Clown grüßte manche der Vorübergehenden, sie grüßten mechanisch zurück. Sie waren jetzt in einem Bereich des Krankenhauses angekommen, der weit entfernt von den drei Zimmern war, in denen ihre drei Schützlinge lagen. Was suchte der Clown hier in diesem Trakt? Gab es noch weitere Patienten, die bei der Xana versichert waren und die Hölleisen übersehen hatte? Jetzt blieb er vor einem Zimmer stehen, öffnete die Tür und verschwand schnell darin. Nicole eilte ihm nach, doch er hatte schon abgeschlossen. Sie drehte sich um, raste durchs Nebenzimmer auf den Balkon und kletterte über den Sichtschutz. Dann duckte sie sich hinter die Topfpflanzen und blickte ins Zimmer. Der Clown stand immer noch an der Tür. Das war kein junger Mann, so viel konnte sie trotz der Schminke erkennen. Auch die Bewegungen deuteten eher auf einen Fünfzigjährigen hin. Jetzt schlurfte er langsam und bedächtig zu dem schlafenden Patienten und zog ihm die Atemmaske vom Gesicht. Nicole machte sich bereit. Der Clown drehte nun den Ton des Fernsehers ab. Er griff in die Tasche und holte eine Spritze heraus, die er aus einem altmodischen Tinkturenfläschchen aufzog. Nicole wartete nicht länger. Sie nahm zwei Schritte Anlauf, sprang durch das Glasfenster in das Krankenzimmer und stürzte auf den Clown zu, der sich umdrehte und die Spritze drohend in die Höhe hielt. Nicole erstarrte. Es war nicht ratsam, ihm näher zu kommen. Sie wusste nicht, was die Spritze enthielt.

»Es ist Kaliumchlorid«, sagte der Clown mit einer müden, traurigen Stimme. Er hatte ihren unsicheren Blick bemerkt. »Wissen Sie, was das bedeutet? Es ist ein äußerst schwer nachzuweisendes Gift, das zum sofortigen Herzstillstand führt, der nicht mehr rückgängig gemacht werden kann. Ich habe das nachgeschlagen. Und es hat bisher immer funktioniert. Kommen Sie bitte nicht näher.«

Ein Geständnis? Wieso das denn? Nicole überlegte. Sie ahnte, dass der Clown seinen Mordplan noch nicht aufgegeben hatte, denn er schielte zu dem bewusstlosen Patienten und senkte die Spritze auf ihn. Nicole musste es jetzt wagen. Sie ließ sich seitlich zu Boden fallen, grätschte wie ein Fußballverteidiger und schlug dem Mann die Beine weg. Das war nicht sehr elegant, aber die einzig wirksame Methode, die Spritze aus dem Spiel zu nehmen. Der Clown schrie auf, stolperte, ruderte mit den Händen in der Luft und ließ dabei die Spritze fallen, die mit der metallischen Kanülenspitze im Boden stecken blieb. Nicole wollte sich aufrappeln und auf ihn stürzen, doch sofort hatte der Mann sein Mordwerkzeug wieder in der Hand und hielt es drohend hoch. Lauernd saßen sie sich auf dem Boden gegenüber. Nicole beobachtete den Clown. Was wollte der Mann? Er schien sie nicht angreifen zu wollen.

»Eines Tages musste es so kommen, ich habe das erwartet«, sagte er langsam.

Der Mann wollte also reden. Und Nicole ließ ihn reden.

Über kurz oder lang musste jemandem die verschlossene Tür und die zersplitterte Fensterscheibe auffallen.

»Ich habe es nur für die Firma getan«, sagte der Clown.

Mit der einen Hand hielt er immer noch die Spritze hoch, mit der anderen griff er in die Tasche der übergroßen Pluderhose und zog ein rotkariertes Tüchlein heraus. Langsam und sorgfältig tupfte er die Schminke ab.

»Ich habe der Firma geholfen«, sagte er dabei. »Die Firma ist mein Ein und Alles.«

»Von welcher Firma sprechen Sie?«, fragte Nicole sanft.

Der Clown schminkte sich weiter schweigend ab.

»Ist es die Xana?«, fuhr Nicole fort. »Die Xana Krankenversicherung? Arbeiten Sie da?«

Die übergroße Träne war jetzt ganz verschwunden, unter der weißen Tünche kam das Gesicht des Mannes langsam zum Vorschein. Nicole betrachtete es genau. Robert Wackolder war es schon einmal nicht. Ihn hatte sie eigentlich am meisten in Verdacht gehabt. Immer noch hielt der Mann die Spritze über dem Kopf.

»Warum haben Sie das gemacht?«, fragte sie. »Sie haben der Firma schweren Schaden zugefügt.«

Der Mann blickte sie strafend und kopfschüttelnd an.

»Aber nein, im Gegenteil, ich habe der Firma große Ausgaben erspart. Ich habe es zusammengerechnet. Wissen Sie, was eine einzige Herzoperation kostet? Nur eine einzige?«

Nicole spielte Interesse. Sie erwartete, dass er weiterredete und sie dadurch Zeit gewann. Doch unvermittelt und mitten im Satz stach er zu. Die Nadelspitze senkte sich in den Oberschenkelmuskel. Nicole schaute nach unten und starrte mit ungläubigem Entsetzen auf die Spritze. Kaliumchlorid. Sie wusste, was das bedeutete. Sofortiger und irreversibler Herzstillstand.

Als deutschen Ausdruck für Dekaphilie schlagen
wir »Zehnsucht« vor. Es scheint sich um etwas
speziell Russisches zu handeln. Denn wie sang schon
Alexandra in dem alten Schlager von 1968: »Zehnsucht heißt das alte Lied der Taiga ...«

Maria hatte den Lautstärkeregler der Bordanlage weiter hoch-
gedreht. Ihre einzige Befürchtung war, dass ein Polizeiboot
auf der Bildfläche erscheinen könnte, um der Beschwerde
eines ruhesuchenden Spaziergängers nachzugehen. Sie mussten sich beeilen. Der Plan, den Jennerwein entworfen hatte,
um Ignaz zu befreien, war ausgezeichnet, er war der einzig ver-
nünftige, aber er war störanfällig. Das war allen bewusst. Nur
gut, dass jeder Einzelne der zusammengewürfelten Truppe
hervorragend improvisieren konnte.

»Noch immer keine Nachricht von Swoboda?«, fragte
Stengele, der dazwischen immer wieder so tat, als würde er
vergnügt und ausgelassen mit Ursel Grasegger tanzen.

»Nein«, antwortete Maria. »Er wird sich sicher jeden Augenblick melden.«

Es piepte, Swobodas Name erschien auf dem Handydis-
play. Hoffnungsvoll nahm Maria ab.

»Änderung des Plans ...«, hörte sie Swoboda sagen.

Ihr Puls schlug schneller. Das war ein Schock. Swoboda
hatte den Wächter nicht ausschalten können. Aber wenigstens
war der Guardiano abgelenkt, und es sprach nichts dagegen,
loszuschlagen. Maria biss sich auf die Lippen. Alle
warteten jetzt auf ihr Kommando. Noch nie hatte
sie so viel Verantwortung getragen.

»Wir starten Phase zwei«, sagte sie beherzt,
und sie erkannte ihre klare, harte Stimme

selbst nicht so recht. »Stengele, Sie sorgen dafür, dass der Kapitän noch näher an die Grotte heranfährt. Giacinta –«

»Ja?«

Die junge Italienerin funkelte Maria misstrauisch an. Sie spürte, dass etwas nicht stimmte. Dass etwas schiefgelaufen war.

»Gehen Sie sofort von Bord. Wie auch immer. Swoboda könnte Hilfe brauchen. Er befindet sich wahrscheinlich in der Hotelküche, in der Nähe des Kühlraums. Nehmen Sie Ihre Waffe mit. Und lassen Sie sich Geld von Ursel geben.«

Giacinta nickte wortlos und grimmig. Dann verschwand sie.

»Wir bekommen Besuch«, sagte Stengele und löste sich von Ursel. »Ein Polizeiboot. Wahrscheinlich eine Anzeige wegen Ruhestörung.«

»Wir spielen weiter die biederen deutschen Touristen«, sagte Maria.

»Ich kümmere mich um die Schweizer Kollegen«, fügte Stengele hinzu.

Jennerwein stand an der Brüstung und blinzelte scheinbar entspannt und versonnen auf den See hinaus, dessen Oberfläche sich matt im Wind kräuselte. Er hatte die Ereignisse im Kopfhörer mitbekommen, ohne sich einzuschalten. Trotz des Schrecks über die unerwartete Wendung war er stolz auf Maria. Er hätte in dieser Situation genauso entschieden. Sie hatten es alle für besser gehalten, der Polizeipsychologin in dieser Phase die operative Befehlsgewalt zu übertragen und nicht ihm. Ein Mann, der auf einer Strandpromenade einen Kopfhörer trug, war normal. Aber ein Mann, der dauernd Befehle wie *Zugriff!*, *Ausschalten!* und *Zielen Sie auf die Beine!* ins Headset brüllte, wäre wohl dann doch aufgefallen. Jennerwein konzentrierte sich. Er wusste, dass er in wenigen Sekunden das Signal zum Hinunterspringen bekommen würde. Jetzt gab es kein Zurück mehr. Er musste die Sache erfolgreich zu Ende bringen.

Giacinta Spalanzani befand sich zu dieser Zeit schon längst im eiskalten Wasser, sie hatte sogar schon fast die Hälfte der Strecke zwischen Partyboot und Ufer zurückgelegt. Ihre Kraulzüge waren kräftig, sie schwamm in Kleidern, wobei sie nicht gedacht hätte, wie hinderlich das beim Schwimmen war. Sie dachte an nichts anderes als an Swoboda, dem sie zu Hilfe eilen musste. Auf was für einen Einsatz hatten sie sich beide da eingelassen! Sie verdoppelte ihre Anstrengungen. Noch wenige Züge, dann war sie am Ufer.

Das Polizeiboot legte an, der junge Beamte von der Tessiner Kantonspolizei bat höflich darum, an Bord kommen zu dürfen. Ludwig Stengele reichte ihm die Hand und half ihm herauf. Einen kurzen Augenblick dachte er daran, ob es nicht besser wäre, den Kollegen niederzuschlagen und ihm ein paar hundert Franken als Entschädigung für die Beule am Kopf in die Uniformjacke zu stecken. Stattdessen hieß er ihn herzlich an Bord willkommen.

»Ja, wir feiern hier eine Party«, sagte er. »Und wir drehen die Musik auch sofort leiser. Wir bitten vielmals um Entschuldigung. Aber wir sind einfach so gut drauf, Menschenskinder!«

Misstrauisch sah sich der Schweizer um. Stengele erschrak. Dort in der Ecke stand nur ein kleiner, schmutziger und ganz und gar nicht festlicher Karton mit warmem Prosecco, die Kiste daneben sah verdammt nach einem Koffer für ein Scharfschützengewehr aus.

»Was feiern Sie denn?«, fragte der junge Polizist.

Sie hatten an alles gedacht. Sie hatten sich zu jedem Schritt der Operation einen Plan B überlegt und so ziemlich alle Pannen und Eventualitäten durchgehechelt, die passieren konnten. Aber niemand hatte sich Gedanken darüber gemacht, was sie hier angeblich feierten. Vielleicht sollte er den Tessiner doch niederschlagen? Oder ihm Geld anbieten? Aber war es möglich, einen Schweizer Polizisten zu bestechen?

»Einen runden Geburtstag«, sagte Stengele und führte den jungen Kollegen hinunter in den Bauch des Schiffes.

Als der Polizist endlich unter Deck verschwunden war, drehte Maria die Lautstärke der Anlage wieder hoch. Der Wächter, der in der Grotte hinter dem Holzgitter halb sichtbar gewesen war, erschien jetzt in ganzer Breite und blickte in ihre Richtung. Maria lächelte grimmig. So unrund die Ausführung des Plans bisher verlaufen war, so viel Glück hatten sie jetzt. Der Guardiano war aus der Deckung gekommen! Er ließ das Fernglas sinken, legte die Hand an den Mund und schrie etwas Unverständliches herüber. *Balla, balla, balla*, tönte es aus dem Lautsprecher, als wäre das die Antwort. Maria hob ihr Proseccoglas und prostete dem Wächter zu.

»Halten Sie sich bereit«, flüsterte sie indes Paolo zu.

Paolo war schon darauf konzentriert, das Gewehr, das momentan in einem Regenschirm versteckt war, hochzureißen und das Ziel zu erfassen. Es musste ein ganz spezieller, selten ausgeführter Präzisionsschuss werden. Der Incontini-Doppelschlag (benannt nach dem legendären Scharfschützen Fausto Incontini aus Palermo) wurde immer dann angewandt, wenn ein Opfer lebend gebraucht wurde. Das war selten, aber es kam vor. Bei einem einzelnen Treffer in den Arm oder das

Bein war die Gefahr immer groß, dass die Zielperson los-
brüllte wie am Spieß. Feuerte der Schütze dem Opfer jedoch
in kurzer Abfolge in beide Oberschenkel, mit kleinkalibriger
Munition von hoher Durchschlagskraft, löste das im Idealfall
einen neurogenen Schock aus, der ihn lähmte und ihm die Fä-
higkeit nahm, zu sprechen oder zu schreien. Paolo war bereit.

Swoboda schüttelte sich. Er saß in der Falle. Ihm wurde
immer kälter. Zudem hatte er in keinem der anderen Kühl-
schränke eine Behelfswaffe gefunden, mit der er sich notdürftig verteidigen konnte. Er fühlte sich so nackt und schutzlos
wie die kopflosen Leichen in dem Schrank. Die Wächter,
die er ausschalten sollte, saßen jetzt draußen. Swoboda stieß
einen wüsten Fluch aus.

Der junge Tessiner Kantonspolizist wurde langsam ungeduldig. Eigentlich war schon Dienstschluss, und er hatte sich
mit Freunden zum Essen verabredet. Sie wollten sich in der
Trattoria *Galleria* treffen, dort gab es herrliches Carpaccio
und bombastischen schwarzen Risotto. Komisch waren sie
schon, diese Deutschen. Nichts als Angeber. Nach außen hin
sollte es wahrscheinlich so aussehen, als ob hier der Champagner in Strömen flösse. Dabei war das der billigste Prosecco,
den man im Supermarkt bekommen konnte. Von einem kalten Büfett war überhaupt nichts zu sehen, und viele Freunde
hatte das Geburtstagskind offensichtlich auch nicht. Dann
diese üble und nervtötende Musik. Balla balla. Deutsche eben.
Ohne jeden Stil und Geschmack. Er warf noch einmal einen
Blick auf den Pass der Signora mit der Sonnenbrille und dem
grauenhaften Kopftuch, die ihre Schläfenlöckchen nun schon
zum fünften Mal zurückblies. Das war die Gastgeberin. Er
gratulierte ihr, ermahnte die Feiernden nochmals, legte die

Hand grüßend an die Mütze und machte sich daran, die Helvezia wieder zu verlassen. Vorsichtig kletterte er auf sein Boot zurück, und alle schauten ihm nach und atmeten durch. Das war gerade noch einmal gutgegangen.

»Worauf warten wir?«, fragte Paolo hastig. »Der Wächter ist voll aus der Deckung gekommen. Eine bessere Gelegenheit werde ich nicht mehr haben.«

»Wir warten, bis das Polizeischiff weggefahren ist.«

Paolo sagte nichts. Er hatte das Gewehr schon hochgenommen und zielte auf den linken Oberschenkel des Wächters.

»Ich erwarte den Befehl der Signora«, murmelte er mit zusammengebissenen Zähnen.

Der Knecht der U-Bruderschaft war sich unsicher, ob er den Vorfall nicht melden sollte. Er hatte sich das jetzt lange genug angesehen mit dem verdammten Partyschiff, das immer näher an die Grotte herangekommen war. Auf zwanzig Meter! Er hatte hinübergeschrien, doch die paar Hanseln hatten so getan, als ob sie ihn nicht verstehen würden. Da war doch etwas oberfaul! Das Misstrauen war der Erleichterung gewichen, als er das Schnellboot der Schweizer Kantonspolizei auftauchen sah. Ein junger Polizist war an Bord des Schiffes gegangen und hatte es nach einiger Zeit wieder verlassen. Es musste sich um ein harmloses Partyschiff handeln, er entschloss sich, den Vorfall für sich zu behalten. Julius Cäsar war sowieso stinksauer, weil sich dieser oberbayrische Sturkopf dort drinnen so hartnäckig sträubte, mit den U-Brüdern ins Geschäft zu kommen. Der Wächter ließ die Waffe ins Holster gleiten und drehte sich langsam um. Bevor er den ersten Schritt Richtung Container tun konnte, spürte er einen scharfen Stich im linken Oberschenkel. Der rasende Schmerz kam so unerwartet, dass er zunächst zu keinerlei Reaktion fähig war. Als er schließlich den Mund öffnete, um laut loszuschreien, spürte er einen zweiten Stich im anderen Bein, der noch schärfer und schmerzhafter als der erste war. Der Schrei blieb ihm im Hals stecken, er schnappte nach Luft, vor seinen Augen schloss sich ein schwarzer Vorhang. Seine Beine knickten ein, er konnte sich nicht mehr an der dünnen Begrenzung der Grotte festhalten. Er rutschte ab und sackte auf den Bretterboden.

Giacinta stieg aus dem Wasser und erreichte mit schnellen Schritten das Ufer. Ihre Kleidung triefte. Während des Schwimmens hatte sie einen Entschluss gefasst und sich auch schon ein Opfer für diesen Plan ausgesucht. Es war die junge Frau, die auf einer Bank saß und Musik hörte. Sie hatte etwa ihre Größe und ihre Figur. Als sie ihr auf die Schulter tippte, nahm sie die Kopfhörer erschrocken und abwehrend ab.

»Was ist los? Ins Wasser gefallen?«

»Es geht um eine Wette. Gib mir deine Klamotten. Nur die Jacke. Und den Rock. Und die Schuhe. Du würdest mir sehr helfen.«

»Ich geb dir doch nicht meinen Lederrock, der war schweineteuer!«

Ein paar hundert Franken genügten, um sie umzustimmen. Sie verzogen sich hinter einen Busch und tauschten die Kleider. Giacinta spurtete weiter. Richtung Hotel. Richtung Küche. Weiter zum Kühlraum. Zu Swoboda.

Als Maria sah, dass der Wächter zu Boden gegangen war und reglos liegen blieb, gab sie Jennerwein das Kommando. Der riss das Seil aus der Jacke, hängte es an der Brüstung ein, kletterte darüber und stieß sich mit voller Kraft ab. Er flog weit hinaus, das Seil schwang zurück, mit einem scharfen, schmerzhaften Ruck wurde er Richtung Bootshaus geschleudert. Das leichte, hölzerne Gitter, das als Sichtschutz gedient hatte, zersplitterte und er landete im Inneren der Grotte. Alles war gutgegangen, seine Glieder schmerzten, aber er war unverletzt. Mit einem Blick sah er, dass der Container an einem massiven, eingemauerten Stahlhaken an der Decke aufgehängt war. Es war alles so, wie sie sich das vorgestellt hatten. Vorsichtig stieg er über den leblosen Körper des bewusstlosen Wächters. Auf der hinteren Seite des Containers musste sich die Tür zum Versteck von Ignaz befinden. Von dort hörte er auch Geräusche. Ob es Stimmen waren oder das Quietschen der eisernen Aufhängung, konnte er noch nicht ausmachen. Schritt für Schritt ging Jennerwein vorwärts. Langsam bog er um die Ecke des Containers. Da war die Tür. Voller Erleichterung bemerkte er, dass sie einen Spalt offen stand. Warum aber war Ignaz nicht herausgekommen? War er verletzt? Oder sogar …

»Ursel, sagen Sie dem Kapitän, dass er sofort anlegen soll«, rief Maria. »Dort vorn an dem Landungssteg. Und jetzt weg mit der Knarre.«

»Das ist ein hochgetuntes Präzisionsgewehr!«, stieß Paolo hervor. »Ein Erbstück von meinem Vater. Ich werfe es nicht ins Wasser!«

»Doch, das tun Sie. Und zwar sofort.«

Jennerwein stieß die Tür mit dem Fuß auf. Leise knirschend öffnete sie sich. Doch vor ihm stand nicht, wie er erhofft hatte, Ignaz Grasegger. Vor ihm baute sich ein asketisch wirkender Mann auf. Er glich einer altrömischen Marmorstatue. Die Pistole in seiner Hand war auf Jennerwein gerichtet. Dieser Mann war eindeutig der Chef.

10 ⁶⁹

Den zehnten Dan-Grad kann man in der Karate-Kampfkunst eigentlich nicht erreichen, sonst wäre man perfekt. Wenn überhaupt, dann wird er nur posthum verliehen.

Nicole Schwattke dachte fieberhaft nach. Dem Clown die Spritze zu entreißen hatte vermutlich keinen Sinn. Sie steckte tief in seinem Oberschenkel, sein Daumen war dazu bereit, die Flüssigkeit zu injizieren.

»Es wird Zeit, schlafen zu gehen«, sagte der Clown müde. »Ich hätte bloß gerne noch den da erledigt.« Er deutete schwach nach oben zu dem bewusstlosen Patienten.

Nicole betrachtete das Gesicht des Mannes. Es war weder Robert Wackolder, noch Georg Scholz oder Ansgar Bremer. Sie hätte es wissen müssen. Natürlich war keiner der drei Topmanager so dumm gewesen, das Verbrechen durchzuführen.

»Alle haben sie mir ihr Leid geklagt«, sagte der Mann leise. »Nach der Umwandlung der alten Betriebskrankenkasse in eine freie private ging es los. Früher waren wir eine Gemeinschaft. Fast eine Familie. Aber mit der Öffnung vor ein paar Jahren hat der Abstieg begonnen. Niemand war zufrieden. Alle haben sie mir ihr Herz ausgeschüttet. Vor allem die Chefs. Was die mir alles erzählt haben!«

Nicole nickte verständnisvoll. Sie saß genau auf ihrem Pistolenholster. Sie konnte nicht hingreifen. Und die Waffe hätte ihr jetzt sowieso nichts genützt. Sie musste ihn reden lassen, sie durfte ihn nicht provozieren. Trotzdem musste sie ihm eine Frage stellen.

»Aber warum haben Sie die unschuldigen Menschen getötet?«

387

Der abgeschminkte Clown lachte auf.

»Die Patienten wären ohnehin bald gestorben. Aber durch meine Mithilfe ist die Xana in die schwarzen Zahlen gekommen. Unser Kundenstamm ist jünger geworden durch mich. Ich habe die Abrechnungen im Dokumentationszentrum studiert.«

Jetzt erkannte Nicole ihn. Er war auf dem Gruppenbild der Mitarbeiter, die ihr dreißigjähriges Dienstjubiläum absolviert hatten und die bald in Rente gingen.

»Sie haben als Hausmeister gearbeitet?«, fragte Nicole.

Der abgeschminkte, müde Mann zeigte einen Anflug von Stolz.

»Ich war mehr als ein Hausmeister. Ich war Elektriker, Toningenieur, Lichttechniker ...«

Jetzt fügte sich für Nicole das Puzzle zusammen. Der Hausmeister hatte Zugang zu allen Räumen der Versicherung. Er konnte in den Akten nachschlagen, wer in welcher Klinik lag und welche Krankheit er hatte. Und im Krankenhaus hatte er nachgesehen, wer als Nächster mit einer Operation dran war. Das war es. Er hatte den Umstand ausgenutzt, dass man auf einen solchen absurden Versicherungsbetrug gar nicht kommen würde. Und es hatte wohl funktioniert. Wahrscheinlich sogar längere Zeit.

»Wie viele Patienten haben Sie getötet?«, fragte sie leise.

Der Hausmeister schwieg. Sie musste weiterreden, weiterfragen, einfach irgendetwas erzählen. Die Spritze steckte in seinem Oberschenkel. Kaliumchlorid. Schneller Tod. Nur nicht hinsehen. Ihn ablenken. Mit Worten. Seine Hand bewegte sich.

»Ich hätte noch eine Frage«, sagte sie, und sie versuchte, viel Wärme in ihre Stimme zu legen. »Warum sind Sie in dieses Zimmer gekommen? Zu diesem Patienten? Er hat eine

Operation vor sich, ja, gewiss. Aber er ist doch gar nicht bei der Xana.«

»O doch«, erwiderte der Hausmeister. »Er ist alt. Er hat den Vertrag zu einer Zeit abgeschlossen, als die Betriebskrankenkasse noch Leydecker & Söhne BKK hieß.«

Jetzt los, das war ihre Chance. Nicole hatte die Bewegung vorher schon im Geist durchgeführt. Sie ließ sich nach vorn in seine Richtung fallen und schlug mit der flachen Hand leicht schräg von unten nach oben an die Spritze, so dass sie aus dem Muskel gerissen werden musste und er keine Chance mehr zum Abdrücken hatte. Doch mit Entsetzen stellte sie fest, dass die Spritze sich nur leicht verbogen hatte, dass die dünne Kanüle immer noch tief im Muskel steckte.

Der Clown blickte ungerührt auf seinen Oberschenkel.

»Sie kennen sich im medizinischen Bereich wohl nicht so aus«, sagte er lächelnd. »Sie haben keine Ahnung vom Gesundheitswesen. Überlassen Sie das den Profis. Und jetzt ist es Zeit, schlafen zu gehen.«

Als Mönckmayr und Hölleisen auf dem Balkon erschienen, hatte er die Augen schon geschlossen. Nicole fühlte keinen Puls mehr.

Der junge Beamte von der Tessiner Polizei betrat die Trattoria *Galleria* und sah sich um. Seine Freunde saßen schon bei der Hauptspeise, dem bombastischen Risotto nero. Er nahm Platz, die Unterhaltung flammte auf, er wurde dies und das gefragt, aber er war nicht so recht bei der Sache. Irgendetwas hatte bei dieser deutschen Partygesellschaft nicht gestimmt. Er wusste bloß nicht, was.

»Darf ich dir Wein nachschenken?«, fragte ein Freund.

Der junge Polizist nickte. Er hätte gar nicht herkommen sollen. Er konnte nicht abschalten. Jetzt erhoben alle ihr Glas.

»Prost!«

Der junge Polizist stellte sein Glas ab und sprang auf. Natürlich! Das war es!

»Die deutsche Signora!«, rief er in die Runde.

»Was? Welche deutsche Signora?«

»Die mit der Sonnenbrille. Der grobknochige Deutsche hatte mir erzählt, dass sie Geburtstag hat. Das wollten sie feiern. Ich habe aber ihren Pass gesehen und dachte mir, komisch, die hat genau einen Tag vor meinem Vater Geburtstag. Und der ist im Januar!«

»Vielleicht haben sie den Geburtstag nachgefeiert.«

»Acht Monate später? Nein, jetzt bin ich mir sicher, dass das ein getürktes Fest war. Die haben gar nicht richtig gefeiert, und als ich aufgetaucht bin, waren sie auch nicht genervt wegen der Störung. Sie waren nervös. Sie hatten gute Kleidung an, haben aber warme Supermarktplörre aus dem Karton getrunken.« Der junge Polizist war schon bei der Tür. »Ich muss da wieder hin.«

Und draußen war er.

»Kommt er bald wieder?«, fragte einer. »Es wäre schade um den Risotto.«

Und während Herr Eichhorn, der Hausmeister der Xana Krankenkasse, reanimiert wurde, in der Hoffnung, dass trotz des Kaliumchlorids doch noch ein Fünkchen Leben in ihm war –

– während Kazmarecs Mörder, der Einarmige mit dem Buchhaltergesicht, immer noch oben auf den Gunggel-Höhen in einem Erdloch ausharrte –

– während Jens Milkrodt sich eine Fluchtroute Richtung
Schweiz überlegte –

– während der zaundürre Hilfspfleger Benni Winternik in ge-
bückter Haltung ein leeres Bett durch die Krankenhausgänge
schob –

– während das alles passierte, drohte die Befreiungsaktion in
Lugano vollkommen aus dem Ruder zu laufen.

Giacinta war auf die gleiche Idee wie ihr Freund Swoboda gekommen und hatte sich einen Stapel Teller geschnappt, den sie
jetzt vor sich hertrug. Im Gegensatz zu Swoboda pfiffen ihr
die Spüler, Köche und Küchenhelfer hinterher, denn sie trug
einen äußerst knappen Lederrock und eine ebensolche Jacke.

»Wo liegt das Kühlhaus?«, fragte sie einen der Gaffer. »Ich
muss die blöden Teller dort hinbringen.«

»Das neue oder das alte Kühlhaus?«, fragte der Gaffer zurück.

Mit einer vagen, unheilvollen Ahnung entschied sie sich für
das alte Kühlhaus, und der Gaffer erklärte ihr den Weg. Als
sie in die menschenleeren Gänge kam, stellte sie die Teller auf
den Boden. Die hochhackigen Schuhe der jungen, geldgieri-
gen Schweizerin waren verdammt unbequem, sie schleuderte
sie von sich und schlich ohne Pumps weiter. Den großen
Gang geradeaus, an einer zersplitterten Glastür vorbei, dann
rechts, die enge Treppe links hoch, dann den langen, schmalen
Gang nach hinten. Schon von weitem sah sie einen Typen vor
einer großen Stahltür stehen, der sich allein durch seine Kleidung vom Küchenpersonal abhob. Giacinta hatte einen Blick
dafür: Das war weder ein Spüler noch ein Kellner, der war jeden Tag vier Stunden beim Eisenfressen. Und weitere vier im
Schießkeller. Jetzt hatte der Typ sie bemerkt.

»Was macht du hier?«

»Ich bin die Neue.«

So wie Giacinta wusste, dass das kein Kellner war, so wusste er, dass sie nicht die Neue

war. Sie standen sich gegenüber wie zwei Westernhelden beim High Noon. Giacintas Augen blitzten.

»Was ist hinter der Tür?«, fragte sie mit betont süditalienischem Akzent. Vielleicht war er dadurch zu beeindrucken.

»Geht dich nichts an«, antwortete der Typ. Er war wenig beeindruckt.

So kam sie nicht weiter. Sie musste sich eine Finte überlegen.

»Ich weiß, dass du von der Bruderschaft bist«, sagte sie, einer plötzlichen Intuition folgend. Und tatsächlich zuckte der Typ leicht zusammen.

»Dort hinten in dem Raum ist euer Lager. Ihr seid aufgeflogen. Ich gehe jetzt und hole Hilfe.«

Sie drehte sich langsam um und machte Anstalten, sich wegzubewegen. Doch hinter sich hörte sie ein Ratschen, ein kleines schleifendes Geräusch, das sie sehr gut kannte. So hörte es sich an, wenn jemand einen Schalldämpfer auf eine Pistole schraubte. Sie ging noch zwei Schritte weiter, griff dabei seitlich in den Bund des Rockes und zog den Wurfdolch. Blitzschnell drehte sie sich um, der Mann hatte seine Waffe schon gehoben und zielte auf sie. Er drückte nicht ab, sondern blickte ungläubig auf seine Schulter. Dort steckte ein Messer. Die Pistole war zu Boden gefallen, er bückte sich langsam und versuchte, sie aufzuheben. Doch da war Giacinta schon bei ihm und schlug ihn in eine tiefe Bewusstlosigkeit. Noch eine kurze Schrecksekunde – aber der Schlüssel zum Kühlraum war nur in der anderen Tasche des Mannes.

»Zeit is' worden«, sagte Swoboda, als sie ihm geöffnet hatte. Er bibberte am ganzen Körper. »Das kommt davon, wenn man ohne Mantel aus dem Haus geht.«

Er ließ den riesigen Fleischerhaken, mit dem er ausgeholt hatte, sinken.

»Nichts wie weg hier«, stöhnte Giacinta auf, nachdem sie

die Leichen gesehen hatte. Gemeinsam zerrten sie den Wächter in den Kühlraum, dann versperrten sie die Tür und verschwanden.

Der asketisch wirkende Mann, der wie Cäsar aussah, stand Jennerwein eine Armlänge entfernt gegenüber. Mit einer schnellen Bewegung riss er dem Kommissar das Headset herunter und warf es ins Wasser. Jennerwein wusste, dass er in dieser Situation keine Chance gegen diesen Mann hatte.

»Sie kenne ich doch aus der Zeitung!«, rief er höhnisch. »Wenn mich nicht alles täuscht, sind Sie Kommissar Jennerwein!«

Jennerwein warf einen kurzen Blick auf die Pistole. Es war eine Schweizer Hämmerli, die alles andere als leise war, wenn man sie abschoss. Jennerwein registrierte aufmerksam, dass sie keinen Schalldämpfer trug. Das war seine Chance. Denn würde es der Angreifer wagen, sie hier, quasi mitten in der Stadt, abzufeuern? Das würde viel zu viel Aufmerksamkeit erregen. Der Mann mit der geschmeidigen Stimme hielt die Waffe weiter in der einen Hand, mit der anderen griff er in seine Tasche, zog eine Schnur heraus und hielt sie hoch. Einen kurzen Augenblick dachte Jennerwein daran, ihm die Waffe aus der Hand zu schlagen. Aber das war viel zu riskant. Sollte er laut um Hilfe rufen? Das war genauso riskant. Er musste Zeit gewinnen. Er musste ihn in ein Gespräch verwickeln. Er musste ihn ablenken. Er musste seinen Verstand gegen die Waffe einsetzen. Jennerwein suchte fieberhaft nach Worten. Was wollte der Typ denn eigentlich mit der Schnur?

»Stellen Sie sich an die Wand«, sagte der Mann, und Jennerwein blieb nichts anderes übrig, als zu gehorchen.

»Ihr habt es nicht anders gewollt. Niemand zieht die

U-Brüder über den Tisch. Euretwegen müssen wir jetzt diese Grotte aufgeben. Dafür werdet ihr büßen.«

Mit einer einzigen, blitzschnellen Bewegung warf der Mann die Schusswaffe weg. Jennerwein schnappte kurz nach Luft. War das seine Chance? Doch da ergriff Cäsar das andere Ende des Seils und spannte es waagerecht vor Jennerweins Hals.

»Das ist feinster Diamantdraht«, flüsterte er. »Schweizer Präzisionsarbeit. Beweg dich nicht, Jennerwein. Komm nicht auf dumme Gedanken. Denn bevor du zu einer Bewegung ausholst, hab ich dir den Hals schon halb durchschnitten.«

Lähmendes Entsetzen überkam Jennerwein.

»Wie viele seid ihr?«, sagte sein Angreifer. »Na los, spucks schon aus!«

Der Druck auf seinen Hals wurde stärker. Der andere war jetzt ganz nahe herangekommen. Sein Gesicht befand sich eine Handbreit vor seinem. Und was der Typ für ein irres Funkeln in den Augen hatte!

Das Funkeln wurde noch irrer, viele kleine Lichtkegel kreisten in den schwarzen Pupillen des Mannes. Seine Augen weiteten sich, die Augäpfel traten gefährlich hervor. Jetzt brannte ein Feuerwerk im Inneren ab, Tausende von bunten Garben hoben und senkten sich, Kaskaden von Lichtern verglühten, schließlich wurden sie langsamer, matter und verloschen ganz. Die Lider schlossen sich zitternd, der Mann sank röchelnd zu Boden. Hinter ihm stand Ignaz Grasegger, der sich, offenbar von Schmerzen geplagt, kaum auf den Beinen halten konnte. Jennerwein blickte nach unten. Der asketisch wirkende Mann lag in seinem Blut. Die rotflammende Schere eines Hummers steckte in seinem Nacken.

Nachspiel

Geschätzte Liebhaber der Grausamkeit, des Sadismus, der Abgeschmacktheit und der Qual, werte Anhänger der ungezügelten Mordlust, des Deckensturzes und des langsamen Versinkens im Sumpf!

Der Vorhang hat sich gesenkt, das Licht im Zuschauerraum geht langsam wieder an. Die Reihen lichten sich, nachdenklich verlassen viele das Theater. Hat das Gute diesmal wirklich den Sieg davongetragen? Kann das Böse denn überhaupt dauerhaft in die Schranken gewiesen werden? Die Erfahrung lehrt, dass all dies oft erst nach einem gewissen zeitlichen Abstand sichtbar und deutlich wird. Deshalb sei an dieser Stelle ein kleiner Zeitsprung erlaubt. Wir blicken ein paar Jahre oder sogar Jahrzehnte in die Zukunft. Dort sehen wir den längst pensionierten ehemaligen Kriminalhauptkommissar Hubertus Jennerwein im Kreise seiner Freunde sitzen und einen hohen runden Geburtstag feiern.

Es war eine illustre Gesellschaft, die sich da im Veranstaltungssaal der *Roten Katz* zusammengefunden hatte. Viele ehemalige Kollegen waren da, auch Verwandte, Wegbegleiter und Bewunderer. Hubertus Jennerwein saß an zentraler Stelle, er hatte sich schon einige lobende Reden anhören müssen, bei den meisten hatte er bescheiden abgewinkt. In eine Gesprächspause hinein beugte sich ein junger Mann mit wachen Augen über den Tisch zu Jennerwein.

»Erzählen Sie uns doch noch ein wenig von Ihrem zehnten Fall, Kommissar«, sagte der Mann. »Da ist noch einiges im Dunklen geblieben.«

Alle Anwesenden stimmten zu. Jennerwein lächelte.

»Ausgerechnet vom zehnten Fall soll ich erzählen?«, sagte er. »Nichts vom achten? Oder dem ersten?«

Alle schüttelten den Kopf.

»Nein, der zehnte ist der kniffligste!«

»Und brenzligste!«

»Und der verschlungenste. Und waghalsigste!«

»Da hätte ich gleich einmal eine Frage«, sagte ein anwesender Arzt.

In jeder Menschenansammlung ist immer mindestens ein Arzt zu finden. Außer man braucht einen.

»Es geht um den Stich mit der Hummerschere«, sagte der Arzt. »Ignaz Grasegger musste mit seiner Behelfswaffe genau einen der drei oberen Halswirbel und somit das verlängerte Mark treffen. Nur in diesem Fall konnte er mit dem sofortigen Tod des Mafioso rechnen. Nur dann hätte Cäsar keine Chance mehr gehabt, Sie umzubringen. War das denn Zufall?«

»Natürlich nicht«, entgegnete Jennerwein. »Ein ehemaliger Bestattungsunternehmer wie Ignaz Grasegger hat doch profunde Grundkenntnisse in Anatomie. Aber Sie haben recht, es hätte trotzdem schiefgehen können. Ignaz war so geschwächt von der viertägigen Hungerkur und der Gicht, dass er alle Kräfte zusammennehmen musste, um den Stich durchzuführen.«

Jennerwein massierte seine Schläfen mit Daumen und Mittelfinger, wie um sich die Erinnerungen herbeizumassieren.

»Mein Team und ich waren wie elektrisiert von der Tatsache, dass die Befreiungsaktion geklappt hatte. Sie können sich vorstellen, dass wir weder die Zeit noch die Muße hatten, groß zu jubeln oder die Rettung von Ignaz Grasegger zu feiern. Unsere einzigen zwei Gedanken waren: raus aus Lugano, raus aus der Schweiz. Das Auto hatten wir in der Tiefgarage geparkt, wir brachten Ignaz schnell dorthin. Ein Blick auf das Nummernschild verriet mir, dass es ein anderes war als bei der Herfahrt. Ursel hatte wirklich an alles gedacht. Als Ludwig Stengele in die Via Ernesto Bosia einbog, kamen uns schon die ersten Einsatzfahrzeuge der Tessiner Kantonspolizei mit Blaulicht und Sirenen entgegen. Es war äußerst knapp, aber wir haben es schließlich geschafft, außer Landes zu kommen.«

Alle Festgäste lauschten ihm gebannt.

»Wir sind natürlich nicht auf der Autobahn gefahren, sondern ausschließlich auf Seiten- und Nebenstraßen, wir haben auch Forstzufahrten und Waldwege benutzt. Und manchmal ging es sogar quer über die grüne Wiese. Karl Swoboda kannte sich da ziemlich gut aus.«

»Das tue ich immer noch, das können Sie mir glauben!«, rief ein reifer, aber immer noch drahtiger Mann dazwischen, dessen Augen unruhig von Punkt zu Punkt sprangen.

Karl Swoboda aus Wien war ebenfalls zu Jennerweins rundem Geburtstag eingeladen worden. Auch er war längst nicht mehr mit kriminellen Geschäften befasst, obwohl man das bei ihm nie so genau wusste. Swoboda winkte Jennerwein aufmunternd zu, mit der Erzählung fortzufahren. Der ließ sich nicht bitten.

»Wir kurvten also im Zickzack durch das Tessin und das Vorarlberger Land, wir kamen gut über die grünen Grenzen, wir haben Swoboda und Paolo in Österreich abgesetzt und sind dann auf kürzestem Weg in den Kurort gefahren.«

»Und das Scharfschützengewehr von diesem Paolo?«, fragte ein Gast aus der hinteren Reihe. »Das liegt wohl heute noch im Luganersee?«

»Nein«, antwortete Jennerwein ruhig. »Das haben die Schweizer Beamten ziemlich schnell sichergestellt. Ein junger Polizist der Tessiner Kantonspolizei hatte wohl Verdacht geschöpft, als er unser Schiff, die MS Helvezia, kontrolliert hatte. Er hat den Großeinsatz ausgelöst, das haben wir noch während der Rückfahrt aus dem Radio erfahren. In Lugano und Umgebung muss der Teufel los gewesen sein. Die Tessiner Polizei entdeckte schließlich die Folterkammer in der Grotte, die Leichen im Kühlraum und die Leiche des Mannes, der in kriminellen Kreisen als Julius Cäsar bekannt war und eine bedeutende Funktion innerhalb der U-Bruderschaft bekleidete. Die ermittelnden Beamten vor Ort nahmen an, dass es sich um eine mafia-interne Auseinandersetzung gehandelt hatte. Das Hotel D'Annunzio wurde durchkämmt und auf den Kopf gestellt, es gab mehrere Verhaftungen. Auch von angesehenen Schweizer Bürgern. Und Carpaccio steht auch nicht mehr auf der Speisekarte.«

»Die Bruderschaft wurde also zerschlagen?«

»Man hat von ihr zumindest später nichts mehr gehört.«

Karl Swoboda schüttelte unmerklich den Kopf und seufzte wissend. Dass man von der U nichts mehr gehört hatte, sprach eigentlich nur dafür, dass die Bruderschaft von da ab noch diskreter und verschwiegener arbeitete als vorher. Seines Wissens hatte dieser Literaturzerfiesler, Jens Milkrodt, den er zuletzt boxend zwischen Südtiroler Weintrauben gesehen hatte, Unterschlupf in der U gefunden. Hatte er vielleicht sogar inzwischen eine wichtige Funktion in der Organisation? Swoboda wusste nichts Genaues, aber er konnte es sich gut vorstellen. Feingeisterei und Intellektualität sind immer eine hervorragende Tarnung für kriminelle Machenschaften.

»Und die Graseggers, wie ist es mit denen weitergegangen?«, fragte der junge Mann mit den wachen Augen. Er notierte sich Stichworte. Er war der Lokaljournalist der hiesigen Zeitung.

»Sie können sich sicherlich vorstellen, dass das Ehepaar Grasegger sprachlos vor Glück war«, antwortete Jennerwein. »Sie saßen die ganze Zeit eng umschlungen im Auto, haben abwechselnd geweint und gelacht, waren zunächst gar nicht richtig ansprechbar. Auf der Höhe von St. Gallen ließ sich Ignaz allerdings ein Notebook geben.

›Ich will mir bloß einmal die Online-Nachrichten der Lokalzeitung anschauen‹, sagte er. ›Vier Tage bin ich nicht im Kurort gewesen. Da kann ja sonst was passiert sein!‹

Nachdem er einige Artikel gelesen hatte, stieß er einen überraschten Pfiff aus.

›Da schau her!‹, sagte er leise zu Ursel. ›Der Kazmarec ist gestorben! Morgen ist Beerdigung.‹

›Gestorben?‹, fragte Ursel erschrocken. ›Einfach so?‹

Ich musterte die beiden unauffällig. Sie tauschten nervöse Blicke. Ich bemerkte sofort, dass der Tod des Gartenartikelhändlers eine besondere Bedeutung für sie hatte.

›War er ein enger Freund von Ihnen?‹, fragte ich. ›Weil Sie das gar so berührt?‹

›Der Katzi, der Katzi!‹, murmelte Ignaz Grasegger anstatt einer Antwort. ›Eines Tages hat es so enden müssen.‹

Ursel machte mir ein Zeichen. Vier Finger bei eingeklapptem Daumen, vor die Brust gelegt: *Wir besprechen das unter vier Augen.*«

»Woher wussten Sie, was das bedeutet?«, fragte der junge Mann.«

»Aus dem Knast«, antwortete Jennerwein kurz. Einige von den Festgästen nickten wissend. »Beim nächsten Halt an einer Raststätte ging ich mit Ursel ein paar Schritte.

›Ich will mich für Ihre große Hilfe revanchieren‹, sagte sie mit tränenerstickter Stimme. ›Was ich Ihnen jetzt sage, können Sie für Ihre Ermittlungen verwenden. Sie müssen mir aber versprechen, die Quelle nicht preiszugeben.‹

Ursel verriet mir, dass Kazmarec ein Hehler war, mit dem sie eine bestimmte Übergabestelle in der näheren Umgebung des Kurorts geteilt hatten. Sie verriet mir ferner, dass ihre Kinder genau an der Stelle einen Verdächtigen beobachtet hätten.

›Mehr kann ich Ihnen nicht sagen, Kommissar‹, flüsterte Ursel. ›Aber ich wette, dass Sie dort Kazmarecs Mörder finden werden. Und Sie müssen ja auch nicht alles wissen.‹

Ich bedankte mich, rief vom Parkplatz aus sofort Nicole Schwattke an. Sie hatte mich ja über ihren Verdacht informiert, dass mit Kazmarecs Tod etwas nicht in Ordnung war. Und Nicole Schwattke, dieser Teufelsbraten, war auch hier auf der richtigen Spur gewesen: Kazmarec war ermordet worden. Den Täter konnten sie und Polizeiobermeister Hölleisen am gleichen Tag noch bei den Gunggel-Höhen überwältigen, am Schöberl-Eck, bei der auffälligen Tanne in S-Form, auf der Südseite … Ja, so etwas merkt man sich über all die Jahre, aber den Geburtstag meiner Frau vergesse ich immer wieder.«

Jennerwein neigte sich zu seiner Gemahlin, die huldvoll zurücklächelte.

»Zurück zum Schöberl-Eck!«, rief einer der Gäste.

»Der Einarmige, den Nicole und Hölleisen nach kurzer Gegenwehr verhaftet haben, war ein Finanzbeamter, der an die Kundenliste des Hehlers kommen wollte und diese Kunden dann wohl als seine eigenen Ermittlungsergebnisse präsentieren wollte.«

Jennerwein hielt in der Erzählung inne. Dieser Einarmige mit den schmalen Lippen und dem biederen Buchhaltergesicht hatte ihm damals zu denken gegeben. Auch der war vom Pfad der Tugend abgewichen, hatte seine Kompetenzen maßlos überschritten, hatte schließlich sogar ein Verbrechen begangen. Jennerwein schauderte bei dem Gedanken, dass es ihm so auch hätte gehen können. Dann wäre sein Leben anders verlaufen. Aber er hatte ja sein Team gehabt, der Einarmige hingegen musste ganz alleine zurecht kommen.

»Auf mein Team!«, rief er und erhob sein Glas.

Was Jennerwein nicht wusste und was auch Nicole niemals herausfand, war der Verbleib der Taucherflasche, die aus Kazmarecs Keller verschwunden war. Kazmarecs Schwester hatte sie jedenfalls nicht an sich genommen, sondern sein Partner, der Stahlarbeiter, mit dem Kazmarec das Gold im Hochofen geschmolzen hatte. Dieser Partner wusste, dass sich die Ersparnisse des Ruach in der Flasche befanden. Und er holte sie sich noch in derselben Nacht. Er öffnete sie und fand historische Münzen, Sonderprägungen, Schmuckstücke und viele andere Kostbarkeiten. Um sie zu Geld zu machen, hätte er wiederum einen Ruach gebraucht. Aber der einzige Ruach, den er kannte, war tot. Und er war ein völliger Laie auf dem Gebiet der Schattenwirtschaft. Der ehemalige Partner des Ruach versenkte die Flasche an der tiefsten Stelle des Eibsees. Dort rostet sie seitdem vor sich hin. Nur eine römische Sonderprägung aus der Zeit von Kaiser Trajanus Decius, ein Silberstück von unschätzbarem Wert, nahm er heraus und steckte es, als Glückspfennig, in sein Portemonnaie. Bei einem Urlaub in Chicago ging er durch einen dunklen Park und wurde überfallen.

»Ich habe nur diese alte Münze«, krächzte er kläglich und zeigte das Konterfei von Trajanus Decius. »Sie ist zweitausend Jahre alt.«

Der Gangster betrachtete den römischen Nickel im Zwielicht, biss darauf, warf ihn in die Luft und fing ihn wieder auf. Kopf oder Zahl funktionierte hier nicht: Vorne war der Kaiser abgebildet, hinten die Göttin Minerva. Der Gangster war sauer. Zornig holte er mit dem Baseballschläger aus –

Jennerwein schreckte auf, denn in diesem Augenblick sprang die Tür zum Festsaal der *Roten Katz* auf und eine Musikkapelle marschierte ein. Jennerwein befürchtete Übles. Die Musiker stiegen auf die kleine Bühne, stimmten ihre Instrumente, der Dirigent hob den Taktstock – und tatsächlich ging es los mit dem unvermeidlichen Jennerwein-Lied. ♫ *Es war ein Schütz in seinen besten Jah-ha-ren …* Viele sangen mit, Jennerwein hätte sich am liebsten die Ohren zugehalten. Dieses Lied nervte ihn nun schon sein ganzes Leben lang. Aber er war höflich genug, erfreut zu lächeln und mitzuklatschen.

»Wessen Idee war denn das?«, flüsterte er seiner Frau ins Ohr.

»Vielleicht die deines amerikanischen Freundes«, gab sie schmunzelnd zurück.

Mike W. Bortenlanger, der es bis zum Police Deputy Chief von Chicago gebracht hatte, saß ebenfalls im Publikum. Er grinste unverschämt. Jennerwein drohte ihm mit der Faust.

Nachdem die Musik verklungen war, wandte die Festgesellschaft ihre Aufmerksamkeit wieder dem Jubilar zu. Der hob in einer abschließenden Geste die Hände.

»Ich glaube, dass über den vertrackten zehnten Fall alles gesagt ist, so dass wir nun – «

»Nein, halt, ein paar Sachen hast du uns noch nicht erzählt, Opa Hubsi!«

Ein Knirps im unteren zweistelligen Altersbereich war aufgeregt von seinem Stuhl aufgesprungen. Alle lächelten ihm zu. Es war der Enkel von Jennerwein, der ebenfalls Polizist werden wollte, genauso einer wie sein großes Vorbild Opa Hubsi.

»Na, was willst du denn noch wissen?«, fragte Jennerwein großväterlich-milde. »Es ist doch auch alles schon so lange her. Aber gut, dann schieß mal los.«

Der Knirps, der ebenfalls den schönen jägerischen Namen Hubertus trug, stellte sich auf einen Stuhl und zählte seine Fragen mit den Fingern auf.

»Mich würde zum Beispiel mal interessieren, was auf dem Zettel gestanden ist, den Elli Müther geschrieben hat. Und was das Besondere an dem Sitzplatz in der Klausener Liebfrauenkirche war, wo alle ein Selfie schießen wollten. Und was aus deiner Reise nach Schweden geworden ist. Und ob du den Kommissar Kluftinger eigentlich noch mal getroffen hast.«

Jennerwein wiegte nachdenklich den Kopf. Es war wirklich schon lange her. Aber dann tauchten die Erinnerungen wieder auf.

»Zunächst einmal zu Elli Müthers Zettel«, sagte er ironisch lächelnd. »Maria Schmalfuß hatte die Namen *Dr. Kirschaus, Juch, Plaumer, Hecke, Bilab* aus dem Gekritzel herausgelesen –«

Jennerweins Gattin schmunzelte hinter vorgehaltener Hand.

»Da hat sich die Polizei ja nicht gerade mit Ruhm bekleckert«, flüsterte sie ihm ins Ohr.

Jennerwein zuckte die Schultern

»Dr. Kirschaus, Juch, Plaumer … Wie oft haben Hölleisen

und Nicole diese Namen mit denen von Personal und Patienten im Krankenhaus verglichen! Sie waren Stunden vor den Listen gesessen. Aber so gut sie den Fall mit dem irregeleiteten Hausmeister Eichhorn gelöst hatten, hier waren sie auf der falschen Spur. Es war keine Todesliste. Viel einfacher. Elli hat den ganzen Tag Fernsehen geguckt. Vor allem Quizshows. Dr. Kirschaus, Juch, Plaumer usw. waren die verstümmelten und hastig hingekritzelten Namen von damals sehr bekannten Fernsehmoderatoren: Dr. Hirschhausen, Jauch, Pflaume, Hoëcker, Pilawa –«

»Der Zettel hat also gar nichts gebracht?«, fragte der Knirps.

»Nein, er war bedeutungslos. Elli Müther hat überhaupt nichts Verdächtiges im Krankenhausbetrieb mitbekommen. Sie hat Nicole nur auf die richtige Spur geführt. Sie ist über den falschen Weg auf den richtigen Berg gestiegen.«

»So was kommt vor«, bemerkte Jennerweins Gattin trocken.

»Und was ist mit der Liebfrauenkirche?«, quengelte Hubertus, der Knirps. »Der Kirchenstuhlplatz, wo sich alle hingesetzt haben? Was war da?«

»Ich bin viel später nochmals nach Klausen gefahren und habe auch die Liebfrauenkirche wieder besucht. Den geheimen Gang gab es nicht mehr, aber den Platz natürlich schon noch. Ich habe den Mesner gefragt. Angeblich hatte da Goethe gesessen und ein Gedicht auf die Rückenlehne vor ihm geschrieben.«

»Und? Hat man es noch lesen können?«

»Ja, und das sogar sehr deutlich! Wie wenn es Goethe gerade hingeschrieben hätte. Der Mesner hat mir gestanden, dass er die Worte jede Woche neu nachmalen musste, weil die Touristen immer wieder an der vermeintlichen Tinte aus Goethes Feder gerieben haben.«

»Und der Schwedenurlaub?«

»Nach Schweden bin nach der Befreiung von Ignaz tatsächlich noch gefahren. Und zwar mit – Was ich da erlebt habe, erzähle ich aber ein andermal.«

»Und Kommissar Kluftinger?«

»Mensch, ja, Kluftinger –«

Jennerwein stockte und blickte gedankenverloren vor sich hin. Er hatte den Kollegen damals natürlich nicht mehr angerufen. Und jetzt war er sich auch nicht mehr sicher, ob sie sich geduzt oder gesiezt hatten. Wo er wohl war, der Allgäuer?

Jetzt wurde das Dessert in der *Roten Katz* aufgetragen. Die Gesellschaft löffelte Süßes, ein vielfältiges Klickklick erfüllte den Raum. Das Gespräch stockte, man genoss lieber schweigend. Jennerwein blickte auf die Apfel-Marzipan-Creme. Seine Gedanken schweiften hin zu dem Pferdekopf aus Marzipan, den Lisa und Philipp ihrem Vater unter die Bettdecke gelegt hatten. Ursel und Ignaz hatten ihm später erzählt, dass sie überglücklich heimgekommen waren. Als sie jedoch zu Bett gehen wollten und die Decke angehoben hatten, waren sie beide schreiend aus dem Zimmer gestürzt. Ursel und Ignaz hatten gedacht, dass die U-Brüder noch nicht lockergelassen hätten, dass das Ganze nun von vorn losginge. Aber die Kinder hatten es schließlich aufgeklärt. Zur Strafe mussten sie den ganzen Pferdekopf alleine aufessen. Wobei. Philipp. Ihn. Langsam. Ver. Zehrte. Und Lisa ihn hastig verschlang?

Jennerweins Schultern spannten sich. Er spürte, dass ein Akinetopsie-Anfall kurz bevorstand. Wenn er in Stress kam (und die permanente Lobpreisung seiner Person bedeutete für ihn Stress), dann hatte er immer noch kleinere Attacken der Bewegungsblindheit. Es bestand inzwischen keinerlei Grund zur Besorgnis mehr, sie dauerten nur wenige Sekunden. Auch jetzt blieb das Bild der Festgesellschaft kurz vor seinen Augen stehen, er hörte die Freunde, wie sie weiterlärmten und -scherzten, doch ihre Bewegungen waren eingefroren. Der Anfall war schnell vorüber. Niemand hatte ihn bemerkt. Auch seine Gattin nicht. Obwohl er sich bei ihr nicht so sicher war.

»Und jetzt erzähl uns vom elften Fall, Opa Hubsi!«, sagte der Knirps, der als Erster mit der Nachspeise fertig geworden war.

Jennerwein protestierte.

»Der elfte Fall! Um Gottes willen, das ist ja der schlimmste von allen!«

»Ja«, pflichtete Jennerweins Gattin bei, »den elften stellen wir mal noch ein bisschen zurück. Der ist nichts für Kinderohren.«

»Den achten oder ersten könnte ich erzählen!«, schlug Jennerwein vor.

»Nein, ich will den elften hören.«

»Gut, aber nicht mehr heute. Ein andermal vielleicht.«

Ein andermal. Aber ganz bestimmt.

Jennerwein ließ den Blick in die Runde schweifen. Da waren sie, die treuen Weggefährten, die ihn während seiner langjährigen Ermittlungen begleitet hatten. Einige fehlten. Mit Wehmut dachte er an diejenigen, die nicht mehr da waren. Dann bemerkte Jennerwein mit seinem untrüglichen Blick für das Nichtpassende in einer sonst stimmigen Situation an der Tür einen Mann mit einer langgezogenen, höckrigen Adlernase, die ihm wie ein Ausrufezeichen im Gesicht stand. Die Augen des Fremden lagen dicht beieinander, er glich einem Raubvogel, der nach Beute spähte. Jennerwein hatte dieses Gesicht schon einmal gesehen, vor langer Zeit, da war er sich sicher. Und dieser Mann stand nicht auf der Gästeliste. Aber vielleicht hatte er sich ja hierher in den Festsaal verirrt. Oder er gehörte zum Personal. Als Jennerwein noch einmal hinsah, war der Raubvogel verschwunden. Jennerwein massierte seine Schläfen mit Daumen und Mittelfinger. Vielleicht hatte ihm ja nur die beschwingte Feststimmung einen Streich gespielt. Aber da! Da war der Raubvogel wieder. Er steuerte zielstrebig auf Karl Swoboda zu. Doch der Wiener stand schnell auf, als er den Fremden erblickte. Swoboda war nicht mehr der Jüngste, trotzdem rannte er, so schnell es eben ging, Richtung Ausgang. Dabei stieß er mehrere Stühle um, erreichte endlich die Tür. Der Raubvogel setzte ihm nach. Beide stürzten hinaus. Viele aus der Festgesellschaft blickten Jennerwein fragend an.

»Hört denn das nie auf?«, sagte die Gattin in die Stille hinein.

Jennerwein schüttelte unmerklich den Kopf. Jetzt wusste er, woher er den Mann mit der höckrigen Adlernase kannte.

Lob-ster

Wie immer möchte ich mich bei all denjenigen bedanken, die das Buch mit Rat und Tat begleitet haben. Vielleicht ist es kein Zufall, dass es diesmal genau zehn Personen sind, ohne die diese kriminalistische Dekade nicht vollendet worden wäre. Oder jedenfalls nicht pünktlich.

1 Mein langjähriger medizinischer Berater bei Einschüssen, Einstichen und nicht nachweisbaren Giften, Oberarzt Dr. med. Thomas Bachmann (Lieblingsspeise Carpaccio), hat mir viele nützliche Details aus dem Innenleben eines (nämlich seines) Krankenhauses verraten. Manchmal allerdings musste ich hier künstlerische Freiheit walten lassen. Beispielsweise gibt es in einer modernen Klinik keine unverschlossenen Räume mit sensiblen Krankenakten aus Papier, wie in Kapitel 9 geschildert. Aber ganz ehrlich gesagt: Kann man sich Ignaz Grasegger vorstellen, wie er den elektronischen Fingerprint-Code einer Tür knackt und dann den Krankenhauscomputer hackt?

2 Mein Berater in Versicherungsfragen, Roland Libersky, führte mich in die bunt schillernde und komplizierte Welt des Versicherungsbetruges ein. Auch hier habe ich mir einige Freiheiten erlaubt. Die Xana KK etwa ist frei erfunden, der geschilderte Versicherungsbetrug ebenfalls. Und einen Hausmeister mit derart perfektem Make-up gibt es vermutlich auch nicht.

3 Bis ins letzte Detail und äußerst faktengenau ist jedoch die knallharte Polizeiarbeit geschildert. Das ist das Verdienst von Kriminalhauptkommissar Nicolo Witte. Nur ein Beispiel. Ignaz begeht in dem vorher erwähnten Kapitel 9 Hausfriedensbruch nach StGB § 123. Gut, das kann man auch im Internet nachschlagen, dazu müsste man keinen bayrischen Beamten vom Dienst am Bürger abhalten. Doch nicht den Hinweis meines unermüdlichen Beraters: »Der Diebstahl der Unterlagen ist vollendet, aber durch den an ihn adressierten Umschlag noch nicht be-endet.«

4 Meinem informationsfreudigen Informatiker Thomas Corell sei gedankt für die Unterstützung in allen digitalen und Virtual-Reality-Fragen. Auch die Software auf meinem Schreib-Computer hat er so eingerichtet, dass schwache Pointen und nachlassende Spannungsbögen gelb unterringelt sind.

5 Die Italienischlehrerin Franziska Keilwerth hat alle einschlägigen Ausdrücke nochmals genau überprüft. Für die Herausarbeitung des entscheidenden Unterschiedes zwischen den tessinisch-lombardischen und den anderen italienischen Dialekten in Kapitel 36 hat sie ganze Heerscharen von Linguisten herangezogen. Grazie mille!

6 *und* 7 Herzlich bedanken möchte ich mich auch bei den lieben Kollegen Volker Klüpfel und Michael Kobr aus dem Allgäu, das vom Werdenfelser Land gar nicht so furchtbar weit entfernt ist, wie man immer glaubt. Auch im übertragenen Sinn. Das Treffen zwischen Jennerwein und Kluftinger mit ihnen zu gestalten hat sehr viel Spaß gemacht. (Wobei Jennerwein den Vornamen von Kluftinger jetzt weiß. Wir alle tappen bis jetzt noch im Dunkeln.)

8 Meiner Lektorin, Dr. Cordelia Borchardt vom S. Fischer Verlag, die auch dieses Buch dramaturgisch begleitet, kommentiert und zugespitzt hat, sei für die zehn goldenen Regeln des erfolgreichen Schreibens gedankt, die ich versucht

habe zu beherzigen: 1 Schreibe einfach 2 Schreibe kompliziert
3 Bleib an der Wahrheit 4 Lüge wie gedruckt 5 Sei präzise
6 Ufere aus 7 Lass dich treiben 8 Bleib am Ball 9 Sei witzig
10 Mach dich nicht lächerlich. Ich habe zehn Jahre gebraucht,
um diese Vorgaben umzusetzen.

9 Marion Schreiber hatte auch beim Jubiläumsroman den
Anteil der Jubiläumsorganisation zu schultern. Von
zehn bis zehn im Büro, auf dem Bildschirm zehn Dateien
auf einmal geöffnet, pünktlich am Zehnten jedes Monats eine
strategische Lagebesprechung, und kaum sind zehn Seiten
Manuskript fertig, sind schon wieder zehn neue Termine gemacht ...

10 Und schließlich sei mein Kontaktmann erwähnt,
der mir viele Interna über die italienische und au-
ßeritalienische Mafia verraten hat. Ich habe ihn zufällig kennengelernt, weil er sich in der Adresse geirrt hat. Er wollte
eigentlich zu meinem Nachbarn, ist dann aber bei mir auf
einen Kaffee geblieben. Ich sehe sie noch heute vor mir, die
langgezogene, höckrige Adlernase, die ihm wie ein Ausrufezeichen im Gesicht stand. Seine Augen lagen dicht beieinander, er hatte etwas von einem nach Beute spähenden Raubvogel. Er trug damals eine Pizzaschachtel mit sich, und dadurch
bin ich auch auf die Idee zu diesem Buch gekommen. Er will
natürlich nicht, dass sein Name genannt wird – – –

– – – Aberä natürlich kann mein Name genannt werden, er ist
sowieso falschä! Nennt mich Müller, Meier, ist mir egal. Auch
habe ich mich nicht an der Haustür geirrt, ich bin schon ganz
gezielt zu dir, lieber Autor, gegangen. Padrone Jens Milkrodt
hat veranlasst, genau dich auszuwählen, damit die U-Bruderschaft in diesem Buch auch richtig beschrieben wird. Ja, ein
Messaggero wie ich sorgt dafür, dass eine Nachricht gut beim

Empfänger ankommt. Dass kein Wort zu viel über die Schweizer Mafia gesagt wird. Und vor allem kein falsches. Ich habe den Roman numero dieci mehrmals Korrektur gelesen. Bei manchen Fakten habe ich auch ein Auge zugedrückt. Bei den Ochsenbäckchen zum Beispiel genügen vier oder fünf Stunden Kochzeit nicht. Meine Mamma hat sie immer sechzehn Stunden bei niedriger Hitze brodeln lassen. Dann erst sind die Guancia di Manzo Brasata auf den Tisch gekommen. Aber sonst? Eine ziemlich genaue Darstellung unserer Arbeit. Sehr gelungen finde ich übrigens die Verschleierung von Orten, Locations und Regionen, die man dadurch nicht mehr identifizieren kann. Muss ja nicht jeder wissen. Die Gunggel-Höhen, am Schöberl-Eck auffällige Tanne in S-Form, Südseite, eine Handbreit graben, Täschchen blau – gibt es nicht. Oder vielleicht doch? Auch die Liebfrauenkirche in Klausen, wo du Informationen über die neuesten Brüche, Steuertricks, Schwarzgeldwäschereien und Verstecke von geklauten Bildern bekommst, gibt es so nicht. Jedenfalls nicht dort, wo du sie suchst. Herrlich finde ich es auch, dass der Autor immer von einem ominösen »Kurort« spricht, so dass jeder meint, das ist Garmischä-Partenäkirchenä! Richtig mafia-like! Mehr confusione, mehr Irreführung ist nicht möglich. Zum Schluss habe ich auch noch einen kleinen Beitrag zur Zahl Zehn. Wie sieht es eigentlich mit Autoren aus, deren Namen aus genau zehn Buchstaben bestehen? Mir fällt sofort Umberto Eco ein, unser großer italienischer Romanschriftstellerä, Kryptologe und Messaggero. Aber es gibt auch noch ein paar andere – – –

Autorennamen mit zehn Buchstaben:

JAMES JOYCE

THOMAS MANN

JÖRG MAURER

FRANZ KAFKA

Jörg Maurer
Im Schnee wird nur dem Tod nicht kalt
Alpenkrimi

Es sind verschiedene Spuren, die sich durch den verschneiten Bergwald ziehen. Da sind die Schritte von Kommissar Jennerwein und dem Kollegen Stengele auf dem Weg zur Berghütte, wo das ganze Team gemeinsam feiern möchte. Da sind hastige Abdrücke, von Blutstropfen begleitet. Und dann schnittige Streifen, wie sie nur von Snowboardern in den Schnee gezeichnet werden. Jennerweins Team freut sich auf einen entspannten Hüttenabend mit Anekdoten und Glühwein. Wenn da nur nicht diese merkwürdigen Störungen wären. Einmal nicht ans Ermitteln denken, war die Devise fürs Hüttenfest. Und so bemerken Jennerwein und sein Team lange Zeit nicht, in welch tödlicher Gefahr sie schweben ...

432 Seiten, broschiert

Weitere Informationen finden Sie auf
www.fischerverlage.de

AZ 596-70369/1